新视觉书坊

主编 肖关鸿 曹维劲

遥远而切近的记忆

赵 玫 著

学林出版社

关于新视觉书坊

　　当印刷机把每年十几万种图书排山倒海似地推向读者的时候，我们希望这套小小的丛书给读者面貌一新的感觉。

　　我们希望这套书的每一种都能给读者提供一个观察世界的新视角，或是在人们已经熟视无睹的世界里发现一个新的亮点，重新引起人们的关注和思考。

　　我们希望这套书的每一种都能给读者带来视觉上的愉悦。在图片阅读逐渐成为时尚的时候，我们尝试在文字和图片之间找到一种新的关系：它们不再是传统书籍中的文字配插图，而是两个并行的信号系统，互相交叉，相得益彰。

　　我们希望这套书的每一种都能有阅读上的冲击力，能够吸引各个层面的读者，给读者的视觉和想象提供更大的空间。

　　我们希望这套书能够在读者的书房、案头、床边占一席之地。在文化快餐化的年代，能够为文化积累添一块砖是我们最大的愿望。

主编

2000 年 8 月

目　录

关 于 电 影

美 国 往 事

走 进 他 人

我 的 写 作

四 季 短 文

一次未完成的谈话

关于电影

残酷的冲击

残
酷
的
冲
击

很早便在一本电影杂志上看到关于"红、白、蓝"那三部电影的介绍。"三色"都是非常非常出色并且非常有韵味的电影，先后看过了《红色》和《蓝色》，便一直在等待着《白色》，直到终于等到。

《白色》确实是我非常想看的一部电影，看过之后，才想，《白色》究竟说了些什么？无非是一个男人和一个女人之间的有点残酷的爱情的故事。

男人是一个波兰的理发师。他为此曾得到过很多国际大奖。他便是在那种发型比赛中认识了那个作为模特的法国女人。不知道那个女人为什么要爱那个理发师，她是那么美。后来他们便结婚了。但是很快那个女人就不爱那个男人了，这就是我为什么要问那个女人为什么要嫁给那个男人的原因。

法国女人大概很快又有了新欢。于是他们离婚，这也是很正常的。但不正常的是，女人很残酷，她吊销了男人的信用卡，

我喜欢这样的画面。黑色的铁架后面，是温暖的云。

CAN KU DE CHONG JI

并将他扫地出门，置于死地。于是男人开始在绝望中挣扎。他身无分文，为了求生，便在法国的车站用梳子吹奏忧伤的波兰歌曲。那种被逼无奈的思乡的情怀。他露宿于家附近的那个地铁车站，仅仅是为了还能看见窗中不时闪现的自己的妻子。然后给她打电话。而电话中传出的却是那个女人和别的男人做爱的喘息声。这便是理发师的悲哀。他明明已经被抛弃，却还要一相情愿。当然做爱的声音也促使他下决心离开那个女人。不知道这种声音是不是对每一个被抛弃者都是一个刺激。总之男人因此而回到了波兰，从此开始他的另一种生活。

他住在兄弟的理发店里。为家乡的那些富有的女人做头发。于是他很快得到了那些女人的青睐和欣赏。但是他竟然不能满足于此，而是不安分地去做了一个有钱的不法商人的保镖。接下来幸运便降临于他，因为他恰好听到了一个关于房地产交易的信息。于是他以低价买下了那片土地，并转眼之间赚了大钱，开办了公司，摇身一变就成了富翁。

而他所做的这一切又都是为了什么呢？

始终不变的唯有他对那个法国女人的爱和思念。

他大概觉得过去阻隔在他们之间的就是他的贫困。现在他富有了，他觉得那个女人就没有理由再拒绝他了。于是他还是一相情愿地给那个女人打电话。结果那个女人还是挂断了电话，不给他起死回生的可能。

在他的生命中可能只有那个女人。他所做的一切都是为了能重新拥有那个女人。当他不再有别的方法去接近那个女人时，便铤而走险，策划了一个惊世的绝招，那就是佯装死亡，将所有遗产转赠给他的法国前妻，他相信用这样的方式引诱，他前妻一定会到波兰来。

这是需要冒风险的。首先是佯装死亡就意味着他将永远不再能过活人的生活；然后就是他将彻底损失掉他的全部的财产。

于是在他精心安排的他的葬礼上，他终于远远地看到了从法国赶来的他的前妻。为那笔丰厚的遗产而来，当然也是为了葬礼。因为她倘若不来参加葬礼，很可能就拿不到他给予的那笔馈赠。

残酷的冲击

那个女人依然很美。她永远是那么美，以至于让那个男人不停地受到诱惑。那个女人穿着黑色大衣的样子就更美，那是葬礼上的某种凄艳的美。

那个男人痴迷地看着他梦寐以求的那个女人。他非常意外地发现那个女人竟然哭了，不知道这哭泣意味了什么。或者悲伤？或者庆幸？

这便是《白色》的诱人之处。人物的行为都没有明确的概念。不知道女人和男人的关系究竟是怎样的。爱和恨。并且总是很残酷。

葬礼后那个女人回到了下榻的宾馆。这也是那个男人为她精心安排的，那是一个非常豪华的房间，象征着男人的财富。女人走进来，突然很惊奇，因为她根本就不会想到在这个房间里，她竟然看到了她那已经被埋葬了的前夫。也许是她对她的丈夫太了解了，因为她在看到他后，并没有感到惊慌。她也许认为就应该是这样的，于是她很自然地和那个已经死了的男人同床共枕。并欣然沉入前夫对她的百般爱抚中。这时候他们的关系显然已经发生了变化，因为无论如何，男人已经变得很富有，所以女人是完全可以和富有的男人睡觉的，不管这个男人是谁，甚至不管他是不是已经死去。

他们一夜风流。男人如愿以偿。

第二天清晨男人离去。男人离开的时候女人依然在睡梦中。

那个男人已经死了，这是某种事实。

下一个情节才是至关重要的，那就是清晨便有警察前来，逮捕了那个女人，罪名是涉嫌谋杀前夫，侵吞财产。

怎样一个恶毒的圈套，那是只有对女人怀有深仇大恨的人才想得出的陷阱。那个男人终于报复了那个女人。

但是这种报复是需要付出代价的，那就是他从此要过一种虽然活着但必须"蒸发"掉的秘密生活，他只能每天偷偷地到兄弟的理发店去取食物，聊度人生，他的财产也不翼而飞。

最后的场景，那个男人站在监狱外面的广场，看着被囚禁的女人站在铁丝网的窗后。

那个女人也看到了那个男人。她用恳求的神情看着男人，并用一连串的手势打出求助的意愿，大概意思是把我带出去吧,我出去后会和你做爱的。

女人用手指做了一个圈,又用另一个手指探进去……

什么意思?

最后的一个镜头是那个男人远远地看着那个女人,哭了。流着眼泪。他大概想无论女人说什么都不会有人再相信她了,毕竟男人死了,而她是最大的受益者。这是不争的事实。只是可惜他们非要两败俱伤,才能争取到这样的结局。爱的代价太大了。

那个男人尽管流泪,但是他最终还是战胜了那个女人,他比女人还残酷。

一个充满了哀怨的、迷蒙的,又是十分残酷的电影,但确实很棒。

于是记下了这个故事,时时感受着那种残酷的冲击。

西点的悲剧

　　一部由屈伏塔主演的非常深刻的影片。

　　伊丽莎白被杀。她是上尉。是即将在军界退休并步入政界的将军的女儿。伊丽莎白的死，由屈伏塔所扮演的警官来调查。最后的谜底发生在西点军校，所以这部影片又被翻译成《西点揭密》。当然罪恶的由来是在影片最后才被揭示出来的。伊丽莎白曾经是西点军校中一名非常优秀的女军人。但是在学校的一次军事演习中，在一个十分荒凉的地方，在伊丽莎白迷失的时候，她被军校中的十几名男生轮奸。这便是女人在军队中的状况，无论你是不是将军的女儿。事出后，伊丽莎白的将军父亲从德国赶回，他要向西点军校讨一个说法。

　　于是那场政治的交易发生了。西点的丑闻不能曝光，这是为了国家以及军队的利益，这当然是最高的利益。将军被说服。交易的结果是，将军又获得一颗星。于是父亲说服女儿什么也不曾发生。他甚至威胁女儿如果声张出去，她将毕生名誉扫地。伊丽莎白茫然不解的目光。那被轮奸的凄惨场面历历在目，她怎么能够忘记呢？那么深切的痛。她不知道父亲为什么不帮助她，更不知道父亲所代表的国家利益对她来说意味了什么。

　　于是，从西点军校毕业后的伊丽莎白完全改变了。她继续留在军队做心理教官，但是从此她便开始了与男人混乱的性交。她毫无选择的。她已别无选择。没有人在乎那次性犯罪给她带来的心理的疾患，连她自己的亲人都不为她着想，她还有什么可以顾忌的呢？伊丽莎白和她父亲手下的众多军官都发生过性关系。她和男人玩儿。在他们身上宣泄。一而再，再而三。她所制造的那些军中丑闻已经令她的父亲忍无可忍，十分难堪。

　　当将军有一天要步入政坛，他要求伊丽莎白要么离开军队，要么去看心理医生。而自从被轮奸的事件不了了之以后，伊丽莎白就想方设法地用自毁来反抗她的父亲，反抗将军。最后

西点军校学生操练。

西点军校女生着装指导。

的时刻，她让她的心理医生为她再现了当年她被轮奸时的场面。她赤身裸体，被捆绑住手脚。她动转不得，只能任由那些男人强奸。但是没有人来救她。甚至没有人来为她主持公道，将那些犯罪者绳之以法。她再现了那个凄惨的场面，她要让她的父亲相信那罪恶是存在的。但是将军又一次放弃了女儿。

在那个夜晚，在那个被设置好了的场景中，将军来了，又走了。

将军的秘书也来了，他可能一直深爱着伊丽莎白，但是他更忠实于将军，于是他替将军结束了他心爱的女人的生命，他或许认为伊丽莎白死了会比活着更好。杀害伊丽莎白的凶手是将军的秘书，但是他不过是让伊丽莎白获得了解脱。事实上真正的凶手是将军，因为早在七年前伊丽莎白被轮奸之后，他就已经在精神上亲手杀死自己的女儿了。将军是元凶。为了所谓的国家利益，他甚至可以不要自己的女儿，不要最起码的人性。

这是一部非常深刻的美国影片。看后令人十分震撼。其中包含的意义也是很深邃的，譬如，亲情关系背后的那重重政治的关系；譬如，父亲所代表的虚伪的势力，以及女儿所显现的女人在军队中的悲惨境况；又譬如，人性与所谓国家利益的冲突……

最后将军无恙，秘书代之受到惩罚。这就是西点的秘密，也是西点的悲剧。

戈达尔

——还有《野草莓》

　　戈达尔在电影中出现的时候，透露出麻木的智慧。他惊慌失措地创造着法国的"新浪潮"，于是他登上了先锋派电影大师的宝座。

　　我喜欢戈达尔并热衷于他。还有描述。那是从一片黄昏中的大海开始的。还有海上升起的贝多芬的弦乐四重奏。后来一个朋友写信告诉我，那是贝多芬晚年最绝望时刻所创作的一组深沉而忧郁的歌。没有希望。只有写作。甚至连耳朵也没有，连

圣日尔曼德佩教堂照耀着拥挤在塞纳河左岸的文人墨客。黄昏已尽，路灯亮起。教堂的尖顶却依然沐浴在金色的晚霞中，令人感动。

戈达尔来到左岸的咖啡馆。因为这里正汇聚着知识分子最叛逆的精神。于是他为左岸的电影文化精神所倾倒，从此成为左岸电影最著名的导演，并始终站在法国新浪潮电影的最前沿。

旋律也听不到。而那乐曲所表现的，唯有颤栗和早已形同虚设的生命。

戈达尔戴着一副眼镜住在医院里。他就是以这样的形象箴言似地出现在他的"新浪潮"影片《芳名卡门》中。他神经质地晃来晃去。偶尔出现。说警句，并要求他身边的那个女秘书随时记录下来。扮演卡门的是那个最美的女演员。后来我到处找也找不到她，不知道她在《芳名卡门》后去了哪里。她的美，是美到一种持重而又可以不时在银幕上裸露整个躯体。除了卡门，影片中还有一个叫做克莱尔的小提琴手。她也很美，却美得纯真而质朴。她穿着提琴手黑色的演出服，而手中是一朵红色的玫瑰花。美丽的克莱尔那么清纯，但同时又被什么骚动着。随时响起的贝多芬的乐曲。那么绝望的。而不时穿插进来的还有一组非常美的海的意象。清晨的，黄昏的，夜晚的大海的色彩显然是不同的。光从各个不同的角度照射过来。卡门走来走去。空的房间。朝向大海的窗。在淋浴中手淫的男人。克莱尔心不在焉。枪声。擦拭大厅门灯的工人。银行被抢劫。有人倒下，血流成河。没有人过分关注这一切，在戈达尔的世界中，人与人之间是冷漠的。他人即地狱。所以有人在读着报纸，也有人在涂抹着血迹。绕过尸体。大海。还是大海。还是永远的。这便是戈达尔电影中永远的诗。而戈达尔在这首叫做《芳名卡门》的诗中所不断强调的，是关于凡·高。他说：当太阳下山之时，凡·高在追寻那最后一抹金黄。

是的，戈达尔给了我们很多。很多什么？诗。色彩。节奏。关于凡·高的宗教。被改变了的秩序。还有拼接和剪辑。

于是我有时会在戈达尔的阴影下诉说。我知道那是一种非常舒服的心灵的环境。被戈达尔创造出来的。反常的。于是在反常中受阻，在反常中艰辛并且忧伤。那忧伤有时候就像堆积起来的一片片惨败的枯叶。但理想就残存在与那即将消逝的物质中。但是那理想有一天还是飘走了，随风而逝，那是一片我们永远也不能抵达的地方。

于是我又想起了披头士列侬。他四十岁刚过便死于非命。而也许那一粒迷恋的子弹是为了拯救他呢？在此之前海洛因早就结束了列侬的生命。在海洛因之后列侬活着也是行尸走肉。他像一个怪物一般地把自己捆绑在椅子上戒毒。他披着长发骨瘦如柴，他吼叫并且挣扎。但是三天之后他还是要毒品要海洛因要封闭自己不许任何人接近他的身体。同样是无望者的忧伤。列侬早已长眠深谷。而那先锋姿态，永存。

我所以喜欢技术这个词汇。我觉得在技术这个词汇中可以找到一切创新的手段。技术之于我一直是一个过于清晰明确的概念。其实技术有时就是一种观念。所以我喜欢将技术混杂在文字中，甚至混杂在认知和情感中，混杂在念你的爱你的恨你的思想和哲学中。新的方式有时候就会带来新的哲学。譬如同性恋者的哲学——他们的世界观中没有女人，譬如残疾人的哲学——他们的思维是残缺的，是没有手没有脚没有眼睛或耳朵的。就是这样，在意绪流淌的时候，景象就是思想。于是技术也就负载了心意。

接下来我崇拜的那部电影就是伯格曼的《野草莓》。其实我并没有看过《野草莓》那部电影，而只是读了伯格曼的电影剧本。那如诗如画般的忧郁是渗透在旅途中的。老人和他的儿媳。他们开着车回到了旧时的城堡。到处是野草莓的芬芳，那种甜的清香。而黑色的棺木正在被几道绳索慢慢放入墓穴。那么死前他所迷恋的是什么？一生中什么是最值得回忆的？车停下来。他走进野草莓的地里。画面中响起的是一片笑声。童年的欢乐。初恋的女孩。那是天堂里的声音。而他已行将就木……

于是你是否得知了伯格曼想要表现的一切？那种诗意的人类的精神。

野草莓野草莓野草莓。

我记住了伯格曼的这个故事。

我所以坚持在有空的时候一定要去看电影。

电影故事

这里讲述的是一则关于妻子不忠或是幻想妻子不忠的故事。故事的开头被掠过,因为看电影的人根本就没有看到开头。但是她觉得这是部她曾经看过的电影,因为有很多场面她都觉得似曾相识。这是个有点恐怖又有点色情意味的影片。现实与想像总是不停地交错。因为影片中的男主人公是一位作家,而看电影的人是从不敢让作家成为她作品的主角的。因为作家是她太熟悉的一类人,对这一类人她基本上没有好印象。她认为世间的好多事情都是被这一类人搞混乱的。这还是一个庸人自扰的群体。他们总是没事找事,无事生非。而这部电影中的作家自然也在劫难逃。因为他在整部电影中所要做的只有一件事,那就是想像着他的妻子对他是怎样的不忠。他甚至觉得唯有这种不忠能为他带来灵感。扮演作家的男演员是看电影的人曾经在银幕上反复见到过的,但是她不能够确定他究竟是哪一个国家的演员。法国的抑或是英国的?总之他扮演的是一位一点魅力也没有的英国作家,甚至让人讨厌,只因为电影的导演需要通过这个没有趣味的男人向人们表明,英国的女人是最浪漫的。

没有开头的电影是从一棵大树下进入的。男人(也就是那个作家)终于在树后找到女人。他一抱住她就脱光了她的衣服。头顶是月光。他们在树下的草地上做爱。很阴暗的夜晚。只知道他们曾阴差阳错地错开,男人往家赶,而女人去了海边。他们之间究竟是什么关系还扑朔迷离。但是他们终于遇到。遇到后便急不可耐地做爱。为什么要在树下?为什么是在英国?我们不知道。这就是没看开头的好处,让我们依靠思索和捕捉,一点点地揭开谜团。

女人因做爱而不断改变的那种脸上的表情。那种做爱时女人脸上的典型表现。这也是导演在这部电影中所格外迷恋的。

脸上的表情，还有女人在做爱的过程中总是喜欢将双臂扬到头顶的那种诱人的姿势。

在黑暗中。只有黑和白的光和影。所以在树下的那一场戏看上去很像默片时代的电影。然后是突然的灯光。车灯。伴随着刹车声，一个陌生的男人从汽车上走下来。

这个男人显然认识正从树的阴影下走出来的那个正准备做爱或是已经完成做爱的男人。导演故意让男演员的手从他的裤扣处移开。这是导演的趣味。有点变态的暗示。意思是这地方刚才显然是打开过的。而被打开的地方里，或者依然是鼓胀的，或者，已经疲软。总之这就是故事。很无聊的。特别是那个男演员，让看电影的人非常厌恶。她觉得长着那种面相和留着那样发型的男人是不配表演做爱的。还有，为什么唯有英国的女人才是最浪漫的？而不是法国的或是意大利的女人？看电影的人想，可能是因为英国的男人太古板，也太煞有介事了，英国的女人才显得浪漫。而法国的意大利的男人本身就十分浪漫，于是那些本该浪漫的女人自然就相形见绌了。而其实，当那些女人浪漫起来的时候，肯定一点也不比英国的女人逊色。

然后，影片回到了真正的现实。那个作家的家。作家选择了这幢房子的阁楼做他的书房。房间的一面是倾斜的屋顶，一面是书架，而另一面是朝向花园的窗。而在楼下花园的中央，是一个四面都是玻璃的阳光房间。在花园的中央建一座阳光房间，这大概也是英国人的习惯。因为在英国女作家伍尔芙家中的花园里，就有一座这样的房子，伍尔芙经常独自一人在那里读书写作，只是那房子不是由通体透明的玻璃建造的，否则，透过玻璃，被大自然一览无余，伍尔芙该怎样读书写作？通体透明的玻璃房子是用来发生故事的，或者透明的房子本身就是一种做作。当然也很可能是为了剧情的需要。一个道具而已，帮助演员表演惊心动魄的篇章。

接下来故事进入了女人是不是要留在家里侍候男人的主题。这是影片中一个非常重要的主题，反复再现，有点像音乐的三段式。最先是一个莫名其妙的女权主义者在妻子和丈夫面前宣传她关于女人一定要走出家门的思想。直到这时，看电影的人才知道原来在那个午夜的树下做爱的是一对夫妻，他们并且

电影故事

13

已经有了一个会满地跑的小男孩。

　　一对夫妻却要以那样的方式做爱,这起码暗示了他们夫妻生活的不和谐,或者他们故意追求那种新异的刺激。当然这也符合影片中男女主角的需要,妻子整天呆在平静而富有的家中,她需要一种不同寻常的感情方式,以让她摆脱麻木;而男人是作家,他的灵感有时候也来源于那种新异的甚至是令人难以置信的性爱瞬间。所以他们不谋而合,殊途同归。

　　女权主义者被男人毫不客气地当面顶撞,男人说女人就是要留在家中。妻子站在一边,没有作出强烈的反应,因为她对她的生活并没有什么不满意的,她只是内心有一点不平衡罢了。譬如,她喜欢乘坐飞机,喜欢飞机从地面突然拉起后迅速进入高空的那种疯狂的感觉,而丈夫总是强迫她乘坐那种平衡而无聊的火车。

　　然后他们很正规地准备睡觉。上床前说着一些不咸不淡的话。上床后又每个人捧着一摞书,煞有介事地各自读着,但又全都心不在焉。后来男人若有所思地问起女人,你是不是真的安心就这样留在家里?女人说了她关于不平衡的想法。男人又说,其实他的写作也并不顺利。

　　接下来的镜头是第二天。白天。男人用非常笨拙的手指在打字。他只用两只食指在那种老式打印机上敲击着。他的速度极慢,不知道是手拙,还是心笨。

　　这时候妻子为写作的男人送下午茶。如果是喝茶,那当然也是非常的英国化。女人走进来的时候,我们才看见男人的书房里贴满了女人的黑白头像。每一个头像都是同一幅照片,女人的头就这样被重复着,这可能也是丈夫对妻子的一种态度。

　　女人趴在男人的后背看男人打出的文字。那一分亲昵。可能暗示着昨晚的性爱令她快活。她读着,但是她突然发现男人打出来的竟然是昨晚在床上她对他说过的那些话。女人愤怒。她问他,你怎么能这样?男人说他就是要写一部关于一个妻子不甘呆在家中后来出走的小说。女人问,那么结局呢?男人说,最终她还是回来了。女人又问,你有这么优秀吗?

　　直到此刻看电影的人才觉出影片的对话是那么有意思,那么内涵丰富,意味深长。那是些经典而纯粹的电影语言,是需要

DIAN YING GU SHI

功力才能写出来的。女人真的很愤怒，她说是啊，她还有什么可抱怨的，她有自己的家，自己的汽车，自己的信用卡。女人说着便开始用碳笔在墙壁上自己的那些肖像画上乱涂乱抹起来。她依次破坏着自己在丈夫墙壁上的那些美好形象。她在她自己的脸上画眼镜画胡子，她让自己丑陋不堪，其实那也是一种心理语言。她后来说，稿费应该给我。

然后出现了巴登。巴登好像是女人不久前为了逃避什么而去过的一个地方。因为没有看到开头，所以看电影的人不确切知道女人为什么要去巴登。巴登巴登。后来男人不断提起巴登，刺激女人。他漫不经心地说起他刚刚收到了一个陌生男人的来信。是写给他的，因为他喜欢他的小说，所以崇拜他。但是那个陌生的男人竟然也认识女人。丈夫说起了那个男人的名字，妻子说不知道，没听说过，也不认识。说是曾经在电梯里遇见过你？男人问女人。于是女人想起，说是的，她去过巴登，也见过那个男人。是个年轻人。一位诗人。年轻的诗人。她确乎是在电梯中认识他的。那么接下来呢？男人又问，你们怎样了？

你是说做爱？

男人说是的，你们做爱了吗？

女人反问男人，在电梯里？

然后竟然就是女人和年轻诗人在电梯里做爱的镜头。亦幻亦真的。年轻男人吻着女人的脖颈和肩膀，并不停地向下向下。女人的两条手臂还是那样高高地扬起，脸上也还是女人做爱时那种最典型的表情，充满了诱惑的……然后镜头立刻又回到了现实，刚才电梯里的景象不知道是男人的想像，还是确曾发生过的。当然想像是为了写作，而如果真的发生过，也还是为了写作。

从此电影进入了这种真真假假、亦真亦幻的境界。现实与虚幻的构想交织着。男人总是在遐想，好像真的发生了什么？抑或是小说的另一条线索？

慢慢地觉出来女演员的优秀。她的发型尽管老式，但她的表演却是真正的美轮美奂。精彩极了。她是那么地伸缩有据，腾挪自如，惟妙惟肖，而且她真的非常漂亮，并且有深邃的蕴藉。

接下来男人的想像力异军突起，为了他的小说，男人竟然

15

决定邀请那个年轻诗人到家中做客。女人惊愕，因为这是超乎了她的想像力的。她猜想这是男人在考验她，或是更卑劣，他希望在家中看到冲突，那种戏剧的冲突，他要他的妻子把小说中的情节表演给他看，女人所以说，稿费应该给我。

女人尽管对男人的做法很反感，但是她还是准备好了，迎接那个年轻人来家中做客。很微妙的一种心理。男人说，也许那个男人根本就不会来。但是厚颜无耻的年轻诗人还是来了。来之前他特意在火车站的书摊上偷了一本男人写的书。他在火车上读过之后，便鄙夷地将它从车窗扔向了风中。

年轻男人显得很自傲，尽管他仅仅是专门陪有钱女人睡觉的那种午夜牛郎。他为了能更好地勾引女人，喜欢把自己打扮成诗人。因为诗人通常是最浪漫的，所以能轻而易举就获得那些百无聊赖的女人的青睐。幸运的是，他天生就具有一分诗人的翩翩风度，哪怕他甚至不真正知道什么是诗。他靠性器官生存。所以推测巴登可能就是那种专门为富有女人寻找男性陪伴的场所。而妻子可能也就是在那里认识这位所谓诗人的。

作家与来访诗人的谈话剑拔弩张。女人有时候会站在年轻诗人一边，为他辩解。后来女人累了，她告辞。临别时问诗人，你喜欢我丈夫的哪一本书？诗人的回答竟张冠李戴。年轻男人的所谓"崇拜"被证明仅仅是一个骗局。

第二天清晨女人以为不速之客已经离开了他们的家，但是在早餐的时候，她发现那个诗人竟然就坐在她的身边。女人勃然大怒，责问丈夫，他为什么还在家里？

丈夫说，他就是要他留下来。

你真的让他留下来？

是的留下来给我做秘书。而且我还会付钱给他。

女人扬长而去，说，你真卑鄙。

这是男人强迫女人接受的现实。他作出决定的时候根本就无需同女人商量。

从此这个年轻漂亮的无赖就留在了他们的家中。女人尽管愤恨，但无论如何这个年轻男人的出现，还是让原先沉闷的家庭气氛活跃了起来。而这样的状态首先刺激了女人并让她极为不满的，是家中负责照顾儿子的年轻保姆竟然很快迷恋上了那个所谓的诗人。他们经常在一起，后来诗人竟恬不知耻地提出来要带小保姆去看电影。女人很生气，她不能接受这样的现实。她于是更加仇恨丈夫，指责他不该让那个无赖留在家中。女人和丈夫争吵，丈夫自然也把这些全都记录在他正在写的这部小说里。

女人嫉妒。那种极不平衡的心态。因为她也是喜欢那个年轻诗人的。一次她给诗人的房间送换洗的被单，房间里没人，她便停留在那里，感觉着。她又站在镜前，审视着自己。她或许以为自己不如小保姆年轻美丽，对于她这样的为人妻又为人母的女人来说，她已经青春不再。年轻的男人突然也在镜中出现。从她身后走来，在镜中停步。不期的。他在女人的身后看着她。看着她镜中的眼睛。他们无言，但是他们显然已洞察了对方的一切。

这样的感情搏斗很快有了结局，因为一天早晨，女人在楼下偶然看见她的儿子正在爬出窗户，眼看着将要坠落。女人害怕极了，她飞速赶回去。她在楼梯上拼命地奔跑着，她无声地抱住了她的儿子。女人愤怒异常，她四处寻找小保姆。想不到她正在诗人的房间里谈笑风生。在气愤中女人打了那个年轻保姆，并把她赶出了家门。其实女人心里也明白，她这样做不仅仅是因为小保姆没有照顾好她儿子，还因为女孩子抢走了她暗恋的男人。双重的愤怒。当然这一切丈夫也一应记录在案。为了他的小说，他不惜牺牲自己儿子的性命。

接下来生活变得相对单纯，但是另一个棘手的问题立刻出现，那就是在家中有事的时候，就没有人带孩子了。譬如接下来的某一天晚上，他们就收到一份邀请他们去出席一个非常精彩的晚会的请柬。于是他们在饭桌上谈论着该不该前往？又由谁来带孩子？年轻诗人也曾提出他可以带孩子，但是丈夫却执意留在家中带孩子，并怂恿诗人陪妻子一道去出席那个晚会。

女人不知道这是不是又是丈夫为攫取素材而设下的圈套。但是女人还是和那个年轻诗人一道去了，那也是她所希望的，让丈夫留下来抒写他内心的苦痛。

他们在聚会上遇到熟人。他们很从容。但是他们还是很快就离开了，因为诗人被一个不明身份的男人认出。显然诗人有着比想像中更为复杂的背景。于是他们离开。女人在存衣间领取自己的大衣,离开时诗人竟然也顺手牵羊地偷出了一件大衣穿在自己身上,而女人对此竟然视而不见。

他们不知道在这漫漫长夜该到哪里去。于是他们回家。他们似乎只能回家。但是他们却没有立刻回他们各自的房间,而是来到了花园中的玻璃房子里。玻璃房子在午夜一片黑暗,唯有月光在云层中时隐时现,照亮激情。然后他们拥抱。情理之中的。女人身后是玻璃房子中间冰冷的廊柱。这是自年轻诗人住进女人家后,他们的第一次亲密接触。

留在家中的作家待儿子熟睡后,独自回到了阁楼。他开始例行公事地浮想联翩,他觉得在这样的时刻,妻子应当是和那个年轻人在饭店的房间里。这是作家的想像。而且是一个男人的想像。他并不了解自己的妻子,更不了解女人。因为他觉得如果他在这样的时刻,是一定会在饭店开房间和女人做爱的。而且他知道妻子有自己的信用卡,她完全可以付账,而不让他知道。他不相信妻子还会有什么别的选择。丈夫十分执着地这样想像着。他仿佛就真的看到了饭店里陌生房间中的那张陌生的床。而床上昏天黑地出生入死的,是妻子和那个号称诗人的混蛋。

作家这样想便必然会这样写。他越想越失魂落魄,妒火中烧。他发现原来写作就是欲望,而此时此刻,他的身边竟没有女人。于是他用打字机敲打女人,他也果然敲击出了欲望中的那张妻子的脸,和她是怎样在那个陌生男人的臂腕中搔首弄姿、激情满怀的。

而此时此刻真实的镜头是,在玻璃房子中,女人靠在冰冷的廊柱上,双臂抬起,伸向后方,仿佛被捆绑着。女人将自己的身体无助地并且是毫无保留地给了那个无恶不作的男人,任他蹂躏。而镜头反复光顾的,还是女人那张欲望中的脸。那么典型的性的神情。美丽的头颅转来转去。那绝望般的幸福,疯狂的快感和满足……

作家好像听到了什么?在夜深人静的时刻。作家开始透过窗朝外看。看花园中的玻璃房子。显然他什么也看不到,但是他感觉到了。他这才意识到他可能错了。女人不会去开房间。她回家了。她要在家中找机会和年轻的男人幽会。而且她得逞了，她终于拥有了这个午夜里被另外的男人拥抱亲吻的机会。

饭店房间的镜头和玻璃房子里的镜头相互切换。床上和柱前。而唯一不变的，是女人那张典型的性欲中的脸。

男人开始下楼。他一边下楼一边谛听。他走出房子。但是玻璃房子很远，午夜也很黑，所以他什么也看不到。他无法知道玻璃房子里究竟发生了什么，但是他确信玻璃房子中一定是有什么的，他已经听到了那激情的声响。他站在房子的外面。他有点犹豫。不知道是不是应该走过去。他怕被玻璃房子里的人看到。所以他踟蹰不前。他就站在花园的黑暗中。后来他可能突然想起玻璃房子是有灯的，而且灯的开关就在他身后的墙壁上。只需举手之劳。真正的举手之劳。他只要抬起手臂，按下开关，就能立刻看到玻璃房子里正在上演的那一切。

就像是即将按下原子弹的按钮。那即将看到的一切令男人恐惧。男人踌躇了片刻。但是最终他还是抬起手臂这样做了，因为他想这是他自己的家，在自己的家中他有权做一切。

玻璃房子里立刻亮如白昼。而拥抱在一起的男人和女人也立刻现形。他们正疯狂地纠缠在一起，而且他们疯狂的举动也并没有因为灯光大作而终止。爱和性都是不可以立刻停下来的。就像在惯性中不停向前冲击的战车。他们继续，让停止有了一个缓冲的时段，也让作家有了一幅可以描述的景象。

既然他们已经什么都不在乎，他们干吗要让那逐渐到来的高潮远去？

女人被年轻诗人亲吻的时候，她想，活该，谁让你叫这个流氓留下来呢？

年轻诗人自然也不管不顾，他想，反正我本来就是个流氓。

他们手拉着手走出明晃晃的玻璃房子。并且先后和依旧站在门口总是想入非非而且眼下痛苦不堪的作家擦肩而过。

年轻诗人当即收拾箱子，拂袖而去。

令人惊讶的是，女人竟然也离开了自己的家。她受不了年轻诗人的离去，至少在这个午夜，她要开车送他。

这将是一个转折。

窗户纸终于被撕破，让所有的人都看到了那个真实。

不知道这是不是也是作家精心安排的，让妻子在年轻人离开的时刻接受考验。亦不知道作家和这个年轻人为了他的小说，又有过怎样肮脏的交易。

接下来的故事就有点像低俗的流行小说了。富有的女人从此跟随年轻的诗人，海角天涯，获取刺激，以及新生。后来他们没有钱了，诗人就开始做毒品生意。再后来又没有钱了，年轻人便只好重操旧业，来到巴登。他很容易就找到了一位从纽约来的阔女人，和她云里雾中。而在巴登，女人就守在纽约女人的窗下，等候着男人用身体换来的钱。

最后的一幕令人兴奋。那就是到处行骗的年轻人终于被什么人当场抓获。被抓获的原因是不确定性的，毒品交易抑或是性犯罪？还或者是因为意外中了彩票？

女人站在窗下很茫然。她不知道楼上究竟发生了什么。她只能是看着她喜欢的男人被一些不确定的人们带走。然后她丈夫就出现了，大概是想表现小说中"英雄救美"的那个章节。

丈夫看着凄凄惶惶的女人说，是我带那些人来的。他们一直在找他。是他昨晚给我打了电话，要我这样做，也是他要求我带你回家。

女人茫然地看着丈夫。不知道她的经历中有多少是男人们故意制造的。

然后电影就结束了。看电影的人不知道这是个怎样的故事，但觉得确实很好，有无限含义。有时候含义在艺术中确实很重要，甚至会超过艺术本身。当然这个故事的表现方式也很特别，总是有无穷令人费解的地方，模棱两可，让人琢磨。

美国往事

孟菲斯的灵魂

孟菲斯是我们抵达南方的第一站。

在孟菲斯国际机场，我们看到了"欢迎来我们的孟菲斯"这样的字样。于是，"我们的孟菲斯"立刻让人备觉亲切。我们在机场的租车公司第一次租到了我们自己的车。那是一辆刷洗得非常干净的蓝色雪佛莱轿车，这辆车将陪伴我们穿越整个南方。

等着仪方去开车时已是黄昏。天边一团团灰色的云像战马般在南方开阔的天空奔驰。太阳已从遥远的西方坠落了下去，但却将一抹暗红色的光芒顽强地留在远方。有南方温暖的风。风很强劲地吹着，吹来陌生的一切。

我所渴望看到的南方。

第一次看仪方开车。她潇洒至极。她将那辆蓝色的雪佛莱悄无声息地停在了我和我们的那一大堆行李旁。我们两个瘦弱的女人把箱子费力地搬进车里。在南方漫长的旅行中，这些行李就一直呆在车子里，甚至住进旅馆，也不把那些箱子搬进

在美丽的黄昏中密西西比河总是如此壮观。这条大河哺育了美国很多作家。

房间。

就在这一刻，我知道我们的南方之旅开始了。

仪方首先在努力熟悉着这辆雪佛莱的各种性能。按照计划，我们将开着这辆车穿越田纳西州、密西西比州、路易斯安那州，最后抵达墨西哥湾岸边的新奥尔良市。我们一直向南的路线，是和滔滔滚滚一直奔向大海的密西西比河并行的。新奥尔良是我们南方之旅的终点，也是密西西比河的终点。这条世界上最著名之一的河流将在此流入海洋。

沿着密西西比河向南的旅程令人兴奋。这使我很多次想起我女儿最喜欢的那个密西西比河上的作家马克·吐温。女儿比我还了解密西西比河上的故事，这些都是她从马克·吐温的《哈克·贝利·恩历险记》中读到的。我在爱荷华给女儿发出的明信片中曾对她说：妈妈明天离开这里后就要到南方去了。沿着你最喜欢的密西西比河一直向南。可能会有哈克·贝利·恩那样的历险。我真想早日看到那条神秘的大河。我知道，在马克·吐温的笔下，这条河是同冒险联系在一起的。

如此的沿河旅行唯一令我遗憾的，是我们始终是坐在蓝色雪佛莱中向前行驶，而没有能乘坐在密西西比河中航行的轮船。据说乘船的经历将更加惊心动魄。在河流的中央看两岸景物也别有一番风情。特别是，马克·吐温曾反复写道：密西西比河上的轮船是壮丽的，是那种"水上的宫殿"。所以我们就更为最终没有能踏上"水上的宫殿"而扼腕叹息。正因为此，我们尽管始

坐落在孟菲斯市的猫王奥维斯的家。这个房间里镶满了他的金唱片。

孟菲斯的灵魂

终和密西西比河共同着走向，但我们行驶在高速公路上的时候，却常常看不到这条大河。其实这条大河就在近前，时隐时现。有时候举目就能看到那暗绿色的宽阔水面，但有时转瞬之间它便无影无踪，不知流向了何方。但不论看得到还是看不到，这条大河始终流淌在我们的意识中。在它的富饶而美丽的流域中，我们穿越了数不尽的棉花种植园，那种唯有南方才有的田园风光。

密西西比河流经孟菲斯的时候，已经走过了它的大半路程。我们是在孟菲斯与它相遇的。记得第一次看到这条大河，是在一个美丽的黄昏。那天上午，我们刚刚参观了"猫王"的家。带着怅然，我们又来到了孟菲斯的南方文化中心，请创建这个中心的朱迪女士为我们讲述南方的文化。

朱迪一见面就告诉我们，在这座城市里，有两样令孟菲斯人骄傲和疯狂的东西，一个是烤肉，一个是音乐。当然此刻朱迪的文化中心既没有烤肉，也没有音乐，但是却陈列着南方黑人妇女制作的各种工艺品。譬如稻草制作的娃娃，布头缝制的床单，色彩浓重的绘画。特别令人惊奇的，是这里竟然陈列着一架非常古老的录音机，据说这是孟菲斯著名的太阳录音室的古董，而"猫王"的第一首歌就是在这架机器上录制的。而让我最感兴趣的，是南方文化中心的徽章。徽章的图案是用手指编织的和平鸽，而那手指正在做的，竟然是一个打响指的动作。这是南方无论黑人还是白人歌手都最热衷的一种形体的动作，而南方的音乐就是伴随着这"响指"蜚声歌坛、名扬世界的。

参观后朱迪请我们看有关南方文化的录像带。那录像带说，其实所谓的南方文化就是密西西比河流域的文化。从阿肯色、田纳西，到密西西比、路易斯安那，哪里有河哪里就有河的文化，而密西西比河文化中最激动人心的部分，就是音乐，那些令人难忘的布鲁斯、摇滚和爵士乐……

告别朱迪的时候已是黄昏。

想不到朱迪的文化中心，离想像中那条那么神奇美丽、孕育着美国最杰出的音乐的大河竟是如此之近。

那时候黄昏正在降临。河上的暮色美妙极了。我们远远地就看到了那宽阔的流水，看到了悬挂在流水之上的那红的落日。

我们穿过楼群中瑟瑟的冷风。在空无一人的街道上，在急切的心情中，直奔那梦中的河岸。

河面如此宽阔。水平静地流。河对岸是农田，就在孟菲斯这座城市的中间。农田正吞噬着最后的太阳。只留下一抹残红，染着逐渐褪色的蓝色的天空。终于，河被浓重的黑暗彻底笼罩。记得要爬到河岸的高处才能看到，河水在转弯处伸出了一道河岔，将陆地圈出了一片小小的绿洲。河面的晚风吹来，带着流水的清冷。我们于是瑟瑟发抖，却依然伫立河岸，看大河是怎样最后陷入宁静与黑暗。我们等待。那感觉奇异而神圣。仿佛是在加入着某种仪式。

晚上在有名的拜欧街吃南方的烤肉，听南方纯正的布鲁斯。街的两侧一家接着一家，全都是这样的布鲁斯餐馆。布鲁斯就是蓝调。Blue 这个英文字母表示蓝色；Blues 则又表现忧郁和失望。布鲁斯是美国南方特有的一种非常感伤的音乐。它起源于黑奴在苦难中向上帝祈求的灵歌。非洲黑人在美洲的大陆上遥望着家乡，于是他们在思乡的痛苦中唱着忧伤的歌，而那条蓝色的大河就在歌的身边。

然后是孟菲斯才有的那样的夜晚。音乐和烤肉气息竞相在这条街的上空飘荡，牵动着所有涌向拜欧街的人的神经。那种兴奋和疯狂。被吉他装饰的所有的空间。孟菲斯的精神在这条街上得到了最彻底的体现。那感觉真是刺激极了，而这条街竟然就通向密西西比河。通向那个宁静的尽头。

显然，是密西西比河孕育了拜欧街。而拜欧街又是美丽而忧伤的布鲁斯的摇篮。这就是它们中间的那种文化的关系。然后，孟菲斯最纯粹的夜晚降临。

在拜欧街听布鲁斯

在孟菲斯，餐馆总是伴随着音乐。

几乎所有能吃饭的地方，都能听到南方的各式音乐。

餐馆中正式的布鲁斯演唱，通常在晚上九点开始。这是个约定俗成的时刻，就是说，南方的夜生活也就从这一时刻开始了。这种演唱一般要延续到天明。到了周末，孟菲斯人往往是要疯狂通宵。

我们离开密西西比河岸来到这家有名的布鲁斯餐馆时，拜欧街正缓缓沉入浓重的夜色中。我们之所以选择了这家餐馆，是因为这里的布鲁斯演唱是拜欧街上最好的。开这家餐馆的是一个很强壮的南方青年。他的美国话中，带着非常地道的南方腔。这一点连我这个不谙英语的外国人都感觉到了。按照马克·吐温的观点，南方人总是省略了"R"这个字母的发音，所以南方人的口音才会显得有点僵硬。在我们的要求下，这个小伙子把我们带到了听歌最好的位子上。我们正对着那个摆满了架子鼓、谱架、音乐合成器以及麦克风的舞台。这家餐馆在装饰上最大的特点，就是用各种吉他作为装饰物，无论是墙壁还是房顶，都挂满了吉他。凡是目光所及的地方，你都能看到一个紧挨着一个的吉他。这些吉他累计起来，少说也有四五百个。除此之外，便是各种演唱会五颜六色的招贴画，各种歌星千奇百怪的照片。这些宣传品被毫无节制地贴在柜台上、餐桌上，甚至卫生间窄小的木门和水箱上，让你觉得布鲁斯歌手与你同行同止，形影相随。餐馆里灯光幽暗，以至于让人觉得某种压抑。从密西西比河上吹来的夜风越来越冷，南方的晚上是冰凉的，直到布鲁斯的疯狂到来。

黑暗越来越深，而时间只有六点。

我们要了烤肉。因为是要找到那种孟菲斯人的感觉。

吃完烤肉我们便在漫长的等待中读一本关于"猫王"的

这就是那家餐厅。所有的装饰品唯有吉他。在这里布鲁斯不再是忧伤的，因为美国南方好像已不再忧伤。

书。书中说道，奥维斯就是因为这种彻夜演唱，而最终离婚的。仪方要把那本书靠近她头顶的那盏幽暗的吊灯才能勉强看清书上的那些字母。她非常辛苦地为我翻译并讲述着，她的眼睛后来很累。

我原以为南方的夜晚是可以穿裙子的，但是寒冷还是迅速击穿了我的毛裙，并直刺我的肌肤。我们就是这样在寒冷和幽暗中等待着，挨着时辰。直到八点四十分，才终于看到各种来演唱的人走进餐厅，这时候餐厅里已经坐满了看上去十分兴奋并满怀期待的人。

歌手散散漫漫。脸色各异。他们不经意地向各种熟与不熟的人打着各种招呼。一个摆弄架子鼓的男人最先走上舞台。他身材瘦小，脸色黑黄，头发扎在脑后，看上去有点像东南亚一带的土著。架子鼓首先发出了令人振奋的响声。然后，女音响师也开始工作，她始终叼着烟，不停地跑上跑下调试声音。吉他手是一个金发的中年男人，典型的美国人。主唱是一个弹奏电子琴的老黑人，他的形象看上去就像汤姆大叔，一脸的苦难沉重，只是他比棉花种植园里的汤姆大叔多了一副显得文明的眼镜。姗姗来迟的是那位女歌手。她穿着随便。黑头发。并不漂亮。但却拿足了一份大牌歌星的派头。她由一个小白脸似的穿着风衣的年轻男人陪伴而来，却对小白脸的百般呵护，诸如脱掉外衣、送来水杯一类，统统不屑一顾。

这个我们等待已久的演唱会是在九点钟一阵山崩地裂的乐曲声中开始的。从头至尾，永远是快节奏的、激烈的吵闹和宣泄，布鲁斯失去了它往日的抒情与忧伤。不再有蓝调，似乎也不再有苦难需要诉说。那些在舞台上疯狂扭动的人，只想用演唱换取钞票。他们不是真正的艺术家，但也许他们正在成为艺术家。因为据说"猫王"也曾在这家餐馆里唱过歌。

那个唯一的女歌手演唱的风格随意极了，她仿佛是在自家的卫生间里对着镜子随意地哼唱。她没有一丝一毫的投入的感觉。她一边从喉咙里发出有旋律的声音，一边不断地对那个远远站在人群中的小白脸眉目传情，同时还不停地对站在台下叼着烟听音响效果的女音响师用手势表示她的话筒有问题。她好像根本不是在表演。好像舞台下根本就没有那么多观众。她甚至不化妆。

始终在吵闹中。这就是南方的音乐。这支乐队之所以令观众着迷，是因为他们所唱的都是人们所熟悉并喜爱的南方歌曲。我们邻桌的一对中年男女衣冠楚楚，男人名士风度，女人端庄典雅。但是他们却始终端着酒杯，随着舞台上的节奏很不文雅地摇晃着，并不时发出尖叫，亢奋的样子就像神经病人。而我们另一张邻桌上，则是一位相当漂亮的高个男人带着两个漂亮的年轻女人在吃饭。看不出他们之间的相互关系。他们在幽暗的灯光下尽情地交谈着，只是偶尔抬起头来看一眼台上的演出。显然布鲁斯对于他们来说无足轻重。

突然的，台上的布鲁斯变成了一种背景音乐，因为从角落里走出了一对青年男女，开始在非常窄小的舞池跳起舞来。他们紧紧抱在一起。立刻成了引人注目的焦点。他们穿着牛仔裤和运动鞋跳舞。于是他们旋转得缓慢，甚至显得脚步笨拙。但是他们彼此爱抚的动作却非常亲密。不知道他们的亲密是不是特意表演给大家看的，亦不知道这是不是当晚演出的一个节目。男人在众目睽睽之下，总是很随意地把手伸向女人的屁股，于是女人笑，并边笑边将男人的手从她的屁股上拿开。但是过不了半分钟，男人的手就又会坚定不移地重新出现在女人的屁股上。更令人惊异的是,当又一段乐曲开始,这个女人又被另一个男人拉着来到舞台前跳舞。这一次他们的表演似乎庄重了一些。男人常常迫使女人旋转,而当女人抬起手臂疯狂旋转的时候,她那短小的体恤衫就会将她的腰身和肚脐很性感地暴露出来。当那些急促的旋转过后,男人又会借助旋转的惯性顺势将女人紧紧抱在怀中。女人依然灿烂地笑着。有时甚至还故意挑逗似地将头紧贴在男人的胸前。然后,一曲终了,他们便手牵着手回到那个黑暗的角落里,坐下,喝酒,和另一个男人友好相处……依然猜不出这是一种什么样的关系。不知道他们是演员,还是朋友,抑或是嫖客和妓女?

　　这样,直到午夜。尽管这里的一切疯狂刺激,但在十二点的钟声敲响之后,我们还是从那个最好的听歌位子上站了起来。我们结账。穿好外衣。在弥漫着热情与疯狂以及南方人不理解的目光中,走出了这家喧嚣热闹的布鲁斯餐馆。从晚上六点开始,我们在这里竟然已经逗留了整整六个小时。

　　我们一走出餐馆,便立刻被密西西比河吹过来的寒冷的夜风侵袭。我们用双臂紧抱着自己。快步走向市中心的停车场。我们回到希尔顿饭店的时候,这里的布鲁斯演唱激战正酣。整个饭店都被那狂热的乐曲摇动了。这就是孟菲斯的周末。这个周末将一直持续到天明……

与密西西比河再度相会

　　自从抵达密西西比州，我们的行程就一直是由一位名叫瑟瑞萨·杨的女士安排。我们同瑟瑞萨·杨从未谋面，但她的无微不至的关怀却始终伴随着我们，无处不在。

　　杨住在杰克森。杰克森是一个有着十几万人口的南方著名城市。在那里，杨为我们安排了访问密西西比大学南方文化中心以及参观奥克斯佛镇福克纳故居的活动。之后，她又安排我们在一个美丽的黄昏，住进了 Canton 镇被一片绿色牧场和清澈湖泊环绕着的白色房子里。那是黑人牧师古德劳先生的家。原以为在抵达新奥尔良市之前，我们会在杨所居住的那个杰克森市停留过夜，但是杨把电话打到了黑人牧师的家，告诉我们不去杰克森了，而是前往维克斯堡。杨已经在那里为我们订好了房间。杨说，你们一定会喜欢那里的。

　　一开始我们并不理解杨的良苦用心，也不懂杨为什么把我

玫瑰庄园。南方最美丽的庄园。1850年前后，从密西西比州到路易斯安那州的新奥尔良，整个美国有一半以上的百万富翁都住在这样的沿河两岸的庄园里。

餐厅依然保持着往日的富丽堂皇。这些房子都是有钱人仿效欧洲十七世纪建筑风格建造的。

们安排在维克斯堡的那家特别的旅馆中。我们离开黑人农庄便沿着杨指示的路线一直向南。事实上，自孟菲斯开始，我们就一直是沿着五十五号公路向南行驶。这中间不断偏离五十五号公路去奥克斯佛，或是去 Canton，而我们此刻又绕过杰克森市，驶上东西向的二十号高速公路，直抵与密西西比河交汇处的维克斯堡。

自从离开孟菲斯后我们就再也没有看到过密西西比河。但我们知道，这条大河肯定就在不远的地方流淌着，我们的基本方向是一致的。进入维克斯堡的时候，突然有了种十分奇妙的感觉，一种对大河的渴望和冲动。

眼前不断闪过的路牌反复提醒着我们，我们离这座古老的城堡已经越来越近了，必须睁大眼睛留意眼前的一切，你便会进入这座古城的历史中。

维克斯堡是美国南北战争时期非常重要的军事要塞，联军从密西西比河上乘船来到这里，只有攻克这座城市，才能向整个南方拓展。当年攻打维克斯堡的战斗很激烈也很残酷。炮火硝烟，尸横遍野，而南方有钱人的欧洲中世纪风格的城堡，也大都在这场激烈的战争中被毁。

杨在写给我们的日程安排中，特别提醒了我们注意这座城市的道路。维克斯堡的街道大多由不规则的红砖铺设而成，所以给人一种既古老又温暖的感觉。特别是在老城区，房屋和街道就更是保持了一百多年前的样子。你走在那样的街道上，穿过那样的建筑，当然就仿佛是穿行在历史中。

我们住在美丽典雅的花一样的旅馆。这也是杨特意为我们安排的。这是一座典型的维多利亚时期建筑风格的房子,豪华,繁复,在此可以体会到当一个人富有时所能享受到的一切。花园的绿色草坪中是白色大理石雕刻的天使的塑像。会客厅里挂着古典浪漫主义的油画。餐厅里的烛台、盘子和刀叉全都是银制的。房间里木床的雕花立柱高高耸起,墙上悬垂着手工编织的精美壁毯,屋顶的吊灯金碧辉煌,总之这家旅馆向你显示了南方的富有、奢华和追求。告诉你,这就是南方。而且是一百年前的那个南方。

下午,维克斯堡下了一场真正的大雨。大雨将红砖的路面洗刷得异常洁净。那时候,我和仪方刚好在街上,大雨把我们阻截在一家典雅的商店中。于是我们只能在商店中转来转去。后来,我终于发现了我喜欢的一种东西,是在商店后面的一个角落中发现的一串美丽的风铃。那风铃的响声很动人,有点像透过浓密的雨丝传来的遥远而朦胧的钟声。于是我买下那串风铃,从此将它悬挂在家中那个能被四季的风吹拂到的空中。

大雨一直不停地下。我们打着伞继续向前走。之所以要向前走,是因为维克斯堡热心的居民告诉我们,前边就是我们已经久违了的密西西比河。这条大河从维克斯堡匆匆流过,它虽然远不及从孟菲斯流过时那样水面宽阔,但看上去依然滔滔滚滚,义无反顾,甚至更加湍急,一派蔚为大观的气象,令人不能不震撼。

在傍晚蒙蒙的细雨中,我们又再度来到密西西比河的岸边。在暗绿色的河水的波光中,登上"美国之星"号赌船。赌船上的夜晚确实五光十色,在此你的人生感觉也会多姿多彩、灿烂辉煌。那些不顾一切放浪形骸的赌徒们,就是在这条船上醉生梦死的。他们在兴奋和刺激中一掷千金,然后或者得意或者绝望。无论得意还是绝望都不会离开赌船,这样直到天明,所以他们是最早看到密西西比河日出的人们。他们会看到最先的那一片迷蒙的红光,将幽暗宁静的河面染上一片金红。然后太阳就会如诗如画般地从大河后面的那片广袤的平原悄然升起,最后一跃而悬在天空,将光芒无私普照南方的大地。于是在密西西比河早晨的阳光中,赌徒们有点自惭形秽,于是他们便回家睡觉,逃离光明,直到第二个夜晚的降临……

　　是住在杰克森的瑟瑞萨·杨让我们在维克斯堡看到并经历了密西西比河上的这一切。在离开我们停留了整整二十四小时的维克斯堡时,我对不曾见到却又无处不在的瑟瑞萨·杨满怀了最诚挚的谢意。

黑人的田园诗

我们抵达 Canton 的时候已是黄昏。

仪方驾着我们的蓝色雪佛莱，离开五十五号高速公路之后，便开始在 Canton 起伏不平的街道上颠簸着寻找。密西西比河就在附近我们看不见的那道宽阔的河床里流淌着。远远近近的白色房屋从我们车窗两侧匆匆掠过。我们按照文件上的提示前往古德拉先生的家。文件上说，我们要穿越一条铁路，一英里之后，便会在路的左边看到一座白色的教堂，然后再向前五百米……

前往古德拉先生的家，是为了在那里感受美国人的家庭生活。我们将住在那里，这是我在美国的整个行程中唯一不在旅馆里度过的夜晚。文件上说，古德拉先生有一座很大的农场，而且他本人还是离 Canton 不远的杰克逊市的一个很出色的牧师。在古德拉牧师家过夜一定很有意思，我和翻译仪方在很多天前曾为此兴奋。

由于文件上提示的方向不够准确（后来被古德拉先生证实，所有的左和右几乎都是相反的），我们没有能很顺利地找到古德拉先生的家。几乎跑遍了所有美国大城市的翻译仪方，此刻也只能是对着地图一筹莫展。路两旁是一片接一片的棉花种植园。白色的棉花在深棕色的枯枝上开放着，等待收获。陷在棉花地的重围中，我才意识到，我们是真正来到了最典型的南方。我想到了《汤姆叔叔的小屋》，想到了那些在棉花地里劳作的黑人们。

黄昏缓缓地降临，天色变得灰暗。仪方和我都十分焦虑，这里的平原太开阔了，人烟稀少，以至于我们在路上都找不到一部电话。我们在 Canton 这个南方小镇的四周转悠着，每每看到一家农舍，便一定会去敲门打问。在几经周折跑了很多的冤枉路后，我们才在黑夜将临的时候，找到了古德拉先生的家。

和这个家族的几代女人在一起,听她们讲述黑人妇女长歌以当哭的故事。

那是一座漂亮的白色的房子。

那房子坐落在一片殷殷的绿色草场中。

我们最先看到的是古德拉先生家白色围栏上的门牌号,于是我们便终于放心大胆地踩足油门,将车子开向那座白色的木房子。

我们把车停到了房前的湖畔。那时候,玫瑰色的湖水正吞噬着美丽的黄昏。我们被这感人的景色吸引了,这时候,我们听到身后的房子里正发出愉快的女人的笑声。

我扭转头,在木窗里看到了一张正向外张望的黑人女孩的脸。她那又大又黑的眼睛和那眼睛里的微笑,给我留下了至今难忘的美好印象。

是黑人家庭。真的,我看到了。我小声对身边的仪方说。

说老实话,这同我原先对"农场之夜"所抱的浪漫梦想是不大吻合的。我一直以为农场主应是一位白人,他们在用白色栅栏围起的木房子里过着宁静而富有的田园诗般的生活;他们是一对相爱的老夫妇;子女们都长大了不在身边,唯有暮色伴着他们;他们骑马;还有农场里的奶牛……

漂亮的女主人蒂劳瑞斯跑了出来。她高声笑着和我们拥抱。她说你们终于来了,我猜想你们一定是迷路了。蒂劳瑞斯的手上沾满面团。

这的确是一个黑人家庭。蒂劳瑞斯把我们请进屋。我们说，你的家真是很美。蒂劳瑞斯说，谢谢，我的家就是很美，所以我才哪儿也不愿去。蒂劳瑞斯正在给我们做饭。她说，我一直在想该给你们做点什么，总之是要最好吃的。她给我们介绍了正在厨房里帮她干活儿的那个女孩，就是我刚刚在窗子里看到的那个姑娘，她肤色黝黑，眼睛大而美丽。蒂劳瑞斯说，这是我的儿媳妇。

儿媳妇？我惊讶极了。我觉得她看上去简直还是个孩子。

仪方马上提醒我，你不能直接说她像个孩子，那样她会觉得你认为她不成熟。

蒂劳瑞斯的儿媳妇虽然已经结婚，但她依然在读大学。她告诉我们她读的是医学院，她将来要做个最好的医生。她幸福而灿烂地对着我们笑。她的牙齿很白很洁净，镶嵌在黝黑的肤色中闪着珍珠一般的光彩。她的身体丰满，溢着青春，使人想到初升的太阳。是那般热烈地燃烧着，我们仿佛看到了她做医生时的那美好的情景。

蒂劳瑞斯带我们去看我们的房间。仪方住在一间淡蓝色调的房间里，到处是各种可爱的小小的饰物和玩具，蒂劳瑞斯说，这是她女儿的房间。而我的房间是这座白色房子的主卧室，是古德拉夫妇使用的，房间美丽而温馨，雪白的绣花床单是专门换洗过的，梳妆台前的玻璃盘中，装满了蒂劳瑞斯各式各样的首饰。那首饰像小山一样地堆积着，闪着五颜六色的光芒。而隔壁的卫生间则浸在一种弥漫着的清香中。

我喜欢你的房间。我对蒂劳瑞斯这样说，这房子到处可以看到你的追求。于是，蒂劳瑞斯笑着带我们参观她所有的房间、花园和草坪，讲她将来还要重新再装修这座房子的所有宏伟的计划。蒂劳瑞斯很兴奋的样子。看着她我感到很惊异，因为如果不是真正看到，我实在想不到一个南方偏远的平原之上的黑人的家，竟会是如此地优雅和华丽。当然这已经不是汤姆大叔的时代了。

蒂劳瑞斯是个非常美丽的黑女人。她的肤色很浅，闪着棕色的光泽，她有一双很大的黑眼睛。尽管她已经开始发胖，但却一点儿也不像生有六个高高大大黑人孩子的妈妈。

蒂劳瑞斯让我们坐在花园的凉椅上，欣赏黄昏的田园景色。漫坡的绿草。那片很大的湖被笼罩在越来越深的暮色的雾霭中，宁静极了。宽阔的湖面上是鸭和水鸟。围栏以外的草场上，是漫步的一群群黄牛。它们不停地发出哞哞的叫声，朦胧而遥远，仿佛在讲述着什么浪漫的求偶的故事。

我们就那样坐在绿色的草坪上，眼看着这首美丽的田园诗怎样从黄昏沉入黑暗。

蒂劳瑞斯正把她手中的鱼放进沸腾的油锅里。她一边忙着一边告诉我们，古德拉先生到杰克逊市的教堂去了，这两天议会正在选举，所以古德拉先生很忙，要到晚上才能回来，她的大女儿已经结婚，和先生住在杰克逊市。小女儿也在杰克逊工作，每天晚上回家来住。她的三个儿子，都正在外面读大学。而她的大儿子，也就是这个儿媳妇的先生，此刻正在棉花地里忙着收获。家中农场的事情几乎全都交给了他，而现在正是棉花收获的季节，所以在未来的一周里，她的大儿子将会每天都在棉花田里，繁忙而紧张地劳作。

于是，天黑之后，我们只好四个女人共进晚餐。我们围坐在那圆的木桌前，面对着丰盛的晚餐。

蒂劳瑞斯的烹调手艺真是棒极了，每一道菜都非常好吃，这使我想到我的母亲。我对蒂劳瑞斯讲我妈妈关于做饭的所有感受，比如，每天要为吃什么而苦思冥想；比如，要不断地变换花样，又要搭配合理、营养丰富等等。蒂劳瑞斯不断地点头，不停地说，我也是，我也是。她认为在家庭中做饭也是一门学问，而她的高高大大的孩子们就是在她好吃的饭菜中长大的。当然，做牧师的太太也很忙，她要为教区的兄弟姊妹们做很多事情……

这时候窗外响起喇叭声，车灯照亮了绿色草坪。是古德拉先生回来了。他穿着黑色西装，很绅士的样子。衬衣的领口很白，领带也很讲究，还有极高档的皮鞋。古德拉先生是那种很典型的黑人牧师，稳重而深沉。他讲话的声音非常浑厚。后来他说，很多人听他布道时也都称赞过他的声音。

仗方用英文和古德拉先生探讨各州议会选举的情况，共和党将最终获胜在当时几乎是大局已定。他们谈得很热烈……

　　紧接着回来的是古德拉先生的大儿子。一个很黑很瘦也很高的黑孩儿。他见到我们时显得很腼腆。他穿着牛仔布的工装，身上、脸上和头发上沾满了棉花的白絮。他的小妻子马上依偎着他并不停地为他摘去身上的棉絮，很亲昵的样子。黑女孩儿看上去非常幸福，她骄傲地说，无论她在哪儿，她丈夫都能随时找到她。

　　后来他们回自己的小家。

　　我们一道去送他们。

　　Canton 的夜晚风很凉。夜晚很黑也很浓。方圆数十里没有路灯，只有繁星在夜空中眨着明亮的眼睛。

　　我们站在满是露水的草丛中话别，随便问起这一对青年是怎样相识的。那女孩儿便柔情蜜意地告诉我们：其实我们从小就认识了，是在教会里。他的爸爸妈妈从小就带他们去做礼拜。我也去。我们都是虔诚的基督徒，像兄弟姊妹一样亲。我们一道听他的父亲讲道。后来有一天，我突然觉得这个男孩很好，我很喜欢他，我就对他好了。他也喜欢我。我们就结婚了。我们很幸福。

　　然后他们开着两辆车离开了父母的家。他们的车很快消失在黑夜的苍茫中。

　　我们在客厅里和蒂劳瑞斯谈一些关于女人的问题，比如堕胎，她还问起中国的计划生育。后来我问起蒂劳瑞斯的祖先是不是也从非洲移民过来，蒂劳瑞斯显然不大喜欢这样的问题，她说更早的情形她不知道，但自从记事，她就一直生活在杰克逊市。她是在那里出生的，她的父亲也是在那里出生的。祖祖辈辈，他们是纯纯粹粹的美国人。

　　听了蒂劳瑞斯的回答，我便马上意识到这是个敏感的问题。我有点后悔，很怕因此而伤害了热情接待我们的蒂劳瑞斯的种族感情。蒂劳瑞斯接着说，古德拉先生的祖先也是几百年前就在这个村子里生活了。他们世世代代耕种着这里的土地，这里几乎整个村庄都姓古德拉。古德拉家族很富有，差不多每个姓古德拉的家庭都拥有几百英亩的农田，他们是这片土地上真正的主人。我知道这便是蒂劳瑞斯以及她所代表的劳作在这片土地上的黑人们关于美国人的信念。这信念令人感动，也令人尊重。

后来，蒂劳瑞斯把她儿子们的照片拿给我们看。四个高高大大的黑人男孩儿肩并肩地站在一起。蒂劳瑞斯告诉我们，其中的一个男孩子是我们从小收养的，他是个孤儿。她问我，看看你能猜出是哪一个吗？

我猜。

我端详了半天猜出的那个男孩竟是蒂劳瑞斯亲生的小儿子。蒂劳瑞斯高兴极了。她说她就是希望人们猜不出。这说明她的这个儿子也很像她。她骄傲地对我们说，他也在读大学，要到周末才会和他的兄弟们一道回来。

回来吃你做的饭？

是的是的，蒂劳瑞斯高声笑着。她说，是的，每一次他们回来真是这么说的。

这时候，蒂劳瑞斯接到了她外孙的电话。她的神情立刻充满了一种老祖母的慈爱和温柔。那个住在杰克逊市的电话里的黑人小男孩十分迫切地请求他外婆立刻把他接到 Canton 来。他只有五岁。他说他要和中国来的阿姨一道玩。坐在一边的古德拉先生对我们说，他们的外孙就是喜欢外祖母，他每天盼望的唯一事情就是能来外婆的家。

蒂劳瑞斯拿着电话的听筒问我，她外孙问我要不要和他讲几句话？

我说，是吗？当然要。我接过了电话，立刻听到了一个小男孩儿天真的声音，而我们对话的程序也变得复杂了起来。先是我讲，仪方翻译，蒂劳瑞斯祖母负责传达；然后，电话中的那个可爱的小男孩儿应答，祖母再转达给仪方，仪方再翻译给我听……

整个晚上，我们在蒂劳瑞斯的客厅里交谈着。各自去睡的时候，竟然已经是深夜。

寂静的夜和寂静的农场。我躺在床上睡不着的时候，便关上灯，屏住呼吸，静听窗外午夜中秋草和湖水的那轻轻的响声。还有那穿过暗夜的远远近近的偶尔的牛叫。那所有乡间的响声交织着，那么宁静而美好，将我带进了温柔的梦乡。

清晨，是被牛和狗的兴奋的叫声惊醒的。我睁开眼睛，正有一缕明丽的阳光从房间的那扇木窗照射进来。看看表已经八点。我赶紧起床，跑出去向正在厨房里为我们做早餐的蒂劳瑞斯道早安。她很快活，一边煎蛋一边转身拥抱了我。她问我是不是睡得很好？早上想吃些什么？

古德拉先生不在。院子里早晨的空气清新极了。我们等着古德拉先生共进早餐。蒂劳瑞斯说，因为是棉花收获季节，古德拉清晨五点就到田里去了。

古德拉先生是开着一辆装着各种机器零件的工具车回来的。

他在院子里诙谐地鸣响汽车喇叭。

他从小卡车上走下来的时候，我们简直不敢认他。

他的打扮完全变了，和昨晚他开着那辆豪华奔驰从杰克逊市的教堂返回时简直是判若两人。

古德拉先生穿着紫色的布衬衣，米色的旧裤子，头上戴一顶美国西部和南部的男人们都喜欢戴的那种大沿卷边的草帽。他的身上脸上沾满了棉絮，如果不是古德拉先生用他那牧师的浑厚嗓音和我们打招呼，我们真就认不出他了。他流着汗。他说棉花收获很忙，还有一些农机要修理，等等。改装的古德拉先生不再像神圣的牧师，也不像是农场主，而像一个在为别人打工的农场老工人。

我们围坐在蒂劳瑞斯为我们每人准备的那一份早餐前，面饼、培根（一种类似我国西南部腌制的腊肉）、煎蛋、黄油、果酱，还有咖啡和橙汁。古德拉先生闭上眼睛，开始用他凝重的声音大声作着早餐前的祈祷。他的祷告很长，具有着不容置疑的权威性。正在忙碌的走来走去的蒂劳瑞斯停在半道上，她手里端着锅，却紧闭双眼，直到祷告完毕，最后跟着古德拉先生发出了一声"阿门"。

古德拉先生执意要仪方把他刚才的祷告辞翻译给我听。古德拉先生的祷告说，感谢上帝为我们送来了这么好的客人。当我们得知她要来时，我们知道这是上帝的旨意。是上帝在成千上万的美国家庭中选择了我们的家。我们为远道而来的客人祈祷，我们希望她一切都好，一路平安。愿主赐福给她。我们还要感谢上帝赐给我们的如此丰盛的早餐。阿门。

古德拉先生的祷告令我非常感动。我觉得在这种神圣的时刻已经热泪盈眶。这一刻变得如此洁净，甚至忘我，只想把世界上所有最美好的祝愿都送给别人。

尽管古德拉先生穿着最朴素的劳作时的服装，但他仍然是最优秀的牧师。他毕生致力于用上帝的精神引领迷途者，相信他的职业是最最崇高的。

古德拉先生很快又去忙他的农事了。他的农事就像是一首美丽而又清新的农事诗。我们在田

山迪是摩根大学的教授。摩根大学是美国著名的黑人大学。山迪毕生都在为黑人孩子争取知识的权利而奋斗着。

边和他匆匆告别。他摘下宽沿的草帽站在路旁目送我们的车渐渐远去。

蒂劳瑞斯一直开着车送我们。在去 Canton 镇的途中我们路过了蒂劳瑞斯家的棉花田。我们停下来，这时候，他们的那个质朴的大儿子正驾驶着一辆红色的庞然大物向我们压过来。那是他家的棉花联合收割机。很现代的工具。机器开过，棉花便通过传送带储藏进后面的机装箱里。蒂劳瑞斯告诉我们，这里再也看不到人们用手工采摘棉花的收获景象了。在蒂劳瑞斯的怂恿下，我爬上了那辆巨大的棉花收割机，坐在那个质朴的黑人男孩儿身边，和他一起收割这密西西比河流域的棉花。棉花和现代化使南方的劳动者一天天变得富有。蒂劳瑞斯用她随身携带的微型摄像机为我们录像。她兴奋地对我说，看到了吗，这就是我们今天的生活。

然后是告别。

那是在 Canton 的小镇上。

我们停下车。彼此很多次拥抱，依依不舍，我告诉蒂劳瑞斯，我喜欢她和她的家；蒂劳瑞斯说，他们也喜欢我。

然后，蒂劳瑞斯的那辆银灰色的汽车便缓缓地消失在 Canton 镇中午的阳光里。唯有她伸出车窗的那摇动的手，留在了我闪光的记忆中。

多么美好，那首黑人的田园诗。

然后我们也离去。为这美丽的"农场之夜"画上了一个凝重的句号。

汽车旅馆

　　奥克斯佛是一座小小的城镇。很少有旅游者来此光顾。如果不是这里诞生了那个伟大的作家福克纳，我想我也不会执意到这个南方的小镇上来。因为人来得少，奥克斯佛就很寂静；也因为人来得少，奥克斯佛的旅馆就很少也很小。

　　奥克斯佛的这家唯一的旅馆想不到竟是 Holiday inn（假日饭店）的一家连锁店。假日饭店是全美国辐射最广、连锁性最强的一家饭店。在我几乎穿越了大半个美国的行程中，无论走到哪，在高速公路上只要是稍稍接近了一座城市或是一座小镇，远远地你就准能看见竖得高高的那块假日饭店的广告牌，提示你这里有舒适美丽的假日饭店。假日饭店的那个鲜明的标志是由七片红色的花瓣，伴之以 Holiday inn 那几个绿色的字母组成。一种已经成为品牌、成为经典的标志，在全世界的很多地方，你都能看到那朵温馨的小花，在远远近近地召唤着你。

　　因为 Holiday inn 这几个字母看上去好看，读起来好听；因为在爱荷华假日饭店我曾经住过的那间美丽的大房间；因为假日饭店的管理者千方百计地怂恿我加入假日饭店的俱乐部，告

住在奥克斯佛的汽车旅馆里是为了福克纳。这就是他在小镇上的故居。一座白色的年久失修的房子。福克纳的客厅显得古旧而意味深长。

车前的美国的南方之旅，就是为了朝拜福克
的故居。

知我俱乐部成员无论住进世界各地的哪一家假日饭店都将享受优惠的待遇,所以,我对假日饭店应当说,已经非常熟悉了。想这家将触角伸向全世界的"假日王朝"不仅在大城市拥有中档宾馆,竟然连奥克斯佛这样的南方小镇也不肯放过,足见老板的气魄和精明。

奥克斯佛的这家假日旅馆才堪称小小的 inn(inn 是小客栈的意思)。在此停留的大多是过路的旅客,所以这也是那种典型的汽车旅馆。我们沿着奥克斯佛的中心广场一直向北,就来到了这家旅馆的门口。我们在一排房子前的泊车位停了下来,便到门口的客厅去办理住宿手续。操着浓重南方口音的一位先生接待了我们。我们按照提前预定的房间号依次找到我和仪方的两间相邻的房间时,竟意外地发现我们的蓝色雪佛莱恰好就停在了我们房间前面的车位上。

仪方非常兴奋。她说你看,这就是你一直想住的那种汽车旅馆。

南方先生告诉我们,旅馆的院子里是绝对安全的,所以你们无需搬动车子里笨重的箱子,只需拿出洗漱用具就可以了,

通往树林的门依然敞开着,福克纳曾无数次穿过这道门到树林中去散步。如今人去楼空,这里很荒凉了。

如果需要什么，可以随时到车子里去取。这里果然非常方便。尽管奥克斯佛的汽车旅馆很小也很简洁，但是收费竟然还是五十美元，大概是因为南方的物价本来就很贵的缘故吧。住在这里和住在大城市的大饭店的感觉全然不同，这里仿佛让我们在感觉上自由了很多，我们想去什么地方，推开房门就能把汽车开走，就像在自己的家中。

小小的奥克斯佛的小小的假日旅馆让我们觉得亲切而又温暖。特别是走出旅馆就可以看到街对面的那座镇上的教堂。那也是福克纳经常会去的地方。那教堂朴拙的尖顶一直通向南方人向往的天堂。站在教堂对面，心里就会油然而生一种敬意，并由此获得那种灵魂踏实的感觉。

在奥克斯佛的这个清晨我醒得很早。走出房门，便立刻觉出小镇清晨空气的清新。我不想打搅一直非常辛苦地陪伴我的仪方，便鼓足勇气独自一人走到了被阳光照射的无比明媚的奥克斯佛的早晨的街道上。

我走近那座宁静的教堂，在教堂前的空地上伫立了很久。感受着那种与上帝亲近的神圣。然后又来到了小镇的中心广场，在这里转了一圈又一圈，想像着福克纳每天是怎样在这里走来走去的。从镇中心返回时我突然突发奇想走进了镇上唯一的那家超市。这是我第一次在没有仪方的陪伴下尝试着自己买东西。我在柜台上选择着我和仪方都喜欢的饮料、食品、炸土豆片或是口香糖什么的。我在电子荧光屏上得知我所要付的价钱。我带着一大袋食品回到汽车旅馆时，仪方惊讶极了，她睁大眼睛看着我，然后马上就表扬了我。

那天早上我的心情非常好，然后不知道为什么就突然极想在这个美国小镇的早晨、在这家小小的汽车旅馆给中国的家人打一个电话。仪方又是吃惊地望着我，她说她不敢保证这样的一座小镇这样的一家小旅馆能不能把电话打到中国，又打到天津。但是我希望能试一试，我请求仪方帮助我。于是仪方拿起电话拨各种号码为我咨询。最后，她竟然一下子就叫通了我家的电话，让我和我的亲人们说了长长的彼此想念的话，让我把我的爱送到了女儿的睡梦中……我走出房间时一定是非常的兴奋，正在给汽车做卫生的仪方抬起头来看见我时，禁不住说你的眼睛都亮起来了,想不到这座小镇也连着你的亲人们。

在明亮的心情中,我们在汽车旅馆的餐厅里吃了一顿极为丰盛的早餐。都是南方的那些好吃的食物,特别是那种叫做"培根"的腌肉,因为这里的食品好吃,所以这里才会胖人很多。有时候好东西是无法抗拒的。

然后我们上路。在告别奥克斯佛镇上的这家小小的汽车旅馆的时候,太阳已升到了头顶。

七千二百英里

仪方说，她开车的历史已经很长了。她在台湾地区读大学的时候，就已经取得了驾驶执照。她无论在台湾还是后来定居美国，都从未因违章驾驶而被处罚过，她说她的行车记录是最好的。

仪方还说，她最喜欢的就是这种起伏不定的丘陵公路了。这种公路一直架到山坡的顶上，你在车子里什么也看不到，仿佛公路是铺向天空的。那时候你的眼前一片迷茫，但那谜一样的公路就高悬在那里诱惑着你。你于是踩足油门向上开，直到山顶，你才能豁然看到那条伸向远方的无尽的路，那感觉真是奇妙极了。

于是在南方的路上，仪方总是很振奋。因为我们无论是在田纳西州、密西西比州，还是路易斯安纳州的公路上，经常能看到仪方所喜欢的这种波澜起伏的公路景观。当然更多的公路还是在密西西比河流域的平原上，这是一次非常壮丽的旅行，因为随着地势的起伏和气候温度的变化，我们看到了大片的棉花种植园、甜蜜的甘蔗田，以及南方一望无际的原始森林。

奔驰在高速公路上的车总是风驰电掣般的。既然上了高速公路，就不能不高速，这对于熟悉道路的人来说，自然求之不得，他们甚至在看不见警车的路段上，疯狂地超速行驶。但对于一点也不熟悉南方公路的我们，这种快速行驶反而成为了一种负担。因为稍不留意，就会走上岔道。记得在南方的高速公路上，风总是在耳边呼呼地向后响着。我们也常常会因车速的迅疾而来不及看清公路两旁或是头顶上的那些路标。有时候在道路即将分岔的时候，我们想减速看清绿色路标上的线路图，但是车子刚刚放慢，就有身后风驰电掣的人奋力按响的喇叭声。显然我们的哪怕一点点的减速都惹怒了后面的车。于是仪方只能继续加大油门，哪怕是我们走错了路。

　　为此，仪方特意在奥克斯佛的广场书店用八美元买了一本很大的全美公路的交通图。她除了在我们每一次出发之前要认真研究地图之外，还希望我能学会看美国地图，并学会辨别美国的方向。因为仪方在开车的时候，是不能同时研究地图的。

　　无疑这是开车的仪方对我最大的期望。为了不致使仪方的期望落空，我便开始努力学习了起来。我首先要熟悉各种英文的字母，要认识英文中东南西北的拼写，以及这几个方位的缩写字母。要了解出口、入口，懂得路牌上指示的道路会在第几个路口上出现等等，还要在地图以及路牌上出现迷离恍惚的情况下，和仪方一道，纯粹凭感觉选择我们的路线。这种凭感觉其实是很冒险的。因为在美国的高速公路上行驶，你错过了一个路口，有时候就意味着你错过了整座城市。错了，你却也无法离开高速公路，只能一个劲地往前开，去寻找下一个路口。而下一个路口很可能会在几十英里之外，你要找回你错过的路，甚至会用去大半天。于是辨别道路的重任让我陡生心理负担。我一度甚至变得神经兮兮了起来，我注意看公路上闪过的一切路牌上的字母，并用最快的速度背下来，读给仪方，让她来判断那些字母指示的方向。后来仪方好几次笑着对我说，其实你不必这么紧张，不过你确实是一个很称职的助手。

　　仪方开车的姿态原本很文静。她从不开快车，并总是严格按照路边的时速牌的要求控制她的车速。但唯有一次。那一次很刺激。那是我们从玫瑰庄园前往新奥尔良的路上。本来我们是按照路牌上的规定以每小时六十英里的车速行驶的，但是跟在我们身后的一辆车大概是嫌我们的速度太慢，于是他换到超车线后便迅疾地超过了我们。这是个金色头发的年轻的小伙子。他超过我们的时候竟然还对着我们笑。然而他超过我们之后，竟然又四平八稳地开了起来，而且总是不紧不慢地堵在我们前面。这对于要在天黑前赶到新奥尔良的我们来说，实在是不能忍受。于是仪方又换线超过了他。那时候公路上的车不多，所以换线超车并不困难。然后当我们刚刚领先，那个金发男孩好像有意和我们过不去似的，他又马上换线超过了我们，并继续晃来晃去地堵在我们前边。这下惹恼了仪方。她突然将车子开到超车线上，然后狠狠地踩足了油门。于是我们的蓝色雪佛莱就像是射出枪口的一颗蓝色的子弹，呼啸着奋力向前冲去……那时表针上显示我们的车速已经达到了一百二十英里。在回到行驶位置之后，仪方竟然也不减速，始终以一百二十英里的速度向前飞驰。那个金发男孩的红车终于被我们远远甩在后面。仪方在这次"赛车"运动中很投入。她完全没了往日的温文尔雅，也不再像是两个孩子的妈妈。她的表情兴奋而骄傲。一副优胜者的姿态。她说，在美国她还从来没有这样开过车。她又说，你不是喜欢刺激吗？你看我们在争冠军。仪方这样说着的时候，就像个孩子。

在将近一个小时的你追我赶中，我们的车始终遥遥领先，直到那个金发男孩甘愿败下阵来，在一个出口处离开高速公路。他按响喇叭向我们致意告别，一点恶意也没有。其实这就是一场游戏，很刺激并且很好玩儿。直到那个男孩主动退出比赛，仪方才把车速放慢了下来，恢复了路牌上的要求。仪方大声喘了一口气，她说上帝，我们赢了。不过幸亏没撞见警察，否则我们肯定会被罚款。这是上帝带给我们的好运气，可是今后再不敢这样了……

在整个的南方，我们的这辆蓝色雪佛莱始终伴随着我们。最后，在新奥尔良机场，我们不得不把它交给租车公司，在告别这辆蓝色的汽车时，我们都觉得有种依依不舍的感伤。它曾陪伴我们从孟菲斯到新奥尔良，穿越了密西西比河下游大片丰饶的土地，并承载我们完成了这充满了探险精神和神奇色彩的美国南部之旅。它曾在四十号公路、五十五号公路、六十一号公路、十号公路、六号公路以及大大小小的南方城市街道上行驶过；它也曾在"猫王"故居、福克纳庄园、黑人牧场、维克斯堡要塞以及玫瑰庄园和猎人别墅停泊过；它如老牛般缓慢地压过马路也如闪电般急速奔驰过；它唱过歌也发过怒，它是我们在南方的这十几天神奇的旅程中最忠实的朋友。

然而我们就要与它分别。

仪方在把它交回出租公司之前为它加满了油。

仪方在机场的候机大厅前把它开走时，它就像我眼前闪过的一道蓝色的旋风，然后便转瞬即逝了……

哦，我们的蓝色雪佛莱！

七千二百英里

这就是我们的蓝色雪佛莱轿车,跟随我们穿越了整个南方。这是在福克纳的旧居外,我们还要沿着密西西比河继续向南走,直到大河汇入蓝色的墨西哥海湾。

　　仪方转回来时对我说,你知道咱们的车跑了多远吗?整整七千二百英里。我们的七千二百英里。

　　然后,我们乘上飞机,离开了南方。

大河汇入蓝色的海湾

　　穿过古老的法国广场，我们又一次来到密西西比河岸边。正有一条货轮从河上驶过，鸣着长笛，将河面宽阔的宁静划破。

　　密西西比河从新奥尔良市穿过之后，便奔向了墨西哥湾蓝色的大海。在那个我们不曾看到的大河的尽头，不知道那暗绿色的河水是怎样融入那蔚蓝色的海水中，亦不知入海口那融会的瞬间，是一个怎样宏伟壮丽的景观。但也许那融会是无形的，悄无声息的。密西西比河就那样挟带着美洲大陆的泥土，默默注入了透明的大海中，成为了墨西哥湾深海中的一股充满了力量的暗流。

　　那是个早晨。早晨起来我们居住的猎人山庄安静极了。詹姆斯先生不在，我们就成为了这所大房子里唯一的主人。我们尽情享受着洪都拉斯女佣专门为我们烹制的那种墨西哥式的早餐。然后在楼上的洗衣房洗了我们自己的衣服。再然后我们就怀着很好的心情，去了新奥尔良最著名的法国广场。

猎人山庄。典型的新奥尔良建筑。到处是铁艺的栏杆，黑的和白的。新奥尔良曾先后是欧洲很多国家的殖民地。战争让殖民者离开，而建筑却留了下来，所以新奥尔良看上去很像古老的欧洲。

大河汇入蓝色的海湾

　　法国广场事实上是由一条条有着典型的西班牙风格或是法国风格的街道组成。街道很窄，街边大都是那种一百多年前建造的老房子。这些房子通常两层，临街的阳台十分讲究，或者在某种意义上说，就是这些阳台代表了新奥尔良。阳台被一些非常有情调的雕花铁艺栏杆装饰着。就是栏杆上不同的各种精美图案构成了法国广场一道道美丽的景观。这种风格独特的房屋建筑和阳台造型，让你一望便知这是新奥尔良。它是独一无二的，是一幅你永远也不会忘记、更不会迷失的图画。

　　新奥尔良老城是一个既古老又陈旧的城市。或者是为了保持原先城市的面貌，但也或者是无力大面积翻修。很多一百多年历史的、正在一天天衰败下去的房子前，都挂着"此房出售"的木牌子，希望有人前来洽谈。这一类房子，不仅房屋本身年久失修，就是那些等待出售的牌子，看上去好像也已经年深日久，经历了无数的风风雨雨，破旧不堪了。没有新的房主来接纳它们，更没有人愿意出资将它们整修一新。于是，这些卖不出去的老房子就只能继续荒芜在那里，任房子的木板一块块掉落，任雕花的铁栏杆一天天锈蚀。甚至房子的房顶上长满了杂草，而墙壁上爬满的藤蔓也已经枯萎。这样的景象实在令人悲哀。就这样，眼看着那些曾经美丽过的空无一人的房子，日夜伫立在

连南方的女作家都是美丽而奢华的，她们追求夏奈尔的服装、皮包和化妆品。

风雨中；就这样破损着，腐朽着，直到有一天终于再也支撑不住那往日的奢华，于是坍塌。让废墟和瓦砾将那所有的往事掩埋……

尽管如此，在新奥尔良的街道上，还是挤满了来自世界四面八方的访者，来凭吊新奥尔良昔日的风采。他们穿着华贵的盛装，女人们珠光宝气，浓妆艳抹，肩挎着那种时髦的"夏奈尔"女包。那一年，"夏奈尔"女包的优雅表现在皮包的背带上。那是用闪光的金属链和皮带编织而成的一种风格，是唯有"夏奈尔"才有的。在新奥尔良，这种"夏奈尔"皮包的价钱至少在一千美元以上；但不知道为什么，在新奥尔良，这种昂贵的"夏奈尔"女包竟然满街都是。于是，这也便证明了，新奥尔良确实是有钱人的乐园。你就是在一家不起眼的三明治快餐店里，也能看到背着这种"夏奈尔"的女人在男人的陪伴下，明媚灿烂地走进来。

在法国广场和密西西比河之间，有一条布满了礼品店的大街。所有的礼品店都琳琅满目，人流如织，礼品的价格也是最贵的，支撑新奥尔良的经济。靠近大河的一端，是一个专门接待游客的访问者中心。在那里可以询问，并拿到各种精美的宣传品。中心门前是一个小小的广场。广场的中心有一个戴着墨镜的白人男孩，在摆弄一个绅士模样的吊线木偶。这种把戏很像欧洲一些国家的街头艺术。但还不断地牵动木偶，让它做出各种可笑的动作。旁边是一架为木偶播放音乐的破旧的录音机。人们经过的时候通常会停下来观看。特别是那些小孩子总是恋恋不舍。当然只要在此停留，就应该礼节性地投放硬币。一个正在蹒跚学步的小男孩被吊线木偶吸引了。他神情专注地看着木偶表演，然后从年轻的父母那里接过两美元的纸钞，摇摇晃晃地走过去投进钱箱，于是便获得了父母的热烈的赞赏。他们抱起他，深情地亲吻他，好像他是个英雄，做了一件什么了不起的大事。

在密西西比河宽阔的堤岸上，有一条铁轨铺向远方。在这条铁轨上行走的，是一种古老的电车，能把你带到这座城市中很多有意思的地方去。

譬如这座城市骄傲的象征——杰克逊广场。这个广场清晨的时候总是被笼罩在一片迷蒙的薄雾中。尖顶的教堂在雾中庄严地向天空耸去。教堂前的空地上，是杰克逊将军的雕像。他骑在一匹抬起前蹄向前飞奔的马上，挥帽向南方的父老乡亲们致意。他深邃的目光深情地俯瞰着南方的土地。杰克逊生于田纳西州。曾两任美国总统。在美英战争中做过将军，他是南方人至今缅怀的不朽英雄。

电车还可以带你到驰名全美国的圣路易斯公墓。新奥尔良这座著名的公墓被称作是"死亡的城市"。记得我们夜半时分第一次进入新奥尔良的时候，就曾途经这片墓地。记得当时看到那些巨大的石棺和千姿百态的坟墓雕塑时就曾无比震撼。死亡的雕像在黑暗中徒然地伸展着它们伸向夜空的手臂，还有天使的翅膀，无声的祈祷跪拜，以及默思苦想。但上帝似乎什么也不能给予它们，只有南方午夜的寒冷将那死后的所有愿望泯灭。

墓地是残酷的。新奥尔良墓地之所以不同寻常，就是因为死者被安葬在了地面之上。这也是新奥尔良的地理环境所至，因为这里会经常爆发洪水。新奥尔良的居民谁都不愿在大水泛滥的时候，将长眠于地下的亲人或祖先的尸骨冲走。于是他们发明了这种"死亡的城市"，让他们的亲人长眠地上，和他们一道享用陆地上的四季和阳光。

于是这种独具特色的墓地建筑就成了新奥尔良的旅游景点。穿过绿草如茵的公园大道，圣路易斯公墓就会豁然进入你的视野。你要把那个美丽的石城看做是一个既伸手可触又距离遥远的世界。你要带上鲜花，去慰藉另一个世界中的那些无声的灵魂。

电车还可以把你带到一个叫做沼泽地的地方。沼泽在路易斯安纳州很多也很美丽。这里是旅游者狩猎的最好的地方，只是这里不栖息豺狼虎豹，在沼泽泥塘遍布的是鳄鱼、海龟、蟒蛇和林中成群的苍鹭。这是个怎样奇异的狩猎之地。这些猎物就这样被掩藏在沼泽中。沼泽中的猎物凶猛但却丑陋异常，与之形成鲜明反差的是，就在烂泥塘上，生长着浓密且非常美丽的树林。有灿烂的阳光斑驳地从林间照射下来，一切显得那么美妙而动人。树的迷乱的树杈高高向天空伸展着，将它们鹿角一般的完美姿态展现给我们。如果你轻信了这美丽，就等于是陷入了危险中。沼泽是一个美丽的骗局,等待着你的,将是危险,甚至死亡。

穿过那条带你云游新奥尔良的铁轨,就是气势磅礴的密西西比河。在这里,河岸高高耸起,河堤上铺满碎石。而就在那尖利的碎石之上,一个带着灰色贝雷帽的年轻艺术家正在创造着他的艺术——用密西西比河上的漂泊物做材料,制作大型的现代雕塑。岸边围着很多人观望。那个艺术家却旁若无人般全身心地投入他的艺术创作。他用碎石堆积起印第安人的祭坛;用树枝搭建罗马教堂的钟楼;还有枯萎的花环,废铁丝穿起的旧草帽……他的艺术品之多已足以开办一个展览,而他的展览又是完全融入于大自然,完全融入于密西西比河的。这个艺术家创造的是河流的艺术,他对他身边的这条养育了整个南方的大河,一定有着他独到而深刻的理解。但是他不说。他只是在堤岸上的一个纸牌上愤怒地写道:我们是艺术的真正追求者。我们不过是想把密西西比河上的废物变作艺术。但不知道为什么我们的行为却是遭禁的……

无论是那个愤怒的艺术家,还是平静流淌着的密西西比河,以及河上的天空,在那一天的那个时辰,都是铅灰色的,让人觉得压抑。后来这铅灰色的一切,就变成了一种背景,一种宁静而沉郁的背景。在这种背景之上,有一天我就写出了《逃离猎人山庄》。这是个关于爱、关于同性恋、关于犯罪,还有关于精神倒错的故事。故事中的所有人都没有能从背景为他规定的命运之网中挣脱出来。所有的努力都是徒然的。宿命就镌刻在密西西比河起伏不定的那铅灰色的河面上。最终,一切都混乱了。爱情被搅在罪恶中。我将这故事写了两遍。后来,我甚至在我的小说里听到了枪声,看到了血泊,感觉到了我所见过的那些人物正叹息着行走在新奥尔良那座"死亡的城市"中……

这样,在最南端的新奥尔良我告别了密西西比河。

那个年轻的河岸艺术家依然愤怒着。

不知道我此生是否还能再度见到这条河。

我告别。

满怀着,离情别绪,还有,对密西西比河深深的敬意。

圣菲的法则

海拔七千二百英尺高度上的圣菲，是美国西南部新墨西哥州的州府。这座城市和我国西藏的拉萨是姊妹城市，因为它也一如拉萨那么神奇，据说在这片高原上的印第安人和西藏高原的藏胞们，是有着血缘联系的。

在回国的飞机上，一位邻座的美国人一直在津津有味地读着一本书。书的名字很古怪，叫《圣菲的法则》，或者还可以翻译成《圣菲的模式》。这是我已经非常熟悉了的圣菲的人们最喜欢说的一句话。他们认为，在这个神秘的法则中，圣菲建立了它自己的风格和习惯，但这是好是坏，他们却很难决断，因为凡是在他们提到这个圣菲法则的时候，都是既满怀了骄傲，又无不深深忧虑的。仿佛圣菲的法则是一个陷阱。一个美丽的陷阱。总之圣菲法则成为了圣菲专有的词汇，唯有圣菲的人才能真正懂得其中的含义。

圣菲是建筑在洛基山脉崇山峻岭之上的一座古拙而美丽

美国中西部高高的落基山脉上，只有蓝天白云，以及荒草枯花。

雄伟的落基山脉。高原顶上低矮的植物。圣菲和我国西藏的拉萨是姊妹城市。我没有去过西藏，但却在圣菲第一次有了高原反应。

的城市，据说也是美国最早的城市之一。因为在高原之上，所以所有的景观都是极为奇特的。在一望无际的荒原上，远远近近都是那种可以任由狂风卷携的低矮的植物。开阔的视野，蓝极了的天空，还有白云，茫茫的清澈如洗。刺骨的寒冷会无情透彻你的肌肤。这就是美国的印第安人生活的地方。他们的和天空很近的家园。

刚下飞机，负责我们圣菲行程的罗夫特先生便急匆匆地带我们去看一个地方。那时已是很深的黄昏，罗夫特先生的车开足了马力。那是洛基山支脉上的一片山峰。那山峰在黄昏时分被斜阳照耀着的时候，便会是一片血红。那山峰环绕着圣菲。于是圣菲的人称那片落日的壮丽景象为"基督的血"。"基督的血"。多么令人震撼。那罪恶和苦难的最神圣的诗意象征。我从此记住了这个对我来说充满宗教色彩的意象。并且很多次在我的作品中使用它。因为我觉得那就是我对大自然所有的认识和崇敬。罗夫特的车在弯弯的山道上飞快行驶着。我们的心情也非常急切，因为我们都太想看到"基督的血"了。当罗夫特的车转头回返的时候，夜幕已经降临。我们最终没能在太阳落山之前赶到那片山峰，也遗憾地没有能看到那悲壮的"基督的血"。但是罗夫特先生非常详细生动地为我们描述那血色黄昏。从此那意象便永远留在了我的心中。

圣菲的法则

晚上，罗夫特把我们送到了一家餐馆。那是圣菲夜晚唯一还开着门的餐馆。圣菲仿佛被高原的寒冷冻僵了，所以每到夜晚，人们都习惯于蛰居在他们家中的壁炉旁，在木柴的燃烧中感受温暖。因此晚上很少有人出来吃饭。所以罗夫特反复地叮嘱我们，圣菲是一个非常昂贵的地方，到处是金钱的陷阱，这也是圣菲的法则之一。后来我们很快就领教了。

我们于是心怀戒心地走进餐厅那温暖的烛光里。很有情调的大厅空空荡荡。我和仪方刚刚进去，便有一个漂亮的小伙子立刻迎上来，礼貌周到地问我们想吃点什么。他微笑着拿给我们那价格昂贵的菜谱。看过菜谱，我们便立刻意识到被"宰"的厄运将无法逃脱。这时候我们才真正懂了罗夫特所告知我们的"圣菲法则"，但是既然我们已经走了进来，走进了烛光，走进了温暖，走进了这个漂亮青年的热情注视中，我们已没有退路。寻思贵的东西也许会是好的。我们每个人的晚餐都用去了五十美

圣菲著名的峡谷街。每个画廊前都会有这样古朴的木制招牌。美国的很多画家就是从这里蜚声世界的。峡谷街，多美的街名。就意味了艺术。

圣菲是美国最古老的城市，所有建筑都必须是印第安风格的，用黄泥涂抹。这是政府的规定。所以希尔顿饭店的大厅也是印第安式的。

元。想想五十美元的一顿饭能够吃什么？结果仅仅是那么小小的一块印第安人风格的泥巴烤鱼。而且非常难吃，难吃到难以下咽，也许是因为我们太不熟悉印第安人了。总之我们只好把高原的鱼继续留在盘子里，饿着肚子回到了我们的希尔顿酒店。饿到天明。

于是记起来曾有一对父子走进餐厅，就坐在我们旁边的位子上。父亲可能想带着儿子奢侈一回，可是一看菜谱就被吓坏了，我还记得他当时那震惊的神情。于是漂亮的男服务生立刻不屑地对父亲说，你如果不满意可以换一家餐馆。记得那父亲立刻抓起了儿子的手，奋不顾身地逃离了那昂贵的烛光。他没有虚荣。他当然有权利作出自己的选择。看着服务生只好将已经摆好的那些晶莹剔透的餐具一件一件地收拾起来。后来我对仪方说，或许我们也该像那对父子一样选择离开的，就不至于饿肚子了。就这样，我们一开始就陷入了圣菲神秘的法则中。

圣菲是我所走过的美国城市中最有特点的一座。城市中所有的建筑，无论大小，都是按照印第安人房屋的结构建造的。黄泥抹成的土墙。石头砌起的墙垛。木制的门窗，木梁一根根从土墙中伸出，古朴得仿佛是原始的遗迹。走进这样的建筑中，你甚至会觉得自己身上的衣服不合适。就是我们所下榻的希尔顿酒店，也是一色的黄泥巴建成，典型的印第安风格。大厅的壁炉里燃烧着真正的木头（美国的很多房子至今保留着欧式壁炉，但只是作为装饰而已，已经没有人真正烧木材，真正要靠壁炉取暖了），火焰跳动着动人的温暖。壁炉上粗糙的木台上，摆放着印第安人烧制的精美的陶罐。一丛丛高原的干草，典雅而朴实。还有一串串火红的辣椒，橙黄的南瓜，以及高原沙漠中才有的那种巨大的仙人掌。然后是印第安图案的编织物装饰着所有的座椅、沙发和墙壁。你坐在希尔顿酒店的大厅里，就仿佛是坐在印第安部落酋长的帐篷中。客房的天花板上也裸露着粗大的木梁，而床的靠背是用高原上生长的那种红柳的枝条做成的。电视中的第六频道，一天二十四小时始终在不停播放着关于圣菲的短片。一遍又一遍，不厌其烦地告诉你，圣菲是一个多么美丽的地方。

后来问罗夫特，为什么圣菲的建筑全是一种风格，就连山顶上的那家有名的歌剧院,也全都是黄土砌成的?

罗夫特说,这是政府的规定。硬性的规定。这也是圣菲法则,强调建筑风格。所以圣菲才成了唯一。罗夫特还说,圣菲还有一个规定,那就是政府在每年征收的税款中,必须拿出百分之九用于城市雕塑。所以圣菲看上去才会像一个展览馆,无论你走到哪儿,举目皆见各种用青铜、用石头、用木头制作的城市雕塑。就在我们希尔顿饭店对面的墙角,就昼夜站着一匹驮着木柴的驴子。那驴子是青铜雕塑。我们每每经过它,都觉得它那忍辱负重的形象令人同情。仪方在看完这座雕塑的说明后告诉我,就在十几年前,圣菲的街道上还到处可见这种驮着木柴的驴子。山上的人用驴子把木柴运到城里来卖。因为圣菲用来取暖的木柴,就是由驴子一点点从山上运下来的,所以圣菲的人对驴子充满了感情和敬意。在他们看来,驴子就意味了圣菲的温暖。

圣菲还是一座非常著名的旅游城市,能到圣菲来旅游,是需要一种非常另类的激情的。在街心花园中游荡的,在旧州府门前回廊中印第安人的首饰摊前疯狂购物的,全都是来自全美国以至于全世界的旅游者。罗夫特告诉我们,来到圣菲你一定要做的有两件事:一是一定要买印第安人手工制作的首饰;二是一定要去看峡谷街。

一下子就记住了峡谷街。因为我太喜欢峡谷这两个字了。我的一部小说的名字就叫《太阳峡谷》。峡谷,总是意味深长,对我来说,这两个字的深意是无法测量的。

于是去了峡谷街。原来峡谷街是绘画和雕塑艺术家成长的摇篮。峡谷街的房子更加朴拙,更接近印第安人部落的房舍,当然也更接近艺术。峡谷街上每一座房子都是一个画廊。峡谷街的艺术家们在此居住,在此创造艺术,在此将他们的艺术品标上价钱,并想方设法卖出去。住在峡谷街的艺术家们或者很穷,但也可能很富。一幅油画或是一件雕塑,有时就能换回成百上千或是成千上万的美金,那时候那个艺术家就会被美国甚至被世界所承认,那么他可能就要离开峡谷街,离开圣菲了。所有在美国美术界奋斗的艺术家都知道峡谷街,就像知道纽约先锋艺术家们聚集的那个索霍区。很多在美国极有影响的艺术家都是从峡谷街走出去的，他们先是在圣菲这座洛基山脉上的明珠一样的小城中苦苦挣扎，直到他们的名字在美国日益地响亮了起来。

有趣的是，罗夫特先生的儿子小罗夫特也是个从峡谷街走出去的画家。他原本只是个喜欢一天到晚泡在峡谷街的小男孩。是峡谷街养育了他，后来他也就喜欢画画了。从峡谷街回来，他就学会了在自己房间的墙壁上涂抹出各种各样的色彩。后来，他便以这种浓墨重彩、并且极富装饰感的习作，考上了波士顿美术大学，如愿以偿地走上了未来艺术家的道路。那晚罗夫特夫妇请我们到家中吃饭，还特意带我们去参观了小罗夫特混乱不堪的房间和墙上的壁画。那壁画色彩很重，很有形式感。罗夫特说，他不理解他儿子的艺术，但是他们非常想念他。他还告诉我们，他们刚刚从波士顿看儿子回来，他说波士顿是一个非常古老而且非常优雅的城市。

罗夫特先生是白人。但据说他的血管里流动着很多种族的血。他高高的个子。金色的头发。显得腼腆，但内心却充满热情，否则就不会一见面就带我们去看"基督的血"了。记得我们刚刚住进希尔顿饭店，就接到罗夫特先生打来的电话。他说他此刻就在楼下的大厅里，他的特征是穿着牛仔裤。我们下楼来看到罗夫特，他果然牛仔打扮，但是他没有告诉我们他的另一个特征是，他把金色的头发束在了脑后，像印第安人那样扎成了一个小辫。这通常是峡谷街人的打扮，而且罗夫特先生也不是艺术家，特别是他已经不年轻了，他干吗要追求这些呢？难道这也是圣菲的法则吗？

事实证明，我的猜测没有错。因为自从见到罗夫特之后，我们在圣菲的街道上，就不断看到在发型和服装上比罗夫特更标新立异的男人们。他们或者穿镶嵌着亮片的长皮靴，或者穿价格昂贵到处都是穗穗的皮服装，或者戴十分夸张的卷边宽沿帽，或者，将很大的只有圣菲的印第安人才会有的绿松石挂在胸前。然而这不仅仅是男人。男人比起女人来，那才真正是小巫见大巫。罗夫特说在圣菲的法则中关于女人的一条，也是最重要的一条，那就是圣菲的女人一定要被身上数不尽的首饰压倒。

其实美国女人本来就喜欢首饰。圣菲的女人就更甚。她们甚至把首饰视为生命中的一部分，所以几天不买新的首饰，她们的生存就备受煎熬。一个圣菲的女人朝你走来，你远远地就能看到她们身上所悬坠的那各种精美而夸张的锁链。她们的手腕上，通常是那种装饰感极强的工艺手表。她们的一个耳垂上，有时候要戴三种以上不同风格的耳环；而另一个耳垂，又悬垂着另外的三种。手指更是如此，幸亏她们只有十个手指可以戴戒指。大概到了夏天，她们也会利用上脚趾。总之只要是圣菲的女人走过来，她们在和你说话的时候，不经意地做着手势，当她的手指在你眼前晃过的时候，你便立刻被眩惑了。顿时，光斑闪闪，仿佛有流星从眼前划过。于是你迷惑你是不是已经跟着阿里巴巴走进了那个匿藏着无数金银珠宝的山洞。圣菲的女人就是那样的山洞。无论在哪儿，你都能在陌生的圣菲女人身上，看到让你特别喜欢的首饰。她们就是这样在你的面前炫耀着、闪烁着，最终把你引进那个变幻莫测的圣菲美丽的法则中。

而且我本来也是个喜欢首饰的人。于是便在劫难逃地坠入了圣菲首饰的陷阱中。美国本来就到处都是首饰店，在圣菲的街道上更是一家紧挨着一家。甚至在市中心的广场上，也布满了那些卖首饰的地摊。于是你被诱惑，又不知该怎样躲避诱惑。后来就干脆入乡随俗，想反正圣菲的首饰是最有特点的，所以就是贵也值了。记得我曾很多次下决心不再买了，到头来却是到底经不起美丽的诱惑。结果只能是反复地买。给自己找出各种理由地买。项链、耳环、戒指、胸花……我和仪方彼此劝阻，但又彼此怂恿。我们在圣菲的几天，没有一天是不买首饰的，而买了以后又后悔。离开了圣菲我们才觉得是逃过了这一劫。我们不能解释，为什么如此轻易地就掉进了圣菲的又一重法则中？

告别圣菲的时候，我们听到了教堂的钟声。

我们在明亮的午后穿过"基督的血"。太阳正缓缓地在我们身后沉落，将"基督的血"染得一片金红。

普艾布娄

　　普艾布娄（PUEBLO）是美国新墨西哥州一个印第安人部族的名字。他们就居住在海拔七千二百英尺的高原上。我是第一次来到这么高的地方。那种感觉就仿佛是在天上。飞机在漫无边际的沙漠中缓缓降落。几乎寸草不生的绵延大地开阔而辽远，一直伸向无涯的蓝天。然后我便开始在高原地区头晕目眩，并在这种高原的不舒服的反应中，听圣菲的朋友讲印第安人古老的故事。

　　在圣菲到处可见梳着辫子的印第安人。那种典型的东方感觉令人有一种天然的亲近感。黑色的头发。突起的颧骨。还有他们亲近大自然的那种独特的思维。据说在美洲这块大陆上，土地的真正主人就是这些世世代代生活于此的印第安人。他们生生不息地在这块古老的土地上繁衍生育，过着与大自然完全融为一体的原始生活。后来欧洲人来了，印第安人便被他们从自己的土地上驱赶。从此，他们没有了家园，不再是土地的真正主人。主人变成了那些从欧洲大陆移居至此的白人们。他们残

属于印第安部落的大树。那是他们不屈的民族精神的象征。

用以和上天对话的祭坛。他们认为自己也是大自然的一部分,那是印第安人思维的方式。

杀印第安人,逼迫他们离开自己的家和土地。从此漂泊,像一团团无根的蓬草随风飘转,直到,有一天被集中到美国西部这高高的洛基山上。这里奇异而高。一座座高耸的山峰像被兀自砍断一般,每座山峰的顶端,都是一个巨大的高原平台。一座连着一座,壮丽而苍凉。

专门带我们去参观普艾布娄的玛蒂斯女士一边开车一边为我们讲述那些高原平台上的古老传说。她说每一座山顶都有一段故事。她说印第安人喜欢住在山顶,他们认为那样便可抵御其他部族的侵略。从古至今,印第安人部族与部族之间的战争就从来没有停止过。他们勇武剽悍,天生善战,仿佛生下来就是为了去打仗。自由是他们生活中的第一需要。而他们的宗教则是大自然。他们已经生活在文明的社会,但是他们中的一些人却至今热衷于披裹兽皮,赤身裸体,执着地生存在一种古老的理念中。

马蒂斯女士指着我们正在缓缓穿行的那座山峰,告诉我们传说在那片黑色的山顶上,曾经住着一个非常和睦的印第安人大家族。很多的男人和女人。很多的老人和孩子。一天,男人们顺着石阶到山下来种田,把他们的女人、老人和孩子们留在山上温暖的家园中。他们觉得山顶上是最安全的,所以他们没有后顾之忧。突然刮起一阵飓风,便骤然摧毁了那道通往山顶的石阶。于是所有的男人都扒着山石拼力向山顶攀援,但是没有人能爬上去哪怕半尺。他们被飓风一次次吹倒在地,他们哭着,挣扎着,吼叫着,呼唤着山顶上亲人的名字。他们灵肉相依,此刻却无力救助。飓风让他们天各一方,而昨晚,他们还共享着爱的温馨。在风的呼啸中,他们仿佛听到了家人绝望的呼喊。他们便也绝望了,只能用拳头奋力击打那坚硬的岩石。鲜血淋漓,泪水飞溅。他们祈祷上苍,赐他们一道天梯,把山顶的亲人救下来。但是没有应答。飓风依然猛烈,山顶的哀鸣却越来越低沉。最后,山下的人什么也听不到了。飓风终于平息。被绝望折磨的男人们疲惫地站起来。山顶已经杳无声息。但是男人们还是开始重新打凿石阶。一级又一级。敲击山岩的声音昼夜在峡谷间回荡着。后来他们终于爬到山顶。他们看到的山顶已经是一片宁静。什么都没有了。不再有家也看不到一个亲人。他们擦干眼泪。下山。决定不再居住在高高的山顶。从此他们开始了在山下繁衍生息的岁月。世世代代。他们想忘掉那个古老而残酷的传说,但是很多的夜晚,当飓风以后,当四野寂静,他们总是能听到山顶传来的那凄惨而绝望的喊叫声……

接下来是新墨西哥大学专门研究印第安文化的施家彰先生为我们讲述的另一个普艾布娄的故事。施先生是一位诗人,所以他的故事充满了一种诗的悲伤。

他说那是在一对印第安年轻人的婚礼上。婚礼在普艾布娄的教堂举行。后来我专门去看了那个用黄土砌成的美丽的教堂。婚礼很辉煌。来参加婚礼的人很多。新郎新娘离开后,部族里的男人们就开始在教堂的大厅里喝酒。他们毫无节制喝得烂醉。喝醉之后就开始打架。结果在教堂的台阶上,一个青年被活活打死。婚礼中的可怕的惨痛。于是普艾布娄的女人们愤怒了,她们于是用自己的方式去警告那些酗酒的男人们。在部族中最年老的女前辈的带领下,她们把自己几年来辛辛苦苦烧制的陶罐全都搬了出来,搬到巫师用石头摆出的普艾布娄的宇宙的中心,然后,将它们统统砸碎。那么美丽的陶罐。有的甚至价值连城。但是她们把那所有的美丽全毁了,她们毁掉的是她们自己的心血。她们这样做无非是想证明,物质并不重要,重要的是一个人的心要纯净,是兄弟之间不能残酷杀戮。

普
艾
布
娄

我看到普艾布娄的教堂庄严而宁静。那个印第安青年的鲜血已被清洗干净。教堂的墓地中静静地安眠着普艾布娄的灵魂。一束束高原的野花烂漫地开放着，诉说着那个令人伤感的故事。

穿过教堂便走进了普艾布娄的村落。这里的印第安人已经结束了他们不断迁徙的游牧生活，他们甚至不再种田，而把主要精力都放在了那个原始古老的制陶业上。所以制陶，是因为普艾布娄有着令整个部族、甚至整个印第安民族、甚至整个美国骄傲的制陶大师玛瑞雅。

玛瑞雅烧制黑陶的纪录片就在印第安文化博物馆的电影厅里始终不停地放映着。拍摄纪录片的时候玛瑞雅已经八十多岁了。她就那样朴实无华地走进银幕，满怀自信地坐在了那堆黄色的泥巴前。然后镜头里是她的苍老而粗糙的手。她的手开始灵活而敏捷地搓弄那团泥巴。她说话时的那沙哑的声音。一个个完美的陶罐被制作了出来。那是玛瑞雅的艺术。然后她的儿子开始用高原上特有的一种草梗为玛瑞雅的陶罐绘制图案。那种印第安风格的，又是非常现代的。据说早些时候是玛瑞雅的丈夫朱利安为她的陶罐画图。朱利安是一个印第安油画家。很帅，像东方的硬汉。他的肖像和玛瑞雅的肖像一道悬挂在普艾布娄陶器陈列室的展窗里。后来朱利安死了，丢下玛瑞雅继续他们的陶器艺术。然后是烧制。黑色的浓烟，还有灰烬。玛瑞雅蹒跚着她的老祖母的步履来到火堆旁，在灰烬中一个一个地掏出她精心制作的那些精美而昂贵的黑色陶罐。真是美极了。是玛瑞雅创造了这个美到极致的印第安艺术的世界，可惜我们来到玛瑞雅所在的这个普艾布娄的时候，玛瑞雅这位迷人的印第安艺术大师也已经辞世,追随她的朱利安去了……

在新墨西哥州的阿尔布凯克机场里，已经到处是非常现代的印第安人。他们将由此走向美国乃至于世界的四面八方。为了生存，年轻的印第安人已经无形地融入了美国白人的生活中，甚至慢慢丢失了他们关于家园的概念，遗忘了他们的祖先。他们开始了"美国人"意义上的新生活，一代又一代。那已经是一种崭新的印第安历史了。但是玛瑞雅的艺术还在，祖先不屈不挠的精神还在。它们将作为美国文化最灿烂的一部分，永远辉映着美利坚的国土。

网住你的梦

上

我可能此生再没有到圣菲去的机会了。

我对那座印第安人聚居的城市留下的最深刻的印象是什么呢?

当然,是印第安人制作的首饰。是的,在圣菲随处可见这种有着独特印第安风格的首饰店。就是在大街上,你也随处可见。印第安人把他们亲手打制的首饰嵌在地上的毛毯中,向你展示并出售。我当然不能抵御这种诱惑,我总是一看见这样的首饰店或首饰摊就眼睛发亮,并不由自主地停下来,那是一种神秘的支配力。我只好停下来,专注于柜台上或于地摊前,不停地看啊欣赏啊,最后就是挑选呀讲价呀。在这座城市中,我几乎每隔两小时,就要买一件饰品。我像被什么卷携着,我觉得我已经陷入了圣菲这神秘的法则之中且不能自拔。我想我如果是一个圣菲人,最终也一定会被各种各样的饰物坠倒的,像生活在这座城市中的所有女人那样。

问题是,每一件好看的首饰我都想拥有。我想拥有印第安人生活的高原上所特有的那种蓝色的绿色的和朱红色的石块;我想拥有用白银打制而成的各种精美的项链和耳环;我还想拥有各种记述着印第安人神话和他们苦难生活的胸饰。所有所有的,每一件我看到过的饰品我都喜欢,但我不能买走圣菲的所有首饰。我必须学会作出选择。在满目皆是的饰品面前,我骤然觉出应当为自己的选择定出一个标准。那么这个标准应当是什么呢?

慢慢的,我发现那些饰品的物质本身以及它们造型的美、色彩的美以及工艺的美,其实都不过是一种符号,这些外在的东西无论怎样灿烂夺目、光彩照人,都不能掩饰它们所要表现的印第安人的那颗忧伤的心，和他们飘泊不定的灵魂。我想，这可能就是我选择印第安饰物的标准吧，因为我首先看到的总是它们所代表的那一层神秘的意味。

马上的骑士——这是一个小小的用生铁铸成的胸饰，我是在圣菲街头的一家普通的首饰店中找到它的。在简朴的草篮中一看到它我就被深深地感动了。那是一个穿着兽皮、背着弓箭、带着长矛的印第安骑士，他低着头，忧伤地骑在马上，他头上的羽毛徒然地闪着无望的光。那匹老马也低垂着头，马的蹄下是那一小片随着马蹄移动的可怜的土地。没有蓝天。那个沮丧悲哀的印第安骑士只拥有脚下的那一小块土地。他在绝望的大迁徙中。他们要离开自己的家，居住到白人为他们规定的聚集地中。据说这是印第安人历史中一次可怕的悲惨的大迁徙。他们从美国的四面八方被驱赶到中西部的这片崇山峻岭之中，在离天离地都最近的高原上安营扎寨。

这个悲伤的仿佛被打败的骑士比一个正在奔驰的骁勇善战、无往不胜的骑士更令我感动。它是那么镂骨铭心地映入我的眼帘，它显示的是印第安人苦难迁徙的历史和命运。这和我过去印象中所有印第安骑士的形象迥然不同，他虽然没有奔驰没有高昂着头，但他依然是高原的鹰，他拥有着更加深刻的悲哀和力量。这个铸铁胸饰粗糙简洁的几处剖面上闪着不灭的光。我当即就买下了它。我把它送给了我的女儿，并拿着它给女儿讲了很多我在圣菲高原听说的印第安人的故事。

蓝色的星——这是在圣菲市一个十分高雅的由一个美丽的白人妇女经营的首饰店里买到的一个项坠。这家商店所标榜的是店中所有饰品都是真正印第安人制作的，是纯手工的，没有假货。果然她店中的饰品几乎没有一件是相同的，而且看得出手工打制的那种精美和那种古朴原始的味道。走进这家商店时，我正疯狂迷恋着印第安人居住的高原上所特有的那种蓝色的石头。那是一种纯天然的很艳丽的蓝，那很浓的天蓝色既不透明也不闪光，是印第安人十分喜欢的一种装饰色。商店美丽的女主人对着我微笑，她不厌其烦地把那些镶有蓝石的饰物从柜台里拿出来任我挑选。她还耐心地向我介绍这种蓝色的石头分布在洛基山脉的哪些地方，印第安人又是怎样把它们开采出来,并在自己的作坊里将它们加工成美丽饰物的。于是,在她的指导下,我选择了一个镶嵌着四颗蓝色石头造型十分典雅完美的项坠。我觉得这件饰品美丽至极,那四颗蓝石就像四颗小小的蓝色的星星。在圣菲购买的一些首饰我后来陆陆续续送给了一些朋友,但镶着蓝星的这项坠我却留了下来,我把它送给了我自己。

白羽毛——白羽毛是一对用白银制成的耳环,每一只银环上都悬挂着几片银色的羽毛。金属的羽毛闪着白色的光芒,清清冷冷,给人刀光剑影的感觉,仿佛印第安勇士正在浴血拼杀。羽毛本来就是印第安男人的饰物,它们总是被骄傲地插在印第安勇士的头顶。它们象征着勇敢。然后,这些勇敢的猛士们便开始了与异族的、或是部族与部族之间的血腥杀戮。据说卡瑞斯部族是全美国最强悍的印第安部族。这个部族的男孩子们都骁勇剽悍,个个是英雄,他们就住在洛基山脉的高原上,他们的头顶上就插着那些象征着美丽和勇敢的白羽毛。他们终日骑在马上奔驰,他们的羽毛在高原的风中坚定地飘着……然后部族中智慧的印第安工匠便把这装饰男人的羽毛改做成女人佩戴的首饰。从此,女人们喜欢在耳朵上悬挂起男人的英勇,她们把对男人的崇拜化作了柔情似水的美艳……

下

演奏者——演奏者是典型的印第安妆饰形象。他或者出自印第安传说,或者历史上确有其人。总之他是个极具传奇色彩的人物,只是我对他的故事一无所知。无论是在圣菲的商店橱窗里,还是在普艾布娄印第安人的部族中,到处可见这个演奏者的形象,头发向天空竖起,弯弯的脊背,身上像藏袍一样的衣袖甩在身后,穿着长靴的双脚跳跃着,尽力吹奏着手中的那个乐器,那是种印第安人的乐器,我不知道那乐器发出的声音是怎样的,那是种无声的神秘的演奏。后来一个印第安人告诉我,演奏者是一个圣人,他给印第安人带来吉祥。为了吉祥我买了演奏者胸饰,并当即把它别在了我的大衣上。抵达新墨西哥州的圣菲时,我离家已经二十几天了。当时我很迷茫,我想家中的亲人,我希望能在未来的访美行程中一路吉祥,然后平平安安地尽早见到我的亲人们。演奏者胸饰一直别在我的胸前保佑着我，我不断对后来见到的美国人解释这个印第安饰物吉祥的意义。直到我穿越大洋返归故里，直到我在北京机场的夜色中看到了来接我的亲人，演奏者胸饰把我无尽的思念变成了真实的相见。

绿石花——这是一枚非常古朴而又十分美丽的戒指。在买下这枚戒指之前，我们刚刚参观了印第安人的博物馆。博物馆坐落在一片高原的空地上，巨大的太阳雕塑高高地耸立着。印第安人崇尚自然崇尚太阳，他们已将生命和未来融入了浩瀚的宇宙中。博物馆的门前是高原特有的一丛一丛的衰草，那草泛着金色的光芒，草背后是蓝天白云。走进博物馆就仿佛是走进印第安人的部族。我们在那种印第安人所独有的与大自然无比亲近的气息中走来走去，最后走进礼品店，我就看见了那枚风格很独特的戒指。戒指上镶嵌着一颗有着黑色斑纹的深绿色石头。这石头同蓝石一样也没有光泽，不透明，它们只是在黑色的斑纹之中暗暗地执着地绿着。我发现它的时候它正和其他印第安饰物一道躺在柜台上的一个小小的纸盒中。这枚戒指在纸盒中出类拔萃光彩照人。不仅绿色的石头典雅诱人，那银制底托的造型也十分精美。闪亮的银珠和羽毛奇异地环绕着那颗暗绿色的石头，那种组合极为独特，那是种极为美妙的幽深的情调。我买下了这枚戒指。礼品店的女服务员特意用一个精美的纸盒为我包装，并且告诉我，因为是在印第安人的博物馆里买东西，所以这里的商品不收税。

网住你的梦——这是一对耳环。在我离开美国的时候，我把这对耳环送给了我的翻译、那个极好也极聪明的台胞姑娘仪方。在美国整个的旅程中，我和仪方几乎天天在一起，形影不离，分手时已成了最好的朋友且恋恋不舍。我没有什么可以送给在美国生活的仪方，后来我想到了这对耳环，这本是我们两人一道在一个叫做普艾布娄的印第安人群居的部族里买的。普艾布娄在圣菲市郊的一片高原上，这里是真正印第安人居住的地方。他们在这里生活，在这里祷告，在这里向大自然顶礼膜拜。普艾布娄的空旷的广场上到处是同未来和宇宙相关的石块，还有祭天的舞台、木梯，以及用在祭天仪式中杀牲后遗留的

玛瑞亚在烧制陶罐。她是部落的母亲，是民间工艺大师，也是印第安人永恒的骄傲。

血迹和羽毛。我们在一个寒冷的早晨叩开了那个印第安艺术家的家门，他的家既是家，也是制作工艺品、彩陶和首饰的作坊，同时还是出售这些艺术品的商店。普艾布娄几乎所有的印第安人都是艺术家，他们不再以打猎和种植庄稼为生，而是靠灵巧的手和智慧的脑，以及他们对艺术的天然的感悟，开始了手工艺术制作者的生涯。他们的工艺品总是价格昂贵。特别是当印第安人的节日到来，他们举行各种各样的庆祝活动时，圣菲和美国其他各州的富翁和艺术家们都会专程来此观看印第安人的仪式、舞蹈，并以被哄抬上去的令人不可思议的价格去购买那些印第安艺术品。自然这都是些想像力异常丰富的艺术品，它们价值连城是因为它们凝聚了印第安人独特的艺术感觉和梦想。"网住你的梦"就是在这位艺术家的案台上发现的。它是一对用银丝编织起来的圆型的细网，网中间坠着一小颗不规则的朱红色的石块。还没完全睡醒的那位印第安艺术家告诉我，"网住你的梦"，这是印第安人特有的一种追求和渴望。为了不要让好梦跑掉，印第安人编织了蛛网。他们认为蛛网就是用来留住梦想的，所以他们也崇拜蜘蛛。他们用象征着吉祥的朱红色的石块代表勤奋编织细网的蜘蛛。那对耳环做工精细，垂在耳下，便会晃动出明明暗暗的光彩来，十分动人。其实我并没有耳眼儿。我完全是因为"网住好梦"的印第安人的美丽说法才用

网住你的梦

美国印第安人。

很昂贵的价格买下这对耳环的。我十分珍视它，因为我实在是希望能留住好梦，让生活美丽幸福，让生命灿烂辉煌。但我最终还是把这对我无比珍爱的耳环送给了仪方，我是想把这个"网"的美好的愿望送给仪方，而我只留下这"网"所给予我的美好的观念和启示。尽管我从此不再拥有物质的"网住你的梦"，但这种印第安人创造的美丽精神却已经深深地印在了我的心上。我相信有了印第安人为我编织而成的这心灵之网，所有的好梦是一定不会从我的身边溜走的。

记住，"网住你的梦"。这也是我要送给我所有的亲人和朋友们的最美好的祝愿。

湾区旅行

　　刚住进女王·安旅馆，就拨通了陈钢家的电话。那时候仪方就坐在我身边，她说，若不把我亲手交给陈钢，她是不会回Concord 的家的，无论多晚。

　　四十分钟后，陈钢敲响了我房间的门。他高高大大地走进来，还是那副我熟悉的样子。好像什么也没有改变。我们已经有半年多没有见面了。同陈钢是那种真正的"青梅竹马"。我们差不多从生下来就认识了。彼此看着长大，于是彼此了解对方的几乎一切。

　　然后，仪方说她可以回家了。那时已是黄昏。仪方的家很远。她要穿越海湾大桥，穿越黄昏，在黑夜中的高速公路上行驶很久，在很深的夜晚才能见到与她阔别近四十天的先生、儿子和女儿。仪方开着车，慢慢地消失在萨特街美丽的斜阳中。

　　于是，由陈钢引领我的湾区旅行就开始了。

　　旧金山是座非常非常美丽的城市。在这座城市中，人口中

艺术官，鸽群。旧金山四季如春，是最适于居住的地方，也是最适于旅游的地方。极尽湾区的美色。

的四分之一是华人。走在街上，同胞的面孔比比皆是，所以尽管陈钢的英语并不好，他依然能很惬意地与家人生活在这座美丽的四季如春的城市中。陈钢在旧金山注册了一家公司。他的公司在洽谈贸易的同时，还兼做旅游生意。他的旅游关系遍布全美国。他的旅游客户大多是从大陆来美访问或洽谈贸易的中国人。于是陈钢得以对旧金山的风光了如指掌。他说，湾区是美国最美丽的地方，这一次我一定陪你好好地玩儿。

之所以称为湾区，是因为太平洋浩瀚的海水沿着旧金山市涌入大陆，形成了一片蓝色的天然的海湾。陆地环绕着这片蓝色的海的水泊，那水泊就像是一颗被镶嵌在陆地上的硕大的蓝色宝石。海湾沿岸的风景美丽宜人。海水烟波浩淼，又有气势雄伟的金门大桥和海湾大桥飞架海湾东西，将湾区的美丽更染上了一层恢宏壮丽的色彩。

金 银 岛

金银岛是海湾中的一座半岛。我曾两度专程来此。第一次踏上金银岛已是夜晚。那晚和陈钢驱车在海湾大桥的中段突然拐了下来，陈钢说，我想这会儿该带你去金银岛。

金银岛是美国政府向加州租用的岛屿，在此海军建立了全美国最大的军事港口，后来，这里又成了贸易港。

身后的方尖顶建筑是旧金山最具标志性的。

　　陈钢把车停在金银岛中心的广场上。夜晚的半岛上安静极了，四野悄悄，空无一人，只有海浪拍击着石堤的那巨大的轰响。岛上没有照明。陈钢打开了车灯。海岸上一棵紧挨着一棵的高大的棕榈树，那树的挺拔的黑影无声地伫立在暗夜中。我们走下车。夜很寒冷。海浪溅起的水花扑面而来。岸对面就是旧金山的万家灯火。陈钢说，他认为这是任何第一次抵达旧金山的人应该看到的第一幅景象。那是种真正的繁星闪烁般的辉煌，特别是那座高高耸向夜空的方尖顶的建筑被灯火点缀得无比绚丽。陈钢说，记住这座房了就是旧金山的象征。无论在什么样的情况下，只要你看到这座方尖顶的大厦就意味着你已经来到了旧金山。

　　我们站在海湾的石堤上。很深的夜晚持续着很深的寒冷。陈钢指给我在铅灰色的海湾大桥和红色金门大桥之间茫茫海水中的一座小小的闪烁不定的岛屿，告诉我那岛的名字叫天使岛，也是湾区的重要景点之一。它之所以被称作天使岛，因为那里曾是死亡之岛。过去华工被运送进美国本土之前，总是先被押解到天使岛进行卫生防疫。后来，天使岛成了旧金山市的监狱，因为这座小小的孤岛四面环海，与世隔绝。海水一年四季的平均水温是四度，不可能有人能在四度的海水中活着游到陆地。但即或如此，后来天使岛也不做监狱了。因为监狱中的犯人每天要饮水要洗澡，而将淡水运上天使岛的费用一天比一天高，以致政府和监狱终于无力负担。于是天使岛又成了旅游之岛。人们坐着游船就可以驶向那座监狱，看沿岛的高墙和电网，看那巨大的储水罐、探照灯，在那里体验那所有惊心动魄的被囚禁的感觉……

　　再度抵达金银岛是一个下午。我们还是把车停在了岛中心的广场上。阳光下的金银岛一片绮丽的亚热带风光。棕榈树在轻柔的海风中摇曳着。海湾的堤岸由一块块巨石堆积而成，长长的码头一直伸向碧蓝的海水中。金银岛意味着财富，也意味着旧金山人的发财的梦想。

菲律宾木船

　　旧金山的秋天阴雨茫茫。特别是夜晚，便总会有浓雾从海上升起并弥漫在整座城市中。旧金山的街道起伏不平，仿佛每一条道路都是依山势而建，在旧金山的街道中行走就像是走在山道上。

我们把车停在一个巨大的斜坡上。然后在蒙蒙的雾雨中如爬山般走进了一家豪华的大饭店。饭店的门口悬挂着几十个国家的国旗。陈钢说，凡来旧金山的国家元首都要在此下榻，所以这里是旧金山的国宾馆。国宾馆内堪称金碧辉煌。广场般的大厅里铺着紫花绒纯毛地毯，大厅中的沙发也是紫色金丝绒的。巨大的大理石花斑圆柱流光溢彩。大厅中的宽阔的楼梯也是花斑大理石的，气势非凡。大厅里的人很少，也很安静，大厅中央巨大的蓝色花瓶中是一大束新鲜的绿草。

我和陈钢在一楼的大厅里静静地行走。看走廊的墙壁上悬挂着的有关这家宾馆历史的照片。几十年前的那次大地震曾使这家有着悠久历史的宾馆毁于一旦。墙壁上的黑白照片忠实地记录了那由破碎的瓦砾堆积而成的一片废墟。旧金山人便是在这片废墟之上重建这座大饭店的。它今天的造型、结构气魄之大，室内设计、装潢之精美典雅，自然是旧日的饭店所不能比拟的。而客房的价格也是与日俱增，几十年前几美元的房间现在已是几百美元，令人在望而生畏的感觉中慨叹岁月的流逝，历史的无情。

宾馆通向顶楼的电梯装在室外。站在这座玻璃房子里缓缓向上升起，便能将旧金山的所有美景尽收眼底。据说凡来旧金山旅游的人，都会慕名专程来坐这部电梯。电梯的顶楼是一家自助餐厅。餐厅两侧悬挂的橱窗里，陈列着不知哪个年代哪个国家国王和王后的金色王冠，亦不知那王冠是不是复制品。

然后，陈钢便带我去了宾馆底层的那个夜总会，他说他常陪大陆的朋友来这里。那是个纯粹东南亚风格的歌舞厅，陈钢来到这里便兴奋异常，他说他希望哪一天他也能在中国开一家如此异国情调的夜总会。夜总会大厅的中央是一个象征着湖泊的蓝色水池。水池的两端各有一条水中的木船。其中的一条是可以移动的。菲律宾的男女歌手便在那条船上为来此浪漫的客人们演唱。他们的演唱结束后，那船就自动退回到池塘尽头的黑暗中。紧接着，东南亚的天空下起雨来，雨落进池塘发出令人伤感的哗哗的雨声，仿佛开始诉说忧伤的往事。在阴郁的痛楚中舞者们纷纷走到另一条木船上。那船很大，有宽阔的菲律宾木的有弹性的舞池。在舵轮和帆绳的装饰中人们相拥着缓歌曼舞。雨声沙沙地响着。雨水忽大忽小，还伴随着远远近近的雷鸣。我们喝着咖啡。我们和来这里的所有客人一样是坐在东南亚乡间土著的茅草棚里。在茅草棚里看眼前的这一幅景象，仿佛你真的已不在美国，而正在东南亚某国亚热带的丛林中度假旅行。这家夜总会显然是想像力和创造力的结晶。它给人一种沁人心脾的清新和忧伤。声音是一种幻觉。人们在幻觉中沉醉。

保罗教皇的帽子

以保罗教皇的帽子为外型的旧金山大教堂是贝聿铭的杰作。

中国人为拥有贝聿铭这位华裔世界著名建筑师而感到光荣。

这座看上去线条十分简洁质朴的现代派教堂一反往日教堂建筑的那种典雅繁复华丽的风格，以最单纯的色彩和造型拔地而起，将保罗教皇的帽子置根于旧金山的大地上。这座曾使贝聿铭再度获奖名扬世界的教堂的风格是极为现代的。它的特点是无论从正面、侧面还是从顶上看过去，教堂都是一个十字。十字是永恒的，象征着宗教的神圣。教堂正面大门的上方是一幅基督受难的壁雕。那画面宁静庄严，令人顿生虔诚。当我心怀圣洁走进教堂的大门，当我面对着拯救灵魂的那神圣的祭坛，我突然间感到了正有一束明亮的光芒从我的身后照射过来。我扭转头，便看到大门顶上的那幅基督受难的壁雕，原来是镶嵌在一扇巨大透明的窗上的。太阳的光亮被橙黄色的玻璃过滤着，将基督受难的壁雕照射成一幅立体的剪影，投进你的心灵。

神坛被一级一级白色的石阶束之高阁。讲坛和祭坛都是几何型线条，简洁而明了。神坛左侧的管风琴高高地耸入房顶，没有一丝旧日宫廷的淫靡气息。祈祷者的长椅也造型简单。教堂里唯一繁复的装饰是大厅两侧一组又一组镀金的雕像群。它们静静地金碧辉煌地讲述着《圣经》里的故事。而白色大理石冷酷的石柱旋转着通向天顶,支撑着世人所有的信念的愿望。

我轻轻地走向神坛,虔诚地跪在了给我倚托的木椅上。我仿佛听到管风琴发出了巨大的轰鸣。那是救赎的呼唤。教堂里空无一人。我知道这是个使人洁净的时刻。我觉得身与心正被这教堂的空间过滤着。我正从一个无比繁华喧闹的世界走进一个无比神圣庄严的灵魂的境界。内心被感动着。我不敢讲话,只无言凝视着被投在神坛上的那基督的光影。

他一个人去赴死。他的双臂被钉在十字架上滴着鲜红的血。他为了人类的罪恶和苦难独自一人背着沉重的十字架走上了神圣的赴死之征程。基督是伟大的。他要一个人来承担一切,要以一个人的毁灭来救赎所有人的灵魂。贝聿铭先生在他的建筑中讲述了这一切。他还营造了那种我们能与天堂对话的神圣的氛围。他的艺术是独一无二的,他的神殿是通向天堂的阶梯。

然后,我走出来。我在教堂的前方看到了那座长满绿锈的巨大的铜钟。显然贝聿铭先生现代风格的大教堂里没有钟楼,自然也就无处安置这座古老的大钟。于是这座大钟便如一座青铜的雕塑,静静地仁立在教堂前那片荒凉的空地上,让人们在它与教堂之间,感觉到那遥远的年代和距离。

市 政 大 厦

市政大厦的前面是一片美丽的池塘。水中是浮游的鸥鸟。市政大厦青铜的拱顶,是旧金山那次大地震前原先建筑上的。在地震中,原市政大厦被摇撼成一片废墟,唯有那铜顶是完好的,并又被重新安装在新大厦的建筑上。

旧金山的市政大厦典雅华丽,典型文艺复兴时期的建筑风格,房子内外到处是精美的浮雕。市政大厅金碧辉煌,大理石地面照得见人影。走进市政大厅首先要经过一道电子检测的安全门,然后,楼上的市长办公室便随时对任何人敞开。宽阔的楼梯扶手是雕花铸铁的,精致地镀着一层闪光的金粉。市长偶尔会在这华美的楼梯上,发表他的竞选演说。

市政大厦楼梯下的草坪上,是一座青铜的林肯像。如华盛顿林肯纪念堂内的那座汉白玉林肯像一般,旧金山的林肯也是

还有著名的渔人码头，这也是不会错的，因为独一无二。

坐在一张宽大四方的椅子上。不同的是，这里的林肯将身体向前倾斜着。他低着头仿佛有什么想不透的东西。看不见他深邃的目光。他的目光是投向他前方那片绿色的草坪的。那里有一个花园。在早晨的花园里，林中的空地上聚集的那些黑人是无家可归的流浪者。他们有的坐在草坪上，有的无铺无盖地和衣在草地上睡觉。有的说这也是美国的一种形象，从华盛顿的白宫到各州、市的政府大厦门前都会有露宿街头的人们在此日夜向政府抗议。林肯是美国的总统，也是美国的英雄。他曾经划时代地为美国的黑人签署了《奴隶解放宣言》，而到了今天，美国黑人的境况又怎样呢？也许真像马丁·路德·金 1963 年在华盛顿的林肯纪念堂前说过的那样：黑人依然漂泊在物质丰富的汪洋大海之中的贫困的孤岛上，依然被遗弃在美国社会的各个角落，在自己的国土上过着流放的生活……

　　在旧金山豪华典雅的市政大厦前，那片阔大而宁静的反思池，也将那铜顶的建筑、林肯的困惑、黑人今天的状况倒映了出来，令人久久地久久地沉思。

渔 人 码 头

　　那是一处奇异而美丽的景观。旧金山一代又一代的打鱼人，就是从这个古老的码头出海、靠岸和停泊的。码头上充满了温馨和疯狂,吸引和刺激着漂泊在茫茫海上的渔人们。岸上是家,是女人,而这码头是通向家和女人的唯一的通道。

今天的渔人码头上再也看不到那些古老的木帆船。码头上停泊的是一艘一艘白色的机帆船和小型的客轮。这些船大多归私人所有,靠海的人喜欢同大海亲近,于是他们买下船,同时也买下渔人码头中的泊位。码头上没有扬起的帆,而那一根根白色的帆杆却英勇顽强地向天空耸立着,随时准备扬帆出海。那真是一幅非常动人的景象,特别是在黄昏,暮色将蓝天蓝海白云和帆船染得一片柔和,宁静的海面上是翻飞的鸥鸟和那鸥岛的有点凄厉哀婉的鸣叫声……

从古至今,这渔人码头上一定发生过很多悲欢离合。那一个个的故事在渔人码头的栈桥上堆积着堆积着,后来就将这码头塑造成了今天的样子。今天的渔人码头是旅游胜地。它是旧金山这座旅游城市中一个光彩夺目的景观。所有的建筑和设施尽量复原成原先的样子,像那些古老的木椅、古老的木房、古老的木桶,还有用那种木酒桶做成的垃圾箱。码头两岸是各种各样的礼品店,特别是那些专卖巧克力、玩具狗的商店简直让孩子们垂涎欲滴。那一刻我便非常非常地想念女儿了,我是那么希望着她也能看到渔人码头的这一切。

我猜想最会吸引女儿的,肯定是那片趴满了海豹的泊位。那情景仿佛是走进了动物园中的海豹馆。那么浩大的一片海域那么浩大的一片泊位就那样被成千上万的海豹们毫无道理地占据了。据说1993年的洛杉矶大地震后,原先栖居在洛杉矶海岸的海豹群便集体迁徙到了旧金山的渔人码头。它们一夜之间就占领了这片码头。它们不讲道理也毫无道理可讲。它们从此生活在这里使这里成了一片天然的海豹动物园。慢慢的,它们越发地傲慢无礼是因为它们是人类保护的对象。原先在此停泊帆船的船主们曾多次联名抗议,但又有谁能鼓足勇气举枪将那些可爱的动物赶跑呢?于是这生态竞争的问题就如此悬而未决地拖延了下来。帆船被赶走,码头需重建,而海豹们终于成了这片海域中的真正的主人。从此这里是它们的家园。它们在此快乐祥和地生活着,和人类共享阳光。

神　殿

　　古希腊的神殿曾令我无比神往。几年前我的床头一直悬挂着一幅古希腊残破神殿的图片。废墟中的残垣断壁沉入了一片血红的残阳中，那样的一种悲壮和辉煌曾控制着我绝望而又不肯放弃的心。那画面总是令我感动，它无言地清洗着我每日的慌乱匆忙和每日的苦痛与焦灼。

　　没有想到在旧金山的阳光灿烂的日子里，我竟能走进这样的一片古希腊的神殿。

　　我们就把车停在神殿的路边。我们朝停车位的自动收费机里投进了两枚二十五美元的硬币。然后，我便看到了在那一大片弯弯的水塘后面，那令人震惊的古希腊神殿般的建筑。

　　这座神殿是由两组建筑群组成的。一组是由一根根巨大的雕花水泥廊柱支起的一个美丽拱顶下的宫殿，另一组是依水而建由廊柱组成的气势磅礴的回廊。湖泊中的灰鸽和水鸟异常之多，当我把特意带去的面包撒给它们时，这些可爱的禽鸟便开始成群结队地从地面从水上向我飞来，落在我的肩上臂上和头顶上。它们跟着我一直沿着弯弯的湖岸飞翔着。如此同这些大自然中的美丽的鸥鸟融为一体的亲密无间的感觉是我从未体验过的。那么轻轻的，那只灰鸽就落在了我的手中，它睁大圆圆

金门大桥的红色，会让人们一看便知你是在湾区旅行。

的黑色的眼睛看着我,然后便大胆地啄食我手中的面包……

我们缓缓地走进了这片古拙壮观的建筑群,在一根根高大的廊柱间行走。所有的石柱上都雕刻着各种不同的美丽的图案,神殿底部的墙壁上,是一组组生动辉煌的浮雕。建筑的风格气魄恢宏,给人一种庄严肃穆。神殿的倒影投射在宁静的绿色水面上。这种壮丽之美感动着我,让我久久不能忘怀。

金 门 大 桥

从开始接近金门大桥,沿海的栏杆就变成了红色。那是一种很浓重的红色,那天我穿着一件黑色的连衣裙。海上的风很大,也很冷。金门大桥那壮美的造型深深地震慑着人们的灵魂。在大桥顶端的广场上,展示着一截直径约一米的圆型钢缆,钢缆旁边的牌子上写着:金门大桥上的钢缆就是由钢缆中的这四千二百根钢筋组合而成的。这是全世界堪称最雄伟壮丽的大桥。这大桥建于第二次世界大战之后,整个桥体横跨湾区,将那浓重的红色凌空而架。桥上的风很大。听得见衣裙被海风吹起的嗯啦啦的响声。桥下是透明而蓝的湾中的海水。

梦想中的十七英里海岸

陈钢说,感恩节那天我们要去旧金山有名的十七英里海岸。他说十七英里海岸是旧金山最美的风景区,沿岸的房子都各具特色,很多美国的富豪都在这海岸有度假的别墅。而好莱坞的很多情调片也都是在这十七英里海岸拍摄的。

于是,极愿望着能在感恩节那天去看十七英里海岸。想汽车沿着弯弯的海岸线行驶的情景一定是既浪漫又美丽,而且,在那神秘的海边一定隐藏着很多蓝色的动人的故事。

关于海的往事已成为记忆。很多年前,我把对海的感觉和感情都已写进了我的那部《我们家族的女儿》。其实,小说中的海岸并不是我真正看到的海岸,那是一片我梦想中的永远。因为是梦想,它便总是谜一样地闪烁。它远远近近,但我却总是抓不到。

我于是在旧金山的宾馆里盼望和期待着十七英里海岸。我想那片海也许与我的梦想很接近。我对此怀抱着满心的柔情,

这里是北美最古老的酒城。秋将尽的时候,也是最美的时候。

我等待着……

　　陈钢一家到来的时候,已近中午。陈钢说,已经来不及去十七英里海岸了。我们今天去那座北美最古老的酒城。

　　不去十七英里海岸了?

　　我睁大了有点失望的眼睛。

　　我当然是客随主便,入乡随俗。在旧金山的几天,我本来已经给陈钢一家添了很多的麻烦。

　　于是,十七英里海岸也变成了梦想。也许我注定永远不能够见到那些我真正喜欢的理想之海。我便愈加地神往,将那美丽的梦想高悬起来。我想,这也是我的幸运吧。

北美最古老的酒城

　　我在酒城的那些张照片都非常美丽。

　　那天我穿的衣服都是在美国买的。

　　那天身后一直是最美的深秋的灿烂景色。

　　我在那天的日记中写道,在酒城,我觉得我就像是一段古老的诗行……

　　我们野餐的那个酒堡非常美丽。那天是感恩节。绿色草坪的花园里,到处摆放着粗糙的木桌和长凳。乡间的清新。人们聚集在那里,喝酒感恩,消费着酒城的良辰美景。远的地方是一片一片葡萄园。已过了收获季节,那青绿的葡萄藤正在秋的寒冷中变得萧瑟。酒堡里到处是酒桶、破旧的木轮手推车,还有歪歪扭扭的硕大的南瓜。酒堡中最大的酒桶有一人多高,酒桶里注满了陈年的葡萄酒。由于年代久远,这种高大的酒桶上竟爬满了青藤。当秋天到来的时候,那藤蔓上的叶子便由绿转黄,枯萎衰败,并斑斑驳驳地坠落在青青的草地上。

酒堡里最拥挤的地方是商店。商店里除了额外出售一些礼品,几乎每个角落都堆满了酒。四壁的柜橱里,房角的箱子中,还有各种木桶、各式草篮中,到处都摆放着各种价格不同颜色不同年代不同包装不同的葡萄酒。你在酒瓶中挤来挤去,最后终于挤到了那个品酒的柜台前。品尝是免费的,于是很多人坐在柜台前的高脚凳上,一小杯一小杯地品味着各种酒色,细细地比较着,最后才肯掏出美元,把他们品出的美酒带回家。

酒城中到处是这样的酒堡。每一个酒堡是一户人家,又是一家小型的酿酒厂。

后来,我们把车子停在路边,走进了一个不对游人开放但却十分美丽的酒堡。酒堡的花园宽阔而宁静,到处是修剪整齐的树丛。两棵被秋霜染红的枫树,被映照在残阳的余晖中,红的叶闪着透明的令人感动的光斑。花园中的房子是尖顶的,走廊是深棕色的。房前的喷水池中央,是一个巨大的酒罐,显示着酒城的古老与沧桑。房后是灌木丛砌起的绿墙。门廊上爬满碧绿的藤蔓。遍地的黄叶中,是独立支撑的挂满了果实的橘树。那橘是橙黄的,泛着闻不见的清香。在另一片房基上是铺满了一地的金黄的麦秸。酒堡里空无一人,唯有美丽的大自然四处流溢着……

丢失在空中花园

在纽约离开仪方之后的经历令人恐惧。

清晨，给住在纽约郊区的来自大陆的陈打电话。陈很热情。陈是我在赴美的飞机上认识的北京人。陈在美国联合航空公司的飞机上就坐在我的邻座。他在美国闯荡多年，现已举家在美长期居住，握有绿卡。陈回到中国是以外商的身份做大陆的生意，陈告诉我很多关于美国的知识。和陈分手时，他留下电话，说一旦我能到纽约，请一定给他打电话。

结果便挂通了陈的电话。那是我抵达纽约的第一天。仪方说，她整个上午都要留在宾馆为我安排在纽约的文化交流活动，所以，她支持我由陈带领着去转一转纽约，我们在纽约停留的时间不多，应尽量利用好每一寸光阴。

有了仪方的支持，我便觉得有热情的陈来做半天的导游很幸运了。我按照陈约定的时间，在宾馆的门前等候。

我们入住劳威斯宾馆是纽约的一家相当高级的宾馆。宾馆坐落在曼哈顿。宾馆前的莱森顿大道是一条并不宽阔的街道，而且街道的另一半正在修路，风钻发出的嘟嘟嘟的响声震耳欲聋。宾馆门前不准停车，所以陈的车一到，我便要迅疾地钻进去，否则一定会被罚款。

于是我早早地便独自一人乖乖地站在纽约林立的摩天大楼之下等候着陈。我觉得自己很渺小，我需奋力仰头才能看到那些插入蓝天的高楼的顶端。而且只要你抬起头向上看，就会感觉到那高楼正向你倾斜过来，随时可能压倒你，挤碎你。

我就是在这种感觉中等陈的。我等了很久，但陈并没有按照预定的时间到来。

很窄的莱森顿大街上过往的车辆很多，行人也很多，男男女女。所有的人都行色匆匆。宾馆里不断有人出来，他们总是首先有点茫然地仰起头寻找对面那座大厦的顶端。一个穿着黑色短裙的女孩儿，一只手拿着一堆报纸，另一只手牵着一条黑色的狗。女孩儿看上去很悠闲。在劳威斯宾馆的门口，小狗突然不肯走了，焦虑地在原地转起了圈子。女孩赶紧将报纸塞在小狗的身下，但是来不及了，小狗以迅雷不及掩耳之势将屎明目张胆地拉在了纽约的大街上。于是漂亮的女孩赶紧用报纸抓起狗屎投进了垃圾箱，一点儿也没有嫌弃的样子，然后便牵着她的宠物继续闲逛。宾馆的拐角是几个沿街乞讨的黑人，纽约典型的无家可归者，他们不说行乞的话，但却对街边的行人高举着行乞的搪瓷杯。

没有陈和陈的车。陈姗姗来迟。一度我竟疑惑我是不是错过了陈，或是干脆忘了陈的样子。

仪方出来吃早饭，她睁大眼睛吃惊地望着依然焦急地等在楼下的我。就像事先约定的一样，还没等仪方张开嘴对我发出关切的疑问，陈和陈的车就出现了。陈摇下车窗要我赶快上车，我还没有来得及对仪方解释，就被陈莫名其妙地带走了。

几天之隔，陈便和飞机上的样子判若两人。和陈在东京国际机场分手之后，我当天即抵达了华盛顿，而陈则转道西雅图谈生意，然后才回到他纽约的家中。陈在飞机上的装束随意自然，很像是中国的北京人；而今天的陈则是高档笔挺的西装，看上去像日本的或是韩国的或是香港台湾地区的商人。

陈很直截了当地问我想去哪儿。

我说其实我对纽约一无所知。

陈说，那么就由我来安排，我会带你去世界贸易大厦，刚好我也要去那里办事。

一路上，陈为我介绍纽约有名的大楼和有名的街道。他指给我看那座闻名世界的帝国大厦，并把他的车停在了帝国大厦对面的一排不高的建筑前。陈告诉我，那座房子的楼上是一个中国人办的免税商店，路边不能停车，你可以上去买点什么，我开着车转一圈再来接你。说着陈喊来了街边站着的一个中国人，吩咐他带我上楼。

陈和那个中国人讲话时很有点像黑社会在用暗语接头。当我就这样被陈托付给一个陌生人时，我真觉得心中恐惧。但我还是硬撑着，跟那个说广东普通话的中国人走进了一部窄小的电梯。电梯里肮脏而幽暗,我真不知要被带到哪里去,我甚至想到我可能已被贩卖了。后来那个陌生的男人终于说,商店里的东西很多,也很便宜,大陆人临走前都喜欢在这里买东西。这时候电梯的门打开,不知道是几楼,那个中国人让我一个人进去,而他又随着电梯下去了。

我觉得这种单线联系更有黑社会的味道。我心里很怯,但又只能硬着头皮往里走。推开商店的门,才柳暗花明地看见几个很漂亮的中国女人站在柜台里。她们也不像美国女人那样微笑,而是眼看着我一步步走近柜台。然后她们才开始向我推销香水、口红、项链、戒指、维他命、手表,还有照相机。总之这个商店的风格一度使我曾疑惑是不是又回到了中国。当然,这个商店里的商品都是地道的舶来品,譬如香水是法国的,口红是美国的,照相机是日本的,工艺十分精美的戒指是意大利的。我在此流连忘返,买东西的欲望也得到了满足。一两百块美元花出去后,才想起来陈还在下面转着圈等我。我于是抓紧花钱,但即便如此,那个陌生的中国人还是跑上来催我,说陈又去转第二圈了,要我加快速度。我努力把书包装满后便匆忙赶到街边等候转第二圈的陈。我感谢陈能带我到这种地方来,我想这种地方也许只有陈这个地道的中国人才知道。

然后我们去世界贸易大厦,我们把车停在了唐人街附近的

五年后女儿来到这里,在哈德逊河上背靠双子座。"9·11"发生时她刚开始在美国读大学。立刻把电话打过去,她说她简直不敢相信,那大厦就没了?

丢失在空中花园

87

一个停车场。陈说,自从世界贸易大厦地下车库被炸后,附近就很难停车了。他们害怕每一辆汽车都携带着炸弹,唯恐再发生去年的惨案。我们穿过肮脏的唐人街向近在眼前的世界贸易大厦走去。路似乎很远。贸易大厦属于望山跑死马的那种目标,走来走去,你总是不能和它接近,况且,我又穿着很高的高跟鞋。陈本来说是要叫出租车的,但是陈又说,怪得很,纽约的出租车就是不到唐人街上来。陈的话很快得到了证实,我们穿过了整整一条街,也不见有半辆出租车开过来。我问陈,纽约的出租汽车司机是不是嫌华人穷呀?后来,我的脚被高跟鞋折磨得实在疼痛难忍,我才停在街边,换了一直背在书包里的那双软牛皮的平跟鞋。陈告诉我,我身后的那座楼是纽约的监狱,接下来的那座黄色的建筑就是纽约的市政府。在步行路过了如此名目繁多的建筑之后,我们终于来到了全美国最高最气魄最有代表性的那两座大楼。

我跟着陈在世界贸易大厦的 A 座和 B 座间穿行。陈本想为我买票,让我登上大厦顶楼,俯瞰全纽约,但想不到排队等候登楼的人竟成千上万。我便主动放弃了这个项目,我说陈,你忙你的事情去吧,我可以自己在这两座大厦中转转。

纽约世贸大厦中的空中花园。我曾经一度在此迷失,如今它却永远地迷失了。

陈想了想说,只有这样了。陈指给我该怎样走,乘哪面的电梯,进哪条通道,向哪拐弯,然后你就会走进一个叫做"空中花园"的地方,花园外面就是著名的哈德逊河。你在那里,至少可以玩上一个小时。我们一个小时后,也就是十二点半,仍然在这片花坛前碰面。

然后,陈走了。我便开始小心翼翼地按照我默记下来的陈指给我的路线朝

前面是宽阔的哈德逊河,背后是巍峨的世界贸易大厦。便是在这里丢失了,想不到竟是永久的丢失。

空中花园走。

　　这是我来到美国后，第一次独自行走在这个语言完全不通、环境全然陌生的地方。我的心提着，意识很紧张，不敢迈错半步，因我在此连问路的可能都没有。我的《英语对话指南》已被我在华盛顿就寄回中国去了，因为我有仪方。我第一次也是唯一的一次意识到没有相通的语言实在是太可怕了，而我和陈一道来世界贸易大厦而后又把陈放走也实在是太冒险了。

　　我惶惑谨慎地走着，我发现我并没有走错方向。后来，我果然找到了空中花园，那是一座玻璃屋顶下的热带公园。秋天的太阳透过屋顶明媚地照射进来，在花园中，是仿造的一棵棵挺拔而高大的棕榈树，那树干是水泥的，但是却仿造到可以乱真的地步。每棵树下，有一把绿色的长椅，长椅上坐着读书或者看报的人们。空中花园令人心旷神怡，于是揪着的心便也稍稍放松了下来。慢慢的我觉得我已基本掌握了世界贸易大厦内部的地理地貌，我便开始游刃自如地在空中花园附近游荡了起来。上上下下，出出进进，逛大厦中的各种书店、服装店、鞋店。我在一家鞋店看到了一双极好看的磨砂软牛皮的靴子，当时极想买下它，但最终还是因为语言障碍，只得忍痛割舍了那双鞋。

　　走出空中花园，果然就是那宽阔平静的哈德逊河。哈德逊河横穿纽约而过，它铅灰色的河面上，是铅灰色迷蒙美丽的雾霭。我驻足在哈德逊河岸边，看河对岸城市的景观。哈德逊河开阔宁静，没有尘嚣。岸边只有三三两两行人和脚边的几只灰色的鸽子在轻轻地行走。我独自坐在石椅上，良久，那时候心很宁静，什么全都不想，只纯粹地和大自然融在一起。离开哈德逊河岸的时候，觉得心里很舒服。

我无法预知我未来将要承受的恐慌，我心情很好地按照我已熟悉的路线往回走，一边走一边想起五岁时我在北京王府井百货大楼丢失时的情景。我记得我悄悄挣脱了妈妈的手，自信地离开大人的视线，我以为我记住了妈妈的位置和脚下的路，但回来时却怎么也找不到妈妈。那一刻我真是陷入了绝望。那绝望的感觉我至今记忆犹新。我不知为什么在穿越纽约的世界贸易大厦时会想到儿时的这段往事。我跨过最后的通道，一眼便看到了与陈相约的那个花坛，花坛里的鲜花浓郁浪漫。我毕竟长大了，不会再迷路。我先于陈十分钟提前抵达，我想还是由我来等陈，而不是陈来等我。

一边等，我一边在花坛四周的各式商店里闲逛。但闲逛时，我的眼睛却死死地盯住花坛，生怕在花坛那里错过了陈。沿着花坛，有一长排卖首饰的装饰十分典雅的木推车。我一辆车一辆车地看着，然后再转回来。花坛前依然没有陈。于是我继续观赏那些假首饰。当时我还想，反正看首饰也是一种享受，何况我还特别喜欢好看的首饰，特别喜欢购买它们，哪怕买了也不戴。美国的首饰花样繁多，但大多都是假的。美国女人的风格就是戴那种能和服装配套的假首饰，这样不喜欢了随手扔掉也不可惜。所以美国的首饰业极发达，而推着车在世界贸易大厦里卖首饰自然也很兴旺。在等陈的时候，认识了一位讲中文的上海女人，她的首饰车就在花坛附近，她当时正用国语同两个香港来的太太讲价钱。她说她叫维维，她留给我电话。她在为老板的首饰车打工，她每月的工资是一千或两千美元。维维见到我很亲切，她叽哩呱啦地用上海味儿的普通话和我说起来没完。我说我在等一个人。在和维维聊天儿时我的眼角一直瞥着那花坛。维维说，我们不行，没什么意思，今天不知道明天会怎样，生活的压力很大。维维说，再过两年，我也真是想回家了。维维本来是上海一家工业公司的很出色的翻译，经常出国。为了丈夫她放弃了国内的好工作来到美国卖首饰，而她的丈夫此刻为了生存又到另外的城市去奋斗。维维的面色憔悴。她说她活得一点儿也不开心，她说她真的很想回国了。她在这首饰车前已经呆烦了。

离开维维时，已经一点。

天哪，已经一点了，我骤然又慌乱了起来，心重新提到了嗓子眼儿。

怎么回事？陈怎么没有来？他此刻在哪儿？我是不是错过了他？难道这花坛不是我们事先约定的那个？我迷路了？还是陈没有来？已经整整半个小时了，他还会来吗？他如果不来我又该怎么办？怎么和仪方联系？我为什么不带宾馆的电话？我怎么回去？向谁求助？维维吗？或者自己试着去叫一辆出租车，给司机出示宾馆的钥匙？也许我真的不该跟陈出来？真急死我了，我到底该怎么办？

一连串的问号。那是种真正的绝望。

这一回我真的着急了，还有点后悔。其实早起等陈时也着急，但那时身后就是我的宾馆、我的房间和我的仪方。而现在的着急是没有依靠的。倘若陈真的不来，我就真不知在人地两生的情况下怎样才能回去。

我围着花坛转圈。

一圈又一圈。

我反复看腕上的手表。

一遍又一遍。

就在我真正彻底地绝望了，我认定陈是绝不会再来了时——

陈居然还是来了。

陈比预定的时间整整晚了一个小时，这一个小时中的每分每秒我都度日如年。

陈是神不知鬼不觉地在我身边突然出现的。陈神色匆匆的样子，看见我就看表，并关切地问我，等急了吧？我对陈说确实等急了，而且绝望了，我已经开始想办法独自一人回去。陈说是因为一笔至关重要的生意。我想陈单枪匹马在美国奋斗自是有他许多说不尽的苦衷。且一见到陈，我就恍若见了救世的基督。陈毕竟来了，陈来了就是一切。

丢失在空中花园

于是马上转忧为喜。陈也将功补过一般立刻请我到唐人街吃中国饭。我们不再匆匆忙忙，反正陈的那笔生意或者机会已经牢牢握在了手中。陈帮我在市府大楼、哈德逊大桥、唐人街孔子像前照了相，然后陈在中国餐馆请我吃了十分地道的中国面条和小笼蒸包。陈不要我付费，可我还是争着付了小费。

陈和我下午都有事，陈决定先把我送回宾馆。在途经联合国大厦时，陈的车依然不能停在路边，但陈还是让我独自下去，在联合国大厦的广场上转了一大圈，留下了那个飘扬着万国旗的空镜头。

回到宾馆见到仪方就像是见到了老亲人，一块石头终于落地一样的踏实。我对仪方说，今后再不敢离开你了。

事后想想，陈还是给了我很大的帮助。没有陈，我也就不会有独自穿过空中花园、独自欣赏哈德逊河上那宁静壮观景象的美妙经历；也不会有在陌生国度和陌生人群中的那种恐惧、惊慌、无望的心灵感受。对陈的导游我还是满怀着谢意的。后来，陈又回到中国来做生意，做生意的人总是常来常往。我没有再见到陈，但却接到了他从北京打来的长途电话，陈说他还是很忙。我告诉陈，我写了这篇《丢失在空中花园》。

登上 UA 的航班

从北京到华盛顿

多次在北京的首都机场起落，但这个国际航班的候机大厅对我来说却十分陌生。很多的人。很多的人中很多的外国人。我于是心怀惴惴，最令我不安的是我的语言，而我此次赴美所乘的飞机，又是美国联合航空公司(UA)的飞机。

我独自一人坐在人群中，回想着托运箱子时，那个会讲英语的北京小伙子对我的安慰和鼓励。我告诉他我是第一次去美国，而且不懂英文。他说不用怕，然后就给了我一个靠近舷窗的座位。但我依然感到茫然。最怕的是当美国漂亮的空姐走过来，亲切地问你想用点什么或是想喝点什么的时候，你不知该用怎样的英语作选择。你不能总是说茶或咖啡吧，你不能总是翻找你带的那本《英语口语指南》吧。于是我只能茫然地想着对付这一类生活问题的各种办法，并偶尔抬起头，企盼着能在这个候机大厅偶然间发现一张熟悉的脸，但是这种企盼很茫然。

直到 UA 的 882 号航班开始登机。

像在国内乘飞机一样，人们举着登机牌排队。直到此刻，我才终于在队伍里前前后后的中国人中感受到了一种彼此亲切友好并主动搭讪的气氛。显然大家都要去美国（当然也有转机到日本的），大家都需要愉快相处，彼此照应，于是，大家在以汉语为基础的前提下成为短期的朋友。

在那一刻，我交友的欲望竟如此强烈。队伍中的朱先生竟也是从天津来的，并且也要到华盛顿去。于是欣喜于他乡遇故知，本以为能和朱先生一道同行，但没想到他的航班是在旧金山转机进境，而我则要一直飞到芝加哥，进境后再飞华盛顿。和朱先生同行只能是从北京到东京，于是心中颇感遗憾。朱先生就坐在我身后一排靠窗的座位上。他英文很好，这便使我在启程时多少有了种依靠感。朱先生是消防灭火方面的专家,他到华盛顿去开一个消防专业的国际会议。

紧接着陈走过来,坐在我那排靠走道的座位上。陈也是一位中国人,他是取得了绿卡的北京人,住在纽约,在中国和美国之间做生意。可惜的是,陈也是先飞旧金山,然后转机去美丽的西雅图看朋友。陈侃侃而谈。他在美多年是个地道的美国通,谙知中国人在美国奋斗生存的全部要领。而且陈很健谈,这就使我在赴美的第一段旅程中有了一位轻松的旅行伙伴和一位百科全书式的导游。陈给了我很多关于美国的知识,并教给了我初到美国后应当采取的为人处事的态度。

飞机开始穿越海峡。

蓝色的海浪在遥远的海上翻卷着。窗外是白云。

夹在我和陈中间座位上的,是一位日本人。其实他看上去同中国人并没有什么两样,但他一开口,我们就知道无法与他沟通了。后来这个日本人和他的伙伴们坐到飞机后面的空座上,和陈的谈话就更加轻松了。陈谈到了那些留学生写的关于美国的书。陈还谈到中国的孩子在美国学习得怎样出色。陈又说他往返中美只坐 UA 的飞机,坐到了一定里程之后便获得一张免费的机票。他还说,到东京国际机场转机时,应当吃一碗日本的面条……

一路上都是陈为我翻译空姐那些最温暖最亲切的服务性问话,并帮助我选择那些好吃的食品。

三个多小时转眼过去。陈和我和朱先生一道,在东京国际机场再度通过安检。陈在很小的世界中又突然遇到了从上海飞来的另外的中国朋友。他们寒暄,很兴奋的样子。我和朱先生便来到圆型的候机大厅里坐了下来,我们聊天儿。我请朱先生为我找到飞芝加哥航班的登机口。飞旧金山的飞机很快启航。朱先生先我一步。当那架装着无数中国人飞旧金山的飞机起飞后,留在候机大厅里的中国人就实在不多了。

我觉得自己被孤零零地丢在了我的座位上。

也没有再见到陈。陈比朱先生起飞得还早。

我茫然向四处望着,各色皮肤各色头发的人那么多,但却没有一张哪怕是熟悉的面孔。于是我真是既紧张又恐惧,但又要强作镇静，显出很安闲或是很胸有成竹的样子来。我甚至找出了陶洁老师送我的她翻译的《紫色》，期待着这本多丽丝·沃克的小说能帮助我忘记未来陌生艰辛的旅程。

人很多但候机大厅里却安静异常。

《紫色》尽管是十分出色的小说，但却不是万能的。心中无时无刻不在缠绕着异国他乡的孤立无援，于是我总是下意识地抬起头来寻找，想在茫茫的人海中找到能讲汉语的同胞。当时的一种最强烈的感觉是亚洲人的相貌太相似。全都是东方人的肤色和面孔，你很难分出这个人是中国人、日本人还是韩国人，你想同他们讲话，又怕语言不通，彼此尴尬。语言是无法判断的，所以你总是欲言又止。

在漫长的候机过程中，在往来的旅人中，我竟没有听到一个人在讲中国话。

邻座是一位日本的老先生。认定他是日本人是因为他一直在静静地读着的是一本日语的小说。还有一位坐在近前的青年我不知他是不是一个中国人。他坐在那里读英文杂志，他很认真的样子我至今还记得，他身上没有一丝来自大陆的标记。他也不讲话。他也和我同机飞赴芝加哥，直到入境时，我才听到他对另一个中国人讲了几句中国话。就这样坐在那里用眼睛观察着、猜测着、判断着并寻找着同胞。似乎看到的每一张黄皮肤黑头发的脸都像是中国人，但又都不像。我在东京国际机场第一次在日记本上记下了我当时的处境和感觉。在东京时间十七点时，天色灰暗了起来。我想我乘坐的飞机起飞后将要穿越的就是由此而开始的黑夜。在黑夜降临之前，我便只能是这样平心静气地等待着。

终于可以登机了。我挎了背包，汇入排队的人流。很快，我在我的身边终于听到了有人在用汉语交谈。我欣喜若狂。那是最真正意味上的欣喜若狂，我赶紧把脸转向他们。其实我曾在很远的座位上看到过他们。一个老人，一个青年。后来知道，他们也是在路上相遇相识的。我于是急不可耐地汇入他们之中。尽管我已经不对有人帮助我解决空姐的照顾问题怀有奢望，但至少，我能在芝加哥和中国的同胞一道提取行李，填写卡片，入关进境，并通过安检。我同他们交谈，并彼此询问座号，又是天意，那个从上海飞过来的刚刚大学毕业的年轻的周，竟就是我的邻座。再度欣喜若狂并喜形于色，我禁不住兴奋地对周说，我真是太幸运了。

周是个文静的乖乖的小男孩儿。周的英语极好，他在上海的一家美国独资的化工公司里任职。周此次赴美是参加公司总部在哈佛举办的短期培训班。周也是第一次出国第一次到美国。但因为是在美国的公司里做白领，所以他对美国飞机上的所有程序已烂熟于心。周在飞得死去活来的从黑夜到黎明的十几个小时的旅程中一直在帮助我。特别是在出关入境的时候，周帮助我用英文抵挡了美国海关先生的盘问。

我和周一道走进芝加哥国际机场。这是世界上最大的国际机场之一。我们乘坐空中火车从国际通道转入了国内通道。周转机飞哈佛，我飞华盛顿，周一直把我送到了我将要乘坐的航班的登机候车室。我和周彼此为对方在芝加哥机场摄影留念。那是我赴美国后拍摄的第一张照片。背景是斑斓多彩的美国人和斑斓多彩的广告牌。有人走过来要为我和周拍一张合影。这个友善的人竟是我在东京机场候机时邻座的那位读日本小说的老人。在那位老人为我们拍摄的照片中，我和周都显得异常兴奋。征服了一切的样子。一点也看不出长途跋涉的旅途之后的疲劳。后来我把这张照片寄给了周。

我是在从芝加哥飞往华盛顿的飞机上见到亲爱的仪方

由此走进美国。芝加哥机场是世界上最大的机场之一。

的。由于事前知道翻译不能来接我，所以我做好了一切要独立完成旅程的准备，所以才会在一路上努力寻找同行的同胞。这一切我在同胞的帮助下终于全部做到了。我只需等待着走下飞赴华盛顿的飞机后见到前来接应我的翻译，我甚至想到了也许没有人来接我。

当时的飞机里已经没有任何中国人了，甚至连东方的面孔也没有。但就在此刻，仪方来了。

根本就想不到仪方会来芝加哥接我。那心中的感动一阵一阵地涌上来。仪方是在加州的家中接到我乘机的路线的。她想芝加哥机场太大太繁乱了，所以才决定改乘飞赴芝加哥的飞机专程来接我。

飞机里很空。后来我和仪方坐到了一起。我们很快就成为了朋友。我知道，未来我无论走到美国的哪一个角落，身边都会有这个亲切的美好的仪方。我觉得见到了仪方，我的脚才真正踏在了美利坚的国土上。

从旧金山到北京

感恩节后的第一天，陈钢带着艾米送我到旧金山国际机场。依然是 UA 的航班，中午十二点起飞。那时从夜晚就下起来的大雨停了下来。二十个小时后我将抵达首都机场。到北京的时间是晚上十点。陈钢帮我拎着两个沉重的大箱子。我拉着他可爱的女儿艾米的手。艾米的中文名字叫丫丫，但是在美国已经没有人叫她丫丫了。

我把从威克斯堡买的一串可爱的小房子状的风铃送给了丫丫。

陈钢帮助我托运行李，并交回了入境卡，这样美国的电脑就会记录下我出境的时间，并证明我是个按时离境的守规矩的中国人。

陈钢和丫丫不能走进安检通道。我在这里和他们告别，看着他们父女俩消失在候机大厅里。

在旧金山的国际机场办理各种手续才知道对华人来说在这里出入境有多么方便。很多的华人机场工作人员很多的中文很多的东方面孔。记起来陈钢曾告诉过我，在旧金山居住的人口中,有四分之一是华人。

于是我并不那么紧张地走进安检通道。我想无论遇到什么困难,反正我是要回家了,回家使我感到踏实。何况四十天来我总是在美国的天空飞来飞去,我几乎已经谙熟了这个国家飞机上的各种程序和规律。我拿着我的机票去领取登机牌。那位东方面孔的先生先是对我讲英文,但当他发现我脸上有点茫然的神色后,便立刻亲切地改讲中文。可显然他的中文是相当糟糕的,他的每一个中文字发音都需要仔细地辨别。最后我终于搞懂了他的意思,他是说我的机票因为迟了日期,所以现在还没有登机号。我一下子着急了,害怕我不能飞走,我于是问他,那么我能飞走吗? 他马上安慰我说不会有问题,只是需要等一等,他会马上用电脑查。他说他为我找到座位后,就会用扬声器呼唤我。他还向我学习了几遍我名字的正确读法。我刚刚要离开时他又叫住了我,问我是想要靠窗的座位还是想要靠走道的。我很感谢这位先生对我的关照。我说是的我要靠走道的座位。飞往北京的登机口前人很多。等着换登机牌的人排成了长队。直到此时,我才又开始有种不安。这不安是惧怕我不能在这一天离开美国,不能在北京机场见到等待着我的男友。等待使我忧虑万分。我仔细辨认着扬声器里发出的各种中文英文的呼叫。我等了很久。甚至登机的通道已开始放行。直到此时,我才终于听到了那位先生正在用蹩脚的中文呼唤着我的名字。我飞快跑过去。从他的手里接过了那张我渴望的登机牌。我由衷地对他说谢谢,谢谢! 他和善地对我微笑,在我临走时又补充了一句:你的座位是靠走道的。

飞机坐得多了,便不再迷恋靠窗的座位,不再迷恋蓝天白云、高山大海,或是机场夜晚那动人的蓝色灯光。在美国的机窗里,我曾看过各种异常壮观的景象。譬如,飞机在抵达新墨西哥州的高原时, 是怎样摇摇摆摆冒险地穿越着洛基山脉的山峰;譬如,飞机在旧金山机场着陆时,是在一片无尽的大水中,仿佛是降落在航空母舰上;再譬如,当我们接近了洛杉矶的地面时分看到的高速公路上的那缓慢蠕动的两条长龙,一条是白色的,那是一辆紧接着一辆的小汽车车头的白灯,另一条是红色的,那是向相反方向行驶的车尾的红灯。当然这些都很壮观,很令人激动，但面对二十几个小时的长途旅行，我宁可选择靠近走道的更方便一点的位子。我那一排靠近窗的是一个美国人。他要来中国参加三峡工程。他读的那本小说叫《圣菲法则》。他不会中国话。后来一路上他一直努力向我们学习。中间的空座位不知是谁的。后来这个谁来了，他看上去很像中国人。他放好行李，坐进他的座位。然后他用中文对我说，你好。他说是因为看到我正在读的那份《世界日报》。又是一位中国人同路我觉得这真是我的幸运。我把这归结于天意，后来想想，又觉得这可能是那位好心的机场服务先生有意为我安排的。

邻座姓汪，是北京中国惠普有限公司的研究开发工程师。汪到美国来做项目。他半夜从他所在那座小城出发，清晨从丹佛搭乘飞往旧金山的飞机，然后再转机与我同行，直抵北京。汪一路上帮助我。汪的英语也非常好，他曾在美国生活了一年，游历了很多地方，而且对美国历史极感兴趣。于是和汪有了很多关于美国的话题。一路上谈得很愉快。

依然是在东京转机。

依然是在东京转机时，天色已渐入黑暗。

最后还剩下三个小时的旅程就到家了，这是最让我兴奋的。

从东京飞往北京的那架每排十五个座位的大飞机上空空荡荡。很多人将他们那一排的扶手推上去。然后盖上毛毯躺下睡觉。只有我身边的一对中年的十分相亲相爱的美国情侣，紧挨着坐在一起。他们始终手拉着手，而且不时接吻拥抱，直到飞机降落。从东京又上来了一些中国人。这是我此次赴美所乘坐的飞机上第一次看到中国人比外国人多。而且飞机的播音室里无论是通告什么情况，诸如气流状况、飞行高度，以及北京的地面温度等等，都采用中文、日文和英文三种语言，使人备感亲切。

我觉得我在半空中就像是已踩上了我生长的土地。

飞机准时降落。

呼吸到北京的空气时是激动人心的。我突然觉得已经甩掉了那个语言的重负，一切可以自主了。

一出海关就在人群中看到他。他身后已经是茫茫的黑夜。我抓住了他的手。北京的秋夜很冷。但我什么也不用怕了。我已经到家了。

《为你疯狂》

　　我原想在纽约看一场像样的芭蕾舞或是现代舞表演。可是查遍了我们在纽约停留期间的节目表，就是没有这种像样的舞蹈团的演出。最后仪方在百老汇的节目单中发现了这出真正百老汇风格的歌舞剧——《为你疯狂》(CRAZY FOR YOU)。据说这部歌舞剧的音乐还曾获得过某年度的音乐大奖。

　　仪方问我怎么样？

　　于是《为你疯狂》成了我们在纽约期间的一个非常精彩的节目。

　　我们在纽约停留的时间并不多。而为数不多的几个晚上，不是有会谈的项目，就是要去大街上观赏万圣节狂欢。仪方用她的信用卡为我们在百老汇的一家优雅的剧院里订购了《为你疯狂》。每张票的价格是六十美元。那是我们唯一空闲的夜晚。

　　去看《为你疯狂》的那个晚上下着雨。因为那一天的最后一次会谈，也就是第三轮会谈拖得很晚，所以我们根本就没有时间再回到宾馆梳洗打扮或换一下服装。在美国特别是在纽约，本来是很讲究这一点的。但是这一天从清晨就下着雨，所以我们无论是到拉池蒙特去见玛嬷女士，还是去格林威治村的"作家的房间"都不曾刻意打扮过。关于会见时的服饰，原本仪方是非常讲究的，并常常要提醒我。但慢慢的，她发现，原来美国文学圈子里的人也如我般对此十分随意，她便也变得像我们一样偶尔不修边幅了起来。何况那天下着雨，那雨下了整整一天，直到我们去百老汇时依然没有停下来。于是我们穿着长裤。不知道女人穿着长裤走进神圣高雅的百老汇剧场是不是很合适。于是我们对庄严的艺术满怀了歉疚，直到我们坐进楼上的座位里，才发现其实我们没有什么可歉疚的，因为如我们般到百老汇来听歌却随意着装、不施粉黛、穿长裤子的女性大有人在。这也是纽约人的一种风格。但也有十分讲究的那种女人。她们恪守着剧院的传统，在寒冷中却依然穿着袒胸露背的黑色长裙。她们浓妆艳抹、光彩照人，直到终场时才披上外衣，让冰凉的身体获得温暖。

大幕拉开了。一开幕的灿烂便立刻使你眼花缭乱。女演员们在舞台上几乎是裸露着身体边唱边舞，热情疯狂，你于是便也跟着她们兴奋激动了起来，并立刻被舞台上的故事情节吸引住了。

其实故事很俗套。男主角是一个纽约富翁的公子哥儿，他不喜欢继承财产而只痴迷于跳舞。这位年轻人不顾母亲和女友的劝阻，终日和百老汇露着大腿跳舞的女演员混在一起。他为了能在百老汇获得一席站脚之地，不惜丢掉阔少的面子在经纪人面前充当一条摇尾乞怜的狗。然后，场景切换至美国南部小镇。这里的生活穷困萧条，唯一的剧院也关闭了，人们聊倒地在酒吧中喝酒度日。女主角是个美丽的姑娘，她也如男人一般，穿着长裤苦撑家业。这时候，被废弃的剧院的纽约主人来此收回剧院。出于怀旧和对剧院的感情，小镇里的人对前来收回剧院的那个只想跳舞的男主角（即公子哥）充满了敌意，于是男主角假称是经纪人，并同美丽的姑娘产生了爱情。姑娘开始换上裙子。他们开始为剧院的复兴共同奋斗。后来真的经纪人来了，于是一切都乱了套。各种各样的误会和巧合。绝对的戏剧化。最后是好莱坞式的大团圆结局，有情人终成眷属……

而《为你疯狂》的魅力又在哪儿呢？

我想第一是布景。看百老汇的歌舞剧换景就像是看魔术，总会使你产生惊愕的感觉。场景几乎是每分每秒在变换着，有时演员还在唱着舞着，场景就从纽约移到了乡镇。每一块景片下面似乎都有轱辘。天幕是由电脑控制的。而且舞台上到处都是暗道机关，汽车可以随意开上舞台，将正在表演的十几位舞女全都吞下去。汽车开走时，舞台上竟安然无恙，舞女们不知道被藏在了哪儿。场景的转换之快也是一大奇观，你稍不留意，舞台上的场景就已经在千里万里之外了。

你第二留意看的应当是舞蹈。尽管一个剧目中舞蹈的风格是统一的，但每一段舞蹈却又都独具风格，形式各异。单人舞、双人舞、三人舞、群舞、男人舞或是女人舞，还有边唱边舞，或是不唱只舞，或者芭蕾或者踢踏，或者舒缓或者激烈，等等等等，五花八门，令人目不暇接。而与之相辅相成的是各种变化多端的服装。特别是女演员服装之丰富之亮丽，常常会使你为之眼睛发亮，心头一震。于是，观众席中的美国人也同中国人一样，禁不住发出一阵一阵的赞叹之声。

第三可能是听音乐。但听这种音乐总是受到干扰，譬如灯光的变幻、场景的转换、精彩的舞蹈和服饰，都会使你分心而忽略了对音乐的欣赏，结果到头来你可能感觉到了音乐的魅力，但却说不出它究竟好在什么地方。

第四应当是看表演。特别是看男女主角的表演。在这样的歌舞剧中，男女主角的表演总是技压群芳。他们不仅要唱得好，还要跳得好。不仅要会跳芭蕾，要会跳踢踏，同时还要有惊人的功夫，总之无论做念唱打，都要出类拔萃，显然这样的人才在百老汇也并不多见，因而台下的观众也就愈加疯狂地迷恋和崇拜他们了。

导演是看不到的，但舞台上表现出来的一切都暗示出了这位看不见的导演是怎样的匠心独运。百老汇的歌舞剧就是一种浅表的但却无比亮丽的艺术，它不需要太多的内心刻画，不需要灵魂的塑造，不需要深刻，它不过是一场歌的和舞的和灯光的布景的服装的调度的技术的展示而已，但就是这些，它吸引了成千上万的美国的和来自世界各地的观众。据说，至今百老汇歌舞剧的演出依然常常是座无虚席。

离开剧场时，觉得心里既没有深刻的感动也没有深刻的思考。留在印象中的是数不尽的晃动着的光斑。香水的气息随着人群向剧场外流动着。袒胸露背的女人们瑟缩着到衣帽间取回御寒的外衣。人们彼此兴奋地对望着，即使是素不相识也都会相互很亲善地点头微笑。终场后人们依然沉浸在舞台上的疯狂中。

这时候雨停了。百老汇大街上五颜六色的霓虹灯分外明亮地闪烁着。雨停了但纽约秋天的夜晚依然很冷。出租车尽管很多但竟然坐不上去。似乎所有的观众都要乘出租车回家，我们在无形的队伍中在深夜的寒冷中等了很久才最终钻进暖和的出租车，几分钟就回到了我们的宾馆。

在前往百老汇的街上。背后是著名的可口可乐广告。那也是美国的象征。那天纽约下着雨，离开"作家的房间"，然后去看《为你疯狂》。

　　那晚我也一直持续着兴奋，我在日记中写道：去看了百老汇的歌舞剧《为你疯狂》。很棒。剧场中的一切都是最好的，一流的。只是故事太俗套了，但在百老汇似乎不是为了看故事吧……

感谢仪方

应当说没有仪方，就不会有我的这些关于美国的散文作品。

我和仪方近四十天朝夕相处。但是我却一直不知道该怎样描述这个来自台湾地区的女孩子。我一直想写写仪方，因为她已经成了我在大洋彼岸的一个最好的朋友最亲的亲人，但我又总是心怀惴惴，我怕我不能够写好她。

我是在从芝加哥飞往华盛顿的飞机上见到仪方的。想不到我竟能在途中见到她，这真使我异常惊讶。赴美前美国驻华使馆的官员有点不安地通知我，因为我的航班不是在旧金山进境，所以我只能在华盛顿机场才能见到前来接我的翻译仪方。仪方被机组人员领来见我的时候，我已经坐在了我的靠窗的座位上。在其国内航班的美国乘客中，我竟成了唯一的外国人。而且我几乎不懂英语。那时候我已抱定了要独自闯世界的信念。我向身边的那个美国女人微笑，我看着舷窗外那黄昏的景色。

和仪方成了最好的朋友。

据说当飞机飞抵华盛顿时,黄昏便会沉入黑夜。就在这时候,仪方走了过来。她用最柔和最好听的汉语问:你是赵玫吗?我点头,看着她。当时的感觉忘记了,好像是有点猝不及防般的,那感动和温暖就从心底涌了出来。但我记住了仪方用她最纯正的汉语非常真诚和激动地说:我叫赵仪方。我是你的翻译吧!

我是你的翻译吧!

仪方说这话时的那声音和神情,至今仍清晰在我眼前。

从那一刻起,我就和仪方形影不离了。我在美国访问的每一分每一秒,都有仪方的身影与我相随。其实在我们相见之前,我还一直为如何处好同她的关系而忧虑不安,但我一见到她,便即刻坚信了,我们定然会成为最好的朋友。

我们在飞赴华盛顿的航班上坐在了一起。仪方说,她本来是被安排在华盛顿机场等我的。但是她想到我英语不好,又要在华人很少的芝加哥机场进境,因此对我放心不下,于是便专程从旧金山飞到芝加哥来接我。她说她举着纸牌在海关等了我很久,但不知为什么,我们竟阴差阳错地"失之交臂"。然后仪方很坦诚地介绍她自己。她说很多年前,她从台湾地区来美读研究生,然后就嫁给了在台湾时就已相识相爱的 Badger 先生。她的丈夫 Badger 先生是一个真正的美国人。金发碧眼。他们住在加州的美丽的 Concord,已有了一双可爱的儿女。现在仪方的父母也从台湾地区移居到加州,并也在 Concord 买了房子。

就是这样的一个仪方。我在美国访问的这一年正好四十岁,仪方比我小六岁。

然后我们住进了华盛顿的德庞特宾馆,那时已是很深的夜晚。就在那个很深的夜晚,在一路旅途疲劳之后,仪方还是带着我去看了看德庞特附近的商店。包括超市和书店。仪方为我指点在美生活的一切细节,她事无巨细,就仿佛是我身边的一本活的生活指南。很难想像没有仪方,我怎样才能在以后的旅程里很快地适应了美国的生活和美国的各式各样的习惯。

在华盛顿的第一个夜晚下起了雨。那一场秋雨很大很凄凉。由于时差的缘故,我几乎彻夜不眠。我在黑暗中睁大眼睛,听着窗上的雨声,并思念着远在大洋另一端的家人和朋友。

清晨,仪方用她最甜美的声音从她的房间里打来电话。她说今天是星期天。我们应当利用这一天在华盛顿参观游览。

天依然下着雨。

其实仪方原本没有义务一定要在星期天的大雨中陪着我在华盛顿的秋季中游行。

我们在宾馆旁边的一家同性恋者常去的咖啡屋里吃了早餐。

仪方问,告诉我,你想去什么地方?

仪方实在是一个极聪慧的女孩子,她竟能在我们短暂的交往中,就以一种天然的悟性了解了我的兴趣和爱好。就在那个阴雨茫茫的早晨,她为我制定了一条最好的旅游路线:华盛顿国家大教堂、阿灵顿国家公墓、史密斯索尼亚艺术博览中心、国会山。

仪方知道那将会是我最最喜欢的地方。在雨中,在华盛顿大教堂前的绿色草坪中,仪方为我拍照。她说她了解所有访客的心情,她希望她能使他们处处都满意。尽管仪方打着伞,可雨水还是打湿了她的衣服。看着仪方的衣服被打湿,我心底便生出了很多的不安;而将这不安告知仪方的时候,她反而说我的善解人意令她感动。

在华盛顿,仪方还带领我参观了白宫、华盛顿塔、林肯纪念堂和杰佛逊纪念馆。特别是仪方还想方设法为我弄到了"大屠杀纪念馆"的参观券,并陪我参观了这个迫害犹太人的令人永生难忘的纪念馆。这是我赴美前就一直很想参观的纪念馆。在那所有的令人压抑的展览中,仪方一直不停地低声为我讲述着。她为我读灵堂中那些镌刻在大理石上的祭文,为我翻译着那所有的英文广播和文字介绍。如此我才能为死难的犹太人为世界上所有的孩子们写了那篇《丹尼尔的小屋》。

在美国新闻总署国际访问者项目的规定中,访问者与翻译之间的关系应当是这样的:你的翻译会帮助你安排生活,同各地你所要去的机构联络。他会陪伴你整个旅行过程,但却不做你的私人秘书。翻译的工作有时是极为累人的,所以晚上他们需要休息。他们不可能总是同访问者共同进餐或是共同度过访问期间的夜晚……我和仪方在刚刚相识并开始处理我们之间的关系时,便是很严格地按照文件上的规定去做的。这个规定不仅明确了我们的分工,而且限定了我们之间的那个距离。但

访问纽约的作家。这里的女作家和新奥尔良的女作家截然不同,他们送给我的礼物是一束鲜花——浪漫的纽约情调。

是很快,这种距离就使我和仪方在实际生活中都感到不舒服了。因为很快,我们就成为了最好的朋友。于是,我们便开始全力以赴地去打破这界限那距离。譬如,每一次住进旅馆,我们都想办法把原先预订的相隔遥远的房号换在一起。譬如,每一次乘坐飞机时,仪方都会主动要求机场服务人员把我们的座位调在一块儿。

仪方说,当她得知她这一次要陪同的是一位女作家时,开始,她有点惶惑。她说,她几乎从未接触过作家,她不知道会是怎样的。然后她开始"研究"我的资料。她开始在旧金山的书店寻找我的书。她开始为我和我的家人祈祷,直到她在芝加哥的飞机上见到了我。然后她听到了我敞开心扉对她讲我心灵的故事。听我谈我对各种各样事物的独特的感觉。她听我说我在墓地的迷恋对教堂的向往对人的感受和对自然的执着。然后,她读我送给她的那本散文集《一本打开的书》。她在读着我的那些文字时,在那个早晨,在开往马里兰州的那火车上,她流泪了。那时候她就坐在我的身边。她用手绢擦干眼泪。她说,从此她不再看我的书,从此她只听我讲话,那书要留到我们彼此分开之后再读。就这样,仪方以最快的速度了解了我。她了解了我对教堂、墓地、钟声和湖畔的喜爱,还了解了我喜欢逛商店,喜欢买东西,而且一看见好的鞋子就眼睛发亮什么的。于是,她便有意识地按照我的兴趣和爱好安排我们的生活，譬如去 Graceland 猫王的家；譬如去密西西比的福克纳的家；譬如在雨中到美国之星号赌船上去消费；再譬如在南方的高速公路上开快车……我们在一起的时候总是充满了生机和活力，我们默契和谐，相处得非常愉快。

但是与仪方的亲爱却使我在语言上不能长进，并且更"滋生"了一种我对她的依赖感。由于我们的形影不离我几乎无须同美国人说话，连买东西、登记旅馆这一类最最细微的小事也要由仪方帮我来完成。在仪方的身边，我倒像是个需要呵护的 baby 了。很奇怪的一种感觉，我只有在与仪方用中文讲话时，才觉得自己是自立的。后来仪方就干脆不让我在英语和独立性上有什么进步了。因为所有的地方我们都同行同止，而且她会把所有我想知道的东西耐心地翻译给我听。这一点的得益于仪方，是在我回国之后写作关于美国的散文时才更深地体会到的。我之所以能这么丰富地了解了美国的人和事，是因为仪方把丰富的内容馈赠给了我。

仪方是我迄今为止所见到过的最好的也是最出色最优秀的翻译。她本不是学文学的，但是她却能在很短的时间里弄清楚我在文学方面的所有追求。这得益于她的聪慧，也得益于她一直随身携带的那台价格昂贵的便携式电脑。仪方的那台电脑就像是一个图书馆。仪方在每晚睡觉之前，都要把我所喜欢的作家、作品以及文学的问题、思潮和流派从那台电脑的资料库中调出来认真研读。仪方在每一次的会见中都总是精神饱满，精力充沛。她总是打开那个纸夹子，边听边记，然后把双方的话语忠实地翻译出来。仪方的翻译总是能使我和美国文学界的同行立刻沟通，彼此了解。而我们之间又常常由于话题的有趣，而不断地言犹未尽不断地拖延着交谈的时间。在这种兴致勃勃的拖延中，最累的无疑是仪方。但是她从来不打断我们，甚至也不暗示我什么，只是任由我们兴之所至地把想说的那些话说完。后来当我对她满怀歉意时，却只能把这一切归咎于她是个太好太好的翻译了。仪方的英语发音确实标准纯正，她的声音也甜美动听，而且她在语言转换的过程中，思维敏捷，表达完美。我不知道该怎样去评价一个翻译，但我坚信仪方是翻译中最好的。慢慢的,我变得只能适应仪方一个人的翻译了。在漫长的四十天访问中,偶尔也会有别人替代仪方为我翻译的时候。但无论那人是怎样地竭尽全力,我总是感不尽人意。我固执地认为,无论谁都似乎不能将我的话尽善尽美地传达出来。唯有仪方。唯有在仪方那如歌般的英语旋律中,才能找到我要说的话中的那真正的含意。

尽管仪方已经是两个孩子的母亲,但却常常有不曾将天真殆尽的时候,特别是她开车时的那样子。在华盛顿和纽约时,我们没有租车。看仪方文文静静的,想不出她开车时的样子。在孟菲斯机场的租车公司看着仪方飞快地把我们租下的蓝色雪佛莱汽车开来时,简直不敢相信那个开快车的女人就是仪方。坐在仪方的驾驶座旁,总有一种很舒服的感觉,总仿佛我们不是在路上,而是在家里。仪方开车开得极好,她说她在读大学时,就已经拿到了驾车的执照。有时她会把车开得彬彬有礼,凡是她要超车或是换线,她都会禁不住自言自语说,对不起我要换线了,或是拜托请让一让。但有时她开起车来又像是脱缰的野马,特别是从威克斯堡到新奥尔良的那途中。那一次一个开着红色轿车嚼着口香糖的金发小伙子毫无道理地一次一次地从我们的车边飞驰而过。后来仪方急了,便也不顾高速公路上限速的招牌,猛然间踩足油门,不断加速,一度仿佛是在同那个开红车的美国男孩赛车。这样持续了很久。然后仪方咬着牙根说,对不起我要超过你了。紧接着她再度踩紧油门,终于将那小伙子甩在了后面。仪方在英勇地超过了那辆红色轿车后满脸是胜利的天真的喜悦。她禁不住兴奋地问我,你是不是觉得很刺激?当然这样很危险。可你不是说你很喜欢刺激吗?

仪方是一个虔诚的基督教徒。她说在主耶稣的世界里,她一直是很听话的,包括她向主保证过,决不在高速公路上超速行驶。她说去新奥尔良的路上是一次例外,她已经祈祷主宽恕了。仪方还说,在我们此次旅行开始之前,她就已经在她家附近的那座小教堂里为我祈祷了。她在祈祷中祝我和我的家人平安幸福,她求主保佑我在美国的旅途中能一路平安。仪方一路上一直在讲着她和她的主的关系,并且一直在为她的主传着福音。她对她的主很虔诚也很忠实。她说她曾在教会工作过,她的

感谢仪方

是他们安排了我在美国的所有行程,让我看到了美国壮丽的景色和美好的人民。

主即是她的朋友也是她的兄长,她无条件地服从他。仪方在每顿饭前,都要面对食物,闭上眼睛真诚地在心里做祷告。她说,你不必等我,但每每睁开眼睛总是看到我坐在那里默默地等她,她便会轻声说,谢谢你总是等我,你真是太好了。特别是当我们谈到家庭、婚姻以及男女之间的关系时,仪方总是不停地重申着主的教导。仪方说,主说女人要顺从,而男人要像爱他们自己那样爱女人。仪方还说,主要求我们要学会宽容,要学会站在别人的立场上为他人考虑。在我和我的男友不愉快时,她要我更多地检讨自己的过失,不要抱怨;在我得不到家人的消息时,她千方百计地安慰我,并在睡前一次一次地为我的家人祈祷……

在美国的最后一站是旧金山。因为在旧金山有儿时的伙伴陈钢一家相伴。因为在旧金山要过感恩节所以会谈的项目很少。还因为仪方的家就在不远的 Concord,她已经有将近四十天没与家人见面了,所以,我希望仪方能提早回家与她的丈夫和 baby 团聚。

和仪方在一起的最后一个晚上,我们去了女王·安旅馆不远的那座日本城。我们在日本城里的一家中国餐馆里吃了饭。仪方说,我们共进的这最后一顿晚餐是她为我饯行。记得餐馆里是一种浓重的红色。很静。很温暖。只有隔壁餐桌上的两个韩国人在默默地吃饭。

美国旧金山的金门大桥。

　　仪方说，她本来是想送我一本《圣经》的，但得知我有《圣经》，她觉得这比由她送我还要令她快慰。

　　然后我们边吃边回忆这数十天来那所有值得回忆的故事。但分手后才知道，我们当时并不能真正体会到分别后我们彼此会是怎样地想念和悲伤。

　　我们是第二天清晨在女王·安旅馆的门前分手告别的。我们紧紧地拥抱在一起。那离别的时刻我们都哭了。我们什么也没说。那时候陈钢已经来接我。仪方说，她只有最后把我交到陈钢的手中她才能放心。然后她便走了。我站在女王·安宾馆的门口一直看着仪方瘦小的身影最后消失在萨特街美丽的晨晖中。

　　在美国最后的几天没有了仪方突然变得不习惯。尽管常有陈钢一家陪伴，但当他们离去便觉得异常孤单。于是我想念仪方。记起来她对我的诸多关切。在美国的几乎所有的日子都是跟仪方一起度过的。对我来说，在某种意义上，其实仪方就意味了美国；或者，美国就意味了仪方。因之，在我返国后所写的那所有的关于美国的文章里，都可以看到仪方的身影。即便是我没有说起仪方的名字，仪方也是存在的，她就在我满怀着感激之情的那所有所有的字里行间里。

　　但，终于，我们分别。没有不散的宴席。

　　后来我回到祖国。在缓缓的想念仪方的日子里，我开始接到一封封仪方寄自 Concord 的信。几乎是她的每一封信，都令我十分感动：

亲爱的赵玫，今晚我坐在客厅，细读你的两篇散文——《和他在雨中》及《望尽天涯路》。读的时候，仿佛你就在旁边，亲自向我诉说你和他的故事，就像我们在旅途中一般。我一边看，不时心里也回应着，可惜你听不到……当你对他的情绪有起伏时，去看看你曾写的这两篇散文吧。我尤其喜欢"闭上眼睛跟着他踏上了这一段生命之旅"。

仪方在另一封信中又说：

亲爱的赵玫，我刚刚翻译回来。这次翻译，又去了新奥尔良，当时非常想念你，回想起我们俩上回在新奥尔良时的情形：那个古怪的房子，不安全的邻舍，法国广场，墓地，那家"长城"中国饭店，以及那些作家们。哦，还有那家典雅小巧却不对胃口的法国餐馆。同时让我更加怀念的是你。你真是细腻可人。每次翻译，我总是累得筋疲力尽，但是和你翻译一程，却是滋养身心，仿佛自己出门旅行一般，不像是上班做事，It was like for pleasure, not for business。

……

最后一站依旧是旧金山。我又走到上次你买鞋子的那家商店。刻意的，我找了一下你买的那双靴子，当然是在预料之中，鞋架上早已换上夏季的凉鞋，留下的只是我呆站着，沉浸在那深深的回忆中……

走进他人

有个美好的女人叫南希

南希那么遥远。隔着太平洋。但又那么近。仿佛就在隔壁的那间房子里,对你讲话。能够听南希诉说,是因为女儿。

女儿若若只有十六岁。便少小离家,漂洋过海,到美国,到那美丽而古老的波士顿去参加 AFS 组织的国际交流项目。从此女儿孤身一人。去成长。去闯荡。一个非常好的项目,让世界友爱和平成为没有战争也没有眼泪的大家庭;又是一个对女儿来说那么好的机会,让她从此能了解世界,能学到更多的知识,获得更新的眼光。实验中学选送了她,在经历了各项考核后,AFS组织也接受了她。从此,我们便开始了漫长的为她的准备和送行。那些被各类琐事缠身的日子,顾不上流泪,更不知什么是真正的想念。但是当女儿终于登上了 UA 的航班,当我们隔着玻璃窗同她作最后的告别。从此,便仿佛坠入了一个由痛苦和眼泪交织的巨大的思念的陷阱中,难以挣脱。那是怎样的境地。甚至不能躺下来,闭上眼睛,睡觉。泪水会不知不觉地流出来。那时

春天的波士顿郊外。像水彩画一般。女儿时常生活在这里。

114

候,我真是太想太想我的女儿了。

从此千里万里。那是种怎样的牵挂。所有的冷暖。还有她的遥远的心情。那是无法停止的绵延不绝的一种深邃的思念。是连接着身心关乎着生命的一种难以慰藉的苦痛。隔着大陆和大海,我们望不到,女儿生活的那座波士顿近旁的美丽而宁静的海边小城诺维尔,望不见她住的那栋被绿草和鲜花环绕起来的白房子。

然后便有了南希。就在我们被思念所困扰的最最艰难的日子里,南希便悄悄走进了我们的生活。其实与南希已不陌生。女儿出发之前,就早已和南希和她的丈夫 John 有了无数的书信的电话的电子邮件的来往。他们说他们一看见女儿的照片就知道了这是他们想要的那个 AFS 女儿。他们还说在未来的一年里一定会好好地照料她。然后女儿便在三十多个小时漫长的飞行后,看见了等在机场大厅里的南希和 John。他们高举着用五星红旗做成的大牌子,欢迎来自中国的女儿。从此,南希便开始了在美丽的白房子里陪伴女儿并帮助她开始新生活的日子。和 John。在遥远的美国西海岸。

南希就是这样的一个善解人意的女人。那一天打开电子邮件,企盼的是女儿的来信。眼看着那个接收的蓝色信号一点一点地向前推进着。伴随着我们的激动和喜悦。一封英文的信

南希就是这样在波士顿机场接她的中国女儿。

南希的办公室,
她身后的镜框里
是若若小时候的
照片。

件。竟然是南希! 来自波士顿的问候。她说她希望我能翻译这封
信, 为了让我能了解若若到美国以后的生活。然后南希便开始
向我讲述若若每一天的活动, 南希说若若正在以一种非常好的
姿态开始她伟大的美国历程; 南希还说, 今后她会每周为我发
来一封这样的电子邮件, 为的是让我能尽快了解关于若若的所
有的信息。

　　这便是南希。她说她正在感受到一种穿越公里穿越海峡的
力量。她还说是我们共同的女儿和我们对这个女儿的共同的关
心, 把我们像姐妹一样地连接在一起。一个那么美好的女人和
那么美好的感情。以后我便果然每周收到南希寄自波士顿的消
息。关于若若的。还有他们共同的新生活。若若怎样开始了她
开学的第一天; 若若怎样参加了学校里的曲棍球运动; 若若结
识了哪些新朋友, 又去哪里参观旅行了; 还有, 她是怎样带着若
若和她的新朋友们一道去航海; John 又是怎样带若若去海边看
了佛洛伊德飓风; 还有, 她和若若关于世界历史的那些有趣的
对话; 她和 John 为若若去开的第一次家长会。南希还说, 她和
John 是怎样地喜欢他们的这个新女儿, 他们又是怎样地为她而
骄傲……

　　就仿佛女儿并不遥远。就仿佛和女儿在一起的不是南希而
是我自己。南希就是我。她替代着我, 想着和做着一切我会想会

做的事。还要怎样的牵挂? 既然是, 在女儿身边, 有南希和John这样的亲人; 既然是, 女儿和他们在一起真的很快乐。

从此期待着南希的信。南希总是很守时, 以至于女儿为她的很少发电子邮件都觉得有点不好意思。盼着南希的信。盼着读她写来的那些英文。又盼着把她的每一个英文单词翻译成中文。每一次读南希信时的那种感动的心情。仿佛是节日。是南希使那种和女儿痛苦的别离变成了一种非常非常美好的感情。每一次读南希的信都是在享受着那种美好和亲近。那是我从未经历过的。是南希, 让我在女儿离别的那段日子里, 依然能感觉到那种阳光般的温暖; 也是南希, 让我们拥有了那种由岁月和美丽编织起来的那么明亮的新生活。

多么好, 我们是姐妹。南希和我都这样想。是我们的女儿, 使我们在相隔遥远、语言不通而且未曾谋面的情形下, 成为了姐妹, 成为了亲人。彼此用最美好的感情滋润着, 抚慰着, 激励着。这是多么好的一种生活, 又是多么难得的一种经历。每天想着, 在遥远的美国的西海岸, 在波士顿近旁的那宁静而美丽的诺维尔, 有我的女儿,

有John, 还有个那么美好的女人, 南希。

永远的高岚

　　高岚是朋友。也是那个优秀的电视节目主持人。尽人皆知高岚,因为她泱泱的风范。十几年。来来去去。无论什么时候高岚走来,都是那么雍容华贵。她总是款款而来。带着最亲切美好的微笑。走进你。走进千家万户。就像是一棵永远挺拔的松。无论四季。无论风雨。也无论怎样后浪追着前浪,新人怎样的一代胜出一代。而高岚永远在那里。挺立着。那高岚的气质与气势。还有高岚的优雅。就那样一尘不染。就那样不可替代。

　　和高岚做朋友是我的骄傲。甚至是一份虚荣。因为毕竟高岚是媒体和大众心目中的名人。但和高岚在一起时,却从没有这样的一种虚荣的感觉,甚至连骄傲也不觉得,因为高岚就是那种普普通通的可以称作朋友的女人。无论在哪儿,也无论什么时候,只要你需要,高岚就会来到你的身边,给予你她所能给予的全部的帮助。

　　这就是朋友的含义。也是高岚赋予你的! 因为你确确实实

高岚是那种无论你什么时候需要帮助,她都会无声来到你身边的朋友。

在与她的交往中，感觉到了那种朋友的温暖。那是无条件的一种心理的支撑。只要你想到，在你的心里，有着高岚那样的朋友，就真的踏实了很多。也就平添了许多生活的信心、勇气和力量。

而我与高岚，又绝不是那种名利场中相互逢迎的关系。我们的确彼此欣赏。是因为我们拥有着将近二十年的友谊。高岚虽小我几岁，但我们几乎是彼此看着长大的。从很小的时候，高岚就认识我们全家。我的父母，我的兄弟。当然那时候高岚还绝不似今天这样家喻户晓。但在我的记忆中，高岚的样子却仿佛从未改变过：那么高高的，窈窕的，那种永恒不变的发自内心的微笑。甚至连发型似乎都没有怎样变化过。那时候高岚还是个十几岁的小姑娘。小时候的高岚在戏曲学校学艺。不记得她什么时候到了电视台，又什么时候结了婚。总之在不久后的某个时刻，高岚便骤然成为了一颗冉冉升起的星，开始在天津的夜空闪亮。那么光芒四射。那么绚丽地放射着动人而又诱人的光彩。高岚创造了她自己。创造了她的形象的魅力。她的创造使人们不忘。但是没过多久，就听说高岚为了相夫教子而东渡扶桑。她舍弃了什么？又听说高岚偶尔会回国，在街上寂寞地开着她的私家车。不知道那些传说是不是捕风捉影，但不论怎样，电视荧屏上果真不见了高岚的踪影。于是不禁黯然神伤。心想一个小小的日本国有什么值得留恋的。从此便断了和高岚的联络。但从小一道长大的心里的那个地方却一直留在那儿，留给高岚。

因为不见了高岚，才为她真心地惋惜。不知道巅峰中的高岚所追求的，究竟是一种怎样的境界。一个在事业的辉煌中急流勇退的女人？还是一个尽心尽责、贤惠善良的家庭主妇？后来想，无论高岚怎样选择，其实都会是一种很灿烂也很美好的人生的境界。只是觉得在中国电视业飞速发展的时刻，放弃自己，在屏幕上消失，这不能不说是高岚的，也是热爱她的观众的一个遗憾。

大概高岚在海那边的岛国也感觉到了这一点。大概高岚在宁静的家庭主妇的生活中也开始反思她曾经走过的那段辉煌的路。也许，她看上去尽管平静超脱，但骨子里还是有着很多的不忍和不甘。她怎么能就此就熄灭了她事业的光焰？牺牲了她人生的价值？她未来的路还很长，在长长的路上，她该怎样才能不让她那个与生命同在的梦想付诸东流。于是这一次高岚咬紧了牙根。她在日本奋斗的丈夫小徐大概也意识到了高岚的天地只能是在中国，在天津，在她无比钟爱又为之付出过心血的主持人事业中。于是小徐也咬紧了牙根。他当然不能也不愿让妻子的追求前功尽弃，在未来的生活中碌碌无为。于是他们齐心协力，重新安排了他们的生活。那就是高岚重返她熟悉并且热爱的演播室；而小徐，则暂时独自一人留在东洋闯荡。

从此便两情依依，隔海相望。那是一段思念怀想、望眼欲穿的日子。高岚抑或也有着无尽的相思的苦，可她在屏幕上坚持的却始终是美好的微笑。几年的疏离并没有成为她重返荧屏的障碍。转瞬之间，高岚便轻而易举地找到了那个风度翩翩、风采依旧的感觉。

高岚还是高岚。

十多年来高岚的那些老观众老朋友也重新感到了亲切和感动。高岚毕竟属于观众。高岚也毕竟属于屏幕。重返主持人岗位的高岚更加雍容，更加庄重，也更加深入人心。在人们的心目中，高岚确是不可替代的。

再度与高岚相逢，是在她为我制作的专题节目时。在前期拍摄中，不曾见到高岚，只和她通过电话，知道是她向她的剧组鼎力推荐我的。那是由她主持的一道女人的风景线。最后那天她才来到我家主持采访。我们都曾经沧海，又再度重逢。那别时容易相见难的慨叹。那分别已久的感受尽在不言中。

从此朋友依旧。持续着漫长的友情。多少年的风风雨雨。我们都拥有了自己的生活和事业，还有，对人生认真而坦诚的态度。我们彼此更深的了解。我们还增加了许多共同的话题、共同的感觉和共同的朋友。记得那时候徐仍在日本，高岚带着儿子在他们原先清冷的大房子里艰苦度日。她要工作，还要家庭琐事、柴米油盐。既要工作出色，又要在家中撑住整个天。那一份难处。后来见到了回来探亲的徐。看见了他们之间的那种纯净如水的爱情和千里万里的心心相印。高岚好像从没有怨言。她的达观、她的宽容、她的善解人意仿佛是与生俱来的。后来，如我们期望的那样，徐果然真的返回。给了高岚一个完整的家，让她在辛苦的工作之后感受到家的温暖和支撑。

依旧的高岚。她的执着与追求，和她的不变的情怀。高岚的努力为她赢得了很多的荣誉。但在高岚看来，那些荣誉并不重要；重要的是，她是否能为电视机前的观众带去欢乐与思考，她是否在她所热爱的事业中实现了自己的价值。她深知她每天所做的事情是连着成千上万观众的，所以观众对她来说很重要。而她之所以要认真对待每一次演播，之所以在每一次做节目前都要充分地做好准备，包括每一个细节，也包括发型、化妆，乃至于服装的色彩与样式。全都是为了观众。为了让观众感受到她的真诚和她所追求的完美。让他们在她优雅的气质后面，看到她与他们是水乳交融的。所以高岚在天津市十佳主持人的群众投票选举中，才能以最高的票数独占鳌头。高岚说，那才是她最大的荣幸和骄傲，因为这至少证明了她和观众的那一份深深的友情。那友情来自她的心如明镜，她的肝胆相照，和她所给予每一个观众的那温暖的照耀。

便是这样，高岚是无可替代的。尽管岁月留痕，但她多年积累的经验智慧和深深的文化内涵，使她更拥有了一种仪态万千的大家风范。人们喜欢高岚。希望能常常见到她。人们也相信她。永远期待着，她款款而来的那镇定自若的步履，和那永远不变的亲切美丽的微笑……

多么好。永远的高岚。永远的期待。

向的太阳

　　朋友的朋友向中林,巴蜀人氏。看上去温和而持重,画出的山水却浓郁而热烈。大气磅礴。古拙中透露着一种飞翔的浪漫。向中林曾经是军人。从四川广元来到天津。因为嘉陵江水和蜀中山林而迷恋上作画。抒胸臆,抒童年的记忆。很多年前便听朋友说起向。也随朋友一道去国际商场的画廊中去看过他的画。因为十多年一直在看向的画,所以今天再看便也觉出了岁月的脚步。

　　向中林的画果然变化很大。最大的变化便是他今天独树一帜的风格。无论在怎样斑驳的画展中,向的画即便不署名,也一望便知那是向的。这不是谁都能做到的。那一份浓烈。那一片被称为精神化的山水。向中林的另一点奇矍之处,是他画作中所大胆使用的红色。各种各样的红。那是种强烈的意愿。不可遏止的。这使我想到了凡·高在他的画中疯狂使用的那种黄色和蓝色。那便是凡·高的理想。用几近偏执的色调来创造他自己的境界。向也是如此,他的用色使他的画从传统的中国绘画中脱颖而出。那是他独辟的一条只属于他自己的蹊径,蜿蜒而执着地朝向着他自己的那个方向。并不是向中林要哗众取宠,可能他也不是明确地对传统中国绘画的秩序进行反抗。向只是要找到一种色彩和技艺来讲述他自己的故事。向中林说那是他的童年。在嘉陵江边。每个清晨,当太阳升起,照耀在家乡远和近的山脊上。那一片火红,便淹没了他。仿佛热烈的燃烧,刻下永恒的印迹。在漫长的人生中,他可能忽略过,但是当有一天,他能够游刃有余地用色彩来描述他的家乡。那大山和大江。红便烂漫了起来,几乎遍及他的每一幅作品。后来,向中林又在他的画作中做了那种肌理的处理。那些皱折。凹凸的感觉。起伏的那山那水便也就真的灵动和立体了起来。在雾色云色山色和水色的交错中。那么亲切的。一如置身在大自然的环绕中。色

巴山蜀水，老向的
画作。

彩之外，是向中林别出心裁的构图，总是在自觉与不自觉之间，
颠覆着人们对国画理论的认识。所以人们会觉得，向中林的画
很好，但是也很怪。奇异的构思。大胆的布局。超越常规的。非
常非常象征的一种味道和非常非常浪漫的一种想像。便是创造
力了。那么尖锐的。有个性的。与众不同的，和令人难忘的。还
有，便是他融入画中的那一份浓而深重的情思。《寥廓江天万里
霜》中的那一片苍茫的秋色。霜冷江河中的那几叶奋力的孤
舟。凋零的温度以及荒寒的心境。那该也是向中林的一种诉
说。也便是这些，造就了向中林山水的气势与力度。他的画确实
充满了力量。那尖硬的山峰和云团。硬的线条和棱角。与温文
尔雅的向中林本人南辕北辙。

　　向中林只是国际商场画廊中的一个普通的默默的画师。而
他却是在台湾地区举办个人画展的首位大陆画家。浓烈的川北
山风一时间吹遍台北，前往观看的台湾老兵在他的巴山蜀水前

向的太阳

123

乡愁绵延，老泪纵横。画展的成功和人们争相购买的景象却是不曾赴台的向中林所不曾看到的。但是那一年他的画确实有石破天惊之势。画展转年，他的画的标价就高出了刘海粟、周思聪等大师。此后向中林的画年年在境外有画展。在日本。在香港地区。香港的"收藏家"画轩常年展出、评介并拍卖他的画。他的画作在一些收藏家的心目中已经非常有力量，但是向中林却依然平和，依然普通，只是埋下心来做他自己的事情。

一直不解的是一向温和，甚至有点木讷的向中林何以会画出那么激情澎湃的作品来。也许那画中的热烈才是他的真面目。他只是在平常的日子里把这一份激情隐藏了起来。只留给艺术。向中林的画越画越好。随着岁月，不知道未来，向中林的画又会是怎样的一番景象？

流动的情感

——写在孙建平旅欧写生画展之后

和孙建平是老朋友。所以看建平的画也看了很多年。听他说他对绘画理想的追求。而且最早知道并了解赵无极，也是从建平那里。后来很多年后去上海，在一个非常偶然的机会，竟看到了赵无极那大气磅礴的绘画，是怎样地令人感动和震惊。其实那一次参观上海博物馆，并不知道那里正展出赵老先生的画作。很多的展厅。各个时代的作品。令人惊心动魄。于是想到了建平。也才得知了建平为什么会那么推崇赵无极，并了然了建平与赵无极之间的那种创作的师从关系。记得建平说，很多年前他曾在杭州聆听赵无极讲课。先生一定是非常震撼了他，为了让更多的画者了解先生对艺术的追求，为此他整理出版了《赵无极教学笔录》。我曾读到过这本书最早的版本，我便也是从这本书中知道了建平心中的那个赵无极。

建平人很朴拙。大概是因为他喜欢流浪。但建平的画却与他的朴拙有着天壤之别。那么鲜明的反差。想想可能是因为绘画是建平心中的东西，是完整的建平的另一个部分，精神的部分。建平画现代派的绘画就像他娶了非常现代感的康泓为妻。那可能才是建平的真性情。想建平也许就是因为生性的朴拙，才总是想背叛自己，刻意画出那些很夸张、很变形、很粗放，并且色彩很浓烈的油画，以此来拓展他朴拙的人生，或者，来展示他灵魂的另一面。

从建平最早为我的第一本书所画的那幅至今依然是最好的素描，到他后期创作的那些非常"野兽派"风格的油画，似乎都在极力表现着一种渴望变化的精神。这就是建平的画为什么总是在推陈出新。也许直到今天，他还没有找到那个真正的他自己。所以建平"吾将上下而求索"。所以建平"虽九死而不悔"。因为他相信总有一天他会找到那个真正的他自己的。但很遥远。遥远才学无止境。所以在建平的画作中，会有那种漫漫而

来的历史感。那是建平自己的阅历。于是你可以透过建平不断
变化的笔触，感受到几乎所有伟大的印象派大师或是现代派画
家们所给予建平的那种深邃的精神。譬如凡·高，譬如毕加索，
譬如马蒂斯，还比如他的尊敬的老师赵无极。这恐怕就是建平
为自己找到的那条绘画之路。当然这中间也还有中国画对他的
深入骨髓的滋养。

《边走边画》是建平的旅欧写生集。没有听说建平去了欧
洲，几个月后，建平却为我们奉献了那么完美而感人的一个欧
洲风景的展厅。我没有在建平那个辉煌的开幕式上去看他的
画。而是在一个宁静的午后，我想我只有在那种静静的状态下，
才能更深地读懂他的画。我一直觉得，画总是需要认真去读才
能读懂的，包括读懂画面背后的那个画家的构想，还有他所要
表现的那种真正发自内心的意愿。于是在那个宁静的午后在建
平的展厅中缓缓地走着。仿佛被那欧洲的斑斓色彩照耀着。有
些画简直要灼伤你的眼睛，那一定是因为建平自己就被深深地
感动了。那些良辰美景。熟悉与陌生的。后来又读了建平记述
他《边走边画》的那些文字。同样的朴拙，好像你们就坐在建平
的对面，听他娓娓道来时于他无比重要的这一次欧洲之旅。

建平此次出访是应奥地利"艺术沙龙"之邀，在欧洲进行为
期三个月的艺术"流浪"。建平可能是这一期来自世界各国的艺
术家们中收获最大的，因为他带回来的，是上百幅欧洲写生的
画作。那是他辛勤劳作的结果。大概也还是因了他的朴拙，因为
他朴素地懂得要珍惜三个月中的每一分和每一秒。所以当面对
欧罗巴的那青山绿水城镇乡村，建平甚至没有一丝游玩的心
情。而他欣赏它们的唯一方式就是把它们画下来，让那风景在
他的色彩中获得永恒。看得出建平是将他所有的心血都投注于
对欧洲的感觉中。我相信他的这一次欧洲之行对他未来的绘
画，一定会产生巨大的影响。于是便有了《边走边画》。便有了他
在初夏送给我们大家的那个画展。

走进《边走边画》，首先映入眼帘的，应当说就是建平的色
彩，那是建平所独有的、一看便知是建平的色彩。那色彩行走
着，在行走中流动。唯有建平敢于将那些反差强烈的色彩堆积
在一起，并且在色调的转换中，竟然毫无过渡和禁忌。那是种被

解放了的色彩。那也是建平所渴望的被解放了的性灵。建平其人或者还做不到如此开放,但是他解放了他的色彩。

　　而在诸多热烈的色彩中,印象最深的,就是建平常常会使用的那种蓝。不知道那蓝是怎样调制出来的,它们是那么执着而顽强地印在了人的心上。于是想到凡·高的蓝。那蓝和金黄,以及蓝和金黄所交混的那种深刻的意义。仿佛在哭泣。那就是凡·高的追求。同样的,蓝色也几乎主宰了建平的画。他频繁地使用它们。那应当是建平眼中的主调。在《威尼斯》中。在《威尼斯的里亚尔托桥》中。在《蒙马特街景》中。蓝正在变得美而残酷。而那些被蓝色统治的,恰恰都是我最最喜欢的画面。

　　建平的色彩不仅狂热,它们还是移动的。我在这里所以用移动这个词汇,是因为无论灵动还是跳动,似乎都无法准确地去形容建平的画。那是种缓慢而厚重的移动。由此及彼。于是那转换之间就深藏了意义。而意义中最为深邃的,便是建平的河。建平对河水的感悟。

　　建平说他喜欢河。河水的那种流动的感觉。所以在建平这次旅欧画展中,才会有那么多幅是属于河的。特别是属于多瑙河的。多瑙河之于画家建平意味了什么?那生生不已的流淌。多

建平的画就挂在我家的客厅里。那是他的色彩他的季节和他的俄罗斯。

瑙河流经欧洲八九个国家，而建平刚好访问了多瑙河流域的好几个国家。所以多瑙河一直在追逐着建平的脚步。那不同国度不同时刻的河水风光便也跟随着建平。那水波流动，便流动起建平的感情。建平说，是这条非凡的河流唤起了他新的灵感，并锐化了他近些年来日益麻木的感觉。建平说他害怕那种麻木和麻木所导致的那种画作中的矫饰和做作。于是他来到多瑙河畔。他觉得他是幸运的。因为他能够无数次面对多瑙河水反思。他知道他对绘画的思考正停留在一种十分困顿的状态中，他需要摆脱，而只有这样与河流亲近，与自然亲近，建平才能重新找到自己。所以他感谢多瑙河水所给予他的那一份新锐的激情。

因此感情是第一性的。有了感情才会有创造性的艺术冲动。所以河水流动，色彩流动，而在那所有流动的下面，是建平的情感在流动。他便是把他对大自然的执着爱恋，转移到了他的绘画中。所以那画面所传递的，不仅仅是河水的色彩与声音，而是建平起伏流淌的心灵。

因为建平对印象派、野兽派，以及表现派绘画的深入研究，在他自己的画作中，便有了那种潜移默化的表现主义色彩。尤其在构图中的那种夸张和变形，甚至给人一种摇摇晃晃的感觉。没有真正意义上的写实。但那也是一种写实。是建平对自己内心感觉的抒写，因为他的心就是这样在摇摇晃晃高低错落中感受世界的。有些画看上去甚至像是儿童的画。那是种更纯粹意义上的返璞归真。比如《萨尔茨堡》，比如《雨过佛洛伦萨》。真的很"另类"。于是建平的画让我想到了丹麦的一个非常有名的女歌手——比约克。她曾经在电影《黑暗中的舞者》中，担任那个令人感动的女主角。她在当今的歌坛也非常走红，就是因为她在歌中所追求的那种孩子般的感觉。所以独树一帜。所以脱颖而出。仿佛回到童年。而童年无忌，童真宝贵。这就是建平的风格。

多么好，那种色彩所表现的光与影的感觉。那种色彩所构成的水波的流动，天空的扭转。还有，在不经意间所完成的一种诗的意向。没有刻意的雕琢。一切在自然和随意中。画笔随心而动。《维也纳森林旁的别墅区》的那种水墨画的韵味。一抹一抹的天空。田园诗一般的城堡。《维也纳近郊的小房子》里，那灿烂的房屋，女人，还有汽车。一切都在模糊中。不清晰的。但那就是建平自己的眼睛看到的欧洲。

记得那天在建平的展厅中，一些年轻人在一幅一幅画前驻足，久久不曾离去。不知道他们是不是建平的学生。建平在美院教书育人多年，后来又做了油画系的主任。而建平的最可贵处，是他的没有夫子气，是他的始终保持着的那样一种十分前卫的姿态。充满了叛逆精神的，有时候甚至是对自己的叛逆。如此的建平，他又怎么会要求他的学生在艺术中循规蹈矩呢？于是建平就拥有了那种与青年学子沟通的可能性。想建平的学生和这样的老师在一起该是多么幸运的。因为在艺术上，他们是自由的。

《边走边画》，是那么灿烂。很高兴透过建平的艺术，让我们在激情中感受了欧洲。

小慧的行旅

——读王小慧《我的视觉日记》

　　读小慧的书就如同读小慧的人。小慧旅德十五年，想想我认识她也已经十五年了。

　　初见小慧的时候，她还没有去德国。那时候她大概正在同济大学读建筑学硕士。那个夏天她回天津来看父母。那时的小慧就是书中那个小女孩的样子，静静的，纯纯的。那时候就喜欢上了小慧。因为小慧就是那种让人不能不喜欢的女孩。她那一如既往的平静温和的语调。后来每每见到她都是如此，让你觉得亲近，哪怕她已经是非常著名的摄影家了。这大概也是小慧做人的态度。

　　也是那时候就知道小慧有一个唇齿相依、心心相印的俞霖。后来听说她就是和俞霖一道赴德国深造的。他们是建筑系的同窗，后来又成为好友成为恋人成为夫妻。那是他们今生今世的缘分。他们又同为同济大学的少年才子，小小年纪，就成为母校的骄傲。这一对纯真烂漫的金童玉女很快就被母校送到国外学习。当时也听说了他们到德国后是怎样同甘共苦，相濡以沫。后来读了小慧的书，才知道他们相爱却并不能时常在一起，而当俞霖永远离开了小慧，那伤那痛不知道有多深多长。所以小慧的这本《我的视觉日记》不同一般，而她的"旅德生活十五年"也不同于那些一般的留学海外的回忆录。小慧的书是用眼泪和疼痛写成的，是用生命和死亡编织的。

　　后来小慧回国，我们也曾有过几次很深也很诚恳的长谈。于是更深地了解了小慧，特别是在他们的那次车祸事故中小慧痛失俞霖之后的那次谈话，至今令我感动，让我震撼。想不到小慧那么纤弱的身体竟能承受如此巨大的伤痛；想不到小慧那么柔顺温和的外表背后，是一颗如此坚韧顽强的心。还想不到，小慧能那么勇敢地在血泊中独自爬起，重新站立，将生命在奋斗中延续，重塑她艺术的辉煌。这也是为了她深爱的俞霖吗？

在慕尼黑又见到
了小慧。她总是
那么美丽。那天
下着大雨。

　　读小慧《我的视觉日记》时我一直在想，其实读她的经历对我来说已经并不重要，因为那些经历我断断续续的几乎全都知道。但是我还是那么认真地在读着小慧的经历，那是因为透过那些经历，我能更深地了解小慧的心。小慧的心在那本书中才是最最重要的。那心的深处。那是真正堪称心路历程的一本书。它会带给读者的，是发自心底的那种爱，那种美丽，那种忧郁，那种伤痛，那种通达，那种不甘倒下的勇敢和坚强，那种超然，那种执着，那种不懈的苦苦的追求，那种对自我的审视和选择，那种对自我的放逐和挑战，那种虽九死而不悔的精神……无论对谁，那都是对心灵的一次美好而清澈的荡涤。

　　这就是小慧。

　　小慧是优雅的。这是凡是见过小慧的人的共识。小慧就像是那只丑小鸭，有一天真的变成了白天鹅。只是小慧从她生命开始的时候，就是个漂亮的女孩子，特别是她从事艺术的母亲和肯为她去摘天上星星的父亲，从小就给了她一种美好而浪漫的情愫。于是小慧的成长便成为了她日后优雅的温床。她的几乎所有的行为方式，包括她的爱的方式，她的悼亡的方式，都是最最美好而浪漫的。便是这美好和浪漫，让本来就漂亮的小慧更加漂亮，让本来就优雅的小慧也更加优雅。美丽和优雅不仅是天赋，也需要日后的补充和滋养。那就是小慧总是那么勤奋地学习，总是让自己被知识包容并且养育。这些在小慧的书中都能够读到。如此她才能为你营造出那种将美丽和智慧融合在一起的氛围。那是小慧作为一个知识女性对读者的丰富而深邃的给予。

然后我们看到小慧是忧郁的。一种让人不忍的忧郁。那是因为小慧在她的生活和生命中失去的，都是她最最不愿失去的亲人或感情。于是觉得自从俞霖亡失，小慧的目光中就不再有真正的欢乐。

因为知道俞霖对小慧意味了什么，所以拿到这本书时，便自然地首先翻开了《远处的光》那一章。小慧一定是流着眼泪写那一章的，因为我们在很久以后和书中的小慧一道重温那段经历的时候，还是禁不住满心伤痛，热泪盈眶。那是一段怎样惊恐而断肠的经历，仿佛我们也随小慧经历了1991年深秋的那段前往布拉格的可怕时光。记得那一年小慧出事后我很快就听说了，也听说了她的父母立刻前往德国，去照顾他们这个劫后余生却身负重伤的女儿。那时候真的很为小慧的遭遇惋惜，为小慧担忧。希望她能从身与心的巨大伤痛中尽快返回。到了1996年前后重见小慧，觉得她已经走出了关于死亡的那个可怕阴影。只是觉得从前的那个纯真美丽的小姑娘已经不复存在，小慧成为了一个总是略带忧郁的女人。我觉得那一定是因为她真正经历了死亡。而这经历显然已融入了她的生命，于是生命发生了质的变化。那是个我们这些常人所难以企及的一种生命的高度。她说她真正认识到了该怎样珍惜生命，该怎样用好生命的每一分钟。

小慧的忧郁大约还来自安佳斯的自杀。这是在《燃尽的蓝蜡烛》那章中的一段美丽而凄惋的故事。那也是小慧的亲历。一个德国的戏剧演员为了对小慧的爱而跳楼自尽。其实小慧早就对我说起过这个惊心动魄的故事，她说她甚至想为此写一个电影文学剧本。然而重读这个关于爱的篇章时，依然地被震撼。因为无论在中国，还是在德国，这种殉情的故事都属罕见，然而它却又确确实实地发生在了小慧的身边。这是一种小慧所不能给予的爱，但是小慧又知道安佳斯是一个多么好的人，一个朋友。后来在读着《燃尽的蓝蜡烛》时才意识到，在讲述这个故事的时候，小慧想要告诉我们的，并不是一个简简单单的殉情的故事，她是想让我们知道，在安佳斯那里，爱也是一种理想。而安佳斯就是把他对小慧的爱当做理想来追求的。一旦他知道了他的这个理想将永远不能实现，作为理想主义者的安佳斯便没有别的选择了。他大概是觉得唯有殉了他破碎的理想而去，才能最终完成他理想主义的人格，他的人生也才是完整的。这可能也就是小慧为什么会怀念安佳斯，她是在怀念一个完美的理想主义者，因为她自己就是一个完美的理想主义者。她视理想为生命，而她的生命也是为理想而存在的。

小慧后来的人生选择应当说和俞霖和安佳斯不无关系。她为失去他们而伤痛，而他们的失去又反过来成了小慧后来生存的动力。因为爱和艺术，也同样是他们的理想。我不知道这样解释小慧是不是准确，但总之她变得更忙了，更执着于艺术，而且为艺术疲于奔命，赴汤蹈火而在所不惜。她摄影，拍电影，写电影文学剧本，写书，出书……很多的事情要做，很多的事情等着她去做。没完没了的事情是她繁忙的理由，但同时也能因此而占满她心灵的空间。就这样让自己每日奔忙，以至于没有时间去怀念，更没有时间去伤痛。

记得再见到小慧的时候，她已经成了一个忙得不可开交的人。差不多生活中的每一分钟都被安排了出去，于是小慧成了那个独立的坚强的女人，唯有从她那双忧郁的眼睛中，才能依稀触摸到她心底的记忆。

为此，我们不得不欣赏小慧的人生态度。特别是她的行为。行为的艺术，那是小慧后来的生存原则，也是常人很难做到的，尤其是女人。永远的"在路上"。永远的"漂泊"。对于我们这些在平静而安宁的家中住惯了的女人，小慧的行为简直是不可思议。想一想都会觉得发怵，更不要说去实践了。

这是小慧为自己选择的一种生命的方式。而她之所以这样选择，首先是因为她选择了摄影这门艺术成为她的职业。她知道这是她想做的，愿意做的，并且能做好的一件事，所以她不管为此要付出怎样的代价，哪怕永远"在路上"。

这种"在路上"说起来轻松，但真正做起来却需要极大的勇气和充满了意志力的行动精神。"在路上"就等于是放逐了自己，就等于是让自己永远远离家园，远离温暖。不要说对于小慧这样的温柔女子，就是真正的流浪汉也会渴望温暖。但是显然小慧有这样的决心也有这样的意志力。小慧是美丽的优雅的，但更是勇敢的坚毅的。她有胆量将自己置身于艺术的孤旅中，她也有勇气将自己的生命彻底交付给艺术。

小慧所以能坚持不懈地"行走"，大概还因为她骨子里的那种不羁的自由精神。那是我们平日看不出的，因为我们日常所看到的，更多的是小慧的沉静与温和，不知道被那沉静温和所遮掩的，是一份怎样的对自由生存的向往。其实小慧并没有羁绊。对小慧来说最大的羁绊就是她自己。小慧所深深恐惧的，可能就是自己对自己的束缚，所以她要向自我挑战，向温暖挑战，向舒适安逸的生活挑战。因为唯有无拘无束，自由自在，才能彻底实现她为艺术的人生。这是她非常清醒的。

小慧之所以总是"在路上"，还因为她为自己设置了太多的目标。她一个一个地去实现，实现了一个却还有新的目标在远处等待着她。如此她只能继续向前行走，永不停步。就像她自己书中描述的那个穿着"魔鞋"的"小木克"一样，永远不停地向前跑。

永远"在路上"让小慧永不停息。那是她为自己设置的一条生命的轨道。也许，一个如此漂亮优雅的女人终日背着摄影包在全世界奔跑太让人费解，于是小慧为自己找出了一个非常英雄气概的理由——"大丈夫四海为家"。是的，路途太遥远了，孤独太凄凉了，所以小慧需要在生活中有一种丈夫气来支撑她艰苦的步履，在信念中有一种豪情鼓舞她向艺术的峰顶攀援。这是小慧的另一面。是小慧自己在支撑着自己，引导着自己。

后来看过小慧的很多画册，那都是些我由衷喜欢的画面和情调。无论是人是物，小慧都倾尽心血去拍摄它们。慢慢的小慧的理念在不停地变化，她的脚步便也随着观念的转变而奔向不同的地方，不管那地方有多远。我知道这些成就的代价就是小慧的终日辛苦、奔波。小慧由艺术而思想，又由思想而艺术，而无论思想还是艺术，都被附丽于小慧的永不停息的行动中。

我钦佩小慧的这种艺术的方式，也是生活的方式。这是她自己选择的，我唯有为她的选择而感动。因此小慧是那种不单单是创造了物质艺术的艺术家，而且是创造了生命艺术的那种艺术家，是创造了自己行为方式的那种艺术家。

让自己置身于永恒的动荡和流浪中，那么，何处是故乡？

《我的视觉日记》是一本非常好的书。因为它不但记录了小慧旅德十五年的经历，展示了她的深邃的心路历程，书中还有很多她对人生耐人寻味的感悟，对艺术的独出心裁的思考，以及对国外艺术方式的种种介绍。所以这是一本内容丰富的书。思想的和艺术的。沉甸甸的。给你很多方面的知识。特别是，书里还有小慧的许多幅异常精美的照片，代表着她不同时期的风格与追求。她拍的，还有拍她的。很多的小慧。但无论是怎样的小慧，都是美的，与众不同的，独一无二的。

特别需要提起的，是这本书的美丽的文字。这些文字包括对照片的那些说明。照片拍得那么棒的小慧，文字竟然也是那么优美，这是不多见的。我觉得美丽的文字是来自小慧美丽的情愫。总是文如其人。读小慧的文字就如同在听小慧对你娓娓道来。那亲切的语调仿佛就回响在你耳畔。那些她所经历的。那所有的一切。小慧的文字美丽我觉得还因为她读了很多的书。那是能感觉出来的，是书让她有了那么美好的叙述和描绘自己的方式，就像是她用光和影叙述和描绘她艺术的理想。而更为直接的原因是，小慧一直在

《我的视觉日记》封面。

小慧的行旅

不间断地写日记。日记是小慧生命的一部分,于是也就自然而然转化成为小慧这本书的全部内容。

小慧的书里还有着深刻的思考。这也是我喜欢读它的原因。小慧的思考来源于她生命的体验。小慧在那十五年中所经历的事情太多,也太惊心动魄了。而小慧在遇到那些事情的时候又常常是一个人,所以她不能去问别人,只能问自己,问苍天。于是在切肤的疼痛中自然升华出切肤的思考。所以你才能在读着小慧的《我的视觉日记》时,不是在读她的故事,而是在读她对人生的感悟。

最后要说的是小慧的眼睛。因为小慧是用眼睛在工作,所以小慧的眼睛就非常重要。她有什么样的眼光?又是什么在支配着她的目光?我不是想说小慧的眼睛有多美丽,多善良,我要说的是她的眼睛有多锐利,多独特。同样的画面,她总是能作出不同的解释。她能洞穿她所需要的那一切,并用她的画面向人们讲述。很高兴我能有被小慧拍摄的经历。小慧并且把我的那些照片收到了她的书中和画册中。一次她把一张放大后的照片送给我时说,这就是她的风格,她怕我会不喜欢。小慧的这张照片一直挂在我的房间里。其实那始终是我最喜欢的一张黑白的肖像。小慧的风格真实而深邃。画面中我一点也不漂亮,但那种沉静的感觉和执着的神情,却让我第一次感觉到了一个摄影艺术家的视觉有多么重要。

旅德十五年所创造的神话是,小慧不仅是天津的、上海的、慕尼黑的,不仅是中国的、德国的,而且是世界的了。多么好,世界的小慧。

而我给小慧的唯一祝愿,是希望她能如她最喜欢的玫瑰那样,在生命的每一阶段都能拥有那个阶段的魅力。

玫瑰永远。

那就是小慧。

我的写作

残阳如血

金戈铁马。

那一天当你读到了那段文字，你才真正懂了你自己的民族。那是我在我的长篇小说《我们家族的女人》中所写的。这是我非常非常喜欢的一个篇章。诗篇。长歌以当哭的。悲壮。我记录下了那祖先的血。

那是一千五百名在青州蒙难的铁血将士。那故事发生在1842 年那个炎热的夏天。七千名英军长驱直入。那日不落的大英帝国的精兵强将以席卷扫荡之势将青州四面围困，重炮轰击。一时间青州城炮火硝烟，城池中灰色的砖瓦飞落。城内旗兵奋力抵抗。旗兵。祖先的那些年轻的勇士们那些义勇的儿子们。他们没有作战经验不通兵法，但他们却在炮火硝烟中在炎热夏季，战着。他们日夜鏖战死守，只有一个信念，那就是以死护城。《中国近代史稿》如此记载："参赞大臣齐慎，湖北提督刘允孝惧战逃跑，率万众之师歇马丹阳解衣避暑。只有几百名青州旗兵自发地起来抵抗，和七千名英军发生了一场约三个小时的激烈巷战，英军损失极大。"

风萧萧兮。那提督那参赞那撤下去的刀枪和苟且。何以要堆积起旗军兵士那年轻而英勇的尸骨。一个个倒下。黑头发，蓝眼睛。交混着的旗兵和英军的血。到最后的时辰。

炎热的尸腐的气味蔓延了几个月。

那死难者的墓志铭上记载着：

——血积刀柄，滑不可持，尚大呼杀贼。

——青州兵弁，何以异此？此以见忠心之气长存于天壤也。

哪儿去了？那参赞提督那万众之师？只留下祖先。

祖先的血和祖先的尸骨。那英勇的墓志铭。浩气长存。

一位思想者说，他们绝不缺乏勇敢和锐气。尽管他们总共只有一千五百人，但却能殊死奋战，直到最后一个人。而这位思想者就是恩格斯。他远在德国，却也不能不被中国青州的这一幕壮举而慷慨激昂。

最后的一个人。最后的一个人的勇气。直到他满身鲜血地倒在他兄弟们的尸体上。那剑柄仍在手中。

这便是祖先的故事。

等待着那个去凭吊的时辰。

然后在那片广袤的大地上，母亲们妻子们姊妹们就走来。正是壮丽的黄昏。残阳如血。她们哭泣。哭泣中穿过血泊去寻那一千五百具尸体中的亲人。她们的，丈夫、兄弟，和儿子。那些残肢断臂。她们因那残肢断臂曾经的英勇，因那惨烈的殊死抗争而成为了悲愤的未亡人。她们寻着。自己的亲人。她们的双手和衣裙因此而沾满了鲜血和烧焦的草灰。最后的硝烟依然不散。天空是铅灰色的。铅灰色的呐喊。然而呐喊徒劳，她们所面对的，只能是：尸横遍野。

直到最后的一个族人英勇倒下。

一串牛骨的饰物。一个银制的手镯。她们就认出了她们的亲人。生命中的，将永远不会丢失。然后她们紧搂那血色的勇士。炎热的夏。太阳燃烧着。

这样的一群生活在苦难中的女人。

我们家族的女人。

她们，在经历着生命中的那怎样的疼痛。

未来的遥不可知。被冥冥中那最疯狂也是最庄重的力量，所统治。当那些家族的女人在不经意间纷纷陨落，她们竟不知那是血脉的报应。最终没有人能逃脱那命的主宰。无论你是谁。也无论你是怎样地决心与你的命抗争。

都是徒劳的。一代又一代。家族的血便是家族的历史。从一路征战金戈铁马向腹地冲杀而来的那一刻，从出生人死浴血抗争的那个惨痛的瞬间，就注定了，女人的命。家族的女人必得承受。承受，那才是她们伟大的品质。

祖母说，爱是永恒的忍耐。

残阳如血

那浅灰色的教堂怎样接纳了祖母的虔诚。祖母的尖尖的小脚所踩出的，是一个乡下女人最有分量的印痕。祖母的觉悟在于她真实而彻底地参透了男人和女人。她从此独自膜拜上帝的诗篇：爱，是永恒的忍耐。

祖母是飘在天堂的女神。她将她编织的故事悬挂在家族的旗帜上。祖母是唯我才有的我的祖母。那是我毕生的骄傲和膜拜。

当所有的家族的女人消退，天际中唯有祖母在不懈地闪烁着。她照耀一切。她是家族永恒的原则。

如此我走上了漫漫荆棘路。在遍布的血痕中破译勇敢的人生。我知道那是我自己的选择但同时也是天意。我选择了这个题目就将一生也解答不清。

如此走着坎坷而抵抗的路。总是很难。空空荡荡。在经历了那永无止境的漫长之后，才终于能够把自己，交付了命运交付了那难以摆脱的宿命。你并不孤单不是你一个人，你是被系在家族女人的血的锁链上的，所以你与她们情同手足，有难同当。当你汇入了她们，你便与她们一道演绎着家族女人的悲欢离合。

爱最终是什么？

有遥远的声音在指引。说，有的女人情深似海，于是便有海一般的煎熬。对于这样的女人，坚韧之力是唯一重要的，她只有在漫漫人生之旅的重点，才可能悟出爱的徒然。

还有的女人，只生长在爱中，生命中唯此一项追求。她们大多不顾及后果也不顾及自身。为了爱宁可将自身毁灭的女人，是最可敬佩的。但结局也最惨。

女人无可造就。而生活在爱中的女人就更是不可造就。

我们家族的这些女人们。

她们，总在走着一条悲哀的歧路，总是将生命与血混着爱情吞咽下去，来毒杀自己。也总是没有结果。最后，就只剩下了女人自己。顽强地站立着。那凄冷。最终还是那大海那小船那灯塔那砂砌的古堡。在蒙蒙的雨雾中那崖上哀鸣的，是白色的鸥鸟。那便是我的一切。慢慢我终于看出了家族的血正在我的体内循环并已经越来越清晰地显示出了那难以抵抗的力量。爱情永不会终止。有一种永恒的观念如同海洋。那么遥远的秋的苇塘中有一片湖,那湖面闪烁着玫瑰色的光斑有一种声音从天边传来,唤醒以往。那灵魂的窗。

　　然后是教堂。是关于爱的虔诚和信仰。爱是什么?对有的女人来说,爱就等于充实等于富有等于事业等于存在,也就等于是生命。而在我亲爱的祖母那里,爱,又等于忍耐。这是教义。她以此律己并教育我影响我。她将基督的东西和儒家的东西美妙地融合在一起,就创造了她关于忍耐的体系。她便是在这平静而忍耐的原则里度过了她在家族中的坚韧的一生。乡村的那个简陋的尖顶的小教堂一直藏在她的心里。她是深怀着那信念和她的教堂回天国去的。我从未见过她曾经无数次去过的那座乡村教堂。她活着时也从未对我说起过。那是她一个人的秘密。但我却总好像能看见那片在飒飒的衰草中在傍晚的平原上那灰砖砌成的宗教的圣地。我的一部中篇小说《教区的太阳》就是献给祖母的。发表时被改命为《那片衰败的教堂》。题目的更改使意味转换。那是那个年代无可奈何的改变。太阳是多么灿烂。那才是祖母的色调。她永远是乐观的积极的,祖母的信念永远也不会凋谢。但是我听祖母说得最多的,还是,忍耐。尽管,乡村的大地上总是阳光普照。尽管,她永远不会让自己倒下。

　　教堂里发出的声音总是最最单纯的。就像祖母的心。

　　她同样非常单纯地照料着祖父。每天为他按照家族的传统生活,每一顿饭都是七碟八碗,那是祖父的习惯。尽管那时候早已经家道中衰,田产散尽,但祖父的架子就是不倒,决不和农闲时村里的那些在墙根儿底下晒太阳的乡曳们为伍。他旁若无人地从他们眼前走过。他急匆匆地赶回家,无非是为了坐在炕头,去读他那本永远也读不尽的《红楼梦》。他所以能倒背《红楼梦》。那是家族的精神家族的追求。他可以不吃不喝,不饮食男女,但《红楼梦》是不可以不读的,那是他的操守。他这样一直坚守到死去。

　　如此他影响着我们。世世代代。读书成为了家族的传统。姑妈亦如此,总是对着夕阳读书。还是祖父的那本《红楼梦》。与世无争,只守着自己的那一份孤独和寂寞。守着她对爱的执着和追寻。成为典型的家族的女人。让我毕生敬仰。

一个朋友问我，你不是汉族吧？

不知道为什么是由他来问我。在那个简陋的小屋里，他说，从第一次见到，就这样认定了。他相信不会错。

因为是他，所以不忘。

回答，是的是因为我的祖先。

我的祖先是被他的母亲在游牧的马背上生下来的。而临到我们，就不仅有了宫廷里皇族的高贵，也有了王朝覆灭之后的凄凉和悲怆。

我的祖先。游牧。在游牧中，漂泊流浪。他们好像从不喜欢平和宁静的生活，不希望有一个永久的家。他们不肯在一处久居。他们总是向前走。在路上。哪怕要付出惨痛的代价。他们不惜代价。

然后战场上便到处是收敛尸骨的族中的女人们。她们不哭泣。将恨与悲伤忍在心底。再然后她们低头擦掉战刀上的血迹，生育出男人们遗留下来的后代。向前走的祖先就这样塑造了先前走的女人。直到有一天，她们跟着她们的父兄，在杀出的血路中，走进了那片未来将要建造他们辉煌殿堂的燕赵大地。

从此安营扎寨。

从此住下来，修建那座森严而幽深的紫禁城。

直到我长大成人。将家族的故事一页页读过。再去贴近那红墙，贴近那雕镂着图腾的汉白玉廊柱时，才听到了其间祖先的叹息和呼唤。

然后。在生命中的一个必然的时刻，我便像悟出天机一般悟出了族中女人的命运。那些皇室中的几乎所有女人，无论她们怎样高高在上、富贵骄矜、颐指气使，到头来都不会有好的命运。或者，一生不幸于无声无息的民间；或者，刚烈地去殉了那不能完美的爱。于是我写了长篇小说《我们家族的女人》，用这篇作品完成了我 1991 年对于民族的认识。

我想我该继续那个关于血的话题。

想到了关于血是因为我正在这间冰冷的屋子里营造一个

未知的世界。我耐心在这里等待太阳升起。太阳很低的时候,邻近的楼群就遮挡了它明媚的光芒。唯有太阳是放之四海而皆准的真理。有时候温暖就是真理。这是间陌生的房间,这房间我几乎每天都来但它是陌生的。这房间里没有钟。所以在这里不必有时间的概念。而他的房间不同。他的房间有太阳但那太阳是短暂的。我希望他能每天晒完家中的太阳后再到大街上行走。我熟悉那里的一切,但那里对我来说还是有秘密。后来,他嫌我的太认真就把我送到了蔚蓝色的大海边。我就成了海边渔夫的那个贪心的婆娘,第一天我要木盆和房子;第二天要做女皇;第三天就是要当海上的女霸王了。他说他要和我结婚,但要给他时间想一想。

　　我想我真的应该继续血的话题了。血就像是一根扯不断的线,纠缠着我们家族中所有女人的性命。那血流淌着,渗透着,蔓延着,持续着。从一根血管,到另一根血管,直到族类灭绝的那一天。有一天,你以为当你远离了那片曾养育过你们古老祖先的那一方水土,你就可以随心所欲地操纵自己的命运,就能挣扎出一个真正完全属于自己的人生了。但是你错了。太阳不会永远悬在天空。你们在太阳的阴影下颤抖。因为恐惧。还因为,你们终于看到,无论作怎样的努力,哪怕是付出了生命,又怎样呢?依然是,那神秘的血中的命定的东西,会把你全部的美丽梦想无情地全部捣毁。并且没有人来安慰你,更没有谁能同情你。于是你被丢在那个命定的血的陷阱中。直到此刻你才会如一只迷途的羔羊,重新看到你祖先生息过的那片苍茫的大地。哦,这原来就是我的大地;哦,原来你想主宰你自己的念头是怎样的不堪一击。一个人,一个家族中的人,你怎么就能摆脱那牢牢控制着你的那家族千丝万缕的联系呢? 每一滴每一滴家族的血。每一个每一个家庭的女人。尽管你疏远她们逃避她们,你甚至没有见到过她们, 但是你难道就不能在她们走过的路程、写的历史中,看见你的那个命吗?

　　多么残酷。你徒劳地挣扎。尽管你已经处处与她们不同,但那个深邃的血脉你是拗不过的。

　　流淌并且渗透。在家族强大的血流中。你才知道你原是那么脆弱,你根本就没有力量远离。你甚至连一粒微小的沙石都不如，哪怕你已经变得富有，你拥有美丽拥有权力你已经成为可以主宰万物的神……然而神也将被毁灭。这才是那个关于血的深刻的结论。

而太阳依然升起。

在一路漫漫的征尘中，我们的祖先就来到了华北这片丰饶的平原。

带来了家族的血。

往日的杀声依稀还在。那么辉煌的战场。冷兵器的碰撞声。号角。还有杀戮。而矛与盾都已生满青铜的锈迹，被展览被收藏或是被掩埋。而古老祖先的辉煌故事，也像是一幅被蚀尽了的画，慢慢地被丢失被遗忘甚至被践踏。留下来的只有子孙。是血脉。世世代代地流淌着。家族的繁衍力惊人般强。哪怕战乱中只留下了一丝的香火。但是家族不死。永不断子绝孙。墓地浩大如一座起伏的山峦。石碑林立着。风从中间呼啸而过。

清朝的历史很辉煌。而我们的家族也在这辉煌的历史中。一个血的支脉。镶黄旗。祖先是把性命拴在马背上一路冲杀过来的。进关。因统一天下有功而跑马行圈站住了华北平原上这一片丰饶的土地。那浩浩荡荡不可一世骑在马上的威武将士们，就这样把家眷们从此永远留在了这里。

但从我的父亲记事起，家道就无以挽回地中衰了。再没有往日的辉煌，四野响起的都是不尽的荒凉和挽歌。只有家族高大的坟山依然还在，证明着那确曾有过的灿烂和繁盛。接下来没落的贵族就开始了没落的生存和繁衍。除了不停地生育所显示的人丁兴旺以外，家族就再没有任何可以炫耀的东西了。光荣的历史腐蚀着越来越没落的生存。像日薄西山，内囊尽上来，在束手待毙中津津乐道那皇族的血流。如此积习日深。所以大事做不来小事也不做。所以嫌贫爱富，独自清高。所以爷爷宁可去背《红楼梦》，也不去管土地的事。所以哪怕倾家荡产，也要硬撑着贵族的门面。所以我家的院落，总要一道、二道、三道门，很多的庭院。所以我家的胶轮车上，总要挂满张扬的铃铛，让四匹可怜的瘦马艰辛地拉着。所以我家过节，砸锅卖铁，也要摆上场

我为我有这样的父亲而骄傲。他永远是我的导师。

子唱大戏。所以我家就是再穷，也要满堂的儿孙们浩浩荡荡一排排走上来，一拜二拜三拜。撑起一片虚设的殷实与气派。

而最惹眼的是女人。那浓妆淡抹。那得体修长。那款款的步履，像风一般轻轻掠过。

那遥远的斜阳。我的祖母。她将一首永远的诗留下来。留给我。很多年以后，当我真的拥有了那所有的四季，那镂骨铭心的爱情，那能够任我随意安排挥洒的岁月，我便更是怀恋她。我亲爱的祖母。

她走的时候我没有去送她。那是个寒冷的冬季，她病了。咳嗽。昼夜盘腿坐在叔叔家烧着的土炕上。吃着药。最后的时辰她住在山区。一个骤然的瞬间，她便预感了死亡。然后是茫茫大雪。那生命的弦丝断了。便归于了寂静。她很平静。把死当做了又一个美丽而神秘的故事来诉说。来不及通知我们。那死之将至的期待。

她早就留下话说，她不葬。说把她烧化了之后就飘洒了她。

带着她的骨灰。赴家乡茫茫的平原。倘她的尸灰真飘洒至此，那平原的暮色中一定也弥漫着她的精神。

很久不相信她已去世。仿佛她的气息和话语，依然轻柔地绕在耳边。我时常想，是不是她已亡失的身体中那不懈的灵魂，正悄悄吸附在我的生命中。

我的亲爱的祖母。

说起来她是祖先中最光彩的一位。至少是我所能看到的最灿烂辉煌的一位。年轻的时候她嫁到了我们这个古老而自负的家族中，从此便把她杰出的说故事的血脉也汇了进来。她死去的时候不知道我已经把编织故事当做了一种生命的方式。她知道不知道并不重要，重要的是，作为后代，我正在拥有着她的光彩。

那只属于她的大地的诗篇。

她那时站在斜阳里。她那件蓝色粗布的大襟罩衫正被晚风吹得飘荡。身后是金黄色的麦田。那是明媚的夏季。米勒的画般温暖的农妇。她总能给你无限亲近。

其实祖母不过是一个乡下的女人。她蹒跚着那双被裹得尖尖的小脚，每日做普通农家的家事。祖母不识字，却总是能讲出那些令人震撼的故事。而故事中的主人公又常常是我们的祖先，甚或我们的亲人。将真实的说成是虚假的。这是怎样的能耐。一切的扑朔迷离和总是神示的结局。我被她吸引。我迷恋她。到了很久很久她已经去世的日后，我才慢慢发现了她原来有着那么丰富的想像力和那么神奇的编织故事的能力。她总是用家族的往事或者先人的历史编织起无数神秘；又总是从那无数的神秘中抽象出或者道理，或者信仰，或者寄托。

她说一个干冷深秋的夜晚，父亲读书回来。因为很晚，便遇到了狐狸。父亲被狐狸追赶。他吓坏了。祖母远远就看到了狐狸那两只灯笼一样的亮眼睛，直到她举着火把在荒郊野岭接到了父亲，那狐狸才息了眼中的灯笼，不再为父亲照亮夜路。她描述那一切。她把自然界说成是有灵性的。她还说在兵荒马乱年间，她曾被匪徒追赶。深夜掉进了一口深井。上天竟赐她一口枯井。天上的星辰远远闪烁。没有人会找到她也不会听到她的呼救。在任何人看来她都没有生还的可能了，然而就在她奄奄一息的时候，井口的枯藤骤然间转绿，并自动缠绕起来编成了一条拯救她的绳索。没有人知道她讲的是不是真实的，但是她确实获救了，她说那是因为她坚信祈祷中的奇迹。

　　祖母的故事是我所听到的故事中最神奇也是最令我难忘的。也许是因为她是我奶奶，也许是因为我那时很小。但无论如何，祖母是有才华的。而她的才华所形成的境界，后来就成了我毕生的追求。

　　我所以选择了写作，作为我生命的一种外在的形式。

　　后来很久不曾见到她。只依稀记得她轻而飘浮的白发。直到很多年以后的那个冬季，我抱着她的骨灰，想还是将她葬在祖先的坟茔中吧。我们于是穿越漫漫的冬季的平原。冬小麦正将它们最后的青绿顽强地覆盖在就要上冻的大地上。一切寂静。就像祖母枯寂而落寞的死。

　　但是，她一直坚守着，不让灵魂失落。

　　这样描述着我的祖母。我的血管里奔涌的是她的血。对我来说，她的精神已无处不在。祖母的坟冢被一年一度绿色的小麦覆盖。没有墓碑，也没有墓志铭。但是她被镌刻着。在我生命的所有时刻。我将毕生爱她。爱她到永远。她代表着我的祖先；还献演着，残阳如血。

逝水流年

十几年写作的光景可谓漫长。

1986年我开始很正式地发表我的小说时，心中充满了艰辛和期待。我总记得那是个充满了迷茫的时期。那时候我读了很多书。于是我便在一个炎热的夏天开始写我的小说。我很投入也很执着。无论篇章中的哪一个字都总是灌注着满心的激情。那激情后来便成了我的方式。生命的和生存的方式，也是写作的方式。这样，便开始了我的创作的生涯。

在大学四年的学习生活结束后，我便开始大量阅读当代西方作家的作品。当时有大量被翻译介绍过来的作品可供我们选择。那些作品也确实为我们打开了一扇通向世界的窗，让我们耳目一新，精神也为之一振。我当时非常兴奋。阅读起来的时候也如饥似渴。仿佛发现了新大陆。那种崭新的思维和表述的方式，那种意绪的流动和跳跃，复调式的结构和哥特式的神秘，以及对时间和空间的全新阐释……总之那一切令我着迷。记得那时候我拼命阅读那些作品。各种流派的。不同国度的。研究和了解他们，并接受他们的启示。我把我读过的这些西方现代派

这样一天天穿越着岁月。

作家分为两种，一种是在理性上崇拜的，譬如爱尔兰的詹姆斯·乔伊斯、法国的克罗德·西蒙、捷克的米兰·昆德拉，等等。另外的一些便是我同他们有着心灵的亲和并受到他们深刻影响的作家，那就是英国的弗吉尼亚·伍尔芙、美国的威廉·福克纳，以及法国的那个座右铭式的女人玛格里特·杜拉。

从此，我便找到了我在创作中的位置，我便知道了在那个时代我该怎样写小说。探索是第一性的，有时候哪怕有点偏激。

大学毕业之后的这段读书的经历对我未来的写作很重要。是一种补课，也是在获取更深厚的世界文化的积淀，让思维在一片更为广博的天地中驰骋，也是对文化禁锢冲决和反叛的一种准备。

而这样的学习是不是就断裂了中国文化的传统了呢？

后来当我开始写作历史小说的时候，我才又觉出自己同中国传统文化还是有着千丝万缕联系的。我想这首先得益于我的家庭我的父亲。父亲的古典文化修养是我从小就耳濡目染，并且潜移默化地浸透在我的知识结构中的。同时对传统的亲和还得益于南开大学四年的系统教育。于是我便能够在毕业后的几年中不断向西方的文化倾斜。我是有意这样设计自己的，我希望那些西方的崭新思潮能同我身上的民族传统文化有机地融为一体。

中短篇小说是我最初的创作尝试。我一直认为短篇是一种很见功力的文体，因此，你也许轻而易举就能把这种文体糟蹋掉，所以足见要把一个短篇写好是多么不容易。所以我不愿随随便便地就去写短篇。而写作短篇的时候也总是小心翼翼。当然，心境不同，结构和描述短篇小说的方式也不同。

中篇亦如此。如果说短篇是一种有点局促的文体，那么中篇就显得从容多了，也更易于制造出光点和辉煌。十多年来，我写得更多的是中篇，而这也是一个至今能使我保持旺盛的写作欲望的领域。在中篇的篇幅中，我们刚好可以任情诉说而又不至于冗长沉闷，可以随意探索而又最终不会脱离构架的轨道。自由驰骋是中篇这种文体所提供给我的最好舞台。所以我喜欢写中篇。从两万字到十万字，我完成了《天空没有颜色》、《当另一个人走进来》、《太阳峡谷》、《再度抵达》、《我的灵魂不起舞》，

逝水流年

还有《岁月如歌》,等等。

自《世纪末的情人》,我开始写作长篇小说。那是 1990 年 6 月,我出版了第一部严格按照长篇小说规则去写的作品。在此之前我从未涉足过这个领域。记得开始写《世纪末的情人》的时候是一个深秋。那时我第一次接受一部长篇小说的稿约。我很兴奋。觉得有很多东西想写,但又无从写起。我迟疑了很久。仿佛一直在等待什么。直到有一天晚上,我去听一场音乐会。在夜晚的宁静的大街上,清洁工将满地枯黄的落叶堆在一起燃烧。那时候街上充满了秋叶燃烧的气味。那气味很令我感动而我在那一刻心中又恰好一片茫然。于是便有了《世纪末的情人》开头的那句话:暗夜里弥漫着一种黑色的烧烬。好像有无声的音乐在鸣响……应当说找到了这句话才找到了我的整部小说,那是整部小说的氛围和基调。在写作长篇时,这是非常重要的。

接下来我又写了《我们家族的女人》和《天国的恋人》。后来就是《朗园》。

《朗园》的写作让我意识到故事的重要性。尤其是在长篇的写作中。慢慢的我学会了编织长篇中的故事和人物,学会了该怎样讲述这几十万字,才不至于使读者感到乏味。但是作品的格调却依然是庄严的。依然在我自己所追求的那个理想的境界中。要诗意。要在人物关系的设置上在心灵矛盾的冲突中充满了人性的色彩。要深邃思辨。要锐意探索。要有历史感。要有人类性。也要有永恒感。尽管要做到这些决非容易,但那是我们写作的理想和目标。

再后来就是我的唐宫三部曲:《武则天》、《高阳公主》和《上官婉儿》。在我的创作中唯有《武则天》是我先从别人那里接受了要写的那个人物。尽管是命题,但单单是武则天这个女人就足以调动起我的创作热情了。在研读了有关这位女皇大量的历史资料后,我就更是对我要写的这个中国历史上绝无仅有的女皇充满了感觉。于是我从当代生活写作中转换了出来。我变得对这个历史话题充满了兴趣与斗志。应当说是这个命题给了我向自我挑战的可能,又在那个有点迷茫困顿的时刻为我的写作开辟出了更为广阔的疆域。所以,我一直对这一次的"命题写作"心怀感激。也由此才有了后面的《高阳公主》和《上官婉儿》。慢慢的我才意识到，沉淀下来的中国几千年历史是怎样的精深博大、动人心魄，是我们后人怎样写也写不尽的。

我也喜欢写散文。因为散文那种文体能表现出人类的那种至善至美的情愫。而那种美好的情愫在我们的生活中是大量存在的。我们有责任记录下来。我在写作散文的时候，总能感受到一种心灵的驱使，所以我会把一颗心全力沉进去。

我一直觉得散文是血，而不是水。水会流成小说，流成他人的故事，而散文则需要一种特殊的浓郁色调。像血。

散文之于我，是有着切肤感觉的一种文体。对我来说，真实是散文的灵魂，而用怎样的语言才能把内心的感受忠实地传达和表现出来，是我写作散文时的唯一追求。

在我的写作中，散文是非常重要的部分。后来我将它们结集成了一本又一本书：《以爱心　以沉静》、《一本打开的书》、《从这里到永恒》、《网住你的梦》、《门口的鲜花》、《蓝色夏季》以及《欲望旅程》。散文中有我。我的心情。

能在漫长的十几年中如此写作下来，一个重要的原因是，我能够在《文学自由谈》这份在全国文坛有大影响的刊物中做编辑。因为是编辑出身，所以我最先写作的是一些批评文章。我写印象式批评。尽量用逻辑推理，但更多的是用感觉去触摸，用心灵去体验。批评使我始终葆有着思想的锐敏，而组编《文学自由谈》稿件又能使我对当今文坛的动向一目了然。于是我便把这一切带到了我的小说和散文创作中。始终不放弃理论使我获益最大的便是作品的深度和思想性。

另外，我喜欢形式这个概念。我迷恋在形式的变迁中所发生的那所有的意义，所以很多年来我一直对此孜孜以求。

我一直觉得形式是一种十分微妙的东西。它很具体但又很形而上。所以我总是喜欢用搭积木来比喻我所理解的关于形式的理念。文字或者语言就像是积木，是一种固定不变的物质，但拼接的方法却无穷无尽。不同的搭法就必然会产生不同的物体，而形式的意义就隐藏在那不断变化着的拼接的方式中。这便是形式为什么总是能吸引我，因为你将在拼接的方式中创造出无穷奇迹。

很多年来我痴迷于这种搭积木的游戏。总是处心积虑地寻找着各种不同的组合方式，希望在变幻中产生出新的物质。特别是在开始写作的那些年中，我的作品中充满了那种形式感。意绪的任意流淌、时空的倒置、凝固或是运动的文字的画面、反理性，乃至标点和字体的变异……我不知道那样的写作状态是不是很好，但有一点是肯定的，那就是尝试本身所产生的挑战固有形式的意义。日后我的作品所形成的基本风格，便是由此而奠定的。

多年来在形式的不断变化中，对我来说唯一固定下来的，是我的话语的方式。

能将一种话语方式固定下来并独具风格与色调，我想这是一件极好的事。有时我会听一些读者说，他们翻开那本书，不看作者的名字，但读过几行之后，便知道那一定是我的作品。那可能就是因为他们已经熟悉了我的话语的方式，譬如语气的转折，字词的选择和搭配，以及连接以及句式以及标点的使用一类。我便是这样形成了这种语言的定式，我不知道自己未来是不是会改变它。

便是这样我走过了写作的路。有很多艰辛，但也有很多快乐。一个人不一定要有多聪明，但是却一定要努力。

我们的方式

在《武则天》还没有开始写作之前，似乎就已经被传媒炒作。记者们之所以感兴趣，是因为这个题材把几位作家和一位电影导演以及未来的那部历史大片联系了起来。那是1993年的5月，我接到一个朋友的电话，他问我是否愿意和张艺谋合作，写一部关于武则天的小说，那朋友还说，他们是相信我有驾驭这个女人的能力的。我说我要考虑。因为在此之前，我从未涉足过历史小说，而武则天又是一个那么惊天动地的女人。我觉得这是挑战。挑战给我以刺激。于是我签了约。

记得我在写作之前曾充满了一种盲目的兴奋。从5月到7月，我翻阅了大量关于武则天的历史资料。当我觉得其实我已经可以动手写作了，但是我没有。7月，当那个流火的夏季抵达，我又开始了追寻女皇踪迹的旅程。从洛阳，到长安，凡是这个女人曾驻足的地方。那些景物依旧的山山水水后来成了背景。那一次实地考查很重要，特别是埋葬着女皇的浩大乾陵中那块高高耸起的无字碑给了我很多的激动和写作的感觉。然后，在7月18日的那个清晨，我突然醒来，我觉得我终于可以用我的心灵、智性和我的笔去触摸那个伟大的女人了。

我尽心竭力。

然而，毕竟历史小说之于我是一个全新的领域。我们用今天的笔去驾驭那些尘封的往事似乎并不是轻松的事。尽管我们有我们的方式，但历史是真理性的。那些最最基本的历史事实不容违背，所以我们必得要钻进故纸堆。我们要弄清楚历史人物的复杂关系和历史事件的来龙去脉，要了解当时的人文景观、风土人物，以及服饰的特点、建筑的风格。繁琐考证会扼杀想像，但我们又不能不耗费大量的时间去研究那大量的资料。只有当这一切终于被我们翔实地占有后，似乎才谈得上我们的方式。我们的方式是建立在坚实而博大的历史基础上的，有了这个基础，我们才能真正随心所欲，游刃有余。所以，写作历史小说其实很难。

我便是在这样的基础上写作《武则天》。当我得知了历史我便可以驾驭历史，并且有了我的对历史的观点和我的对人物及其命运的解释。我不想在重塑历史的时候重陷历史的泥潭。我必须摆脱那种貌似正统公允的男权历史的圈套。为什么古人的论断就一定是不可逾越的呢？我应当拥有一种批判的意识，革新的精神，历史也许才会闪出新的光彩。这可能是大逆不道，但我却只能如此选择自己的方式。

我的方式使我在创作中充满了激情。最最令我兴奋的是历史的话题所带给我的无限创造的空间。我可以在讲述着一个十分古老的故事时，充满了想像力地去探讨一种人性的可能性、心灵的可能性，以及历史人物生存选择的可能性。一个多么弘大的可以让人性舞蹈的空间。在历史所提供的僵硬的脉络中，填充进鲜活的生命；在远古遗留下来的没有呼吸的骨骼中，填充进我们今天依然可感可触的血和肉。这就是我们的方式，让武则天穿越千年的遥远，来到今天。

于是，从 1993 年酷夏，到那个年度萧瑟的秋天。当满街的冷风将落叶卷起枯黄漩涡的时候，我完成了《武则天》。我不知道这是不是一部好的作品。写作中的那众多历史的禁忌多少束缚了我对她的感觉。我只是尽力从一个女人的角度去诠释她。从她为人妾为人妻为人母又为女皇这几重角色来开展她心灵的挣扎。有天命，也有人性；有凶恶狠毒，也有深深的创痛。我完成了她。

那一次写作的遗憾是，我终笔于女皇的登基。一个六十二岁的女人高高地站在则天门上，向天下宣布她终于成了天下的至尊。在如此辉煌顶尖的位置上，结束对一个做了女皇的女人的描述，我原以为是最最明智的。于是我结束了她，掩去了六十二岁之后十五年的岁月，掩去了她的白发苍苍和最后在上阳宫孤独死去的那无限悲凉的经历。直到后来我才意识到，如武曌这般世间绝无仅有的女人，六十二年的描述终究不能穷尽她轰轰烈烈的一生，而在她最后的日子里，还有着怎样的惊心动魄，怎样的镂骨铭心，或者是怎样地举步维艰、跌宕起伏、苍凉悲

1995 年北京怀柔的世界妇女大会,让我更了解了女性的要求和权利。

壮,而这些,也是此世间所绝无仅有的。

于是,便有了我结束《武则天》时的那个详细的"附记",以作为女皇登基之后十五年生涯的一个备忘。然而备忘仅只是一个简单的交代,并不能真正将其不平凡的岁月栩栩如生。又于是,我决意将"附记"推衍开来就写了这"终篇",使之与"上篇"、"中篇"、"下篇"合起来,形成整部小说的构架。应当说,每一"篇"都是这个非凡女人的一段生命之河流,也是这位千秋帝王的奋斗之里程。

"终篇"是一个女皇帝的霸业辉煌和一个老女人的悲凉之死。尽管女皇没有死于非命,但还是在她年老体衰,再无还手之力的时候,被自己的儿子赶出了洛阳的皇宫。当生命垂危,她的政治的使命也就完结了。她终于失去了权杖——她一生的最爱。当女皇昔日华丽的车辇载着奄奄一息的她缓缓离开宫城的时候,那是种怎样的悲壮与凄怆。当我写完了女皇在上阳宫的荒寒中怎样无悔无憾地死去,我知道,我终于以我的方式完成了她。便不再遗憾。从 1993 年 5 月,到 1997 年 5 月,漫漫四十万字,历时整整四年。

编织爱与死的永恒

在唐宫的那三位非凡的女性中，唯有高阳公主是我自己想写要写的。

一个为了人性和爱而最终被自己的皇帝哥哥赐死的大唐公主。

爱的故事发生在巍峨壮美的宫殿和那本应清冷幽远的佛家寺院中。在那里，人性之爱是怎样冲决着重重禁忌。于是爱才惊心动魄才被涂上了宿命的色彩。不忘1993年夏季黄昏时的法门寺。从此法门寺永远铭记。想不到那就是《高阳公主》的精魂的所在。从此知道世间还有如此宁静的处所。然而在高阳公主的年代，宁静的佛家空门中却有着不宁静的心性。那便是美丽非凡的大唐公主与禁中佛徒欲望的故事了。在人性与信仰中冲突。被撕裂着。然后便是死亡。是死亡使一切终止。死亡的怎样不可遏止的力量。于是我痴迷于这部小说中的各种各样的

陕西历史博物馆。馆名是郭老题写的。

死亡。死亡的样式。或者很美丽，或者很屈辱，抑或凄凉而惨烈。而唯有在这部小说中，死亡是同爱联系在一起的。于是男人和女人，于是爱与死就都成为了永恒。

然后我还是要回过头来，还是要说五年前的那个冬季，我为什么非要把高阳公主的故事写出来，为什么一定要让今天的人们知道她。

其实一直有着强烈的想写高阳公主的欲望。一种难抑的思绪。自从1993年写过长篇小说《武则天》，这思绪就一直在纠缠着我。

高阳公主究竟是一个怎样的女人？这是我一直想探究的。也是这个女人为什么会经久不息地诱惑着我。

事实上最初想写的，只是她身为人妇而又与在禁规中的和尚辩机相爱。就是这相爱吸引了我，还因为这爱的困难重重。爱本身就不是一件轻松的事，而对于高阳公主和浮屠辩机这样的女人和男人来说，要使他们的爱成为可能，又要冲破多少道无情的封锁。首先高阳公主是当朝皇帝李世民最宠爱的女儿，又是当朝宰相房玄龄的儿媳，她还是散骑常侍房遗爱的妻子。而高阳公主这个女人的这些身份还只是来自外部的，她应当因这身份的制约还有着另一重心理上的压迫。那压迫应当是一重更为深重的封锁。而那个浮屠辩机呢？他的天然的禁忌便是他是佛门之人，而且他还不是一般的佛门之人，而是对佛教颇有造诣颇有建树的佛学才子。而这个年轻的矢志于宗教的辩机又是唐代高僧唐玄奘的得意门徒，他并且始终对他的信仰抱有着一种非凡的热情。他曾以优美的文笔撰写了由唐玄奘口述的《大唐西域记》，并深得唐太宗李世民的赏识，这是史书上有过明确记载的。而一个佛门之人最本质的生存原则便是他一定要超凡脱俗，其中之一便是要远离女人，遏止情欲，做到色空。如此一个佛界才学俱佳的年轻和尚，当然就更不应该纠缠于那尘世的儿女情长了。

然而他们还是相爱了。

这便是历史所提供给我的一个史实。便是这史实让我激动不已。其实这就是历史的魅力。因为历史本身就是震撼人心的，而这震撼就在于这限制，这障碍，这压抑，这艰辛，还有，这勇敢,这悲哀。

我于是了悟了这段历史真实背后的本质。我知道那本质其实就是爱。是高阳公主和她所爱的浮屠辩机在贞观年间他们都还年轻的时候,便以他们最炽热的爱情和最强烈的欲望冲破了这一重又一重的封锁,将爱演绎得如火如荼。这是多么的了不起。爱本身就已经很不容易了,而爱却还要冲决重重障碍。

这就是高阳公主这样的女人为什么吸引我。

他们的爱情故事让我想到了雨果的《巴黎圣母院》,想到了那部人道主义的小说中那个圣母院的副主教克洛德,想到了他是怎样用拉丁文在巴黎圣母院的砖墙上刻下的"宿命"那两个字。克洛德也是禁忌中人,他也有着很丰厚的学养,并且还担任了天主教中很高的教职。但无论是虔诚的信仰、丰厚的学识,还是很高的职位,却都不能阻挡他对一个流浪的美丽女孩子爱斯梅拉达的欲望。那欲望是发自心灵的也是发自身体的。那是人性。但是他不能。他身上有锁链。这便是冲突。在他自身之间的。于是他被扭曲了。被他自己扭曲了。他转而伤害那个姑娘。他是因得不到爱才重新记起他宗教的责任的。雨果塑造了这个阴暗的人物不单单是为了指责他,而是为了抨击欧洲中世纪宗教的非人性。

是克洛德副主教让我看到了浮屠辩机的灵魂。同样的禁忌中人,同样的饱学之士和同样在宗教中显赫的位置。而辩机生活在东方。而且是生活在相对文明开放的贞观时代。那个时代开放的气息一定也影响到了辩机的心灵。于是在美丽的女人面前,他没有像克洛德副主教那么扭曲,那么抑制自己,那么深怀着不可动摇的宗教的责任和信仰。所以当高阳公主把她年轻而美丽的身体硬塞给他的时候,他便动摇了。紧接着不再抵抗,全线瓦解。他接受了那一切。或许是因为畏惧大唐公主的权威,或许是在他的人性中,也是深刻地渴望那一切的。尽管在他享有着那个女人的时候,他的心里也曾是痛苦矛盾的。

他们相爱了。而且做爱。他们不仅相爱做爱,而且这爱还很持久。

辩机没有伤害他用身心去爱的这个美丽的女人。他不管这个女人是不是皇帝的女儿,他人的妻子,不管她有时候是不是很任性。辩机只是爱她。毫无功利的。辩机在他的爱中也是很英勇的。他不顾一切。他是冒着生命的危险去爱他心爱的这个女人的。在那爱的八九年中，死亡每时每刻都悬在他的头顶。但是他没有躲闪，似乎也并不惧怕。辩机的扭曲最终表现在他对自身的虐待中。他是在享尽爱与性的快乐之后，自动割舍自我的。他选择了从此远离女人。他宁可在与世隔绝的寺院中以完整的男性之躯去过阉人的生活。当然最终还是对于宗教的道德信仰和对于自身的痛苦忏悔战胜了那凡世肉体的快乐。当然也许还有非常世俗的一面，那就是辩机也想在佛教界占有一席不朽之地，那是他宗教的野心。所以他忍痛割舍了他那么深爱着的女人，搬出他常常能与高阳公主幽会的会昌寺而将心性永远关闭在弘福寺译经的禅院中。为了悔过，他终日埋在翻译梵文经典的案台上。他远离尘世，将所剩不多的心血和精力毫无保留地献给了在中国佛教历史上很著名也是很浩大的译经工程，直至他被他所爱的那个女人的父亲唐太宗李世民送上长安城那可怕的刑台。

是突发的事件将这已不再延续的爱情断送。在此之前，高阳公主其实已有三年不曾见过她心里依然深爱的辩机了。她是已经为辩机的宗教事业作出牺牲了。

一个小偷无意间偷了在弘福寺译经的浮屠辩机僧房中的玉枕。偷儿被抓获。而那玉枕恰恰是高阳公主送给辩机的定情之物，仅仅是为了纪念往昔。然而败露。于是那旧往的曾经美丽灿烂的爱情便成为了罪恶。

一个偶发的事件。而偶发的也是必然的。必然的便是天命。

天命也是吸引我的又一个十分重要的因素。

结果，一场如此艰辛如此凄切并且已经痛苦地结束了的爱情，便败露在了一个偶发的事件中，败露在了一个无名小偷的偷盗行为上。

多么轻易，又是多么不值得。

和尚辩机所爱的那个女人如果只是个平民的女子，他或许不会被刑杀。或者这个女子即便是他人的妻子，即便是当朝宰相的儿媳，但只要不是天子的女儿，他可能也不会被处以那么残酷的腰斩的极刑。

是皇帝亲自下旨。

因为是皇帝蒙受了大辱。

想高阳公主在得知了辩机的死时是何等的绝望。

因他是她的亲人。而一旦有人把她的这亲人夺走，无论这人是谁，想想她心中所郁积的，将会是一份怎样的仇恨。

她从此坐在仇恨的火山口上。

她随时准备爆发。她绝望到疯狂。而绝望和疯狂之后，便是对杀了她亲人的那个人的更加强烈的仇恨。而那个人竟也是她的亲人。那就是她的父亲。而她的父亲又是当朝的皇帝。他握有大唐至高无上的权力。他想杀谁就杀谁。

高阳公主一直认为，她是她父亲权力的牺牲品。她身为大唐的公主可以颐指气使，但比起平民的女子却少了一层生存的自由。她只能对父亲的权力听之任之。但悲哀的是，她竟然还要顽强地坚守着她的个性。

所以在解释高阳公主的性格时，有三点是我特别注意的：一是她大小姐颐指气使的傲慢天性；一是她倾城倾国的美丽；再一点便是她的强烈的性欲。

高阳公主的颐指气使，说一不二使很多的男人陷于绝境。她看上谁，想要谁，谁就必然能成为她帷幄之中的那个牺牲品。其实，这同样也是权力使然。她的权力虽然远不及她至高无上的皇帝父亲，但却在爱情的双方中占有绝对的优势。所以男人只能是服从她，做她欲望的奴仆，做她的阶下之囚。

性是高阳公主生命中的一个非常重要的部分。高阳公主所在的那个时代较为开放的性观念使她这种女人天然就拥有了一重她自己并不了解的女权的意识。她在生活中注重性，注重性的体验，她可能认为性是女人生命中不可或缺的一部分，所以她是一定要从性的交往中获得欢乐和幸福的。这一切都说明她是个并不保守的女人。

而高阳公主的悲哀却在于她除了纯粹的欲望之外还有着很深的感情。她若是只把性当做生命的需要，她就不会和禁忌中的和尚相爱得那么热烈那么长久，也就不会对杀死她情人的父亲怀有那么强烈的仇恨了。

高阳公主是个极致的女人。她总是把一切都做到极致。爱也极致,恨也极致,终局也极致。

然而高阳公主尽管享尽情爱,但她终究是权力的牺牲品。她难逃所有皇帝女儿们的厄运。她无论怎样地被宠爱,也依然是作为皇帝赏赐给功臣的一项奖品而任由朝廷摆布。皇帝当然是不会给予她婚姻自主的权利的,更不要说爱情的自由。皇帝亲自下诏杀了辩机,其实就是想告诉高阳:你尽管是公主,但你依然是一个女人。而一个女人怎么能擅自选择自己的爱情呢?所以唐太宗把他最爱的这个女儿给了房玄龄的儿子做妻子,他也许是为了女儿的幸福,但更重要的是为了告诉房玄龄,你是朕最最信任的朝臣。唐太宗当然不会去考虑他的女儿是不是喜欢房玄龄的儿子。他把女儿下嫁到房家只有一个目的,那就是要房玄龄日后更加死心塌地、忠心耿耿地为他效命。

而高阳公主便是这效命的凭证和继续维持这效命的筹码。

高阳公主在这场皇室的联姻中是作为一个标志而不是作为一个人。

所以高阳公主很不幸。而更不幸的,是高阳公主的这位夫君竟然是天下最大的草包,是个高阳公主无论怎样也不会爱上更不情愿与之做爱的男人。还有更更不幸的,那就是在这个草包男人身边的那些男人,竟都比高阳公主的这个笨蛋丈夫要出色得多。高阳公主怎么能够平衡?

对于高阳公主来说,房遗爱最大的优点是,他能够自始至终以奴仆自居。他听命于高阳公主,几近百依百顺。他从不敢过问高阳公主的事。他不过是跟在高阳公主裙后的一条摇尾乞怜的狗。于是这狗为高阳公主开辟了一个博大的可供高阳公主自由舞蹈的爱与性的空间。这又是高阳公主不幸之中的幸了。她于是才有了同房遗直,同辩机,后来又同智勖,同惠弘,同李晃,甚至同吴王恪的暧昧。

原本只是想写一个关于高阳公主与辩机间的惊心动魄的爱情故事,而且,仅仅是一个中篇。但后来写着写着就发现,故事其实并不是那么简单,高阳公主并不是那么简单,而且那小说越写越长。特别是在研读了更多的史料之后,在纠葛起高阳公主与她身边的各种男人的各种关系时,竟发现这已经不是一个简单的单线条的爱情故事了。于是小说的主题从一个事件变

编织爱与死的永恒

成了一个人。而这个人便是这部小说的标题——高阳公主。

我所以有了如此的变动是因为有一天我突然意识到，凡与高阳公主有过纠葛的男人竟没有一个是善终的。而且这纠葛几乎都是情欲的纠葛，即是说，凡被高阳公主爱过的或是与高阳公主睡过觉的男人最终都难免一死。多么可怕。这其中唯一得以逃脱的，是房遗爱的哥哥房遗直。他被高阳公主的爱和恨坑害得本已死过千回万回，但是他都阴差阳错地在夹缝和空隙或是事件的时间差中死里逃生。然而他虽最终免于一死，但却也被流放他乡，结局悲惨，那也是高阳公主所使然。

史书上说，房遗直这个人一向书生儒雅，名士风流。自高阳公主飞扬跋扈地踏进房府，他便格外小心谨慎，宽容大度。但尽管如此，却也难逃高阳公主这弟媳的攻讦和陷害。不知道为什么，高阳公主至死都对房遗直心怀仇恨。她不停地攻击他诬陷他，甚至时常把谋反的罪名扣在他的头上。想必他们之间定然是有着某种不可告人的隐秘和因为这隐秘而结下的仇恨。直到最后，高阳公主才终于向朝廷状告房遗直对她的非礼。这可能就是她始终不停地仇恨着房遗直的症结所在。这时候已经到了高宗李治的永徽年间。高阳公主在绝望中挣扎出如此的罪状，且史书上又如实摘录，想必也是为了向后人暗示高阳公主与房遗直之间可能有过的那段爱又不爱的经历。

房遗爱和辩机自是不用说了。他们一个是高阳公主的丈夫，一个是高阳公主的情人。他们也都是被拉到长安西市场的那个死刑台上被斩杀的。只不过一个是被高阳公主的父亲唐太宗下令刑杀，另一位则是被高阳公主的兄弟高宗李治送进地狱，不过那已经是另一个帝王的时代了。

而在这所有的与高阳公主有着牵涉的男人中，我最喜欢并且最钦佩的是最文武双全最风流倜傥的，是吴王李恪。恪才是真正的男人，真正的悲哀与壮丽。恪同高阳公主一道都是太宗的孩子。他们也都天生都带有着皇家的血统。恪这个男人令我激动。他是个值得让人激动的男人。他一出现我就知道唯有他是真正可歌可泣的。他当是任何的爱情中最最吸引女孩子的那一种。所以我赋予他坚硬的棱角雄浑的体魄，还有一个男人所能有的最深的深情。我觉得恪应该是比辩机更富男子气的。辩机是真正的书生。他聪明灵秀。他是大自然的产物。他从山林中来。他有着一对像天空和海洋一样的蓝的眼睛。他就是以这大自然的禀赋和资质而吸引高阳公主的，包括他天空一样高远的清洁的志向。而恪不一样。恪是宫廷里孕育出来的一个温文尔雅的又伟岸坚强的男人。他身上不仅流淌着唐太宗的血，还流淌着极尽奢欲的隋炀帝的血。所以恪是真正的王孙贵族。他拥有最最典雅的宫廷气质。那是李世民的任何其他子女都不能比的。恪的不幸是他的庶出。而庶出对恪来说却是致命的。同为庶出使他与高阳公主从小同命相怜，过从甚密。他们曾一道骑马一道打猎，在蓝天与山林之间。他们相亲相爱是因为他们是亲人是同父异母的兄妹，但同时他们又难以抵御对方的美丽英武和非凡的魅力。他们都认为，对方才是他们终生寻觅的理想，而这理想又是在离开了对方之后所不再能企及的。于是他们无望。随着岁月的流逝年代的变更恪开始变得世故变得审时度势。他天然帝王的资质，又深得太宗器重，仅仅是因为他的母亲是隋炀帝的爱女，他便只能与皇帝的权杖失之交臂。恪慢慢地对这一点看得很深也很透彻，所以他才能当机立断，决意远离长安这权力的中心，在偏远的江南做他天高皇帝远的吴王。恪以为他就安全了。然而最终，他依然难逃权力争斗的厄运，莫名其妙地被连坐于房遗爱的谋反事件中。

他的唯一的把柄是和高阳公主过从甚密。他和高阳公主过从甚密本来和政治毫无牵涉。他只是深爱他的这个妹妹，她是他的亲人，他们心心相印，也许还因为他们曾有过的那段难于启齿的但却是非常美丽的乱伦的关系。然而就是为此，他竟也被从江南押解长安归案并赐死。这是他为他的感情所付出的代价。也许太不值得。但无奈恪是性情中人，他便也别无选择。

一段情感的暧昧就这样被国舅长孙无忌专权的政治所利用，所以新、旧《唐书》都声嘶力竭地为吴王鸣不平，说长孙的诛戮李恪是"以绝天下望"，是"以绝众望，海内冤之"。

总之也是因同高阳公主有了干系。

由此足见高阳公主是一个怎样的女人。一个女人因她的爱而把世界搅得昏天黑地，却要让众多优秀的男人为她搭上性命。这是为什么？因她爱得任性，而她任性的爱所导致的，便是政治的灾难。多么可怕。高阳公主是因爱而害人害己。当她把她所爱的那所有的男人全都送上了断头台，她的爱还有什么意义吗?她是胜利者，但胜利者也是失败者，最后的失败者。

结局是，她也被卷进了政治的风云中，最终也未能幸免一死。

于是，便开始选择高阳公主的死的方式。

这是很庄严的。

史书上说，赐死。这是对宗室罪人的客气，是给他们留面子。其实无论是斩杀还是赐死，最终都是一个死，死才是实质。

而高阳公主的死则应该有着她独特的方式。她的任情任性和她的欲望。还有，对吴王恪的歉疚和真情。我想她应当在死前见到吴王。而同被赐死的吴王也被史书描述成"甚为物情所向"的性情中人。于是他们死前的那相见就可以任由我们想像了。情和欲。如烈火在燃烧。最后的感天动地。那疯狂的美丽的兄妹之间的欲望的爱，便终于抚慰了死。

我想这该是个多么美丽而凄婉的结局。这不仅是高阳公主死前所最最需要的，也是死前的吴王所最最需要的。这两个都曾被他们的父皇无比宠爱的孩子，在此刻，便只能彼此宠爱彼此安慰了。然后，杀了自己。而在杀了自己的那一刻，他们的心与身都已因那性欲的得以释放和这释放所带来的生命的欢乐而死而无憾了。那便是死赋予生的永恒。

一种怎样的激情的死。

一种怎样的悲壮。

这就是我所要的高阳公主。高阳公主就是应当这样死的。在情与欲中。死得壮美。

这就是我所编织的一个女人的爱的历史。历史是真理性的。而对于一个人来说，爱也是真理性的。

关于高阳公主这个女人，我所参照的只有史书中的这么短短的几行字，以及与这几行字相关的其他人物的记载:

合浦公主，始封高阳。下嫁房玄龄子遗爱。主，帝所爱，故礼异他婿。主负所爱而骄。房遗直以嫡当拜银青光禄大夫，让弟遗爱，帝不许。玄龄卒，主导遗爱异赀，既而反谮之,遗直自言,帝痛让主,乃免。自是稍疏外,主快快。会御史劾盗,得浮屠辩机金宝神枕,自言主所赐。初,浮屠庐主之封地,会主与遗爱猎,见而悦之,具帐其庐,与之乱,更以二女子从遗爱,私饷亿计。至是,浮屠殊死,杀奴婢十余。主益望,帝崩无哀容。

又浮屠智勖迎占祸福,惠弘能视鬼,道士李晃高医,皆私侍主。主使掖廷令陈玄运伺宫省机祥,步星次。永徽中,与遗爱谋反,赐死。显庆时追赠。

《新唐书》卷八十三·列传第八·诸帝公主

当我将这几行简洁而又蕴藉无穷的文字繁衍开来,我觉得我便已触到这场有血有肉的爱的厮杀了。古往今来,高阳公主似乎一直是一种性爱的象征、淫欲的代表,是大逆不道。但是,又有谁肯去深究她何以淫欲何以总是以身试法呢?高阳公主是身上压着沉重的锁链而又要拼力反抗的那种女人。在某种意义上,她应当被看做是反叛的女英雄。她的出身和个性使她敢想敢做,敢同皇权较量,特别是敢于迷恋于性。而且,她追求这快乐。这有什么不好?难道性的快乐只是男人的权利吗?难道女人就不能成为性生活的主宰?也许高阳公主的先锋意义就在这对于性的追求中。而在中国漫长的无比压抑的封建社会中,对性的追求在某种意义上也是对人性的追求,对自由的追求。于是,高阳公主也就不仅仅是性的象征, 她同时也该被看做是个性的、人道的和自由的象征。

这或者就是高阳公主何以能穿越千年风云,而至今仍被人们留意的原故吧。

写完《高阳公主》是在一个温暖的春天的早晨。那个早晨吹拂着很温暖的春风。而重新改写修订新版的《高阳公主》竟也是在这样的早春。很认真也是很辛苦的劳作,仅仅是希望我自己所喜爱的这部作品能更加完美。因为《高阳公主》是一部我自己想写的,而且始终为之激动的作品。我想我倘不能将这高阳公主的故事讲出来,讲好,我是不会安心的。

当一切终于完成之后是一种被释放了的感觉。

春天来了。多么好。接下来是夏天。

编织爱与死的永恒

感谢上海古籍出版社的朋友们，让我在这又一个早春到来的时候，能重新审视我的《高阳公主》。我几乎是在一个字一个字地重读五年前的这部作品，也是在一个字一个字地修改着。改过的每一个字都很费筹谋。我很认真。是为了自己，也是为了更多的可能会读到这本书的人。

这甚至是一个比写作还要艰辛的过程。眼睛被那黑色的汉字引导着，让我又回到了高阳公主当年的那一片美好而最终狼藉的生活景象中。那是一个惊心动魄而又起伏跌宕的生命的流程。我对她至今怀有着强烈的热情，那是高阳公主这个女人自身所禀赋的那生命的热情燃烧了我。重读她的人生，依然地被感染。印象中她依然是那样如火焰般的辉煌。有哪个女人敢如她般将自己抛置在爱与死亡的陷阱中。她真是勇敢，为了爱，她情愿将自己付之一炬。那是她自己对自己的安排。所以在某种程度上，她是掌握了她自己的。她要求自己为爱而死。所以在为爱而死的时候才能无所畏惧。这就是我为什么会不厌其烦地修改着那尾声。一遍又一遍。我说那尾声也是属于高阳公主的，属于这个女人自己的，因为那尾声包含了全部的爱与死。

就这样在四季的轮回中我把我的《高阳公主》再一次送给我的读者。我衷心希望你们能从我的书中读出那字里行间我对世间所有女人的那一份真诚的关切。

关于那个女人

这是一部女人的历史。

一个怎样的女人？

她的爱与恨。而她的爱与恨又是怎样地悬浮于那个巨大的政治背景之上。

上天降她于苦难之中，让她在襁褓里就沐浴了血雨腥风。那是亲人的血。是亲人的生命在流失。于是她在苦难中玉成。玉成一个非凡的女人。那是生命最初的时刻。从那一刻起就注定了她坚忍的人生。她便是凭靠着顽强的毅力，终于以横溢的才华走出了后宫黑暗的永巷。如此她摆脱了旧日的苦难，却又流落于仇人的营垒。她是在仇恨和复仇中生存并且成长的，她所面对的是那个曾将她的家族满门抄斩的女人，然而她竟然归顺了她。归顺了那个伟大的女皇。那是女皇的何等的魅力，又是这个女人怎样的胸怀。她竟然可以如此地尽释前嫌，乃至于忘了家族的血恨，忘了她所面对的就是她日日夜夜想杀死的仇人。她不仅抛却了心中的仇恨，甚至爱上了她的敌人。并且从此梦想着，有一天能为她的主子赴汤蹈火。

这究竟是个有着

这里曾经发生的激情故事永载史册。

怎样经历的女人？而她的生命又是由什么构成的？她何以能够在宦海中沉浮？又能够久久不被淹没？

这就是我想要知道的。上官婉儿。那个几乎和武则天同样伟大的女人。她也同样热爱权力，热爱着女皇所给予她的政治的生命。对婉儿来说，政治的生命就等于是她的生命，因为她刚好是一个视政治为生命的女人，而又在政治的领域中拥有着非凡的才华。或者说婉儿就是个政治天才，她就像她那个时代帝国上空的一道长风。她只是被她的奴婢身份限制了。是生存的恶劣环境使她不得不止于人臣的位置。那是天意。否则，如果婉儿做了女皇，那天下不知又会是怎样一番壮观的景象。

婉儿之所以吸引我，当然首先是她的名字。很男性化的复姓的上官，和很女性化的甚至是柔媚的婉儿。这样组合着。上官婉儿。名字的魅力和意义很重要。那从来是我很在乎的。

婉儿生活在没有男人的环境中，然而她的骨子里却天然生成了一种男子的气概。婉儿又天生是一个女人，因此她只能以女人阴柔的方式来生存。上天赐予她聪明智慧，她便以此来雕琢自己。在艰难的尘世中，她慢慢成了那个中庸狡黠、八面玲珑的女官。她学会了圆融的关照，学会了左右逢源，学会了不偏不倚、不卑不亢，以至于在偌大的男性朝廷中，唯有婉儿才堪称智慧的主宰。也唯有婉儿才能够真正地权秉国政，叱咤风云。

婉儿几乎终其一生地生活在武则天的身边。在某种意义上，婉儿是比武则天更加了不起的女人。武则天靠着她的美貌和对权力的无比热衷，先是爬上了皇后这个作为女人最高的位子，进而登基称帝，又拥有了皇帝这个作为男人最高的位子。于是她扬眉吐气，颐指气使，她可以任性可以威严，因为她总是高高在上，总能将世人踩在脚下。然而婉儿不行。因为她是侍女，她是奴婢，所以纵然她有千种风流万般能耐，也只能把它们深深地隐藏起来，隐藏在女皇的光辉下，并在隐藏中使自己闪光璀璨，顽强地发出那躲躲闪闪的光芒。

永远被遮掩在武则天的阴影下，婉儿是压抑的。她的被武则天满门诛杀的身世，使她一出生就被烙上了仇恨的印记。这仇恨，是婉儿的，也是武则天的。就夹在她们这两个同样伟大的女人中间。像一道屏障，阻隔着。又像是一团燃烧的火，随时可以将她们中的任何一个人毁灭。而她们却要隔着那屏障那火焰朝夕相处终日纠缠在一起。没有选择。上天就是这样安排的,让她们之间的关系始终充满了戏剧性的、生与死的冲突。这就是历史的魅力,也是真实的魅力。在吸引我。将两个有着凤愿的女人安置在一起,看她们是怎样以智慧来驾驭这重复杂的关系。这其中既充满了一种探寻的乐趣,又让你对那个充满了悬念的终局满怀了期待。终于,武则天到底没有杀婉儿;而婉儿,也没有去杀她的仇人武则天。那么她们是怎样荣辱泯恩仇的呢? 这便是我在我的这部小说中所要探求的。于是把两个女人的内心铺排开来,沿着她们人生的轨迹,去寻找她们能将仇恨融化的真正原因。如此解释着并且描述着。但那或许终究不是真实的。真正的谜底不在今天。今天的我们只能猜测。往事被尘封。随着武则天在上阳宫悲凉而悲壮的死,随着婉儿被唐玄宗李隆基英勇地斩于刀下,历史便被这两个卓越的女人带走了。

所以,写婉儿便离不开武则天。武则天是这部作品中永远也绕不开的一座大山。女皇无法回避甚至不可能仅仅把她当做一个伟大的背景,因为她是婉儿终生所附丽的一个权力最大位子最高也是最智慧最强大最杰出的女人。婉儿因她而生而死,又与她共同着政治和命运。二十七年的风风雨雨。婉儿始终和女皇生活在一起。她恨她爱她,甚至被她黥刑之后,在脸颊上毕生佩戴的羞辱中,她还依然死心塌地地效忠于她。她们是这部小说中互为存在互为作用互为依托的两个人。她们终生纠葛在一起,戏剧性的爱与恨生与死……然后,武则天死了,五年之后,婉儿便也死了。比起年迈的则天皇帝,婉儿也许不该过早地离开人世。但婉儿还是死了。这是命数。因为自从她为武则天送别,就谙知了她的生命将尽。那是她们的心有灵犀。那是她们生命的默契。尽管婉儿又苟延残喘了五年,但那五年已形同虚设。尽管那五年她也曾辉煌灿烂,但那浮华的背后早已是命若悬丝。女皇的终结就是婉儿的终结。婉儿唯有去殉了她这伟大的宗教,她的生命才会是完整的。

也许婉儿并不是一个好女人。作史的人总是把她说得作恶多端,好像所有阴谋诡计的始作俑者,都是这个诡诈奸猾的女人。婉儿生于唐朝的混乱时代,她经历了唐室的式微,武周的兴盛，李唐宗室的光复及至丑恶的武韦之乱。在如此纷繁的更朝换代中，婉儿能一次次逃脱灭顶之灾，大概就是靠了她这诡计多端和足智多谋。狡诈也好，聪明也罢，那是婉儿与生俱来的一种品质。其实她人生的目标并不高，无非是，活着。而她又不幸生为卑贱者。那么她怎样生？于是她便只能去逢迎那些能够给予她生存权利的权势者。譬如武则天，譬如唐中宗李显，甚至譬如那个被世人所不齿的奸佞小人武三思。而婉儿接近他们的方式，就是运用她的天赋。婉儿是那种能够全方位使用她的灵魂和肉体来保护自己的女人。她用她的智慧为权势者出谋划策，厉兵秣马。同时，她也会利用她的身体愉悦男人，安身立命。在婉儿毕生的自我保护的战争中，她的身体就是一种智慧，一件武器，她要出色地利用它们，让她能够通过身体的桥，抵达那个她无比渴望的生命的岸。

　　然而婉儿是高贵的。甚至连她的卑鄙也是高贵的。婉儿到底是一个高贵于天下女人甚至高贵于武则天的女人。唯其高贵，婉儿才没有将那万千宠爱作为自己猎取权力的阶梯。没有。婉儿天生的高贵和优雅，使她更钟情于那往来唱和的千古诗篇，和文人雅士的风月清谈。婉儿的高贵还在于这个女人永远是有尺度的，她永远不会让自己去超越她自己的那个生存的限度。那种难得的清醒和难得的自知之明。那种世人皆醉我独醒的人生的把握。旁观者清并不难，难的是当局者清。这就是婉儿，她随时随地都能够清醒地知道，她是谁？她从哪里来？又向何处去？她还知道她的每一个动作的目的是什么，每一次交易的目标又是谁？在她的头顶总是明镜高悬，在她的身后总是夹紧的尾巴。她不停地用智慧和身体同有权势的男人做着各种各样的交换。她做得那么娴熟地道、流畅自然，以至看上去总是那么顺理成章、天衣无缝。但婉儿同时又知道她的这一份份交易有多肮脏多卑鄙，又是多么的不得已而为之。她是在清醒地出卖着自己的身体和智慧。她别无选择。那也是她生为婉儿的悲哀。她知道什么是正义什么是非正义，她是清醒地去作恶，去伤及他人的。唯其清醒，婉儿也才会更痛苦，更自责，更难以解脱，无法救赎。她的高贵使她比世人更加懂得什么是道德良知什么是天良丧尽。她当然知道自己没有道德良知，她更知道她的道德良知就是生存。无论真善美还是假丑恶，婉儿都只有一个目的，那就是活着。活着是这个女人的唯一。

婉儿所谙知的另一条人生的道理，就是忍辱才能负重。于是在婉儿的性格中，忍性便成为了她挣扎于朝廷后宫之中的一个非常重要的品格。唯有忍。忍辱忍羞。那是她的宫婢地位所致，但后来竟成了她做人处世的一项最基本的原则。她便在忍中周旋。那种方死而后生。那种山重水复。那种柳暗花明。婉儿的一生就是忍的一生。她忍受着做西台侍郎的祖父上官仪和父亲上官廷芝的被诛杀；忍受着和年轻的母亲一道被赶进掖廷为奴；忍受着武则天在她的面颊刺上忤逆的墨迹；忍受着爱而不能、空房独守的女人的寂寞。婉儿便是在这不尽的忍中，才真正堪以大任的。只有忍辱，才能负重，又是一种人生品格与理想抱负的交易。婉儿认同了这种人生的游戏规则，于是那所有的痛苦、艰难和不幸，那所有的逼迫、伤残和羞辱，便都是可以承受得了。如此婉儿在忍中学会了承受，她也由此而拥有了一个女人的胸怀。那才是真正的虚怀若谷，后来便成为了婉儿一种生命的状态：在隐忍中的那种真正的英雄气概。也于是婉儿才得以真正地秉国权衡，参与朝政，在那个位同宰相、爵同诸王的昭容封号下，得心应手地在幕后操纵着整个王朝。

如此婉儿走在政治的路上。必得政治，她才终于成为皇帝的嫔妃。然而婉儿毕竟生为女人，她便也有着女人的爱和渴望。虚伪的或者真诚的，或者利用爱以达到别的什么人生的目标。

这便是我在我的书中所描写的另外的部分：婉儿的灵魂之爱和婉儿的身体之爱。那将为我们揭示这个女人更多的也是更深刻的层面。因为婉儿一直是生活在武则天的身边，便使她从少女时代就有了和皇室儿女们接近的可能。她几乎和他们一道长大。她的那一份天生的贵族资质和优雅的气息，便立刻赢得了皇子们对她生生不已的热情。那时候她刚刚走进男孩子们的视野。那时候她还是那么质朴，那么纯真，不懂得宫廷里的残酷和丑恶。于是在那个纯真的年代，婉儿以她清澈的心灵，周旋在李贤、李显和李旦这三个英姿勃勃的兄弟之间，任青春如流水。那是一段怎样短暂的欢乐时光。后来，所有由衷的爱情就全被政治剿杀了。真正的东风无力百花残。一个又一个的皇太子弃她而去。那是一段燃情的岁月。是一个女人和三个男人之间的恩恩怨怨，生命中充满了青春的爱和恨，还有反叛之后的变态与扭曲。无论爱有多深都会被政治的铁腕捣碎。当爱被毁灭，婉儿才开始成熟。青春的挽歌是婉儿参透人生的代价。她方始知道身体究竟意味了什么；而爱情这种东西又是怎样的脆弱怎样的不堪一击。

她不再眷恋那真正堪称爱的往事。接下来她便非常世俗地接受了武三思的身体的爱。史书中将婉儿与武三思的关系说成是淫乱。她与他之间应当是那种纯粹身体的关系，或者说是一种由身体所铸造的同盟的关系。他们彼此需要彼此利用同时又彼此帮助相辅相成狼狈为奸。同样是为了生存，婉儿同这个在宦海中风云的男人有着很深的也是很实际的关系。她不能离开他。她甚至依恋他。只是在他们的关系中，唯独没有爱。

而爱的男人是有的，就是那个风流倜傥的贵族公子崔湜。那是在婉儿中年的时代，崔湜的出现就像是婉儿心中的一道迷人的闪亮。他们之间的关系，应当是诗所编织的。诗便是理想便是浪漫也便是美好和忧伤。一种心心相印的绝望。仿佛被置身于地狱的煎熬中。他们在诗中彼此追求。他们用往来唱和，探求着精神和爱情的真谛。他们唯有通过这吟唱，才能彼此触摸相知相予灵肉相依。便是那诗的情愫，将他们的灵魂提升；也便是那诗的慰藉，才能让他们罪恶的心灵获得片刻的安宁和解脱。或者诗才是婉儿的真爱。她尽管置身于那尔虞我诈的丑陋关系中，但是在她心的深处还是孤傲地执着地迷恋着诗，迷恋着诗行所承载的那一份心情和洁净。诗是无以替代的。她便是因了这无以替代的诗，才爱上了那个诗情横溢的风流才子崔湜。她觉得唯有同这个男人在一起，才能有一种超越了肉体的沟通和提升。那便是精神。是婉儿的另一重至诚至圣的境界。

然而史书对婉儿与崔湜的这一重关系也大加挞伐，那是因为历史不能够理解一个身居高位、天生颖悟的女人为什么总是需要男人，而且是那些口碑不好甚至势利小人的男人。所以历史不容忍。所以历史将婉儿与所有男人的关系，统统称之为淫乱。历史不允许婉儿这样的女人有真情有欲望，当然历史更不

能容忍那些有着卑鄙魅力的男人，对婉儿这种女人的吸引和
诱惑。

　　便是因了这淫乱，婉儿才变得丰满了起来。那几乎无所不
在的至情至爱的献身。于是婉儿在与她爱的男人的交往中，便
表现出了一种女人的无私无畏的牺牲精神。她总是以一种两肋
插刀的义气，竭尽全力地去帮助那些和她有着关系的男人，特
别是当他们遭逢了灭顶之灾的时候。譬如当武三思处境艰难，
婉儿宁愿将自己用身体爱着的这个男人献给当权的韦皇后，救
三思于危难之中；再譬如她对那个崔湜，更是百般呵护，鼎力提
拔。她不愿意自己用灵魂去爱的这个男人只是个抑郁不得志的
小小的朝官，所以她才会不遗余力地举荐他，让他一步一步地
升迁着，直到成为朝中那个举足轻重的宰相。而当这个得意忘
形的男人遭遇弹劾、贬官、流放的灾难时，婉儿又一次置个人的
安危于不顾，为这个危在旦夕的男人四处奔走，甚至再一次牺
牲掉自己的爱和欲望，把崔湜送进那些能帮助他的女人的帷幄
之中。所以历史疑问，这样的男人值得婉儿去帮助吗？婉儿这样
做是显示了她忠贞不渝的美好品性，还是在助纣为虐呢？

　　婉儿不仅爱那些男人，帮助他们，并且还能够控制他们。婉
儿拥有着卓越的控制能力，这一点是在她的教母武则天那里学
来的。不同的是，武则天控制的是社稷天下，整个国家；而婉儿
控制的则是那些身居要位并且爱她倾慕她的男人。从大唐皇帝
中宗李显，到朝廷宰相武三思、崔湜。而婉儿控制他们的方式之
一，就是利用这些男人对她的爱。男人痴迷于爱就自然英雄气
短。而一旦英雄气短，他们便就自然被玩弄于婉儿的股掌之中
了。从此他们徒有励精图治之志，因为他们全力以赴的，是怎样
获取昭容娘娘的欢心。所以年少的李隆基强迫自己仇恨婉儿。
他知道只有恨这个女人才能不被她控制。而只有彻底摆脱了这
个女人的阴影，当时机到来的时候，他才能毫不犹豫、义无反顾
地杀了她。

　　婉儿便是这样在皇室、朝廷和男人中周旋着。在各种各样
的势力中，她总是能够审时度势，高瞻远瞩，不断地调整自己，
寻找到自己在其中进退有据的理想位置。她纠缠于政治的漩涡
中，又游离于那个可怕的相互倾轧的政治机器外。这需要怎样

的智慧?而婉儿是智者。她总是能站在一个很高的高处,不仅看到眼前权力斗争各派势力的强弱,还能看到未来的天下将会是属于谁的。于是她才能未雨绸缪,今天就选好明天的位置,现在就开始依附未来的势力。这便是婉儿的眼光。也就是她何以能够在险恶的宫廷争斗中将生命坚持到了将近五十岁,并且从一个小小的宫女,一直做到了那个掌握着朝中实际权力、操纵着王室各派势力的帝王的嫔妃。

这样的婉儿,任人评说。为什么会有那么多的人恨她畏惧她想杀掉她,而这所有仇恨她畏惧她又企图杀掉她的人又离不开她?婉儿就是有这样的能力,她总是让自己无比重要。她于是逃过了一劫又一劫,她于是久久地立于不败之地。然而婉儿终于难逃厄运,皇室中到底有个人站了出来,将刀刃悬在了她的头顶。这个英雄就是未来的那个伟大的君王李隆基。他挺身而出,英勇地杀了婉儿,让这个权秉国政的女人万劫不复。但是杀了上官婉儿的李隆基便从此不得安宁。也许刚刚下令杀了那个女人,他就已经开始后悔了。他不知道该用什么来补救这个死于他的意气之下的生命。他终日提心吊胆,惶恐不安,总觉得被什么困扰着侵袭着,坐卧不宁。以至于在他刚刚登基的开元初年,就忙不迭地让爱卿张说将这位才女娘娘的诗文二十卷结集成册,并令其为婉儿作序。或许如此补偿,就安了这位大唐天子的心,他毕竟是敬佩这个了不起的女人的。他想由此而赶走那血腥的梦魇。

幸好婉儿有名垂千古的诗文。这就是为什么李隆基能找到救赎之路,毕竟是婉儿有诗文二十卷可供他完成这艰辛的良心与道德的自我完善。这也就是婉儿之于盛唐文化的意义,是古往今来的史学家们为什么总是将婉儿与男人的关系轻描淡写,一笔带过,却不遗余力地突出着她的贵族出身和她在诗词中所表现出来的那非凡的才华。所以婉儿留给我们的就是这样一种很文化的形象了。与诗和文相联系的一个旷世才女和大力提倡诗词歌赋的一位杰出女官。她总是奉劝当朝皇帝广置书馆,招揽学士;在她自己府邸开办的沙龙中,也总是文人汇集,诗意盎然。以至于在她的倾力倡导下,朝廷中竞相吟诗作赋,唱和往来,一时间竟蔚然成风,那是一番怎样的文化的景观。所以婉儿又代表了什么? 她不单单是女人, 是女官, 是嫔妃, 她还是一个地地道道的文化人。以婉儿为代表的宫廷文化,在某种意义上,就是盛唐的文化。

与此同时, 婉儿还为提升女人的地位而竭尽全力。在古老的、封建的、男权的社会中, 女人犹如草芥。是则天称帝这事实本身, 开了女性多问政治的先河, 从此妇女们便拥有了施展她们政治才华的无限可能和广阔空间。婉儿承前启后, 继续鼎力为女性呼吁。她先是提出为母亲服丧三年; 接着又建议提高公主待遇, 视公主如皇子亲王, 造成男女同权; 再接下来婉儿鼓动所有被深锁后宫、不见天日的皇帝近嬖们搬出后宫, 在长安城内置设私宅, 开始她们作为人的新生活。如此, 女人的地位在不经意中被迅速地提高着。婉儿的时代, 女人们不仅多问政事, 而且拥有了她们自己的感情生活。那是一个女性不断获得解放和自由的时代。那是一个止于此的、可望而不可即的、并且很难超越的女性权力的颠峰。想想古往今来, 有哪个女人能在一个疆域如此广阔的国家享有如此的权力和威望——武则天的之于女皇; 上官婉儿的权倾天下。

便是这样的婉儿, 让我对她的故事心驰神往。我想走进她, 想知道她在政治的涡流中怎样搏击, 在精神的长河里又是怎样徜徉。但是有一点是确定的, 那就是我绝不想让婉儿只是那个才华横溢的女诗人。而且在我看来, 婉儿的诗并不是那么好, 甚至根本不好。没有性情穿越其中, 且多为应制之作。尽管词甚绮丽, 但毕竟浮艳雕琢, 不曾有一首甚或一行能够千古传诵。与她女诗人的作为相比较, 倒是她在政治中的作为更令人钦佩。那才是她的真正价值。那种生存的方式, 充满了戏剧性的人物关系, 生命的哲学, 与各种男人的纠葛, 还有她对政治的病态的迷恋以及她对身体的智慧的运用……所有的这些, 反倒令我激动。一种创作的欲望, 想探询于这个女人那惊心动魄的生命流程中, 想对她的一生扩展和深化, 想在思想、在政治、在欲望、在感情、在心灵、在肉体, 总之在这个女人的所有的层面上去揭示她, 了解她, 阐释她。我还想尝试着解释这个女人所有行为的动机和背景。单单是这种尝试就使我对描述婉儿充满了激情和兴致。所以这将是充满了挑战和探索的乐趣的一次写作的过程。

想想看，你是在从蛛丝马迹中丝丝缕缕地走进一个女人的心。你是在一层一层地剥开她，一个层面一个层面的，政治的历史的文化的……这是个怎样令人兴奋的过程。在历史的框架中，用你所拥有的那一份解释历史的能力，重新解释这些人，重新解释这些人物的关系，重新解释历史，这便是一个创造的过程。这便是创造性。

这还是一部需要用智慧来结构故事、解释人物的小说，因为在官场中在权术中搏击的婉儿就是智慧的，所以你必得调动起你的全部智慧来丰满和丰富这个女人，使她恢复成那个有血有肉的真实的人。一个令人敬佩、使人同情，有时候又让人蔑视甚至厌恶仇恨的女人。一个真正的智者。

但是当然，我也许最终还是不能够穷尽这个非凡的女人。我只是把她同我曾经写过的武则天和高阳公主组合起来，使她们成为盛唐女性的一道奇异而壮丽的景观。这就是那个时代的那些美丽非凡而又成就非凡的女性们。在遥远的皇宫里，各自演绎着她们自己长歌以当哭的动人故事。

然后风流云散。

写作《上官婉儿》已拖了很久。我曾经很多次提到我要写的这部小说，但是直到今天才把它完成。能完成《上官婉儿》我非常高兴。这种高兴是过去不曾有的。因为完成了这本书就意味着我用一百万字完成了我所了解的盛唐皇室女性的历史。无论如何这是个浩繁的工程。这工程让我很久以来一直处在艰辛的劳作和疲惫的思考中。于是当终结，我如释重负。我的心从此轻松，窗外是夏日的斜阳。

用婉儿来结束这一切，真好。在这个明媚的时刻，我只想告诉读者，婉儿是一个杰出的女人。她生活在古代。和我们今天毫无关系。但是你应该知道她。

告别唐宫

　　1993 年的夏季很炎热。漫长的唐宫故事就是从这个夏季开始的。那时我鼓足勇气踏上了漫漫长安道。向着西部的辽远和古老。那时候我并不知道从此竟会有三位唐宫的女性走进我日后的生活里，融入我的血脉，并陪伴我穿越很多的年月，很多的白天和夜晚。

　　武则天、高阳公主和上官婉儿。从 1993 年夏季到 2001 年即将前来的夏季，我竟然用了八年的时间来献身唐朝故事。八年中我的生命有了很多的变化。那是三部书一百零六万字所留下的印痕。为此，岁月如逝水般流去。

　　但那长安辉煌的殿宇依旧。尽管日月江河风流云散它们却永不褪色。那是我为我的女人们构筑的宫殿，也是我为她们搭建的永恒舞台。依然的女人的故事。依然的女人的悲哀。可感可触的。仿佛置身其中。那是我不曾真的亲历却可以真的想像

这是我的"唐宫女人们"演绎生命篇章的地方。

"盛唐女性三部曲"先后由多家大陆及台湾出版机构推出。杰出的唐宫女性,依然的女人悲哀。

和感受的一个空间。这空间的形成是因为我读书。那些读不尽的史书。浩繁的故纸堆。我穿越其间。被古人的惊心动魄所震撼。然后是去看那些至今矗立在古老大地上的殿宇和塔寺。斑驳中的雄伟壮丽和锈蚀中的坚忍不拔令我惊叹。那经久不息的美丽线条所带给我和我的唐朝女人们的,是一种神秘的生存的感觉。才知道有时候人的命运就是由这些建筑的线条规定的,你将在劫难逃。那阔大的无限向外伸展着的而又缓缓扬起的房檐。那么恢弘的一种盛唐的气象,流动而又飞扬。而房檐上不断被风吹响的,是一串串悬挂着的玉制的风铃。当四野的风旋起,你就能听到那来自远古的清脆而又悲怆的铃声。那是种至今令我无比迷恋的声响。贯串于八年的每一天中。那才是真正的天籁。风撞击着玉石,发出大自然的和声。像音乐。但更像是寂静的诗。

记得1993年从酷热的夏到萧瑟的秋。当满街的落叶被风卷起,我便在疲惫中完成了由我来解释的那个伟大的女皇武则天。我不知道那部激情中的《武则天》是不是一部好的作品,但是我知道尽管我在竭力挣脱历史的禁锢,但那历史的诸多禁忌还是束缚了我对这个伟大女人的感觉。我只是尽力从一个女人的角度去诠释她,让她在天命和人性的深渊中苦苦挣扎。后来我又续写了《女皇之死》。那是她登基后的波澜壮阔。然而当生命垂危,大权便也无可避免地旁落。女皇终于失去了她一生的最爱。写作《武则天》有如带着镣铐的舞蹈。很累。很艰辛。仿佛一直被一种无形而又无法摆脱的疾病纠缠着。那是一种很深刻的疼痛。一种力不从心。于是，我便也随那女人一道，在疼痛中向生命的谷底坠落。

然后是高阳公主。在唐宫的这三位非凡的女性中，唯有高阳公主是我自己想写要写的。一个为了爱而最终被自己的皇帝兄长赐死的大唐公主。爱的故事发生在巍峨壮美的宫殿和那本应清冷幽远的佛家寺院中。在那里，人性之爱是怎样冲决着重重禁忌。于是爱才惊心动魄才被涂抹上宿命的色彩。不忘1993年夏季黄昏时的法门寺。从此法门寺永远铭记。想不到那就是《高阳公主》精魂的所在。从此知道世间竟还有如此宁静的处所。然而在高阳公主的年代，宁静的佛家空门中却有着不宁静的心性。那便是美丽的大唐公主与禁中浮屠欲望的故事了。在人性与信仰中冲突。被撕裂着。然后便是死亡。是死亡使一切终止。死亡的不可阻遏的力量。于是我痴迷于这部小说中各种各样的死亡。死亡的样式。或者很美丽，或者很屈辱，抑或凄凉而惨烈。而唯有在这部小说中，死亡是同爱联系在一起的。于是男人和女人，于是爱与死亡，就都成为了永恒。

接下来，我又被出版社的朋友逼迫着，继续陷入唐朝深宫，开始了为上官婉儿的忙碌。也许仅仅是为了"上官婉儿"这四个字，我就决定了为她写这本书。我又重读历史。把新旧《唐书》重新从书架上取下，在浩繁的史书中搜寻着与婉儿相关联的那些人和事。怎样的婉儿。为这样的女人我竟迟迟不敢动笔。但她的故事却让我始终心驰神往。与她女诗人的成就相比较，倒是她在政治的漩涡中做人的能力更令人钦佩。那可能才是婉儿真正的价值。那种生存的方式。充满了戏剧性的人物关系。生命的哲学以及与各种男人恩恩怨怨的纠葛。还有她对政治的病态的迷恋以及她对身体的智慧的运用……所有的这些令我激动。一种创作的愿望。想探询于这个女人那惊心动魄的生命流程中，想对她的一生扩展和深化，想从这个女人的所有的层面上去揭示她了解她阐释她。这是个怎样令人兴奋的过程。

写作《上官婉儿》已拖了很久。之所以要写婉儿是希望把她同我曾经写过的武则天和高阳公主组合起来，使她们成为盛唐女性的一道奇异的景观。这就是那个时代的那些美丽非凡而又成就非凡的女性们。在遥远的皇宫里，各自演绎着她们自己长歌以当哭的动人故事。

然后风流云散。

如此，我的心潜入了那座距今已一千三百多年的大唐的宫殿中，我能够尽情尽兴地生活在那里，无形追随着在那辉煌殿宇中活动着的每一个人，尤其是每一个女人。我观望谛听着他们，看着他们相爱或相残。我会为他们的行为寻找出无数的心理背景，我也会顺乎逻辑地左右他们支配他们，用他们的行为来证明我今天想要说的那些话。

这就是唐宫三位女性为我打开的那扇通往历史的门。我走进去，又走出来。在来来去去之间营造我的故事并销蚀掉我的生命。我们汇拢着。我们心相知。女人与女人之间的爱。今人与古人之间的理解。如此的浩繁。又是如此的惊心动魄。我在这样的写作中仿佛在经受洗礼。一次次在他人的痛苦磨难和灿烂辉煌中经历着我的人生。人生于是丰富。

如此，当有一天，当那扇恢弘而沉重的大唐的宫门在我的身后缓缓关闭，心中便难免生出几许眷恋和惆怅。毕竟，那里是我已经熟悉了的舞台。毕竟，我曾与那舞台上的人生息息相关，生死与共。还毕竟，我的一些人生的经验与知识是在那里积累的，而我生命中的好几年光景也是在那里悄悄流逝的。于是，当和那所有的旧时景象和人生告别，我便难免难过，难免牵肠挂肚，并为自己的没能尽善尽美地完成我所钟爱的那些大唐的女人们而感到愧疚和遗憾。但是，我扭转身。既然历史的大门已经关闭。不再看恢弘灿烂的宫殿，不再听风铃的美妙音响，也不再去想武则天、高阳公主和上官婉儿。不去想她们的生生死死枯枯荣荣。不去想。将所有的往事掀过。我必得扭转身。面对繁华而嘈杂的都市，跻身于当代生活的激流中。我知道，我是该重新开始了。

走出"后宫"的阴影

　　由女人来谈论女人是一件很不轻易的事情。

　　古往今来，似乎女人一直在妒忌着女人，并且总是在讲着关于女人的坏话。而她们对于男人，倒反而好像是宽容了许多。这是为什么？

　　后来一个偶然的机会，我得以接手写作《武则天》。一开始我是被这个充满了传奇色彩的女人惊心动魄的经历所吸引。我开始研究她。由此走进了那幽怨的后宫。写后宫的故事令人心惊胆战、毛骨悚然。走进后宫才知道，后宫原来是女人们（漂亮的争宠的女人们）彼此伤残杀戮的战场（原以为后宫只装着女人的悲哀）。在珠光宝气、锦衣绣鞋之中，后宫的女人们所孜孜以求为之奋斗的唯一目标，就是能争得被后宫中唯一的有着至高无上权力的那个男人玩弄的机会。为了这机会她们才要彼此践踏。后宫的连绵不断的女人之间的战争是鲜血淋淋的，常斗得你死我活。因为谁要是拥有了那机会就意味着她可能拥有更高的权力，也就可能摆脱苦难。为了向那最辉煌境界的过渡，女人当然恨女人。每一个女人都是绊脚石，所以，谁要是想在争宠者的竞争中获胜就必得想方设法铲除所有的绊脚石，并将这绊脚石般的女人的尸骨垒成进身的阶梯。多么残酷！而武则天向她的皇后宝座进发的一路便就是她争先邀宠、伤害并杀戮其他女人的一路。王皇后、萧淑妃，以及她的亲姐姐亲侄女……她双手沾满着她们的鲜血才登上那皇后宝座的。其实在某种意义上，那也是一种基本生存的需要。后宫的现实使女人们不得不练就一整套挤压和打倒其他女人的本领，这有点像古罗马角斗场中的那些背水一战的斗士。历史上有教养的皇室中的三宫六院尚且如此，更不要说民间的三妻四妾之间的那许许多多的争斗了。

　　后来这便成了传统。

走出『后宫』的阴影

这样看来，似乎是封建传统的一夫多妻制酿成了女人彼此杀戮的悲剧，并将这丑恶的习性发扬光大了起来。

直到今天，现代的"争宠"被换作了"争取爱的权利"。后宫的争宠似乎更多性的成分，而今人却将情感也融会了进去，这就使同样的取悦男人变得文明高雅了起来。本来法律规定的一夫一妻制已将女人从那苦海无边的"后宫"中解救了出来，但从一而终的旧观念又总是把女人拉回到往日的战争中。本来没有了爱也就无所谓婚姻，但很多的女人宁可受苦也要死守这虚妄的形式。女人们为了奇货可居的男人各不相让。而男人感情的飘忽不定，又使女人们在现代的生存中无所适从。我曾在一篇谈论女性的文章中说，男人和女人是两个完全不同的世界，无论是思维的出发点还是感知世界的方式，男人和女人都总是相去甚远。所以女人很难真正地走进男人的世界，反之亦然。我这样说过之后，有人同我辩论。他们说你得出了这样的结论，是不是因为在生活中受到了男人的伤害。抛开这问题捕风捉影的一面不去管，我倒确实觉得自己在很多问题上不能跟男人取得一致。在对一件事情的看法上，你和他们永远不一样，而这是你无论怎样去争取也争取不到的。比如说女人有时希望有鲜花、首饰、漂亮的衣服，男人就总是觉得不可思议；再比如说，女人需要恭维，需要经常听到"我爱你"这类的语言来抚慰她们的心灵，而男人往往认为这一切都太虚无太矫情太做作。男人们多不懂得女人们在精神上心灵上情感上甚至身体上所需要的都是些什么。

其实女人们也在尝试着相互的理解。常常是男人那里谈不通的，在女人中便能获得深切的同情。那是种无形的又丝丝缕缕的相联，是情同手足情同姐妹般的。几年里我常常听一些女友向我倾诉。她们大多满怀了幽怨，她们对男人总是既深爱着又失望着。我在倾听之间发现，我总是能深切地理解她们。那理解是发自内心的是真诚的。即便是她们所做的那些被世人认为不可理喻的事情，我也总是能穿透世人的评价而看到她们行为背后的那一份痛苦和挣扎。

我是想说，我们正在抵达女人之间相互理解的那超越了"后宫"的境界。

ZOU CHU "HOU GONG" DE YIN YING

在 1995 年多次的女作家笔会及各种研讨会上，女作家们的彼此友好相处可能正在证明着这样一种境界。女人和女人之间谈得很热烈。彼此努力关心对方，争取在心灵上做朋友。甚至做到在感情上理解对方的爱与恨，做到相互之间喜爱起来。

后来，我又去参加了最令人难忘的世界妇女大会。在怀柔。在 NGO（非政府）论坛上。在那个美丽的山清水秀、空气清新的县城里。我们每天同全世界各种肤色的女人们在一起。我们一起唱歌，一起朗读我们自己的诗行。我们彼此融合着，为了我们女人自己的事情。那些天在蓝天白云之下，汇集着世界上最美丽的服装。还有女人对男人暴力的声讨，女人手拉着手为寻求人类友好反对战争所举行的活动。女人已经不仅仅为自身的权利而战，而是要参与整个世界的和平和发展，要成为历史进程的重要的角色。

无论怎样，女人在进步。从"后宫"的彼此杀戮到团结起来，为女性自身的发展而奋斗。这中间竟相隔了漫长的几千年。今后的社会，竞争会更加激烈。但对于女人来说，这竞争已不再单纯地是为了男人，而是为了自身的生存与发展。而这自身的生存与发展也已不再依赖于男性，而是靠着自身的努力和价值。相信女人们在客观的社会竞争中，一定能从"后宫"的阴影中彻底走出来。

一次另外的写作

　　2001 年末，我正在北京参加中国作家代表大会。其间，东方灿烂文化公司漂亮的女制片人田莉把电话打到天津找我。后来，我们在北京京丰宾馆的咖啡厅里第一次见了面。同时见到的还有陈汉元先生和电影学院的倪震老师。

　　那是一次愉快的会见。

　　年轻的田莉兴致勃勃。她正在读电影学院的制片人专业。田莉刚刚起步，想做一番大事业，而她的目标就是，拍一部 20 世纪 30 年代中国电影皇后胡蝶的电视剧，她并且真诚地希望我能成为这部电视剧的编剧。她说有很多朋友向她推荐我，大概是因为我曾和影视界合作过的那部《武则天》。她说她看过我的很多书，她相信我能够把握胡蝶这个人物，而在一部电视剧中，剧本又是至关重要的。她并且在见面的第一天就给我带来了很多资料，单单是那些资料就足以证明了田莉的认真和诚意。但是在那次接触中，我并没有决定是不是要接手这样的一种写作，因为那是我完全陌生的一种写作的方式。

　　在此之前我其实并不了解胡蝶。我只知道她是二三十年代红透了中国的女影星。我对于她的了解甚至不如阮玲玉，我觉得阮玲玉的人生才是悲剧性的，因为她毕竟是红颜薄命，在二十六岁时就匆匆结束了自己的事业和生命，留下难解的永恒之谜。但是看过了胡蝶的资料之后，才发现其实她的一生也是波澜起伏，甚至惊心动魄的。她不仅是那个时代电影界的杰出代表，她还经历了在婚姻和感情方面的悲哀和痛苦，更经历了那场可怕的日本侵华战争，以及战争带给她的无尽的心灵创伤。因为是明星，她还始终被媒体追踪曝光，并被纠缠在绵绵不绝的甚至是莫须有的绯闻中。一个柔弱的女子，怎样才能冲破这生命的种种禁忌和局限，越过这不幸的沟沟坎坎？

　　当把胡蝶的人生读遍，我才有一次惊讶的发现，胡蝶竟然

也是一个命硬的女人，就像是
我写过的那个大唐的高阳公
主。其实原本仅仅是想写一个
高阳公主和佛徒辩机的爱情
故事，但写着写着就发现，故
事其实并没有那么简单，特别
是在研读了这个女人的所有
资料之后，就更是觉得没有那
么简单了，因为我发现凡与这
位大唐的公主有过感情牵连
的男人，最终都死于非命。这
便让我兴趣陡增，因为我就是
想通过这样的写作弄清楚，为
什么这种情欲的纠葛能使男
人们丧命。

一代影后胡蝶。

　　这样的结论同样适用于胡蝶。因为在胡蝶的生命中竟然也
是如此，她所爱过的和爱她的那些男人们最终也都没有善终，
不是身染恶疾，就是不幸罹难，而她在晚年移居加拿大，1989 年
仙逝于风景如画的温哥华的时候，已经是八十一岁的高寿。同
样的，和她有过感情纠葛的那些男人就没有那么幸运了，她初
恋的情人林雪怀与她青梅竹马，可说是把她真正引上银幕的恋
人，他们曾经那样的相亲相爱，海誓山盟，甚至订婚。但最终还
是无奈走上解除婚约的道路，甚至诉诸法庭，在长达一年、八次
开庭审理的官司中，心力交瘁，两败俱伤。而林雪怀就此郁郁寡
欢，不能释怀，终于在一蹶不振中，患癌症死去。不知道这样的
结局所带给胡蝶的，是心灵上怎样的创伤？

　　接下来亡逝的是对胡蝶有着知遇之恩的、被誉为"中国电
影之父"的郑正秋。是郑正秋和明星影片公司让丑小鸭的胡蝶
真正的流光溢彩、灿烂辉煌，走上她事业的最高峰。郑正秋对于
胡蝶，应当是那种精神父亲一样的男人，他爱她，欣赏她，保护
她，给了她艺术的生命，但是他却在胡蝶访欧归来之后的第八
天，突然溘然长逝。在四十七岁的年龄上，这无疑算作是英年早
逝。郑正秋的一死，不仅让中国电影界顿失英才，也带走了胡蝶

艺术的人生。那又是怎样的悲哀?

不幸中的大幸,是那位英俊宽厚、之于胡蝶有如兄长般的潘有声终于成了胡蝶的丈夫。这是和胡蝶有着情感关系的男人中唯一成了她的丈夫的男人。比起大明星胡蝶来说,潘有声尽管将他的洋行打理得很好,但依然是一介平民,但胡蝶爱他,视他为感情的支柱。他们或许能够将幸福和谐的婚姻生活走到尽头,白头偕老,但是依然是命定的,戴笠出现了,便无情破坏了他们原有的格局和平衡。

在戴笠进入他们家庭生活的短短一年中,那种在权利和感情中周旋的三角关系是怎样的惊恐而疲惫,是可想而知的。胡蝶被拉锯的关系所折磨,而作为丈夫的潘有声的痛苦更是难以言说的。他要终日在刀光剑影下捱着事实上已经没有了胡蝶的生活,又要在名誉上维持着与胡蝶的那种早已形同虚设的夫妻关系。尽管只有一年,但却铭心刻骨,他在感情的撕裂中呐喊,他在精神的折磨中挣扎。当然,他所做的这一切都只能是无声的,因为他与之抗衡的那个人物是戴笠。戴笠便是恐怖,戴笠便是死亡。大概还因为他是深爱胡蝶的,甚至爱到了一种忘我的境界。他想如果胡蝶能接受戴笠,他为什么就不能接受这种苦难呢?既然他是那么深深地爱着自己的女人?于是他隐忍着自己。自己的苦。大概便是这苦将那可怕的癌细胞潜伏在了他原本健康的身体内,以至于当胡蝶终于摆脱了戴笠的纠缠,重新回到他的身边,他也没有能将那可怕的疾病驱赶。在勉力支撑了几年之后,他不得不撒手人寰,将他毕生最爱的女人丢弃在独自的忏悔中。在潘有声离开人世的时候,也是正值壮年。

接下来的那一段死亡才是真正的宿命。和戴笠的那一段关系是胡蝶一直不愿启齿的一段历史,是她心中一段永远的痛。站在胡蝶的角度,她不愿提及戴笠,也许并不是出于政治的考虑,而是那种羞辱的感觉。因为她被戴笠截获期间,始终还是潘有声的妻子。她是以潘有声的妻子的身份,陷入另一个男人的巢穴或是牢笼的,尽管身不由己,但毕竟事实是她背叛了自己的家庭,并且让自己的丈夫每一天都生活在死亡的痛苦和威胁中。那么万恶之源是什么?她的美丽。女人的美丽。是的,她是那么美丽,那么雍容优雅,光彩照人。当然还有另一种可能,那就是她对戴笠的感情，慢慢的已经不是完全被强迫的了，而是有了种莫名其妙的主动，甚至取悦于戴笠，这才是她真正不能原谅自己的。

所以酿成如此悲剧，当然首先要归结为戴笠对胡蝶的那种强迫性的、有着权力因素在其中的，但却是真挚的、深情的，甚至是挟带着某种疯狂的爱。而胡蝶的最终不得不屈从于这种爱，恐怕最主要的原因还是战争。记得一位意大利女导演在拍摄《夜间守门人》这部反思二战的电影时，曾经采访过很多纳粹集中营的犹太人。她记得那些犹太女人在回忆战争的时候，最让她们羞辱的，不是希特勒，而是她们自己在苦难中所表现出来的那种对于德国人不顾一切、不计后果的取悦。而她们这样做的全部原因，其实仅仅是为了能活着，能不被送进毒气室，那是她们求生的唯一手段了。所以她们才是真正可怜而又可悲的，同时又是可鄙的。她们自己认识了这一点。这种对于第二次世界大战的反思，在美国作家的小说《苏菲的选择》中也有同样的表述，那就是战后被提出的那种关于人类劣根性的话题。这种劣根性在人类求生的前提下似乎是可以被原谅的，就像是辛德勒在战争中救助了犹太人，他的其他缺点就可以被忽略不计一样。而胡蝶与戴笠的关系，大致也是如此。她经过逃难从香港到重庆，又经历了丢失所有贵重物品的切肤之伤痛，而在那个满目疮痍的战争年代，能在物质上补偿她，进而在物化了的精神上安慰她的，恐怕唯有戴笠。于是为了这种补偿，为了这种被抚慰，胡蝶只能取悦于戴笠，甚至献出自己的身体。而这样的一种关系，无论在什么样的背景下，都是不道德的。这便是胡蝶的羞辱。她自己认为那是她心灵上的一块永远也抹不去的污痕，是不堪回首的。

然而最终还是戴笠成全了胡蝶。没有让她在道德的歧路上走得太远。戴笠死亡的直接原因据说还是因为胡蝶。当时戴笠在北平。他本来是可以直接飞回重庆国民政府的。但是他又深爱胡蝶，不愿错过哪怕一分钟和她见面的机会。大概还因为在那个暴风雨的前夜，胡蝶的一声不恰当的，但却柔情似水的呼唤：你回来！他便一定要顶着雷电交加，大雨倾盆，义无反顾地回来，回到他此生最爱的女人身边。以至于电闪雷鸣的上海根本不能降落，他宁可又转飞依然雷声隆隆的南京，只要能离他的女人更近些。结果是，原本在政治上前途无量的戴笠在南京附近的戴山坠机身亡，用生命演绎了一曲不爱江山爱美人的悲歌。

戴笠如此的死亡，无论如何在胡蝶的心上，还是留下了一道深深的印痕。哪怕是污痕。

那么接下来便是我们要问的，胡蝶生命中这悲剧性的一切，是她的命运所致？还是她的性格所致？

宿命显然是不可避免的，因为死在她前面的男人一而再，又再而三。但有时候命运也是性格之所然，那么这个极尽灿烂而又极尽苦痛的女人，她的性格又是怎样的呢？

不负他人。

这也是她人生的准则。

怎么会不负他人而又偏偏害了他人呢？

爱着，而又被爱着。这就是胡蝶的一生。在这一生中，特别是对她的感情生活，她一向是善良的，温和的，冷静的，而且达观的。她并且追求完美。包括人与人之间的那种关系的完美。为此她宁可牺牲自己，也不愿伤害别人。譬如林雪怀。胡蝶何以在她与林雪怀的感情上已经出现了问题的情况下，还要坚持和他订婚，就是因为她不希望看到自己曾深深爱过的男人因他们之间日益的悬殊而堕落。所以为了挽救，她宁可牺牲自己的自由。再譬如戴笠。也许她本来是可以坚决拒绝的，但是她没有。在两难的困境中，她却一相情愿地追求两全。因此，她还是给予了戴笠极大的机会，甚至以身相许，那也是因为她既不忍心拒绝戴笠那么疯狂的爱，又不忍心和潘有声彻底断绝。然后便伤了他们两个。

于是这种完美的原则便报应般地显现了它负面的效应。那就是她所作的牺牲，不但不能使那些男人获得拯救，反而让他们有了更大的压力。结果是，林雪怀并没有因为胡蝶婚约的许诺而停止沉沦，反而加速滑向了自毁的深渊。而潘有声也是在胡蝶当断不断的婚姻拉锯中，经历着痛苦，那种痛彻肺腑的煎熬，还不如胡蝶干脆说：结束吧，我们完了。

这种对于完美和不负他人的盲目的追求，还在于胡蝶想要获得的一种心理的虚荣。她希望她的所作所为都能给别人留下好印象,所以她就总是半推半就地承诺,模棱两可地应允,让所有爱着她的男人,都在对她的疑惑中怀抱着不灭的希望,结果最后倒霉的还是他们,也是他们造就了胡蝶的这种关于完美的虚荣心。

胡蝶的之所以将苦痛带给男人,还因为她的天生丽质,以及她对这天生丽质的一份成功的塑造。她太热爱她的电影了,以至于她献出了毕生。比起男人,电影在胡蝶生命中的分量显然更重。她因为电影而冷落了那些爱她的男人,但也是因为电影,那些男人就更爱她了,因为他们欣赏她对事业的这一份挚爱和投入,欣赏她对自我的塑造和把握,欣赏她的聪明和勤奋,欣赏她的名望,甚至欣赏她的富有。然而作为一个女人的这种努力和成功,对于男人来说到底还是一把锋利的双刃剑,因为在欣赏的同时,他们还不得不承受她的光环所带给他们的压力和自惭形秽。

就是这种或在精神上或在经济上的种种差异,毁了那些深爱她的男人们。林雪怀显然是最直接的受害者,而潘有声在某种意义上受伤更重,因为如果不是因为胡蝶的名声,就不会有戴笠那种魔鬼一样的男人的黑手,伸进这个无辜的家庭。

于是,这又回到了女性奋斗的问题上,而我是想从另一面来说明,男人对女人这种奋斗的承受力。无论如何,胡蝶的成功是对男权的一种颠覆。能否接受女人的这种成功,特别是在那个还不太开化的二三十年代,就更是对男人的一种挑战和考验。无疑,这是林雪怀和潘有声都不得不面对的。他们所爱的女人就是比他们功成名就,面对女人的蒸蒸日上和他们自己的困顿平庸,他们将何去何从?林雪怀的承受力是有限度的,或者说他更看重男人的自尊,当这自尊遭到重创之后,便出现了激烈的反弹:一种由自卑而转化的纸老虎一般的自尊,甚而无力回天之后的沉沦和堕落。于是他很快败下阵来,而他最后拯救自己的唯一方式,就是彻底毁了自己。与之相比,潘有声就游刃有余得多。因为他在事业上没有林雪怀那么落魄,性格上也比林雪怀豁达得多。他的不平衡全部隐藏在了一种表面的宽容和内心的承受中,所以他对自己内心的伤害也许就更深,也更惨痛。承受本身就是一种苦难。而潘有声不单单要承受妻子的成功，还要承受因妻子的成功而发生的情感转移。

让我对胡蝶的身世满怀了兴趣，还因为电影本身是一个非常有意思的话题。我虽然以文学为职业，却始终对电影满怀了一种热望一般的感情。我喜欢戈达尔，喜欢伯格曼，喜欢雷乃，也喜欢斯皮尔博格。我并且写过很多关于电影的文章。而早在20世纪初，中国的电影就是从美国引进的。好莱坞是全世界电影的发源地，是所有电影人的梦之城。而那个年代从事电影制作的那些人，也大多是从美国或是欧洲其他国家留学回来的。他们有着新的关于艺术的追求，他们是学贯中西的，又是满怀激情的，对社会、对人生都有着他们十分进步的思想和批判。是那种真正意义上的精英。他们希望通过电影这种将先进科技和艺术追求融为一体的形式来救国救民。所以在中国电影的这个拓荒的时代，是满含了一种东西文化的融合与冲突的。这将是一个非常有意思的文化背景，于是在这个背景之上的人物也会是非常有意思的。况且，在胡蝶那个时代中国电影的发展，几乎和世界是同步的。从默片时代向有声时代的转变，我们和美国几乎是同时完成的。这是中国电影史上的一个非常辉煌的时代，而这个辉煌时代的那些电影人们，也是风流万世，可歌可泣的。

因为胡蝶是主角，便自然地带出了电影界的那些郎才女貌、才子佳人们。而其中最最想要提到的，便是和胡蝶既是朋友、又是对手的阮玲玉。她们是同乡，又差不多同时进入电影界，但是她们的枯与荣、盛与衰，却是交错进行，此起彼伏的。胡蝶风光之时，必是阮玲玉抑郁不得志；而当阮玲玉光芒四射，胡蝶又每每会被不幸所纠缠。当胡蝶又一次走出阴影，阮玲玉就干脆以死亡成为胡蝶鲜明的反差。这是怎样的命定。阮玲玉终于在二十六岁的青春上，以美丽生命的结束退出了竞争。然而胡蝶却也并没有因此而辉煌，因为没有对手的成功是寂寞的。阮玲玉选择了永远离开痛苦，而胡蝶却要在不尽的痛苦中长久地忍受。自杀让阮玲玉的人生更具有了艺术的色彩，她到底是用生命孤注一掷，完成了一种与社会的抗争。而胡蝶却让一生在隐忍中度过，哪怕每一天都是度日如年。阮玲玉的死是激情的，而胡蝶的生却慢慢失去了光彩。于是比起阮玲玉短短的戏剧化的一生，胡蝶的一生便显得庸长而平淡了。没有生命的冲突，也就没有了戏剧性，因之也就更难以把握，更难见闪光。但这就是人生。就像流水。缓缓地流。但流动本身，或许也是有着很深的我们所看不到的湍流的。总之胡蝶的一生，尽管曾灿烂辉煌，但却痛苦多于欢乐，甚至，从来就没有过真正意义上的幸福。是比激情的阮玲玉更悲的悲剧人生。

另有一点需要提到的，便是战争，长达八年的抗日战争。战争不仅让人民遭受苦难，而且让电影长久地一蹶不振。那是致命的一种摧毁，在日军飞机的轰炸下，多少片场被焚之一炬。事实上，胡蝶自日军侵入上海之后，就再没有过真正堪称精彩的表演。幸好胡蝶在中国电影鼎盛的年代整整辉煌了十年，这十年对于一个电影明星来说，当然已足够证明她的才华了，但是如果不是战争，胡蝶肯定还能将她的这种繁盛继续下去。当八年抗战过去，胡蝶已青春不再，是战争毁了电影，也是战争毁了胡蝶。到了胡蝶勉强重回银幕的时候，她已是美人迟暮，回天乏力了。而对于一个女演员来说，这是致命的。

便是这样，胡蝶让我对她的描述有了一种强烈的兴趣。看着她默片时代的那些电影，慢慢的，便有了一种写作的激情。

但可惜这样的激情不是产生在描述中，而是在纯粹的对话中。于是在开始写作的时候，便有了一种激情的无以宣泄的困惑和苦恼。我写出的电视剧大纲无疑立刻便被影视界资深专家们认定为非影视的。于是我反思。看好莱坞电影剧本。后来终于明白，我要讲的故事本身是没有问题的；问题是，我必须要换成另一种讲述的方式。也就是我在标题中所说的："一次另外的写作"。说话。动作。描述也是说明性的。然后又是说话，又是动作，以及场景的转换……

无疑这是一种我不习惯的方式，写过之后也才知道，这是一种我并不喜欢的方式。但是盛情难却，勉力为之，但总是不尽兴的，耿耿于怀的，总是达不到标准的，甚至动摇了我的自信。

当第一个较为详细的大纲完成，我便终于有了一个可以稍事休息的时间。于是我便立刻重拾习惯的笔法，迅速写了几篇短文。

一次另外的写作

一种久违了的感觉。心情的无比舒畅。特别是在我写作散文《为伊夫·圣洛朗的离去》的时候，简直是一种幸福的感觉。那种行云流水。那种激情系于笔端。于是我不仅找回了自信，还下决心将胡蝶的故事写成一部真正的小说。我不希望简单地用电视剧本充当我对胡蝶这个人物的诠释，我认为那样无论是对胡蝶还是对我都是不负责任的。因为电视剧的要求和小说的要求是完全不一样的。而我对胡蝶的要求是小说的，是有着人性的生动和深度的，是有着更深邃的诠释的空间的，是有着无穷的爱的。

晚年的胡蝶移居加拿大温哥华，住在靠近海峡的一座二十五层的公寓中。她每每透过阳台遥望太平洋，希望能看到六十年前在大上海十里洋场、街头巷尾穿行的那个年轻的姑娘，希望能听到拍摄场中的那人语笑声。

风过留痕。然后——

"蝴蝶要飞走了。"

这是她生命中留下的最后一句话。

那是永久的谢幕。

一个迷茫的时代

因为是受命要回顾中学时代，我才得以将目光转回到 1968年。其实我连自己是否确实于 1968 年升入中学都已经记不清楚。大约是十五岁的时候，我懵懵懂懂地被滔天的革命浪潮冲击着。如此认真地回想那样的时代，于我还是第一次。我需要慢慢地回忆，然后才能片片段段地将往事连缀起来。

我毕业于实验小学。我当时的同学几乎全都是省（当时河北省省委驻在天津）、市一级领导干部的子弟。在家庭出身一栏上，大多会填上"革干"两字。每当周末用小汽车接寄读孩子回家的也不在少数。足见这所学校孩子们中的某种贵族的倾向。然而几乎是顷刻之间，数千名祖国的"花朵"骤然被红色的浪潮摧打。接二连三的，同学们从宝塔的尖上纷纷坠落，而且一直坠落进社会的最底层。几乎我们所有的人都成为"黑帮子弟"或是"狗崽子"一类，加之"老子反动儿混蛋"，于是我们便很快都被时代抛弃了。尽管我们是那样地迷恋着革命和造反。所幸的是，我们这个学校里孩子们的出身都差不多，所以一荣俱荣，一损俱损，最终谁都难逃厄运，于是倒没有谁专门受歧视了，反正大家的处境都一样。那时候社会拒绝我们，红卫兵更是把我们当成了小小的专政对象。所以本来就懵懵懂懂的我们就变得更加浑浑噩噩。

我们便是在这浑浑噩噩之中莫名其妙地升入中学的。想不到我们从所谓的最好的小学升入的竟又是一所最好的中学——天津市一中。那以前一直以最优秀的男校而著名的天津一中在那样的时代开始不分成绩好坏，广纳附近各小学出身及生存环境都迥然不同的孩子们。有了出身好的同学夹杂进来，我们仿佛才真正地意识到我们的境况是多么悲惨。我们甚至自卑，因我们不能选择出身。而一中的另一个巨大的变革是，这所男校首开了招收女生的先河，从此，女生们便源源不断走进了一中。

记得我们这些十四五岁的小女生第一次走进神秘的男一中大门时的感觉非常奇妙。无论是我们看一中原先的那些从68届到老高三的男生，还是他们那些一直生活在男人圈里的小伙子们看我们这些很爱脸红的小女生们，目光都是很特殊也是微妙的。因实验小学与男一中只一墙之隔，所以我们常能听到墙那边的一些故事和传说，于是我们也一直很崇拜在一中那个院墙内行动着的神话般的大男生们。特别是当运动来了，我们对那些剃着光头、穿着他们牛鬼蛇神父亲原先的将校呢军装、拿着长长的手电筒、骑着女式自行车、号称"刺刀见红"，呼啸而来又呼啸而去的大哥哥们更是崇拜到痴迷的程度。终于，一中的大门向我们开启，终于我们得以接近了我们的偶像。

何况，那是个青春浪漫的花季。

我不记得我在一中的一年或两年中究竟学到了什么知识。那时候，除了运动之外，有时候会有一些"复课闹革命"的日子。也会有学识渊博的资深老教师为我们讲授初中的课程。他们对我们的浑浑噩噩总显出一种痛心疾首、恨铁不成钢的样子；为我们浪费或是虚度了青春的大好时光而扼腕叹息。面对他们的良苦用心，我一定是出于同情心而认真听课了，因为我至今还依稀记得老师在墨绿色黑板上写下的那些数学公式的样子，记得化学试验室盛着古怪物体的那些瓶瓶罐罐。但是我却真的什么也没有学到。我至今可说是没有任何化学、物理以及数学方面的知识。所以我对现在已读初二的女儿的学业可谓是一窍不通，有心帮她也无从下手。

但政治上的一些事情我却记忆犹新。譬如，每当毛主席发表最新指示，我们在晚上八点的新闻广播中听到后，便会火速赶往学校连夜游行庆贺，将喉咙喊得嘶哑；再譬如，那时候学校总是召开各种批判大会。批判的对象多是资深的老教师们。不开批判会的时候，他们就扫厕所。另一些批判的对象是与我们朝夕相处的各种同学。他们或打架斗殴，或抢夺别人的军帽、毛主席纪念章，乃至《毛主席语录》。他们大多出身不好，地富反坏右，在无事可做而革命也不要他们的时候，他们就自然地"作恶多端"起来。特别是在夏天的炎热中开这一类大会很令人痛苦。我们排着队坐在水泥地上。人山人海,浩浩荡荡,我们总是跟着当年很令人崇拜的坐在主席台前的一男一女口号员高呼各种激昂的口号。

读中学时另一个让人难忘的场面是,我们要不间断地被组织起来敲锣打鼓,在红旗飘飘中将一批又一批大男生们夹道送走。或上山下乡,或建设兵团,反正都是到最偏远的地方去劳动改造,接受贫下中农的再教育。总是记得他们穿着草绿色的军装,背着背包,戴着红花,举着红旗,硬撑着男子汉的坚强,雄赳赳气昂昂地走出一中的大门。这样的时刻仿佛总是群情振奋、激动人心,甚至喜气洋洋。我们懵懂地被拉进送行的队伍中,我们也莫名其妙地欢欣鼓舞。因我们看不到那些远行人父母们的那一颗颗伤痛悲哀的心。

和这些重大的政治生活和国家大事比起来,知识便确实无关紧要了。

于是我们忽略知识。我们虽坐在教室的木椅上,却蔑视讲台上的那些早已靠边站但却痴迷地坚持着传授知识的学术权威们,或是干脆听而不进。而对于我们这些早已被抛弃了的孩子,便只能在成长的过程中无所事事。这对于我们这些周身又充满了青春活力的孩子们来说,似乎也是不可能的,总要有事情做。

记得在中学时代,我曾经非常渴望能加入红卫兵,为组织贡献我的青春、热血和精力。我虽然身负着"狗崽子"的罪名,却依然不愿被革命拒之门外。但是无论在小学还是在中学,我走到哪儿,打倒我父亲的大字报就会穷追不舍地跟我到哪儿,使我无论身处何地,都不能隐瞒我的"出身",就仿佛第二次世界大战中那些永远在劫难逃的犹太人。

我的幸运在于我终于遇到了青。青是我整个中学时代发自内心崇拜的偶像。其实青只比我大两岁,但是她却会讲柯南道尔的《血字的研究》,会讲雨果的《巴黎圣母院》,还会跳很动人心弦的芭蕾舞。于是有了青,我的无所事事的中学时代便有了寄托。我不再困惑,也不再迷惘,青春的生活也变得充实,变得多姿多彩起来。唯有青。也唯有舞蹈。除了每日要坐在听而不闻的课堂里,其余的所有时间就是和青与另外的一些女孩子们在一起。我们开始向青学跳芭蕾舞。跟着青压腿、旋转、大跳,跳起来打腿、倒踢紫金冠一类。我便是在那个时代学会了舞蹈。一度,我跳得极好,也极有感觉,还有很强烈的表现力。那以后我如果干上这一行,很可能会成为一个非常出色的舞蹈演员。我跳舞的感觉就如同我今天写小说的感觉。我很投入,也很有情感的色彩。我们跳《红色娘子军》,跳《白毛女》的片断,后来我们又编了《八角楼的灯光》那一类既抒情又充满豪迈风格的舞蹈。我在那个迷茫的时代,在舞蹈中获得的不仅仅是一种充实,一种做人的价值的实现,还有一种善良,一种压抑中的美感。舞蹈使我伸展四肢,使我在伸展中将内心变得明亮,使我将头颅高昂。

我上了多久中学,芭蕾就陪伴了我多久。后来我不上中学了,芭蕾也还一直陪伴着我。直到有一天我觉得我确实再也跳不动了,而那个芭蕾的意念却始终在我的肢体中流淌。

1970年的11月,我离开了我的中学。那一年我们所有70届的中学生全都意外地留在了天津,以补充当时各行各业所需的青工。那时的城市中的青年们一批一批地远走他乡,于是我们才得以留了下来。

结束中学生活的时候,我才十六岁,便开始披星戴月每日奔赴钢铁厂做未成年的学徒工。终于有了该做的事情,于是,中学的记忆慢慢褪去。由于混乱,我甚至记不住几个中学的同班同学了。

如此,中学就像是一抹淡淡的云,在我本来就不够明快的记忆的天空中匆匆闪过,少年的往事便也随风飘逝得依稀隐约起来。

阅读与沙砌的古堡

　　一些记忆被封存着。那是 1986 年。那一年夏天父亲大病初愈，于是全家人来到北戴河海滨陪父亲休养。那是个很炎热的季节。海水因炎热而变得灰蓝。女儿只有三岁，和父亲母亲住在离海边很近的别墅里。六号。六号宽大的走廊上总是摆放着很多把藤椅。而那一次我们住在另外的一家招待所。和六号隔着一条有点遥远的小街。我们每天清晨要走过那条小街到六号去与家人团聚。吃饭，或者游泳，或者坐在懒散的午后的藤椅上和女儿消磨显得有点漫长的时光。

　　那另一家不如六号优雅甚至有点偏僻的招待所不知道为什么竟会有一个很大的阅览室。不记得那家阅览室究竟是对谁开放的，但总之我们走了进去，并在那间有着很多人但却又很安静的大屋子里读书。当我们开始频频出入那间阅览室时就仿佛是发现了新大陆。发现新大陆的惊喜。因为我们有着太多的时间不知道如何打发，现在我们终于可以读书了。那种读书的感觉。就好像又回到了大学时代。阅览室中最最令我吃惊和痴迷的，是靠窗的那个书架上竟摆放着长长的一排"文革"后出版的《外国文艺》。那么完整。一期挨着一期。一本也不少。尽管读的人并不多，但至少证明了图书管理员订阅图书和报刊杂志的品位，只是我们不知道他是谁。

　　于是我读。在读中快乐。一本一本地读，甚至有种相见恨晚的感觉。后来我才知道那一次的阅读对我有多重要。在那里，第一次，我读到了伍尔芙，读到了乔伊斯，读到了普鲁斯特，读到了杜拉，也读到了马尔克斯和略萨。那个时代的《外国文艺》应当是它最辉煌的阶段。它几乎汇集了那个时代所翻译过来的世界上最好最经典也是最先锋最前卫的当代作品。几乎每一部作品每一段议论甚至只言片语都令人耳目一新。仿佛突然就打开了我眼前的那扇通向世界的窗。让我聆听到来自四面八方的声

阅读与沙砌的古堡

音。知道了小说还可以有很多种另外的写法。我记得在那个陌生的大房子里我做了很多笔记。后来这成了我的一种读书的习惯。因为那笔记告诉了我该怎样学会思考。我痴迷于此。只要有空就想走进去，读书。我至今依稀记得我把看完的书放回书架又把紧挨着的没看过的那本拿下来时的那种奇妙的感觉。心中总是充满了一种新的期待。我觉得在那个不期而遇的阅览室里，每一分每一秒我都在获得启示。

后来母亲开始抱怨我们为什么不热衷于到六号来。六号在安静的午后连走廊上的藤椅都在昏睡。尽管六号优雅，六号有女儿欢乐的笑声，六号在每一天的每时每刻都能听到海浪声。

还记得在一个离开六号回招待所的黄昏，我独自一人穿过很美的黄昏中的海岸。看到了几个孩子正在湿的沙滩上，用沙筑起一座庄严的古堡。于是我停了下来。看他们。一种崇敬的心情。那是一座真正的古堡真正的艺术品。有着辉煌的围墙。很欧式的那种。有点像哈姆雷特在丹麦海边高高耸起的那一座。艺术家的孩子们将他们的杰作留在海滩后就跑走了。然后黄昏开始坠落。海水漫了上来。一层一层地吞噬着古堡，直到将

多年以后，我们一道去了欧洲，参观了卢浮宫、凡尔赛宫、奥赛艺术中心……

它彻底淹没。一种很冷很惊慌的感觉。眼看着古堡在海浪的冲击下损毁坍塌，但却不能挽救。那是种怎样的悲哀。就像往事一

去不返。就这样沙砌的古堡坍塌。那是种壮丽的坍塌。感人的，令人震撼的，大自然留下的只是一片被海浪冲刷的平缓的沙滩。在黄昏与黑暗交错的时刻,连一丝人类的痕迹也不曾留下,于是那景象就成了记忆中的永远。

然后，我便开始在黑夜中游泳。那时候我总是喜欢在黄昏与黑暗交错的时刻在大海的深处游泳。我独自一人。游到很远很远。我一直想找到海浪中的那座灯塔,我知道它就在一个不远的地方,但是我却从没有找到过它。然后,灯塔就成为了一种永恒的又满含了诗意的意象,永远在意识中的某个不远的地方,闪亮着。

这就是那年夏天在海边留下的记忆。阅读与目击毁灭。还有，永远也找不到的灯塔。然后我便用阅读所获得的崭新的经验来描述毁灭，追寻理想。那是种奇特的充满激情的但又有种忧伤的感觉。从此那感觉限定了我。不再能逃离。我想可能就是那个炎热的夏季有点神秘地决定了我今天的一切吧。

四季短文

分享女儿，分享爱

分享女儿，分享爱

　　结识了南希和 John 是上天的赐予。因此便有了一种新的生活，一种有了南希和 John 的生活。那是我们所共同经历的一段生命的时光，因为我们的女儿。

　　记录下这些。为天下母亲，也是为南希和 John。他们在遥远的美国，却已经成了我们的亲人。我们最亲的家庭成员。因为女儿爱他们。我们也全都爱他们。不单单是因为他们美好，还因为他们所给予我们的同样那么美好的生活。

　　说为天下母亲，是因为我在这本书中，写了一个母亲送自己的孩子第一次真正出门远行时的心情。那心情是唯有母亲才能体会到的。是的，那就是我。女儿离开我到美国去读高中的时候只有十六岁。十六岁就出国留学，她上路的时候，我没有任何准备。特别是没有心理的准备。几乎是第一次听说她有可能参加这个 AFS 国际交流项目，甚至我们还不能确定女儿是不是真的能走，我就哭了。当然我知道这是好事，是非常好的机会，但

女儿和外公外婆。他们爱她，给了她欢乐的每一天。

却从心里舍不得女儿就此离开。学校开会的时候，我看见很多准备参加这个项目的母亲眼睛都是红肿的。她们也曾经哭，那种悲伤是大家共同的。母亲们要在难得的机遇和痛苦的情感中作出艰辛的选择。

那种送别女儿的心情是我个人的体验，但其实或早或迟，妈妈们都会送走她们的孩子。就像雏鹰脱离老鹰的翅膀，从此独自在长空飞翔。这是个必然的阶段。而哪个母亲又不知道这是个必然的阶段呢？其实孩子的挣脱母体，从他们出生的那一刻就开始了。出生前的他们真正地属于我们，因为他们和我们是一体的。他们被孕育在我们的腹中我们的体内，所以他们就是我们。我们一道行走，一道呼吸，甚至一道喜怒哀乐，直到他们试图挣脱我们的那一刻。那是怎样的一个剥离的时刻。那身体与身体分离时的疼痛。而一旦剪断脐带，他们就不再是我们身体的一部分，而成了他人。但作为母亲的幸运是，他们还不能立刻离开我们。还会有很多年在我们的怀抱中，或者至少在我们的身边，与我们形同一体，形影相随。

也许就是这形影不离最终伤害了我们，因为我们已经习惯了这种与他们息息相通、唇齿相依的生活。我们以为这就是我们的永远。以至于我们甚至忽略了他们在长大，忽略了他们将渴望成为一个真正独立的个体，要拥有一种属于他们自己的生活。然后便是那种再度挣脱的力。依然是疼痛的，甚至更疼。因为他们要摆脱的，是最爱他们并已经习惯和他们在一起的人。是的，他们要努力挣脱母亲的无微不至。因为那无微不至太温暖也太甜腻了，以至于延缓了他们的长大成人。所以他们奋力挣脱。一种连他们自己都意识不到的反叛。那情景有点像我曾经看到过的一种海上的日出。那是我一生中只看到过一次的悲壮场面，但那一次令我终生难忘。

红的太阳从海平面上一点点升起。当它就要离开大海的时候，却有一种巨大的粘连的力死死拽住它，让它不能轻松跳离海面。那粘连在海面上僵持了很久，被粘连的双方彼此吸附着，又彼此想脱离。那挣扎一定也是很疼痛的，以至于无论是大海还是太阳都改变了形状。太阳因粘连着水面而不再是圆的，而海平线在太阳的牵扯下也变得弯曲。那一定是真的很疼痛。就像我们和我们的孩子。而太阳与海水的焦灼就是我们的心情。我们知道太阳迟早要升起，但我们又不得不抓住它，作最后的牵扯和挣扎。

但是终于，日出东方。早晨的太阳就那样奋力一跳，就跳出了大海，跳出了那所有的眼泪和依恋。于是大海呜咽。海水咸涩。温暖和抚慰的难以附丽。那也就是母亲的悲伤与无奈。于是生活发生了变化。我们不能适应。那属于我们的一部分，从此属于了他们自己。

女儿十六岁去了美国。我是想说，我们的孩子迟早要离开我们，也许不是十六岁，是更大一些。也许不是去美国，而是到外地去上大学。也许也不是到外地，而是在本地读书却也要搬到学校里去住。也许也不是上大学，但是他们最终是要结婚的。也许结婚后他们依然和父母住在一起，但是至少在观念中，他们已经有了一个独立的家……

总之这就是所有母亲迟早要经历的。和她们的孩子牵牵扯扯，聚聚散散。而我在本文中所要说的，就是当你的孩子离开你时，你将面临一种怎样的煎熬。而特别是你只有一个孩子，一个女儿，你把你的心都给了她，但是突然的，你看不到她了，你不能等她放学回家，你不能给她洗衣服，你不能和她一道做任何的事情，她就那样，蓦地就从你的眼前消失了，那么你怎么办？那是种怎样的伤心乃至于绝望。你满心装着的都是她，你脑子里想的又都是她和你在一起时的种种记忆，你是那么想念她惦记她，而在你们中间又隔着那么浩瀚的太平洋……

这就是 AFS 组织（美国文化协团）所带给我的伤痛与欢乐。让世界从孩子们起就相互交流，让文化在很小的时候就彼此交融，让战争永远远离，让和平永远照耀，让世界充满爱，让孩子们在爱中成长。这就是参加过第一次世界大战的美国老兵们的愿望，也就是 AFS 神圣的宗旨。因为他们目睹了战争的残酷和非人性，所以他们希望从孩子们起就开始相互融合，由孩子们来缔造世界永恒的爱。

是 AFS 组织把女儿送到了美国。

也是 AFS 让我认识了另一个女人南希。女儿的美国母亲。

是南希给了我又一个完整而美好的世界。那是我亲身经历

若若也是南希和 John 的最爱。他们给了她一个通向世界的窗口。

我们也爱她，期望着能带她走遍中国。

的，那完美甚至是不能用语言表达的。那是在女儿离开我之后最孤独伤痛的时刻，是南希从遥远的诺维尔向我走来。她从此就成了我生命中的另一份支撑。

不是所有的人都能如此幸运地遇到南希。不是所有把自己的孩子送给 AFS 组织的母亲都能如我般不停地收到南希关于女儿的来信。是南希给我阳光般的照耀，让我在看不见女儿的一年中，却享受到了另一种美好的生活。那也是我过去所不曾经历过的，她让我的生命从此闪光。

我想要说的是这个美好的美国家庭对一个中国女孩的爱。这爱是超越了国界，超越了血缘甚至是超越了人们的想像力的。他们去爱的，是一个人，一个女孩，一个来自古老中国的女孩。他们的爱是那么无私，那么竭尽全力。他们所给予女儿的，将是她生命中最重要的部分。爱的部分。而他们所爱的，还不单单是我的女儿，还有瑞士的瑟若，巴拿马的达雅。就是这样，他们爱全世界的孩子。他们不停地给予她们，那所有的帮助和关切。他们不求回报，没有怨言。他们只是快乐地生活，因为全世界都将有他们的女儿，他们也将被全世界的女儿所照亮。

于是若若和瑟若、达雅成为姐妹。美好的 AFS 姐妹。若若和她们亲密地相处，也是南希和 John 教会了她该怎样去爱，爱别人。女儿便是在这爱中成长。

和南希和 John 更加亲近，是因为女儿的腿伤。那是我们所遭遇的共同伤痛，女儿的膝盖受伤了。在那样的时刻中，南希和John 所表现出来的那种爱心和责任感，我们将永远铭记。我知道他们是顶着怎样的压力，为女儿争取到在美国做膝盖韧带修复手术的。他们找到了最好的医生，并主动承担了那笔昂贵的手术费用。

于是，女儿承担了太多的爱。来自她出生的这个家庭，还有来自美国的那个家庭。

我把对南希和John 的所有感情都写在了本文中。透过这段故事，相信你会获得一份爱的感受。

世界上有了南希和John，女儿是幸福的，我也是幸运的。女儿离开我令我悲伤，但是如果女儿不离开我，我也就没有机会认识美好的南希和John，也不会有我现在写的本文及有关篇章。

这是我生命中非常特别的一年。这一年我体验到了一个母亲的很多新心情。来来往往，我认真记录下了这一年，记录下我被感动的那所有美丽瞬间。

读了我的文章，你就将知道两个国度的两个家庭是在怎样地分享着女儿，分享着爱。

我们大家都是幸运的。因为我们拥有爱。世界是一个大家庭，而我们将永远像亲人那样快乐地生活在一起。

我的十六岁的小姑娘

在黎明到来的时候，我重读一年前的那个 8 月的日记。

那是一个刻骨铭心的 8 月，女儿离我远行。

我不了解她在美国一年中的许多经历和感受。我所能体会到的，只是一个母亲把女儿送走前后的心情。那是种深邃的无法慰藉的痛苦。是没有身临其境的母亲所无法想像的一种近乎绝望的感觉。就是在这个黎明我重读那些难忘 8 月的文字时，我还是禁不住地流泪了。这时候女儿已经回到了我身边，我们已经开始了朝夕相处的日子，可是我还是不敢回首那一段伤痛的往事。

女儿问我，为什么哭？

我说是因为那些日记。

她又说，如果我真的又去美国上大学怎么办？

我说，为什么很多好事总要伴随着痛苦？

后来想世间的事其实就是这样。爱本身就是痛苦除非你不爱。你不爱你就平静了，而你又不能不爱。然后我们就掀过了这个话题。说不谈这些，反正你是要走的。反正所有的孩子都是要走的。过了一会儿，我才又说，只是美国太远了。

不知道有一天当女儿真的又去美国读书，我是不是还会像去年 8 月那样，把血和泪滴在心上。只留下可怕的记忆……

8 月 20 日的深夜我无法入睡。于是我只能从床上起来，坐在桌前，在想念和眼泪中，不停地写……

8 月 16 日　星期一

这一天离女儿启程的日子仿佛还很遥远。照例起得很晚，到那边房间为女儿找衣服。若若在我的衣服中选了几件她喜欢的。带去美国。

晚上，若若和她最要好的几个女朋友聚会。都是高中的小

女儿就这样一天天长大，又慢慢地离开……

女生。晚饭后去听哥伦比亚歌手的演唱，深夜十一点才回来。下楼去等她。见远处几个小女孩一路青春地骑着自行车从黑夜中过来。她们最后在路灯下拥抱告别，很恋恋不舍的样子。女儿的朋友们尽管说说笑笑，但其实她们的心里都挺难过。赵宁说，想你。唐月说，你也会想念我们的，对吗？刘颖说，若若再见。李萌说，她很痛苦。而王丹说，李萌之所以痛苦，是因为担心若若从美国回来后就不和她玩儿了。你看那个小女孩真的很痛苦，而她痛苦的原因又是那么单纯和幼稚。她们就那样告别。在午夜的路灯下。从初中开始持续了整整四年的小女生的友情……

8月17日　星期二

早上依然很晚起来，因为是暑假。下午，和若若到外公的房子里去取那两只大箱子。那箱子未来在某种意义上将成为女儿的家。然后我们开始装箱子。那所有我能想到的要为她带上的一切。我们一件一件地挑选。尽管我们很苛刻,但转眼之间那箱子还是被装得满满的,难以关上。虽然美国 UA 的航班已经十分宽厚地允许女儿携带七十公斤的行李,她的箱子也还是严重超载。装箱子使我们很疲惫。只能是第二天再慢慢淘汰,那些可带可不带的。面对两只大箱子就仿佛是面对两个庞然大物,而女儿又是那么单薄,她还只有十六岁。

8月18日　星期三

又是一整天同箱子作斗争。来来回回。下决心拿出那些女儿不愿拿出的。傍晚,全家人聚会为女儿送行。外公外婆、大姐一家和弟弟一家都来了。大家很欢乐。忘记了离别是一件很伤痛的事。

夜里,重又对箱子作最后的调整。什么也顾不上了。不看电视更不读报纸。

很晚才睡觉。刚上床就听见女儿在黑暗中哭泣。于是我便再也不能控制自己。多少天来我一直强迫着自己不哭。但此刻,突然的,非常非常难过。抱紧女儿,不知道今后想她的日子该怎么过。问她,为什么哭?她说,从此就见不到你了。感觉着,她在我的臂腕中抽泣。想着就是这样我把她从小抱大。她又说,从此就没有人抱我了,也没有人从窗子里看着我上学了。

更紧地抱住她。和她一道哭。用不尽的纸巾。不知道时间在流走。

那是无以解脱的一种伤痛。就要离别了,我的女儿。

后来决心不再提她走的事。不去想。以为不提不想就不会难过了。女儿的感情如此脆弱。她说出来后才知道,其实她一直很在意我们呆在一起的所有时刻。那晚她是流着眼泪睡着的。在我的怀中。就像她是那个刚刚出生的小宝贝。

8月19日　星期四

这是女儿在家的最后一天。也是最最难熬的一天。几乎每一分钟都有泪水在眼圈里转。终于知道人生还有如此痛苦的感觉。

若若很晚才醒。记得她醒来的第一件事就是睁大眼睛看着

我的十六岁的小姑娘

我。然后就是满脸的泪水。那情景我一生不会忘。实在是太深刻了。那黑黑的大眼睛。我的女儿。她那么伤心。她依恋我。她知道她真的要走了。她不想从此就看不见妈妈了。后来我说，不许再想走的事。但我们又全都知道这是我们必须要面对的现实，哪怕很残酷。想到也许不该让女儿背那套太沉重的《天津小洋楼》。不知道还有什么轻一点的介绍天津租界建筑的书，送给她在美国的家庭。于是我们决定吃过午饭后去找一找。下午下起了小雨。我们还是打着伞出去。后来真的在美术出版社的书店里，买到了那本印刷同样精美但轻便了很多的关于天津殖民地时期建筑的画册。因此很高兴。

夜晚很难熬。

那个几乎熬不过去的夜晚。最后的夜晚。

当夜深人静。我们终于再也忍不住。和女儿抱在一起。哭。怕分开。怕第二天的那个清晨。整整十六年，我们从未这样分离过。女儿哭着说，那么长时间再也见不到你了。她又说，想你怎么办？也摸不着你了。

我们整夜哭。几近绝望的悲伤。

妈妈来劝我们。但是她也哭。

后来当黎明将至，若若说，她对我们大家有三个要求。她说第一，她要我们高兴。她是哭着说的。第二，希望我们的生活能充实。第三，她说她要我们别想她……

我们答应着她。

但就是她的请求也令人心碎。

这样。彻夜。我们没有睡。无法睡。清晨四点起床的时候，我们的眼睛都是红肿的，又疼又酸。但只能起来。只能告别。

8月20日　星期五

凌晨五点。他来。送女儿去北京机场的汽车来。

就要离开家了。爸爸妈妈下楼送若若。送他们最最宝贝的外孙女。他们拥抱。拥抱着告别。那是从小将她带大的外公和外婆。他们爱她如生命。浅浅淡淡。但他们相互扶助着回到楼上后，却是拥抱着痛哭。那是他们漫长的生活中最最难熬的时刻。他们不习惯长达一年中没有了外孙女的生活。从此他们只能彼此安慰和鼓励。

　　一路上很顺利。空气清新。车飞驰在高速公路上，看太阳升起。是那种很美的晨曦。那种迷蒙的红色。女儿就是在这样的清晨这样的红色中来到人间的。十六年前。我生她。她就降临在了那个美丽冬日早晨的阳光里。多么好。那种早晨的阳光的明媚和温暖。那种红。我们在红色中从黑夜驶向天明。

　　机场里熙熙攘攘。很多人。那时候首都机场使用的还是显得破旧的候机大厅。偶尔若若会看见将和她同去美国同一个航班的 AFS 小孩。他们不像若若，和家人兴奋异常地拍着各种离别的照片。而若若却只是有点落寞地坐在那里。无语。眼睛还是肿的。

　　他去找机场的朋友，拿到了两张能一直把女儿送到国际航班登机口的出入境卡。这样我们就能帮助她托运好那两只显然超重的大箱子。一切在匆忙中。在办理登机前各种繁复的手续时，就顾不上那将要到来的分别的伤痛与悲哀了。我们已经很幸运。能和女儿一道通过那所有的关卡，直到最后坐在登机口前的椅子上。我们长长地出了一口气。等待着美国联合航空公司的 852 航班检票。

　　我抓着女儿的手。

　　在最后的时刻好像已经没有什么话要说了。

　　只要在一起。

　　只要能抓住她的手。

　　希望这一刻无限的长。

　　但终于，还是开始检票了。我们站起来，和女儿一道排队。队伍一点一点地往前走……

　　再有五六个人，我们就真的要离别了……

　　在最后的时刻，女儿给外公外婆打了电话，向他们告别。

　　在最后的时刻，若若和我们拥抱。

　　记得在那一刻，她在我的耳边轻轻说，妈妈别哭。

　　我这样做了。

　　我抱紧她。不放开。

　　我在再也不能拉住她的手的时刻才松开了她。

　　就那样送她走。

　　然后她就和一个同去美国的女孩一道检票走出了候机

大厅。

然后她就出现在了那扇巨大的玻璃窗外的甬道上。

我飞快地冲向那玻璃。以为并没有那透明的障碍。但那看不见的物体还是阻隔了我。我隔着玻璃窗拼命地喊着若若。一开始她没有看到我。她以为检票的大门就是我们分手的最后关口。但很快她还是看见了我。她便离开队伍朝我跑了过来伸出了她的手。我们的手就那样隔着玻璃贴在了一起。在我们之间只隔着那薄薄的透明的几公分。女儿不停地向我做着飞吻的动作。那是她隔着玻璃所能表示爱的唯一的方式了。我离她那么近。我看见她强忍着眼睛里的泪。她甚至在笑。她这样仅仅是为了不让我哭。

女儿一步一回头地登上了机场的登机车。她始终看着我,直到,那汽车启动,越行越远,我再也看不见她了。

我是目送着她的背影飞向她未来的新生活的。

就从这一刻开始。从分别开始。

我知道和女儿终有一别。那是所有父母最终都摆脱不掉的。飞机很快起飞。带着她前往美利坚,那个她向往的陌生国度。

我的十六岁的小姑娘。

然后是想念。无边无尽的。留下我独自一人。依然是 8 月 20 日那一天。直到那一刻我才觉出有他在我的身边多重要。他知道我对女儿的感情有多深。他不提我的痛苦,并总是说一些玩笑的话来宽慰我,逗我笑。有时候我会说,我想若若。我说着眼泪就会不知不觉地流下来。我说真的我还是想她,不知她现在怎么样了。这时候他就会把我抱在怀中。他什么也不说,只是让我尽情地哭。

但无论怎样都不能缓解我思念女儿的痛苦。我真是太想太想她了,以至于在最初的几天里我根本不能接触这个可怕的话题。我已经两天两夜四十八个小时没有合眼了。但是我就是不能躺在床上。我一躺下就会想她,眼泪也会顺着脸颊不停地流下来。我甚至不能提她的名字。她的名字就是我的不尽的伤痛。

上午刚刚送走她,下午我就开始给她写信。我的信写得很长。长长的思念。傍晚,他就陪我把给女儿的信发了出去。我以为写过信后心情就会好些,但是到了晚上,躺在床上,却还是不能入睡,家里又从来没有安眠药。

于是我只能从床上爬起来继续写。对我来说,大概只有不停地写才是我排遣苦痛的唯一方式。我用文字想着女儿,用文字去描述她并且抚摸她。

女儿走的时候脸色不好,那是因为她两个晚上没有好好睡觉。后来她穿上了南希为她寄来的那件绣着她的新家诺维尔字样的蓝色 T 恤衫,因为夏末的候机大厅里有点冷,她的嗓子又开始疼。想此次旅行,从天津到波士顿,从 20 日凌晨五点,到 21 日上午十一点(南希在电话中说,若若在美国时间晚上十一点左右就能到美国的家,波士顿和天津的时差是十二个小时),算一算她在路上要长途跋涉整整三十个小时。独自一人。天津—北京—东京—纽约—波士顿—诺维尔。如此的辗转,还要不停地转飞机,不知道她能否经得起这上上下下起起落落的折腾。她是那么瘦弱。真怕她会生病。也不知她能不能在飞机上睡一觉……现在是凌晨两点,女儿已经走过了她漫长行程的大半,再有几个小时,她就能抵达纽约的肯尼迪国际机场;再过几个小时,女儿就能如约到达她诺维尔的新家了。但愿未来的几个小时能快一点过去。但愿我的女儿能早到家。只是这会儿她还在路上、天上。所以我依然无法入睡,焦虑不安。想与其如此被折磨,也许当初真不该让这个十六岁的小姑娘早早离开我。

又写了这些。或许我能够睡着了?但是,不。我躺着。醒着。睁大着眼睛。她答应一到家就立刻给我打电话。那我就等她的电话。企盼着每一次铃声。我躺下。等着。

8 月 21 日　星期六

躺下的等待依然是痛苦的。因为只要躺下,就是女儿。那挥之不去的。

清晨我醒来。醒了才知道我曾经睡着。于是开始坐在电话边等那个十一点的电话。什么也不做。从十一点到十二点又到十二点半,却始终没有若若的声音。在那种焦虑中的等待是难以承受的。那是生命中最最难熬的一个半小时,不知道那个最亲的亲人这会儿到底在哪儿。我不敢想别的。又难免不去想别的。几次把电话打给南希，家中却一直没有人接……

后来直到十二点半以后。我们再度把电话打过去。在经过一个有点遥远的传送后，铃声响了。就听到了 John 的声音。

Hello! 那是 John!

远一点的地方是南希和女儿在说话。那是我在三十多个小时后第一次听到女儿的声音。我顾不上再和 John 说什么了，只是不停地喊着：若若! 若若!

若若很快走过来。用她特有的那低沉的声音说：嘿，妈妈。那平静就有如她并没有漂洋过海。她说他们才刚到家。她说飞机晚点了。她说纽约下着雨。她说一下飞机就看见了南希和 John 来接她。然后他们就穿过海底隧道到了诺维尔的家。她说家里的房子漂亮极了。她还说南希和 John 特别好。她说他们给她定了一本《十七岁》的杂志。她又说，他们还为她买了一张电话卡，要她能随时和家中联系……

这样听着女儿说。

然后不得不放下了电话。

但无论如何听到了女儿的声音，这一点才是最最重要的，知道她安全抵达心情就骤然好了一大半。

那是我第一次和遥远的女儿通电话。接下来的几天中，我差不多每天都给她打电话。后来这样的电话在一年中我不知打了多少次。我一直觉得，那是我和女儿联系的最直接也是最真实的方式。我见不到她，更无法触摸她，唯有电话会让我觉得她是真实的，她和我很近。

下午回家看爸爸妈妈。因为女儿一直是和他们住在一起的，所以女儿的走才让他们格外伤心。他们爱若若。他们说若若是融在他们生命中的。若若不在家，他们的生活也就失去了欢乐。甚至失去了意义。

回去看他们。回若若一直生活的那个家，但是又怕回那里。怕看见那里的物是人非。怕去触摸若若留下来的那些东西……

8 月 23 日　星期一

在家里。想若若。这会儿是诺维尔的深夜。她可能已经睡了。

若若一走，像走空了整个房间。到处空落落的，找不到她一天到晚跟着我的身影。心也是空的。从此没有人可以等待。这滋味真是太难受了。她才刚刚走了三天。还要等整整一年。不，一年三百六十五天实在是太长了。她穿过的裙子和体恤衫就在那里。好像还带着她的体温。看着她的衣服就想流泪。今后的日子不知道该怎么度过。

收拾房间时发现女儿的那个好朋友给她的云南的小包没带走。她一直说要带走的。还有她的手套。波士顿在美国的东海岸。冬天很冷，冷得很早。于是后悔，埋怨自己。唯一的补救方法是尽快把她喜欢的东西寄走。于是立刻跑到了邮局。这是我第一次给女儿寄东西。第一次寄走我的爱。买了那个小盒子。小心装进去女儿也许并不急需的物品。邮递员说航空的邮费是七十元，十二天左右就能到；但如果海运就将遥遥无期，他们问我准备选择怎样寄。我当然毫不犹豫就选择了航空。因为我寄的是心情，是对女儿的牵挂，我怎么能让我的心情和牵挂遥遥无期呢？当把女儿的邮包寄出去，心里就像是放下了什么。

下午洗衣服。又想若若。想着今后很长一段时间不能再给她洗衣服了。抱着她穿过的那些衣服，想着去洗，又舍不得。把它们搂在胸前，在心上，闻她的味儿。后来那些衣服就真的没有洗，为的是让她的气息味儿永在，永远环绕着我。我真是太想太想她了。想得让人难以忍受。这是人生最痛苦的事。特别是对于母亲，这简直就是生的苦难。我无以解脱。总是想哭。现在家中只有我一个人。一个人的时候才能放声哭。若若在撕扯着我的心。怎样才能好一些呢？怎样才能不想她不难过呢？

傍晚窗外有学生下课。女儿从前也总是在这个时候回家。眼看着那些放学的孩子从窗外小街穿过，却等不到若若来按门铃。等不到给她开门，接过她的书包，也看不见她总是喜欢站在门前照镜子……

一个人留在思念中真可怕。想她。想女儿。想得熬不过去，给她打电话，让她在电话中安慰我。

如此情感的经历。也是生命的经历。那么多的痛苦、焦虑、企盼、等待、思念和眼泪……

我的十六岁的小姑娘

215

8 月 24 日　星期二

去附近的天马书店买了又一本《第二十二条军规》。原先的那本被女儿带走了,那是她最喜欢的书。她要我把它读完。她还要我在信中和她讨论。

又读《心灵捕手》的电影剧本。也是女儿留下的任务。那是一些波士顿大学区年轻人的故事,而波士顿现在是女儿的家。

夜晚十一点给女儿打电话。那时候总觉得只有听到了女儿的声音才放心。John 来接电话。他用很慢的英语说,若若不在家。她和她的朋友们一道出去玩儿了。John 还说他会很快发 E-mail 给我。

很惊异我竟听懂了 John 的话。

午夜一点果然收到了 John 的信。John 说,你们有一个非常好的女儿和外孙女。她将能和我们生活一年是我们的幸运。昨天我们带她去了波士顿。今天她和她的 AFS 朋友一起去参观 Plimoth Plantation。那是个有着悠久历史的地方。美国最早的移民就是乘着“五月花号”轮船在那里登陆的。

John 还给了我一个网址,说在那里就可以看到若若正在参观的那个地方。我先翻早些时候南希为若若寄来的那本介绍波士顿历史的画册。果然立刻就翻到了 P. P 的图片。那里离海很近。那些低矮古老的旧房子几乎就是在海边的沙滩上建造的。尖尖的茅草房顶。木头变成了黑色。那些用枝条修建的围墙,足见一百多年前的英国移民是怎样的贫穷。古老的居住地被保护了下来。后来成了人们参观旅游和回忆历史的地方。两边的房子中间是一条沙土路。这条路一直通向移民者登陆的海岸。然后是海。深蓝而澄澈的。是大西洋。

看着 P. P 的画面,就仿佛看到了正穿行在那些旧房子中的女儿。她又能看到海了。她一直喜欢海。她是个幸运的女孩儿。去了美国。去了波士顿。又去了对美国人来说古老的 P. P。这样想,或许我就不再难过了。

John 又给了我们他的网址。他说他刚刚把一组若若的照片放在了网上。他要我们去看。“若若的到达”。他说他希望这些照片能让我们欢乐。

　　如实写下我在那些日子里的心情。我这样写的时候依然很难过。所以那确实是一段不堪回首的往事。而女儿如今已经回来,此刻就在隔壁的房间里读书。她是如此地贴近着我。而这一段文字还是把我带回了那个早已逝去的去年 8 月。

　　女儿问我在干什么?我说在写那本关于你的书。

　　女儿问你为什么总是流泪?就不能不写这些文章吗?

　　我说可能还是要写。出版社的阿姨希望我写。

　　女儿又说,那么就写吧。也许能挣出往返美国的机票。

　　所以就为了给女儿挣机票。我说我要求你每一年都回来。

　　女儿说好吧,因为美国东部大学的假期总是很长……

瑞贝卡的钢琴

北京。4月。最美的季节。我们坐在长城饭店的大厅里。等着杰瑞和瑞贝卡。

那天很冷。4月中少有的寒冷。漫漫风沙侵袭着北京的灿烂。杰瑞和瑞贝卡在那个有点寒冷的早晨去了长城。尽管黄沙漫漫,但他们还是惊叹地说,长城太美了!长城太伟大了!

杰瑞和瑞贝卡是女儿的美国朋友。因为他们首先是南希和John 的朋友。杰瑞是父亲,瑞贝卡是杰瑞的小女儿。瑞贝卡就是为了她的父亲,才策划了这次随那艘巨大的英国游轮旅游东南亚并到中国来的。他们在北京只能停留短暂的两天。他们从美国出发前就给若若发来了电子邮件。John 还特地接通了若若和杰瑞的电话,约定了我们在北京见面的时间。若若很高兴。因为杰瑞和瑞贝卡要来。因为她爱杰瑞和瑞贝卡,爱他们的那个美好的家庭。因为在美国的一年中,他们曾给了女儿最慷慨的馈赠——那架瑞贝卡的钢琴。

在美国,瑞贝卡把钢琴送给了若若。

女儿从五岁起就开始学钢琴。那是因为我在她五岁的时候就为她买回了那架钢琴。从此钢琴就成为了女儿生命中的一部分。从此冬去春来,四季流转,钢琴从没有离开过她的生活。现在她的钢琴依然摆放在家中的厅里，陪着女儿长大。女儿是那么爱她的钢琴，以至于当我们说起想为她换一架大一点的钢琴，她都会流着眼泪拒绝说，不。那是她的钢琴。只属于她。她太喜欢她的那架钢琴了，她并且永远不会离开它。但是，离别还是到来了，因为她要去美国，整整一年，她当然带不走她的钢琴。

于是，这就成为了女儿到美国去的唯一的缺憾。因为在南希和 John 的家中没有钢琴。而此前若若在国内从来没有停止过她的钢琴课，也从来没有停止过每天的练琴。后来我们就只能寄希望于诺维尔中学的琴房，愿望着女儿能够在学校的琴房中坚持练琴。为此我甚至为若若带去了好几大本钢琴的曲谱，我希望，在美国，钢琴依然是女儿生活中的一部分，能带给她每一天的欢乐、阳光和好心情。当然我们也想到了在学校中练琴的可能性也许是没有的，这就是女儿为什么在选择诺维尔高中的课程时，选择了乐队。她希望在乐队每天的排练中，能亲近音乐，能坚守她生命中关于音乐的那宝贵的一部分。

这样女儿来到了美国。带着她心里的那流转的旋律。南希和 John 感觉到了这一点，感觉到了在女儿的生活中没有了钢琴就不再是完整的。他们感觉到了是因为他们是那么爱女儿。全世界不是每一个 AFS 家庭都能感觉到这一点的，也不是每一个 AFS 家长都能够想方设法不遗余力为那个 AFS 学生补上这缺憾的。

然而南希和 John 却做到了。所以他们是世界上最好的 AFS 爸爸和妈妈，是女儿最亲的亲人。因为只有亲人才会在孩子需要的时候，尽心竭力地去满足她。不知道是通过怎样的努力，有一天，女儿所企盼的钢琴就翩然来到了女儿的面前。就像是，在女儿五岁的那个难忘的冬季，在那个迷蒙而清冷的夜晚，我们把女儿的钢琴带回了家。不知道女儿是怎样在美国再度享受了那拥有钢琴的历程。后来重读南希和女儿的来信时发现，那架伟大的钢琴到家的过程竟然已经被她们一天天地记录了下来。

8 月 27 日南希在信中说，星期天若若在邻居家的钢琴上演奏。John 听着，他流下了眼泪。他是如此地为他的这个新女儿骄傲(我们甚至崇拜她),我们都非常喜欢她。那是女儿刚刚到达美国的那个周末。她到那个陌生的国度中才刚刚两天。

9月11日若若在信中说,今天John带我去了一家钢琴店,他们想给我买一架钢琴,有个男孩可以教我弹爵士乐。

9月16日南希说,若若把音乐带进了我们的生活,我们肯定将继续让她弹钢琴。她对爵士乐有很大的兴趣,我们将安排她的钢琴课。

9月28日南希说,希望不久钢琴就能来到我们的家,那样若若就能继续弹琴了。

10月1日若若的信,我也许很快就会有一架钢琴了。因为John和南希的一个朋友要搬家(他们住在一所有着两百多年历史的老房子里,屋里有五个壁炉,棒极了,家具都是最古朴的颜色),所以他们能把钢琴借给我一年,听起来很棒,是吗?

10月8日南希的信,明天若若的钢琴到家——从此,我们的家中将充满她美妙的音乐。谢谢你把她送给了我们。她是我们的女儿。我们是那么爱她。而且我们也深知若若是那么爱你,你和若若将永远是彼此生活的一部分。

10月10日若若的信,今天对我来说是一个快乐的日子,因为我的钢琴来了。我将能在家中更多地弹琴了。John正尝试着为我的演奏制作录音并用E-mail传送给你。尽管他一直在非常努力地尝试着,但我还是不能够确信你是不是能够听到我的琴声。

尽管我没有能从电脑中获得女儿的琴声,但是我却感觉到了,那每日萦绕在诺维尔家中的女儿的钢琴声。那是女儿,是南希和John,是瑞贝卡一家共同争取来的,那女儿的钢琴曲。

就这样,杰瑞家的钢琴就留在了诺维尔,留给了若若。

从此若若在美国的生活中便也拥有了钢琴。钢琴使若若的生活重新变得欢乐而完整。她是那么喜欢瑞贝卡的钢琴。从此那钢琴陪伴她。从此,莫扎特、肖邦和格里格等的伟大乐曲陪伴她。

后来,若若一家几次到杰瑞在Nantucket岛上的家中做客。Nantucket岛是一个越来越昂贵的岛屿,杰瑞在Nantucket岛上的房子原先是他家的别墅,后来他们的两个女儿都长大了,搬出了家，后来杰瑞和他的妻子芭芭拉就卖掉了他们在诺维尔的那座有着两百多年历史的大房子，干脆搬到 Nantucket 岛上去住了。那里宁静美丽，远离尘世，那是杰瑞和芭芭拉晚年最好的家园了。

后来若若也跟那个家庭中比她大许多的两个姐妹瑞贝卡和伊丽莎白成为了好朋友。她在和伊丽莎白一起照的那张照片背后写道：和 Elizabeth 在 Nantucket 海滩。伊丽莎白是新罕布尔什一家报社的记者，负责政治专栏，所以她见过很多政界要人，而且她要为所有总统候选人写报道，然后在报纸上发表。新罕布尔什在总统选举中的位置非常重要，因为 NH 是美国第一个选举的州，其他的州大都向 NH 看齐。所以 Elizabeth 见到了所有总统候选人，她是重要的，而且她是那么好。

照片上的若若是那么漂亮，而且 Nantucket 的海滩也是那么漂亮。秋天那棕黄色的茅草。而远方是蓝的海。一望无际。直到天海相交的那道蓝色的海平线。那是大西洋。

女儿寄来的另一张照片，是她穿着渔民的服装和杰瑞一家在一起。身后是杰瑞家的大房子。若若在那张照片的背后写道：我们住在朋友的家中。他们也是我们在诺维尔的邻居。我非常爱他们一家人。他们把钢琴送给了我，带着我去摘小红梅，还教我做圣诞的小点心。在照片上，我们穿上渔民的服装，去挖凿牡蛎，并且我们还捡到了一些扇贝，所以我们就生吃了它们，实在是太有意思了。

这就是杰瑞一家带给若若的欢乐。她是那么爱他们，以至于后来一听到杰瑞和瑞贝卡要来，她就忙着为他们买礼物。因为她知道杰瑞一家所带来的，将永远是他们对她的爱。

后来杰瑞和瑞贝卡果然来到了中国。后来我们果然在长城饭店的大厅里见到了他们。

这是一种怎样的美好。这在很多人看来是难以想像的，令人震惊的。是的，有几个家庭能像杰瑞和 John 那样，能把如此慷慨的爱给予一个陌生的小女孩？是的，如果没有伟大的爱，是无法做到这一切的。

如今一年已经过去，但每每回忆起钢琴到家的那个时刻，仍旧被深深地感动着。想想那个美丽的过程，从女儿抵达诺维

在北京,若若和瑞贝卡及她的父亲杰瑞欢聚。

尔,到杰瑞家的钢琴来到家中,这期间只有五十天的时间。而在这五十天中,南希和 John 没有一天不在想着该怎样为若若恢复她一直不曾间断过的钢琴课。仅仅是因为爱。仅仅是因为爱他们便会想尽一切办法来满足女儿所有的愿望。他们或是满怀深情地听她演奏,或是带她去钢琴店,而最终又有杰瑞一家的爱加入进来,若若便获得了她的美国的钢琴。她多么幸运。

然后她恢复了钢琴课。

然后她从音乐老师那里接受了一首很大很难的曲子,为了在学校明年的春季音乐会上演出。

后来在网上看到了 John 发过来的若若弹琴的照片。便是在那张照片上,看到了杰瑞家的那架伟大的钢琴。棕黄色的。一种非常柔和的色调。女儿每天练习着,那些熟悉和不熟悉的乐曲。那是她的钢琴。那是他们大家的钢琴。是杰瑞的,是芭芭拉的,是伊丽莎白的,是瑞贝卡的,是南希的,是 John 的,当然也是女儿的。那钢琴里浸满了爱。那爱是南希和 John,是杰瑞、芭芭拉、伊丽莎白还有瑞贝卡给予的。

钢琴就在一楼的客厅中。在一楼客厅中的那个美丽而温暖的角落。

想若若每天就是坐在那温暖而美丽的角落中,弹奏着,那些永远令她的亲人骄傲而感动的乐曲。

而在钢琴旁的,蹲在那里的,永远是莫莉,那只金色的牧羊犬。

不知道为什么总是莫莉蹲在钢琴边听女儿弹琴?它就那样乖乖地蹲在琴凳旁,倾听着。真是太神奇了,因为自从女儿开始弹琴,她的钢琴上就一直摆放着一幅几乎是同样画面的画作。一个很小很小的小姑娘,她大概只有五岁,就是女儿开始弹琴的年龄。因为只有五岁,那个小姑娘的腿甚至被高高的琴凳悬着。踩不到踏板。但是她弹琴。天真而稚嫩的。而在钢琴的旁边,就是一只像莫莉那样的牧羊犬。女儿弹了多少年钢琴,那画就陪了女儿多少年。那画依旧在钢琴上,并且已经成了钢琴的不可分割的一部分。那是钢琴的一个完美的延伸。那么美的,而想不到的,那美的画面竟成为了现实。这是怎样的转换。如今女儿长大了。她的腿长长了。她可以踏实地踩在钢琴的踏板上了。她去了美国。有了小狗莫莉。又有了杰瑞家的钢琴。

她是多么快乐。和瑞贝卡的钢琴在一起。和爱在一起。

怎样让梦想变为现实

又一次把女儿若若送上 UA(美国联航) 的航班。那种痛苦别离的感觉依旧。尽管在此之前，我已经有过整整一年和女儿隔海相望、魂牵梦绕的经历，但是这一次别离的时候依然是伤痛的。记得两年前把女儿送到美国的时候，她还只有十六岁。从此我的十六岁的小姑娘便踏上了中学时代就开始出国求学的漫漫旅程。这一年的经历我在不久前由江苏文艺出版社出版的那本《分享女儿，分享爱》中都写到了。若若在美国中学学习的这一年，无论对她还是对我，都是非常美好的。特别是她和她的美国父母南希和 John 之间的那深深的感情。那是一段生命中非常重要的经历。因为那不仅是女儿成长的一部分，而且为她日后到美国读大学奠定了坚实的基础。

于是才有了 2001 年夏季我又一次送女儿去美国。这一次她真的实现了到美国上大学的愿望。这是她自己为自己争取到的机会。很高兴她已经学会了为自己的前途而努力。女儿所就读的伯顿大学是一所始建于 1794 年的非常古老的私立大学，已经有两百多年的历史了。在美国，大学的历史便是大学的质量和品牌。伯顿大学培养了霍桑那样的美国作家。它坐落于寒冷但却非常美丽的缅因州。这时候女儿已经十八岁。

说起来，能把女儿送到美国去读书，是我一直的梦想。但是很多年来我一直觉得那梦想距离我们十分遥远。就是 1994 年我作为美国政府的客人到美国去访问，甚至就在女儿已经到美国的中学学习之后，我依然觉得女儿到美国去上大学的理想是遥不可即的。所以我们一直非常脚踏实地地生活在中国的教育氛围中，每日里苦学，不敢越雷池半步，生怕丢失了那个能接受高等教育的机会。所以从女儿很小的时候，我就像所有望子成龙的家长一样，亦步亦趋地追随着中国教育发展的脚步，想方设法让女儿能得到最好的教育。后来有朋友问起，你女儿的成

224

长很成功, 有什么特殊的教育方式? 每每听到这样的问话, 总是无言以对。因为我对女儿确实没有过什么特殊的教育, 我们只是一道紧跟着教育的潮流走罢了。在这样的潮流中, 甚至没有选择的可能。

在这条充满艰辛的路途上, 我和女儿始终在一起。我们息息相通, 心心相印。有时候我觉得我就是她, 我就在她每一天上下学的步履中, 我就在她每一门功课的作业里。我知道其实我不过就是一个称职的家长而已。

如果说到特殊, 也许就是我作为我这样的母亲, 所给予她的那种潜移默化的、但却又深入骨髓的人生的影响, 还有那种润物细无声的包容和呵护, 而这其实也是每个母亲都在做的。于是我的女儿很像我, 不单单是外表的像, 还有她的性格, 她的感觉, 她的为人处世的态度以及她在学习中的那种顽强的精神。特别是当她长大以后, 我觉得我们就更相像了, 特别是我们对事物的感觉和看法是那么令人惊异地相似, 于是我们就更像是那种知己般的朋友。这就是我和我的女儿。我们是彼此的镜子。

如果说, 我真的为她的成长付出过什么, 大概只有两件事是值得提起的。第一件, 在她五岁那年的冬天, 我借钱为她买了钢琴。其实是很久以后才意识到, 我不仅是为她买了钢琴, 而是赠予她了一种人生的品质。在买那架钢琴之前的两个月, 其实刚刚为女儿买了一架雅玛哈电子琴。那时候我只是觉得女儿应当学点什么, 于是选择了音乐。是在开始学习电子琴的时

那时候, 她是不是已经有了金色的梦想?

怎样让梦想变为现实

225

候才意识到，必须要为女儿买一架钢琴。因为电子琴很容易被放弃，但是钢琴是终生的。然后在那个寒冷冬天的夜晚，我们把钢琴带回了家。我是带着女儿一道去买她的钢琴的，我想那个把钢琴买回家的过程一定也深深铭刻在了她的心中。钢琴从此伴随她成长，钢琴同时也意味了我们将要开始一个漫长的学习旅程。从此每周到钢琴老师的家中上课，就成了我们生活中非常重要的一部分。无论烈日炎炎，还是冰天雪地，女儿都会坐在我自行车后面的小座上去上课，从来没有中断过。这样从幼儿园到小学，又从小学到中学。那个关于旋律的过程始终伴随着我们，以至于她到美国之后，南希和 John 为了女儿能不间断地练琴，他们还特意送给女儿一架钢琴。

其实后来才认识到，我这样日复一日地让女儿学琴，其实并不是为了让她日后从事这种职业，或是有目的地进行某种素质教育。当然，钢琴和音乐所给予女儿的那种素质是必然的，但是更为重要的，是想让女儿知道，生活中的一些事情是不可以轻易放弃的。坚持是一种品质。而这种品质对孩子的成长很重要。后来证明，女儿身上具有的那种锲而不舍的学习精神，很大程度就来源于她在弹钢琴中培养的那种坚持的品格。

我为女儿成长付出过的另一件是使她受益终生的学习外语的选择，也是从五岁开始的。我的一个朋友唐的英语非常优秀，特别是发音纯正，这在 20 世纪 80 年代中期可谓凤毛麟角。唐希望她的女儿英语也很好，但是她的女儿就是不肯跟她好好学，于是她想出另一种办法，就是几个要好的小朋友一道学。于是我们就开始了这种同样是每周一次的英语学习。孩子们在一起，以游戏的方式学习。整整五年，也是从未间断过。每个周二的晚上。我记得那所有的夜晚。直到孩子们的小学开始了英语课。其实在这五年中，唐教给孩子们的只是口语。简单的对话。孩子们从没有书写过。唐给予孩子们的，只是那种英语的语感。单单是这种语感就非常重要了，因为在后来的学习中，就是这种语感，让女儿面对那些陌生的英语单词时，几乎做到了会读就会写。所以没看见她怎么背单词，就拥有了很大的词汇量，我想那一定是得益于唐的"语感"。后来女儿在外语方面的才能迅速表现了出来，她不仅在班级、在学校中的英语成绩总是最好的,还能够在全市乃至于全国的英语竞赛中,频频获奖。我想这不单单是她语言的天赋,也是她五岁开始学习的结果。后来女儿为自己争取到去美国交流的机会,实际上,也得益于她幼年就开始的这种英语学习。就是这种学习决定了她的命运。

女儿从五岁起所做的这一切,对她是一个非常好的开端。女儿真的很努力。这是我每时每刻都能看到的。记得去美国上大学之前的一个晚上,她非常郑重地谈到了自己,她说,我知道我不是一个特别聪明的孩子,但是我非常努力。记得我当时是怎样惊讶地看着她。我为她对自己的认识而非常骄傲。她懂得了一个人前进的动力不应该仅仅是与生俱来的天赋,更重要的是那种做人的原则和品格。于是我知道从此我已无需再为女儿的未来担忧了。很多人说女儿是幸运的。但是我们一直觉得幸运不是一种偶然。幸运也是需要付出努力的。努力加机会,才是真正的幸运。

女儿在美国中学交流一年的生活中,所得到的最重要的东西就是爱。那爱来自于她所生活的那个美好的美国家庭,以及她所在的那所中学的老师和同学们。其实就是获得爱也是需要付出的,那是因为只有去爱别人才能赢得别人的爱。而拥有了爱其实也不是一件轻松的事,爱需要维系,甚至需要报答。想想一个十六岁的小孩,在一个完全陌生的语言环境中,要学习新知识,又要获得好成绩,以此作为一种特殊的报答,这要付出怎样的艰辛?

女儿在美国中学所选的都是高三的课程,而她在出国前,仅仅完成了高一的学业。有很长一段时间女儿总是学习到深夜,以至于南希在写给我的信中总是说,他们现在所做的最重要的事情,就是让若若多睡觉。其实我知道那就是某种也许连女儿自己都意识不到的责任感,对所有爱她的人的责任感。她可能觉得一个孩子只有学习得好,才是对爱她的那些人的最好的报答。而她的这种报答很快有了结果,那就是在第一学期结束的时候,她就以优异的成绩获得了校长的"荣誉早餐"。这是美国中学奖励优秀学生的一种特殊的方式,这是唯有各类成绩为"A"的学生以及家长才能享有的荣誉——和校长共进愉快的早餐。

怎样让梦想变为现实

227

后来女儿不断地获得"荣誉早餐"。后来南希和 John 在写给我的信中总是抑制不住满心喜悦地对我说，若若是他们的骄傲。若若是她的最好的家庭的反映。他们觉得幸福极了，因为若若在学校的表现和优异的成绩让他们感受到了那种优秀学生家长的欢乐。

如此，女儿在学习结束的时候，便和那些美国的高三学生一道，拿到了诺维尔中学的高中毕业证书。而且在这一年中，女儿还参加了 SAT 美国升学考试，以及托福考试，并在这两项考试中，都取得了报考美国一流大学的好成绩。

女儿并不是一到美国就想到要在美国上大学的。她知道那是个有点难以企及的理想。一个非常特别的原因是，女儿在美国生活的地方是马萨诸塞州。而马萨诸塞州最值得骄傲的就是，它拥有美国最悠久的也是最优秀的哈佛大学、麻省理工学院，以及波士顿附近的其他名牌大学。女儿于是被美国最优秀的学府空气所包笼。而哈佛就是女儿经常去玩的地方。除此之外，南希和 John 无论带女儿到哪儿旅行，他们让她首先去看的地方，一定就是美国的大学。不是很多美国家长都会这么做的。他们所给予女儿的是一种关于大学的文化。于是在这一年中，女儿先后参观了各种各样的大大小小的美国的大学。哈佛大学、耶鲁大学、斯坦佛大学、布朗大学、迈阿密大学、威斯利女子学院，以及女儿现在就读的伯顿大学。每看过一所大学，女儿都会在电话中为我详细地描述那些漂亮的校园，以及她所慢慢了解的美国大学教育。她说她真的非常喜欢这里的大学。后来有一次，她突然在电话中说，妈妈，我想到美国来上大学……

不记得我当时是怎样为女儿的愿望而高兴。我知道女儿的这个愿望就是我很多年来的梦想。只是不知道这愿望和现实之间的距离有多远。但是我还是在电话中鼓励她，要她为我们的梦想而奋斗。

女儿回国前在南希的帮助下开始报考美国大学。而她的托福考试也是在这样的前提下开始准备的。在美国用计算机考托福对女儿来说很陌生，但是她还是考出了六百零五分的好成绩。

在美国学习一年之后，女儿回到了中国。按照 AFS 项目的规定，女儿回国后应该继续读高二。尽管若若在美国已经读完了高三的课程，但是美国和中国的高中教育完全不一样。对于中国的高中生来说，高二的课程至关重要，而且大部分高三的课程也是在高二完成的，而高三差不多就是高考前最后冲刺的总复习……

但是女儿回来后却决心跳过高二，直接读高三。

所有的老师同学以及我们这些亲人都知道，这样的选择对于女儿来说意味了什么。尤其是她刚刚从美国的那种相对宽松的学习环境中回来，一下子就坠入这种对所有高三学生来说都是"最黑暗"的紧张阶段中，不知道她能不能适应这种可怕的状态。

这是女儿自己的选择。她当时的选择是建立在笃信她将被美国大学录取的基础上的。我一直以为女儿的这种选择过于乐观，是盲目的，甚至是冒险的。因为只要不拿到录取通知书，就不能保证能到美国去上大学；而就是拿到了录取通知书，也还有可能在申请签证的时候失败，因为到美国读本科的拒签率总是最高的。

于是在未来一年的高三学习中，我们始终坚持"一颗红心，两种准备"的态度。这不是随便说说的，我们是真的做好了可能去美国上大学，也可能留在国内读大学的准备，而做好这样的准备无疑对女儿来说是十分严峻的，因为她不仅要有不被美国大学录取的心理承受力（因为她是需要奖学金的学生，录取的时候就更有难度，而她所就读的伯顿大学每年的学费近四万美金），她还要非常努力地学习，才能够保证同时也被国内的大学录取。而一旦去不了美国，又考不上中国的大学，那她将会怎样？

女儿就这样将自己置于了背水一战的境地中。

非常的可怕。没有退路。尽管我不用像女儿那样日复一日地学习，但是在她的身边，我还是感受到了那种令人窒息的压力。

然后我就和若若一道踏上了那条布满了坎坷和荆棘的道路。那是真正的困难重重，也是真正的苦不堪言。因为我们都看到了，女儿所面对的是那么高高的两摞课本，高二的和高三的。那时候真的是心疼女儿，不知道她怎样才能摆脱困境，战胜这所有的课本。记得我还曾抱怨过女儿不该作出如此置自己于不顾的选择。有时候连我都有了那种绝望的感觉：美国那边音讯杳无，而中国这里也几乎是没有希望的……

然而女儿不放弃。

我真的不知道她怎样才能不放弃。

我也不知道她在承受着怎样的压力，我只是看到在回国的这一年中，她一分一秒也没有放松过。就是这样，每天很早起来，睁开眼就往学校跑；而晚上总是凌晨两点钟左右才睡觉。有时候连我都熬不住了，她却还在捧着书本或是做作业。她和每一个高三的学生一样准备着高考，同时还要独立学习高二的课程。如此才意识到小时候要求她坚持不懈地弹钢琴是怎样铸造了她的意志品质。她不放弃。所有她的愿望。便是在她的身上，让我看到了，一个人只要努力，就没有做不成的事情。

而在如此的压力下，女儿也在努力调整着自己。也许也是无意识的，是她的生物钟提醒她：要经常参加一些同学的聚会，坚持到体育中心健身，偶尔和家人在饭店吃饭，偶尔到商场购物，与在美国的南希和 John 不停地通电话，以及在网上和她的美国朋友们聊天……但是无论如何，女儿还是非常紧张，这样的一年下来，她比从美国回来时整整瘦了八公斤。看着女儿那么殚精竭虑、疲惫不堪的样子，现在想起来都心疼。

但是怎么办？我们背后没有路。我们所要面对的，可能是两个希望，但也可能是两种失败。我们努力的全部目的，就是一旦考不上美国的大学，也要考上中国的大学，而且最好是重点大学。我们的目标其实一点也不高，如果女儿是按部就班地读完高中，考上名牌大学对她来说一点问题也没有；但是跳过高二上高三，就真的是有问题了。我们很可能跳不过高考的那道"线"。

我们就这样过着女儿回国后的每一天。每一天都在紧张繁忙焦虑不堪中度过……

女儿不是第一时间被美国大学录取的（美国大学的第一录取时间是在入学前一年的年底），这就更加把我们推到了一种需要破釜沉舟的绝境。

然而就在如此令人窒息的紧张中，女儿还在学校的推荐下，忙里偷闲地参加了各类考试，她先后以优异的成绩通过了大学英语四级的考试；获得了 2000 年全国中学生英语能力竞赛高中三年级组二等奖；获得了由北京外国语大学和《英语学习》杂志社颁发的首届"北外杯"全国中学生英语写作大赛优胜奖；以及由天津市教育委员会颁发的中央电视台"希望之星"全国英语风采大赛天津赛区一等奖。特别是在五月的这次英

在中央电视台的"希望之星"全国英语风采大赛中获得了第二名。

语竞赛中，女儿以全市第一名的好成绩获得了到中央电视台参加总决赛的资格，并且后来在中央电视台的全国比赛中，她又一举赢得了中学组第二名。此间，女儿还先后用中文和英文写了《与凡·高面对面》、《有七面山墙的房子》、《天使的篮球》以及《奥运心结》等多篇文章在中英文报刊杂志上发表……

如此透过女儿才知道，一个人的潜能究竟有多大，一个人在有限的时间里究竟能做多少事。

女儿是在高考之前得到伯顿大学的录取通知书的。女儿那么高兴，但是我们还是决心将一颗红心、两种准备的方针贯彻到底，因为我们并没有一定能拿到签证的把握。女儿并没有因为那个让她振奋的录取通知书而乱了方寸。她是个每临大事有静气的女孩，她虽然不说，但是她一定知道她的命运是处在一种怎样的位置上。她决心面对高考。决心为自己获得另一条出路。她已经准备了那么久，付出了那么多，她希望能在高考中证

明自己。她最终如愿以偿。

尽管女儿最终选择了到美国读大学，但是她还是全力以赴地经历了高三学习（含高二）和高考的整个过程，包括高考后的估分、填报志愿、查询成绩以及最后收到南开大学的录取通知书。

最后的阶段是收获的阶段，而刚巧那时候秋季正向我们悄悄走来。

女儿是在中央电视台的演播室里，在获得了"希望之星"全国英语风采大赛第二名的同时，获知了她已经被南开大学录取的消息的。对女儿来说，那是个真正收获的季节。

终于获得了中外两所名牌大学的录取通知书。这也是女儿自己为自己争取来的。她终于赢了。她证明了她自己。

如今南开大学的那份入学通知书被我们珍贵地保存着。女儿为最终没有能够在南开大学读书还是非常遗憾。只是因为到美国去读书是她更加强烈的愿望，她希望到一个不同的世界中去闯荡，她说她更喜欢尝试一种新的接受教育的方式。

在海德堡。她已经长成了一个漂亮的大姑娘。

女儿在美国读大学依旧非常努力。在一年级，她为自己选择了：法语、电影史、比较政治、女性的历史，以及英语写作……这些都是她喜欢的课程，也可以在很多的领域开发她的大脑和智力。她可以在其中比较和选择，美国的大学通常是三年级才开始分专业的，相信那时候女儿就会知道，今后她真正想做的是什么了。

想想女儿今天所拥有的这一切，也许都离不开她五岁时的那两个开端。钢琴培养了她坚持不懈的精神，而英语为她打开了通向世界的窗口。

然后便是努力。

最终还是努力让女儿的梦想变成了现实。而现实中女儿一定又有了很多新的梦想，把新的梦想再变成现实，就是她现在需要付出的努力了。

蓝色的夏季

　　因为很多的夏都是在蓝色海边度过的，于是海便成了夏季的主题。

　　初到海边度假的时候，自费。那时候我还是个无忧无虑的大学生。我穿着那件白色的连衣裙，在海滩上走啊走啊。看有人在夕阳中筑起沙砌的古堡。然后海水漫上来，将古堡淹没。那是种壮丽的坍塌，那景象成了记忆中的永远。然后，我便开始在黑夜中游泳。我总是喜欢在黄昏与黑夜交错的时刻在大海的深处游泳。我独自一人。游得很远很远。我一直想找到那伫立在风中浪中的灯塔，但我却从未见到过它。那时候，我怀抱的是最轻松浪漫的大学生的梦想。我并不以为梦想是沉重的是需要付出高昂代价的。

　　后来那沉重的付出就开始了。我选择了写作。我将这夏日海滨的记忆写成了沉重的《河东寨》。那是个渔村中蓝眼睛小姑娘的故事。她同大自然抗争。她的光脚板在沙滩上留下了一串长长的苦难的印痕。那是我们都曾经历过的残酷的"浩劫"。我在夏季写完这篇小说后，梦想的时代便结束了。

　　然后女儿诞生了。我们在她三岁半的时候第一次把她带到了海边。蓝色的海是她从未见过的事物。她惊异地张大了黑色的眼睛，那目光是我至今难忘的。带着女儿在海边度假全然是另一种心境。那时的所有照片竟都是憔悴不堪的。女人在那个时期没有浪漫的心情，甚至不想穿好看的衣服。我要不停地抱着她背着她，不停地牵着她的小手在海浪里走啊走啊，不停地为她捡贝壳，不停地给她讲各种故事回答各种各样关于大海的问题。我疲惫紧张，几乎每分每秒都被琐事纠缠着，没有思维的空间。那时候，我才第一次感觉到，即使在海边，夏季也是炎热的。为了这种母亲的感受我写了《再度抵达》。《再度抵达》中的海水已经没有那么蓝了，海被污染，变得灰暗，就像我真实看到

的那样。

　　然后，尽管心很疲惫，我们还是开始了夏日旅行。几乎每个夏天我都会带上女儿，乘火车或是坐轮船，把她带到海边去。她在海边的夏天里慢慢长大。在她的印象中，夏天，就等于是蓝色的大海。

　　后来，女儿的这种印象也就成了我的，我也下意识地把夏季和大海连在了一起。仿佛一到夏季，我们就应该是住在海边。这时候，在海边度假就常常不必自费了，因为有了各种各样的夏季的笔会。

　　这样每年一度的与大海亲近，使我对海产生了一种宗教般的感情。我信仰大海，这信仰在写作中表现为一种我始终在追求的蓝色的基调。我甚至偏执地认定，只有将我的故事置放在海边，我的写作状态才是最好的，我的小说也才会是最好的。《我们家族的女人》就是这样的一部小说。那是 1990 年夏季。那部小说的很多章节都是在北戴河的海浪声中写出的。那时候心很宁静。女儿和孩子们在花园里的核桃树下游戏。天下着小雨。报时的钟声透过雨丝隐隐传来，窗外就是蓝色的海。那情景至今记忆犹新。我独自在房间里写作。周身都充满了灵感。坦诚而沉静地面对稿纸，桌子上摆放着一本杜拉的小说。

　　杜拉是我最喜欢的法国女作家。她今天依然活着，但已经八十岁了。她曾写出了《痛苦》、《情人》那样的最美丽的女人的小说。她也喜欢在海边写作。她写了《如歌的行板》，又被译作

杜拉说，在特鲁维尔，那里有海。白天，黑夜，即使你看不到海，但那个意念却始终都在。每一处山岗后面的远处，都是阔大无边的空无⋯⋯

蓝色的夏季

235

蓝色的夏季

北戴河辽阔的海面。木船。我最喜欢的地方。

《琴声如诉》，多么动人的书名。那是个把钢琴和海和孩子编织在一起的故事，还有痛苦的爱情。我在那个夏日的海滨读着杜拉的故事。杜拉不喜欢住在巴黎。她说巴黎使她窒息，在巴黎她几乎无法写作。所以她住在特鲁威尔，那里紧靠大海。海边使她宁静。她说，白天黑夜，即使你看不到海，那个海的意念却始终都在。

　　就像我现在的情景。

　　现在女儿长大了。但我们依然企盼着每一个蓝色的夏季和蓝色的海。

春天,给最亲爱的读者

是在最寒冷的季节,遥想着春光明媚的一天。是因为时常满心歉疚,为着我的最亲爱的读者。于是想把我此刻企盼的季节,给予那些朋友般的相知者,连同我最真诚的感动。最初写作,我似乎并没有在意读者,只迷恋于将心中郁积的对人生的感悟描述出来。很多的岁月,我的文字就这样孤单地行进着,烛照着我独自艰辛的步履,那是我的感觉。我以为我是孤独的。但是后来,有一天我开始接到读者来信,很多。我不能想像,这些读者仿佛同我相识,他们就像熟悉我的文字一样熟悉我这个人,他们满怀诚挚地认真评判我的几乎每一篇作品所带给他们的感觉,娓娓道来的那么美妙的文字,便如一股清凉的温暖,骤然从我的心中缓缓穿过。从此,从此我才知道,原来我们写作者并不孤单。

于是,开始了并不孤单的文字的旅行。因为我知道在我的身边,有很多与我相通的心灵。他们说,是你的文字给了我们心灵的另一种提升;他们还说,是你的真诚使我们觉得与你息息相通,我们灵魂相伴。于是,他们关切我,他们关切的方式是追踪我的每一行文字。他们总是来信,问在哪儿能买到你的书?全部。他们四处搜寻着,他们执着地想要读到我的每一个故事和每一个心灵的瞬间。这是什么?我想这就该是爱了。

于是,当我面对这么博大的爱,我的心反而沉重了起来。因为爱不仅仅是一种心灵的感觉,而且是一种你必得要承担起来的情感的责任。于是,写作的心情不再轻松,特别是当你决定不再我行我素,而是对他人给予你的关爱和信赖负起责任来的时候。你又该怎样?你自然首先就要对你写作的行为负责。我一直在想,我唯有对自己负责,才能够对我的读者们负责。无疑,这是一种无形的鞭策。于是,背负着关爱的文字变得愈发沉重。我要考虑,我觉得我在写出每一行文字的时候似乎都想到了他们，想到了我不该让喜欢我作品的人们失望。我这样努力去做了，为了灵魂能永远相伴。无论那许多的文字中，是不是有败笔的篇章，但我肯定是尽心尽力了。

在读到了很多的读者来信之后，我发现给我写信最多的是那些中年的和青年的女人。她们的信，总是写得那么好，读过几行，你便会被她们的真情所感染。她们的倾诉总是那么令人心动，那么秀丽的文字，以及那么真挚美丽的情感。读她们的信，仿佛在看山中的小河流水，那么细腻的，温婉而伤感的，一抹淡淡的思绪，我一直觉得她们中的每一个人，其实都能做一个很好的作家。于是，我便成了读者，被她们信中的文字拉进了她们心灵的氛围，以及情感的故事中去。我开始在她们的诉说中，了解她们，熟悉她们，并对她们怀有了那份深深的关爱与同情。

无论是冬的长夜，还是夏的黄昏，我每每读到她们的信，就仿佛是领受到了一种心灵的轻轻的抚摩。多么好，我独自一人，心中激荡着感动。我欣赏着或者说是享受着。我用我的心，在与她们共作灵魂的诗行。是怎样的关爱，女人对女人的理解。为了姐妹们，为了女人共同的故事。于是故事变成了默默的承诺，我多想告诉她们，我心中的每一个感动……

这便是我的愧疚。我没有能一一向那些给我写信的读者们

读者永远是我们最忠实的朋友。

回信。这或者是不公平的，因我读到的是他们从那么遥远的地方，甚至是偏僻的边陲寄来的那么绵长的有时是密密麻麻写满了十几页纸的信。我知道我在读的不仅是他们的真情，也是他们的关爱。但是我却没有能逐一地回答他们。我没有回信，并不是说我就不感动。我不知道该怎样对他们描述我在读着他们的信的时候的心境。是他们用信中的文字，奠定了他们在我心中的位置，那位置是至高无上的，是使我无上光荣和骄傲的，就像我心中的一面随时鼓舞着我和召唤着我的旗。它让我铭记，在我行进着我的文字的时候，有读者与我在一起，有他们与我共同着这种精神的劳作。

于是，便有了在这个寒冷的季节，我想把我对春天的祈望给予他们的这个早晨。我不想使他们失望，因为我知道一个人生存在世，他的最重要的使命，便是把自己的爱给别人。写作令我骄傲，那是因为我拥有了这么多将爱给予了我的读者。我感谢他们，并愿望着这美好的春天，也能永远与他们相伴。

祝福春天，祝福读者！

向年龄挑战

　　1995 年夏天, 和贝蒂·弗瑞丹在我的家中谈话。那是个国际妇女的年度, 秋季便有世界妇女大会在北京召开。弗瑞丹是美国著名的女权主义者。她谈女性的著作不仅享誉世界, 而且在中国也早有译介。而 1995 年弗瑞丹所关心的已不再是女性的权利, 而是怎样超越女性的年龄。那时候弗瑞丹已步入老年。她更关注的是老年妇女该怎样才能有所作为。弗瑞丹住在长岛。那是一个非常美丽的地方。弗瑞丹说, 她又开始写新的书。她的书说, 女人在六十岁以后, 还应该是光彩照人的。

　　那一年很多次见到弗瑞丹。在北京大学的妇女研讨会上。在怀柔的 NGO 论坛。在天津的家中。弗瑞丹是怎样的光彩。她或者慷慨激昂, 或者侃侃而谈。她穿很适合她的长裙。黑色丝袜。灰白色的头发。口红。还有她胸前悬挂的那串很精美的水晶珠链。见弗瑞丹的时候,总是在听她讲话。或者是听她讲演、

美国女权运动的权威人物弗瑞丹来我家做客。那是 1995 年炎热的夏季。后来在秋天的世妇会上再度见到她时,她正在台上慷慨激昂地发表着关于女权主义的讲演。

和她讨论；或者是在家中，和她亲切地聊天儿。她的有点沙哑的嗓音有点强权的语气。她的自信的微笑，还有很好的胃口。在1995年，弗瑞丹的一个最强烈的需要表述的思想是，人老了，特别是女人老了，但依然能焕发青春。弗瑞丹说，她写的这本书，就是号召女人向年龄宣战。

弗瑞丹便身体力行。

弗瑞丹便是她自己思想的实践者。

西方的一种风气正在东渐。在男人群中，似乎已开始追逐"不问女士年龄"的时髦。那或者也是女人的一种愿望。她们希望化妆术和保养术能帮助她们瞒过岁数，永葆青春。但流转的岁月是瞒不过的。譬如五十年过后你却依然只有二十岁，那只是科幻和童话的产物，没有人会去信。或者女人要的只是看上去二十岁或感觉上二十岁。她们只是想用这种自欺欺人的年轻的感觉状态继续挣扎在她们曾经占领的那个社会位置中。难道唯有青春才能体现女人的价值和魅力吗？难道这就不是社会对女人或是男人对女人甚至是女人自己对女人的一种性别的歧视吗？看上去的年轻是谎言，也是虚荣和虚伪，是女人的自甘堕落，所以，弗瑞丹说，女人惧怕说年龄的时代已经过去了。对女人的尊重不单单是要尊重她们的青春和美丽，还要尊重她们在漫长的生命中不懈的奋斗和努力，尊重她们在社会生活中的价值与地位。

所以，弗瑞丹没有因为年龄而放弃自己。而是依照她的年龄更加适时适度地打扮自己，使自己成为那个年龄依然光彩照人而且有了深度和力度的女人。更加的魅力与智慧。照耀着我们。也照耀着岁月。那便是女人新的希望。

自然崇拜

　　在日益令人窒息的都市生活中，越来越多的摩天大楼拔地而起，将人们的视线挤压。没有绿地也就没有心灵的空间。汽车多如过江之鲫，日夜吼叫着在宽宽窄窄的公路上缓缓爬行，到处喷吐着没有燃尽的黑烟。工业废水侵袭着人们的肌肤。垃圾堆积如山。物质的丰富使那些永不会消逝的塑料袋迎风飘舞，偶尔挂在树枝上，成为危险的宣战的旗。然后是气味。长街上永远弥漫着各种无从分析的混杂的异味。空气中没有能见度。看不见远方。总是浓浓滚滚的黑云压境。但没有雨。噪声日以继夜，将耳膜麻木，到头来反倒不能承受无声的寂静。说不出的恐惧压迫着。年复一年的花季，没有清香。美丽的花瓣无精打采，不知何日褪去了那昔日的艳丽。色彩无影无踪。彩虹从天空消失。没有蓝的天也没有蓝的海。疾病威胁着。精神变得脆弱。人类伸出双手，却不知该要什么。呐喊着，却没有声音，像被梦纠缠。铅灰色的压力扭曲着铅灰色的躯体。氧气日益稀薄，于是，人类暴怒。心绷紧了。紧张的焦虑。一触即发的脾气。无处躲藏。有人随时准备着，从摩天大楼的顶端跳下，在自由降落的瞬间，呼啸着向让人透不过气来的都市文明宣战。连鲜血都失却了往日的鲜红。冰冷的心。冷漠而没有同情。

　　人类肯定在需求着什么。

　　但，谁也不肯停止消费，不肯停止享受都市的文明。要快餐。要可口可乐。要抽水马桶。要洗涤剂。要高楼大厦。要卡拉 OK。要香水。要汽车。要避孕药。要压迫自身的一切，也要摧残自然的一切。要噪音也要发展。要疾病也要化学治疗。要尼古丁也要防腐剂。要屏幕的辐射也要电脑的病毒。还要拥挤要热闹要烟尘。要无限制的发展，要无节制的丰富，直到有一天人类搬起石头砸了自己的脚。

　　人们要，是因为人们不能不要。人们不能面对着舒适的物

从维也纳到萨尔茨堡道路两旁的风光。这样的大自然你不能不崇拜。

质生活而退避三舍。何况，人类多少年来所孜孜以求、艰辛创造的，不就是这种文明的景观吗？又何况，一旦拥有了这丰富的物质的一切，谁又能勇敢地舍弃呢？于是，人们一味地沉溺于这现代文明的享受中。人们为了治病总是忽略了那与之共存的副作用。尽管，人们在舒适中已感到了不舒适，但他们也只能是隐在无奈中无力自拔。谁也没有将真正的关注投入到环境与人类的保护中。

终于，大自然成了精神的家园。于是，才有了自然崇拜。将这人类的普遍愿望首先描绘出来的是一些作家。他们是智者。他们终于在一个早晨发现了生活在现代社会中的人们的困惑和绝望，于是他们决定站出来捍卫环境并守护人们的心灵。

他们拿起武器。他们的武器便是他们的故事。尽管这些故事也是在文明的桎梏下编织出来的，但他们所表现出来的那种对大自然的向往，对原始和荒蛮的渴望，对不曾污染过的山林与大海的热爱，都在无形地抚摸着人们焦虑不安的心灵。

他们有时干脆把大自然当做一种信念、一个精神的避难所。他们认为，在纷繁的尘世中唯有自然界才是可以接纳痛苦接纳创伤医治灵魂的处所。也唯有在此，人类才可以摘掉面具除去伪装，做一个真正纯粹不矫饰也不做作的天然的人，重新获得自由，感受到人类的本真。

九寨沟。童话中静谧的蓝。

于是，自然崇拜成了一种越来越强化的文化意念，尽管，有时这崇拜不过是文人智者的空想而已。但，终究，人类能有一个由文字描绘出来的如此的避难之所是何等的幸运。在此，他们可以与大自然亲近，可以发泄对文明异化的怒火，感受到纯洁与宁静、朴素与超然。总之，人类需要这些。文明现实，自然是理想，而人类就是在这现实与理想的遥遥旅途中，不断地奋斗与抗争，寻找着他们的那永恒的精神的家园。

智者的墓地

乌帕尔乡。智者的墓地。翻越雪域天山。在新疆的最南部。又在喀什的西南方。我们驱车，穿越沙漠和胡杨林。这是我第一次踏上西域之旅。也是第一次去拜谒那墓中的圣者。

不知道圣者是谁。那时候对乌帕尔乡一片迷茫。只记得天气很热。空气中遍布着黄沙的尘埃。飘浮着荒远。偶尔有高高耸入天空的白杨树。而天空没有颜色。却突然的，在乌帕尔乡境内，绿树红花。空气变得清新。远方那高高的土坡上，一座那么精致美丽又清冷荒凉的清真寺。

这就是智者的墓地。导游告诉我们。很异国风情的建筑。仿佛身在阿拉伯某个国家的乡村。但肃穆宁静。如此接近着一个灵魂，我们不敢轻举妄动。黄泥修建的墓室和绿色的廊柱。廊柱上是那么斑斓的被雕镂的图案，而绿色的漆斑驳，露出木头年深日久的纹路。11世纪的墓地。在凝重中，我不知道墓的主人为什么会成为宗教。

智者的墓地。

　　我独自站在那位大师的生平简介前。读用中文、英文和阿拉伯文三种文字所记述的智者的毕生。因为天长地久沧海桑田，原来那么清晰的文字已被雨水冲刷得模糊不清。或者是被炎热的太阳蚀去，被迷浸的黄沙侵袭。然而我却还是固执地站在"简介"前，费力地辨认着那些文字。我一遍一遍地读着，在模糊的文字中拼力寻找着，那九百年前的一个维吾尔族智者的故事。

　　他曾经颠沛流离。足迹遍布中亚。他是一代"汗王"的儿子，却在王室的权力倾轧中成为孤儿。族人被斩尽杀绝。唯有他活着。在亲人的血中死里逃生，从此浪迹中亚。他那时很小，却没有放弃自己。他没有放弃也许并不是为了复仇，而是为从此再没有杀戮的和平。十五年漫长的岁月，他辗转于中亚的各个经院中。茫茫荒漠。他流浪。徒步。穿粗布的长袍。蓝色的眼睛。头顶着四角的小帽。白天黑夜。春夏秋冬。他在迁徙跋涉与经院的学习中不断积累着知识。坚韧不拔，像四季一般永恒。从一个可怜的四处流浪的但却有着坚强意志和求知欲望的孩子，他终于成为了一个伟大的学者，一个部族宗教与精神的领袖。十五年之后，他用阿拉伯文写出了全世界第一部《突厥语大词典》，用他的智慧照亮了 11 世纪西域人的灵魂。然而一个如此的智者竟不刻板拘谨。他在成为饱学之士的同时，竟还学会了骑

喀什清真寺前的景象就像是列宾的油画。

马射箭,成为了一个中世纪的骑士。一个英勇和浪漫的男人……

后来他回到了乌帕尔乡。再后来就安息在那座绿树红花的旷远的山坡上。穆罕默德·喀什噶里。从此,这位维族的语言大师就成为了乌帕尔乡乃至喀什乃至新疆乃至整个中亚的骄傲与财富。用他智者的生命的光辉。

这便是我从那些斑驳的文字中读到的。一种感动和一种异乎寻常的被提升着的感觉。我不能准确地说出我从墓中智者的故事中究竟读到了什么?诗意和理性?但从此,我开始在我的作品中反复使用"智性"这个词。我记住了这里,乌帕尔乡深处的那座陵墓。更记住了那位伟大的智者。那是种灵魂的被吸引。是一种永无休止的牵念。甚至是理想,是一种比宗教还要虔诚的信仰。

从此我迷恋乌帕尔乡,更盼望着能第二次第三次穿越沙漠和胡杨林,去拜谒那位中世纪的老人。我被陷在不同地域的不同感觉中。因感觉而激动而感慨人类的辉煌。不是吗?无论在哪儿无论在我们这个星球的什么地方,古往今来都会有这种令人震撼的智者。他们深埋地下,却如日月星辰般地在宇宙中永远闪耀着智性和精神的亮光。

遥想古堡当年

在新疆航空公司的班机上，我随意翻读着飞机上那本新航的画报。一座荒凉的土城豁然映入我的眼中，文字说，这就是令中外游客梦寐以求的高昌故城。一座曾经繁华喧闹的城市就这样被千百年的岁月销蚀了。在漫漫的风沙中。据说这座被维吾尔语称作"亦都护"的高昌，当年是汉朝在西域统治的"王城"。至今依稀可见的那用夯土筑起的城墙，城内鳞次栉比的房屋，以及外城、内城、宫城的结构布局，使这座遥远西域中的沙漠之城处处显示出了唐代长安古城般的浩瀚气势。那气势依在。只是残垣断壁，人迹杳无。荒凉的旧日的城池。而那城中的梵宫神道之间，当夜深人静，你屏息倾听，便可以听到那断壁中传出的往日的喧嚣。

如此的一座汉代的遗址吸引了我。未到新疆，那蓝天白云下的高昌故城便引领我进入神奇疆界，心也苍凉荒远了起来。从此满心向往着高昌。当得知当地朋友安排了我们去吐鲁番，知道这便意味了高昌之旅，因为这座故城距离吐鲁番只有五十公里。于是企盼着。终于我们上路。在领略了如火焰般燃烧的奇异壮观的山势之后，我们被带到一片故城的遗址。然而当我们走近，才发现眼前的这一片浩莽的废墟竟然不是那座名扬天下的高昌故城。

那时候我们对新疆并不了解，甚至埋怨朋友为什么不领我们去高昌。但当我们走进了那座同样令人震惊的修建在高台上的古城，才知道还有这样一片聚集着衰败建筑的地方——交河故城。这座古老的城池曾经是千百年前车师王国的国都。它距吐鲁番市只有十公里，同高昌故城一样，这座修建于雅尔乃孜沟河床中央的交河故城，也是中国现存最完整的两座古城遗址之一。它们不同的是，高昌故城面积辽阔，总面积两百万平方米，所遗古迹散乱，参观者只能乘坐汽车，才能方便地领略这座

能看出旧城的辉煌吗?还是凋落的悲壮?

昔日王城的辉煌与风采。而交河故城只是一座五万多平方米的小城,建筑集中,且同样气势非凡,尤其它依崖而建,四周是深壕水沟的奇观,使游者步行便可游历这座令人惊叹的水中天然城堡。然而,雅尔湖的水干涸了。不再有清凉的河水环绕着崖顶的城池,滋养城中休养生息的车师国臣民。于是公元14世纪这座令人神迷的崖顶小城被废弃了,从此,漫漫荒漠,杳无人迹。没有人知道这座曾经如此壮丽的古城为什么会被废毁,更没有人知道城中那些丧失了家园的人们又迁徙到了何方?

于是,我们心怀敬畏地走进那座悄无声息的古城。在高高的崖顶之上,找寻旧城昔日的光芒。我们攀援着,穿越一座座空荡的房舍和街衢。那是种令人震惊的雄伟,是连庞贝城都不曾有的悲壮。那土墙残壁门楣拱顶。那震慑心灵的庞大壮观古拙与凝重。一座被千百年前的黄土筑造起来的城市就这样跨越了沧海桑田静静地出现在你的眼前……怎样的心情? 你屏住呼吸。仿佛被拉回远古,成了旧时代旧城中生活着的芸芸众生,听崖顶的风声呼啸,看雅尔湖的流水奔腾。一种发自心的深处的慨叹。遥望着,沿那条狭长的横贯故城东西的大道,却望不到城的尽头。中央大道的两侧,是纵横交错的一个个高原土垣上被废弃的坊市,而我们所不曾到过的中央大道正北面的尽头,是全城规模最大的建筑,一座佛教的寺院。那寺院依然。

这便是西域古老的历史。自两汉魏晋盛大的唐王朝,西域竟曾是传播佛教的圣地。无论是交河故城的这座佛寺，还是高昌故城的那座佛塔，还有楼兰、米兰荒漠中佛塔的废墟，都证明了那个时代人们的信仰与文化。然而岁月流转。慢慢的，伊斯兰教随着民族的迁徙而向中亚的腹地推进着。那些同样令人敬仰的清真大寺。那些伊斯兰智者的墓地。如此，信仰与文化便这样在时光的流转中在西域的这片广阔的土地上融合了。而那些被废弃的寺院佛塔也便成为了千百年历史的见证，成为了中古时代记忆的永恒。

黄昏的时候，离开了那座浩浩莽莽的交河故城。最后的光和影。最后的残垣断壁。据说，在夕阳晚照之下，站在高处俯看交河故城，它的柳叶型轮廓就仿佛一艘巨大的航船折戟沉沙，搁浅在茫茫瀚海上，一停就是千百年，直到终于有遥远的游人纷至沓来……

梦幻尼雅

　　从此梦想着去尼雅。一个我不曾到过的地方。在塔克拉玛干的沙漠上。那是种怎样苍凉的美。当黄昏日落，干涸的尼雅河床两岸，那残垣断壁中的旧城依然顽强挺立。在茫茫的暮色中，土石垒起的高墙、风中独立支撑千年的红柳的枝干……

　　尼雅在哪儿？

　　1997年9月去新疆的时候，知道高昌，知道楼兰，却并不知世间还有一个叫尼雅的地方。尼雅，多么美丽的名字，单单听着那两个字发出的音律，就会怦然感到一种令人亲近的迷恋。是在我执着前往的乌鲁木齐民族博物馆里，我陡然之间便看到了那本书。当时的感觉就像是被一道骤然划过的闪电照亮。满心的感动和诗情。我匆匆翻读着那本书，而那书的名字就是《梦幻尼雅》。然后我被深深地吸引。书中的那些关于尼雅的照片几近使我疯狂，足以诱我当即就奔赴那一片梦幻一般的神奇和荒远。只记得书价很贵，书中的图片和简单的文字所记录的是一次深入西域腹地尼雅考察的艰险旅程：怎样的尼雅。在漫漫的沙漠中，尼雅被风化了的坚实的古城，不屈地坚守着往日的辉煌。还有被穿越的岁月的沧桑。用红柳和泥巴筑起的民宅，斑驳

马来西亚新建的蓝色清真寺和喀什古老的清真寺，同样的廊柱，但间隔着遥远的岁月。

的土墙,而那么不朽。在漫漫荒漠中,林立着。被日晒风吹,却千年不倒,支撑着尼雅旧时的繁华。古往今来,当美丽的暮色重新降临,将荒凉笼罩,那尼雅便会骤然温暖,仿佛有袅袅炊烟,有欢声笑语,有尼雅河滔滔滚滚向前流淌的波浪……

从此被诱惑。一种不能抵挡的诱惑。如果终生未到尼雅那一定会是终生的遗憾。那将是被丧失掉的一首歌,是被不再能讲述的一个美丽的故事。

尼雅是谁?当被中外考古学家发现的时候,这个荒凉而又保存完好的旧城就坐落在和田地区民丰县的尼雅庄境内。没有人理睬。没有水。那座千年古城就独自在沙漠中荒芜着。后来经多方考证,才得知尼雅是汉代精绝国的故地。想不到竟有汉时明月照亮过在此休养生息的尼雅臣民。那些坍塌却形态依然的房屋,就分布在尼雅河的两岸,房中的壁炉和储藏室还历历在目。据说尼雅遗址被发现时,还出土了大量汉时的木简木牍、木器和丝麻。在如此远离汉宫的地方,竟还会有汉朝文化的如此灿烂,足见当年疆域的广大。而如今汉宫早已风流云散,尼雅却神奇地留存了下来。在遥远的西北,以它今天荒凉的形态,昭示着旧日壮丽的辉煌。

这便是尼雅。就像是一颗神秘的星,远远地闪烁在那里,吸附和诱惑着我,吸附和诱惑着所有的探险者。

从此梦想着去尼雅。那个我毕生不会停止渴望的地方,那个我将会不懈追寻的古老的梦。

圣地雅哥堡

在马来半岛的西海岸，坐落着马六甲这座梦幻一般的古城。其实很小的时候就知道马六甲海峡，那是在世界地理的课本中。只知道那条蓝色的海峡很重要，却不知马六甲城竟会是如此神奇，让人魂牵梦绕。古老而神秘，混杂在城中的，是当地土著和历代殖民帝国的血腥气息：15世纪马来人的苏丹王朝；而1511年葡萄牙人便为半岛上丰盛的香料资源而垂涎，将这座古城据为己有；而到了1641年，荷兰人又大举侵入，将在岛上盘踞百年的葡萄牙人赶走；1815年的时候，又是日不落的大英帝国将这座美丽的城市收归其殖民统治的麾下。马六甲成了什么？一片富庶的被全世界所有殖民者所垂涎的领地。于是血雨腥风。闪光的炮台。一代又一代被战争更换的统治者。马六甲复杂了起来，城市中的几乎每一座建筑，都与古老的历史和殖民帝国的入侵相关；中世纪的古堡、狭窄的街道、不同风格的建筑……历史和文化的遗迹触目皆是。于是，当你穿越马六甲

马六甲被废弃的葡萄牙人的古堡，这里也曾是殖民者趋之若鹜的乐园。

城,就仿佛是在穿越历史,穿越旧时的岁月。

那天从吉隆坡到马六甲。下着雨。透过雨的车窗豁然就看见了那些风格各异的古老的房子。一种亲切油然而生。亲切是因为这使我想到了我一直居住的那座有着同样殖民色彩和深厚历史魅力的城市天津。是八国联军的入侵在这座商埠之城留下了多国样式的房屋和街道,被分割的租界……马六甲使我联想到的还有另一座我曾去过的海边城市,那就是美国新奥尔良。那也是曾被西班牙、法国和英国轮流殖民统治过的一座美丽的城市。城市中遍布着西班牙或是法国殖民时代的建筑。有时候一条小街竟会有几个不同殖民时代的不同的名字。而你走在新奥尔良的城市中,却像是行进在殖民时代的古老的欧洲。

于是,马六甲变得更加神秘。在雨中,导游郑小姐说,接下来我们要看到的是一座葡萄牙人建筑的城堡,如今只剩下了那道坚实的城门。而城堡的顶部还残留着一座被废弃的教堂。如果幸运,你或许能听到山顶上一个葡萄牙青年在弹着吉他演唱着他自己写的歌……

充满了诱惑。古老而浪漫。我们下车。撑开伞。在雨中。踏着古道的水洼。我们穿越城门和炮台。想像着五百年前葡萄牙人是怎样浴血奋战,企图阻挡荷兰人抢夺走他们这块宝贵的殖民地。城堡旧日的规模依稀可辨。五百年的沧桑。城墙的石基依稀。我们爬上山顶,或者只是想追寻那个葡萄牙后裔古老而浪漫的歌。

然而山顶没有浪漫。沿着漫坡的绿草和雨中的石阶,那是一片忧伤中的荒寒。迷濛的雨雾中是潮湿的墓碑,是白色的钟楼和那座只残留下空空四壁的衰败的教堂。中世纪的信仰。一种令人震撼和感动的苍凉。日月星辰。教堂很高因岁月的锈蚀而斑驳的墙上,是一个个拱形的窗洞。教堂没有顶。于是雨滴落在没有顶的教堂里,慢慢地聚集,慢慢地淹没着那一块块依墙而立的黑色的石碑。后来才知道那是墓碑。葡萄牙式的。有很美丽的花纹和盾牌。墓碑下的死者便是为抵御荷兰人入侵而英勇捐躯的战士。尽管他们的战争其实仅仅是为了贪欲,为了争抢和掠夺别人的土地,但毕竟他们死了,深埋在他们自己的城堡中,成为了殖民历史的永恒见证。再不能回到他们自己的真正的家乡。

据说不少 1511 年以来迁徙于此的葡萄牙人至今依然住在这里。世世代代，把马来半岛的西海岸当做了他们的家，隔着印度洋遥望着他们远在欧洲的祖先的国度。那个国名被拉丁语解释为"温暖的港口"的国家曾经并不温暖。他们是乘着船登上别人的土地，而终于又被乘着船前来的另一伙强盗击垮。从此他们离乡背井，祖祖辈辈地留在了海边的葡萄牙人的村落中。据说今天居住在马六甲的葡萄牙人，每逢 6 月便会载歌载舞，庆祝天主教的圣彼德节，为出海的渔船祈祷。想导游小姐提到的山顶唱歌的青年一定就来自海边的那个葡萄牙村；想那个白人后裔的歌中一定就记录了这些客居异域的葡萄牙人几百年思乡的愁绪。

但下着雨。

我们遍寻古堡，却没有能看见那个歌手的身影也没能听到他的歌。迷迷濛濛的雨雾，黑色的墓碑，还有那座黄昏中苍凉挺立的教堂，让那个不曾出现的葡萄牙歌手更加神秘。于是遗憾。而遗憾便是希望。因无缘相见歌手的形象便愈加诗意，在心里，就像是我们眼前的这座诗一般凝重美丽的圣地雅哥堡的废墟。

倒是在下山的时候，在路边，在一棵很大很古老的树下，在

和李国文老师在滨城的植物园中。

圣地雅哥堡

一把合起的红伞的旁边，一个穿着牛仔裤的马来青年正在动情地吹着口琴，而他所吹奏的乐曲竟是《绿岛小夜曲》。那是种怎样的情境。他或许是看出了我们是华人。他吹得很好。深情款款。他的身体随着他的琴声晃动着。他的身后就是圣地雅哥古堡旧日的墙基和那一簇簇色彩斑斓的树丛，那旷远的凄凉。

从此情萦马六甲。总觉得在这座古城中停留得太短，总觉得这座城市中每一处建筑里都藏着一个诱人的故事。所以马六甲变得愈加神秘，充满了魅力。于是希望着有一天能再来。再来的时候哪儿也不去，很多天就住在这座小城中。走遍这座古城的所有街道，走进历史留下来的所有古堡，谛听城中每一个角落曾发出过的所有声音，然后，登上圣地雅哥堡，追寻那首永远的歌。

温柔的立场

　　温柔是个美丽的词汇。温柔适应于女性。温柔是女性成长中的一个慢慢变得清晰的概念。它通常是当女人面对男人时才会作出的一种性情的选择。

　　字典上说，温柔多用来形容女性。那可能是因为女人的身体。女性肌理的细腻而柔软，便产生了温柔这个词汇并赋予了它一种物质的感觉。于是便派生出了诸如柔情似水、小鸟依人一类的词汇，使温柔变得更加形象化和世俗化了起来。想想那是种怎样的情形。女人真的喜欢那样吗？

　　世间没有绝对的温柔。也没有绝对温柔的女性。其实在某种意义上，温柔不过是男人对女人的一种理想，所以他们总是用温柔要求和期待着女性。他们大概认为只有温柔的女人才是真正的女人、合格的女人。但是他们不会去想，温柔对女人来说，就意味着丧失个性。还是字典上说，温柔即温和而柔顺。当然温和不失为女性的一种好的性格，但女人为什么要柔顺呢？柔顺亦即服从。即是说女性不能有她的立场，她的观点，甚至她的行为。因为她只有对男人俯首帖耳，才能够符合男人的标准，成为他们理想的女人。而到了今天的时代，没有个性的人已经是落伍的了。所以温柔在今天也许并不是一个好词。当然我这样说并不是鼓励女人都去和男人对立，我只是希望女人在爱着她们的男人的时候，千万不要失去自我。

　　事实上温柔是相对的。像世间所有的事物那样。在任何具体的女性身上，哪怕是最最温柔的女性，温柔也不会是她的全部。她会有温柔的时刻。多一点或少一点。但是她决不会永远温柔永远顺从，因为她也是一个现实的人，她也会愤怒，也会狂躁，也会发火，也会喊叫的。永远的温柔会让女人窒息。而且，不仅她会窒息自己，还会窒息那些以温柔压迫她的男人们。想想吧，一个男人如果总是生活在女人的柔情似水中，是不是就等于是被一把钝刀一点一点地切割着生命。那又是怎样的一种残酷。

比起温柔，我更喜欢体贴这个词汇。因为体贴更实际，更具体。体贴才是一种真正的关切。因为那是在用自己的心去设身处地地忖度他人的心情和处境，并给予关怀和爱护。而温柔有时候却更形而上，更像一种难以名状的幻觉。

温柔是一种选择。选择对于女人来说很重要。这不仅仅是一种非常个人化的生存的意愿，而且几乎已经成了一种时尚。这便是女权。女权的意义已经不单是拥有社会的存在权，还要拥有一种生活的选择权。选择的权利才是真正的自我意志的体现。你在你的性情上，可以选择温柔，也可以选择其他的情绪状态，只要那是你自己的选择。

当然无论如何，温和与柔顺是美妙的。像水一样。流动着。并浸润滋养着你的性情、意识和感觉。只是，女人在奉献温柔的时候，最好不要忘记自我，不要忘记一个女人所应当拥有的那种女性的立场。

温柔也是一种立场。但决不是女人的全部。

千年的那个夜与昼

还是杜拉。法国的那个写作的女人。不仅写作,她还喜欢,美丽的风景。那雄鹿出没的森林,还有林中巨大的雪松。面对那参天古树,她会说:你不认识它。它应该有一千岁了。朋友说,杜拉很喜欢"千年"这个词,她于是总是说着"千年",总是重复着她喜欢的语言。她说你看岁月如梭,几个世纪滑过,一切都聚集在年轮中。没有别的痕迹。仿佛一切都没有发生过,除了这千年的古树。

树,便是千年的象征。女人也有无数个千年了。世世代代,从山顶走来。在千年的轮回中,繁衍着她们身体和思想的语言。还有深邃的内心。步履艰辛地。奶水和眼泪。哺育着的,是生生不已的人类。直至今天,满怀着骄傲地来到了这千年之交的门口。

多么幸运,我们是今天的女人。我们又遭遇了千禧盛典。千年来只有我们跨越了这个唯一的时刻。千年多么美好。就像杜拉面前的那棵古树。只有树记忆着年轮,还有女性的精神。坚韧地承载着我们自己,连同男人。多么沉重。但,竟是因为付出,女人变得美丽。美丽也是千年孕育、千年酿造的成果。

便是女人的期待。期待着狩猎捕鱼的男人早早回家。那是远古的传说。那时候千年的雪松还仅仅是一株小小的树苗。但是杜拉看到了,女人心灵中那个独自等待的地方,那只属于女人自己的,那千年来女人为自己开凿的心灵之穴。

还是杜拉。她说:我总想保留一个地方。让我独自呆在那儿。让我可以在那里爱。不知道爱什么,既不知道爱谁,也不知道怎样爱,爱多久。但要在自己心中保留一个等待的地方,别人永远都不会知道的。等待爱。也许永无结果,但等的是它,爱。

这便是千年的门槛前杜拉所留给我们的最美好的箴言。让我们知道,我们女人在自己的心中,是应该永远保留着那个等待的地方的。那份爱的期待。

这也便是杜拉。如她的朋友芒索所说，杜拉不是一个普通的朋友，她像一座灯塔，照亮我的生命。而杜拉照亮的不仅仅是生命，而是女人的灵魂。而这灵魂，是能够穿越千年，燃烧未来的。

可惜，喜欢"千年"这个词的杜拉没有能赶上这千年的更迭。但是她的话语依然在，依然守护在我们的精神世界中。让我们能在这个伟大的时刻，想到她，并且能用这短短的一束话语纪念她。

多么好。在这样的时刻以这样的方式告别杜拉。

然后，我们穿越——千年的那个震撼人心的——夜与昼。

性别的新时代

男人是一种性别。一个自己的世界。男人的行为与思考,通常是女人很难了解的。哪怕有时候和他们贴得很近。你就能知道他们真正的心情吗?只是揣摩。揣摩进而猜测。猜测进而又会陷入痛苦的猜忌。那就是女人的世界了。也是男人所不能理解的。于是男人和女人在彼此不能真正了解的情况下发生冲突。冲突进而战争。战争爆发了。昏天黑地。但有时交战的双方却还不知真正的原因是什么。毕竟是两性。于是判断常常是错误的。从本质上就不能彼此渗透,更不要说,有时候在本质的上面,还覆盖着一层雾霭一般的性别的屏障呢?

这就是两性的世界。古往今来。无论在地球的哪一个角落,只要是有人类,就会有男人和女人的永远的战争。有时候,在两性的身体最贴近的时刻,反而是他们彼此最为仇恨的时刻。他们以为那是爱。而当爱永远同恨相辅相成,恨便会和爱一样随时随地了。就像宗教之中,有天堂,也有地狱。那么怎样来持续爱?最好的办法就是容忍。爱男人就应当容忍男人,特别是当一个女人意识到在她和她爱的男人中间,实际上是存在着一重永远无法逾越的性别的鸿沟时,她就应当松弛下来,不要再去斤斤计较了。不要问为什么这样或者为什么不这样。甚至这是男人自己有时也解释不清的,因为他们时常也会陷入自身的谜团中,不能够解释他为什么深爱自己的妻子,而同时又总是对另外的女人感兴趣。

其实保持对女人的兴趣是衡量一个男人是否有活力,是否有着良好的生命状态的一个标志。为什么女人就不能这样看待男人? 宽容他们在生理上和心理上的对异性的虚荣心? 这也是性别所带来的一种限制,一个误区。这种限制和误区甚至在漫长的文明和文化的历史中不断地被完善着。由简单而复杂。以至使无论男人还是女人都因此而背上了很沉重的负担。所以性

性别的新时代

别的概念需要革命。既然社会的变革都在日新月异，我们又何苦固守在传统的限制中，把我们自己弄得痛苦不堪呢？这就需要女人宽容。并且在宽容中学会欣赏男人。

学会欣赏男人也不是一件容易的事。但却是必要的，因为这是能否与男人和平相处的一种重要的态度。这样也许你就能看到与你关系密切的那个男人究竟是个怎样的男人。他会有很多很多的层面。好的或者坏的，你喜欢和不喜欢的。可能在欣赏中就会有理解，因为有欣赏的态度你才能发现美好。比如说男人对于爱的理解。他们当然看重对肉体的占有，但同时他们可能更看重对思想的占有。这也是我在后来读到美国著名的"垮掉的一代"的诗人金斯博格的书信之后才知道的。金斯博格不喜欢女人。他认为男性之爱才是更深刻的。他在谈到他的同性恋人时说，他可以占有我，我的思想。我的肉体和我知道的任何东西。这便是金斯博格这样的男人对爱情的要求。思想。女人们想到过这些吗？在占有一个男人时首先占有他的思想。然后才是肉体，才是情感，才是财富。所以在某种意义上说，男人的结合是强大的。因为他们所拥有的，是一种思想的合力。被对方的智慧和才能所吸引。各种深刻的话题。对社会和政治顽强介入的精神，以及那种与生俱来的责任感。这种对爱情的追求难道不值得欣赏吗？难道不是一种对女人的启示吗？

现在越来越多的男人说，他们很难也很累。要在世界上拼搏，养家糊口，还要承诺起女人的那种寄生的情感。于是男人值得同情。也于是越来越多的男人开始反叛。开始有意无意地践踏历史所延续下来的对性别的规范。开始对两性关系进行一场主动的革命，以重塑自我。比如，通过对婚姻的冷漠摆脱家庭的责任；又比如，竭力鼓吹女性的独立以摆脱女人的依赖。只有这样，他们才可能真正地从性别的限制中逃离出来，自由自在地扮演他们所要成为的角色。这当然是一种性别的进步。在调整和尝试中。没有固定的模式。这种对生活方式的崭新创意，为男人，也是为女人的。特别是在今天。我们当然应当伸开双臂，迎接这个充满了挑战的性别的新时代。

因为上海

上海一直是一座令我向往的城市。是因为上海有我的很多朋友。我是通过朋友认知上海的。但是我却从没有专程去过上海。总是过路。是因为去别的城市而途经上海。然后停下来。被朋友邀请。去红房子那样的地方吃西餐。还有我的第一篇中篇小说也是在上海发表的。但这些都是十多年前的记忆了。记忆中的上海是朦胧的。

后来听说上海斗转星移。究竟怎样的变化，这是我本来就朦胧的记忆所无法想像的。于是更加企盼着能去上海。已经记不清又是多少年没去过上海了。

想不到第一次专程去上海，把上海当做目的地，竟是《文学报》的邀请。是为了"文学大众"的一次读者的活动。那时候的"文学大众"正波澜壮阔，很高昂的姿态。因为"大众"而又拥有了很多的读者。所以我们和读者见面。因为上海。更因为《文学报》是我喜爱的报纸。当然还因为编报纸的那些朋友们。所以欣然前往，尽管那时候离过春节已经没有几天了。很兴奋的那种时刻，至今想想依然难忘。那时候《文学报》已不再陌生。来来往往，总是能接到《文学报》不同栏目各种朋友的电话。为了各种各样的稿件，长篇连载或是别的什么事情。想他们就是这样以朋友的姿态联络着整个文坛的。因为是朋友，所以到《文学报》做客便有了一种仿佛回家的感觉。见到的都是熟悉的人。可以谈笑风生。因了这份亲切，以至于后来为了别的活动再来上海，也要立刻把电话打给郦国义。然后没有多久徐春萍便来到了我住的饭店，陪我到凯瑞 House 吃晚饭，然后去逛"巴黎春天"。

因了这朋友般的友情，因了这实际而物质的联系，以至于都忽略了《文学报》作为文坛知识分子的报纸在我们生活中重要的位置。那是一种越来越深入人心的稳固的存在。漫长的二十年。在我们的心中，《文学报》是无法替代的。那是我们一直满

因为上海

这就是上海为什么会如此吸引我。

怀了阅读期待的报纸。是我们文坛许许多多人的良师益友。《文学报》办在上海，却没有地域上的狭隘。这很难得。这便是编报朋友的眼光。大概正因为他们住在上海。因为在感觉上，上海好像就不单单是上海的，而是全国的。

所以把《文学报》当做了通向上海的桥。上海总有点梦的感觉。所以能理解王家卫在《花样年华》中的上海情结为什么会那么深邃。对我来说，上海是一座和我所居住的天津有着很多相似之处的城市。特别是近代。譬如那些租界。那些银行。那些很欧洲风格的房子，还有外滩的那些庄严的建筑，以及那些洋派的遗老遗少们，那些大家族的金枝玉叶们。一定是要在这两座城市比较过的人，才能发现这两座城市的异同。只是对于今天来说，那些相似的地方已经遥远。而切近的是，上海正呈现出真正国际大都市的磅礴气象。

于是郦国义说，应当看看上海。他可能是怂恿所有外来的朋友都要去亲近上海。于是当时还没有做妈妈的徐春萍便轻装简从，背着一个双肩的小包，带我去任何我想去的地方。那一次时间虽短，但我们还是排出了一个小小的日程表。不知道我为什么一定要看地铁。刚刚建成的地铁果然令我激动，因为它使我想到了美国的地铁。那是我一直很在乎的一种旅行的感觉。

上海风光。

两层。各种各样的商店。咖啡屋。溢着咖啡的香。没有哪座城市的地铁如上海的地铁那么名副其实地与国际接轨了。也是在那个有点寒冷的冬季我们去看了浦东。浦东太有名了。以至于来到上海如果不看浦东，人们说就等于是没来上海。于是去看浦东。哪怕是走马看花。我对浦东之所以难忘，是因为我可能并没有看清浦东。因为那是夜晚。夜晚的浦东被灯光照耀着，在迷茫中壮丽。那感觉中的气势恢宏。如此，因看不清而朦胧，因朦胧而梦幻，又因梦幻而震惊。这就是在那个冬季的夜晚我所看到的浦东。而如此辉煌的诗一般的感觉也是《文学报》给我的。

就这样，《文学报》连接了我和长江出海口的那座伟大的城市。对上海永远怀着一种向往的热情，就像是，对《文学报》永远怀有着的那一份不懈的阅读期待。

我的树

我从来没有养花的习惯。因为我总是没有一个固定的需要我做女主人的家。所以我总是没有机会去经营那种美好而温馨的家庭的氛围。所以只是看着别人养花弄草，看着别人家的窗台上绚丽多彩，灿烂夺目。觉得真好。

后来我有了一个家。在那里第一次我可以做主人。于是我终于获得了一个可以装饰氛围的机会。但是由于种种原因，我还是不能在我的新家稳定下来。因为不能常常住在那里，便也就不能把那些绿色的植物搬回家。幸好我的新家的窗外就是大花园。有很多的绿地，各种名贵的树和应时的鲜花。有物业工人在不停地剪草、修枝和浇水，为我们养护小区的环境。我便这样解脱了自己，也就泯灭了我要用绿色装点家园的愿望。

但是有一天一个好朋友送来了一株玉兰树。那株小树被送来的时候，树上正开满了白色的有着诱人清香的玉兰花。那花是深藏在我的记忆中的。因为小时候去看戏，在剧场的门外，总会有老太太在卖着那玉兰花。每一次妈妈也都会给我买。玉兰花缀在胸前，会长长地香上一夜。便是那一树的玉兰花，被朋友搬来了家中。它们真的非常美，让我的家顿时生动了起来，并总有暗香盈袖。但树到来的时候，我没有任何的准备。所以我对它的到来很陌生，不知道今后该怎样养护它。后来所有的花全开了。花气袭人，以至于每一个房间里都充盈着那清香的气息。后来那花又慢慢凋落，花瓣飘落在我家深棕色的木地板上。落红不扫，看上去就难免会有一种萧瑟的感觉。让人想到"黛玉葬花"的凄凉。还是夏季。

幸好花落之后还有茁壮成长的枝干和绿色的叶，还有新的嫩叶不停地抽芽。向我昭示着它的旺盛的生命力。慢慢的，我开始爱这株玉兰。它还是一棵小树，小小就来到我家，要我对它负责。于是我开始殷勤地为它浇水。跑到鲜花市场为它买各种肥料。然后看着它一天天成长。果然在我的愿望中，它很快就长高长大了许多。它如此地为我成长，这就让我不得不对它更加精心了。其实原本我们对这株树的原则是任由它自生自灭的。因为我们确实每个周末才回来，我们不能每一天都精心养护它。

女儿的伯顿大学在缅因州的海边。那里的秋天总是最美的。树林会表现出不同层次的丰富色彩。

我
的
树

　　幸好它是一棵树。它有着很深邃并且很顽强的根。

　　后来我的心里就装上了它。当不能按时回家的时候，我就开始不停地牵念它。有一次由于出差我整整两周之后才回去。我焦虑万分。不知道它是死是活。这时候我才知道它已经成了我的新家的一部分，甚或成了一部分家庭的成员，我所以才有了这种牵挂的感情。所以匆匆回家的时候，先不上楼，而是绕到阳台的一侧，去看我的那棵小树是不是还绿着。炎热的夏季。树被每日的骄阳蒸烤着，所有的叶子都蔫了，并且有很多在变黄枯萎。看到它的样子我真的很心疼。不知道它是不是已经死了。我一点一点地为它浇水，却又不知道我是不是已经回天无力。我在心里祈祷着，希望它能挺过去。后来，它果然不负我的殷切，在差不多十分钟后，那些垂落下去的叶片便昂首挺立了起来。做出那种郁郁葱葱、饱满旺盛的样子给我看。哦，我的树。那一刻我真是欣喜若狂。不知道该怎样感谢那株玉兰的善解人意。在漫长的两周里它坚持着绝不干涸而死。它等着我，等着水，等着被滋养的这一刻。才知道水对于生命的重要。想不到水竟然如此之快就顺着根茎爬上了每一条细密的叶脉，让我的树重新茂盛在我的眼前。

　　再后来，尽管我依然是每个周末为它浇水，慢慢的它好像也就适应了这种生长的环境，它便欣然按照这样的规律茁壮成长了。从此它朝气蓬勃，不断地滋生出嫩绿的新叶。那新叶生长的过程是令人兴奋的。从喷薄欲出，到伸展开阔。直到，那叶间又绽出了新一轮的花蕾。

　　我不敢相信那就是我用牵挂孕育出的花蕾。我于是又忙着为它施肥，给它翻土。尽管我的时间很紧，特别是回来看它的时间很少，但我确实是把我的心分出了一份给那株我不能朝夕相处的树。

　　如今我的这棵美丽的玉兰树依然茁壮伫立在我家的阳台上。在冬日的阳光里，它竟然又是满树玉兰花，繁花似锦，溢着幽幽的清香，浸润着我的家园。它是花自飘零水自流。它是酒不醉人人自醉。它就那样独自成长着，茂盛着，清香着。透过阳台的玻璃，与日月星辰相伴……

遥远而切近的记忆

　　如果这个孩子是在这样的环境里长大——排演场，舞台，隐隐绰绰的纱幕，明明暗暗的灯光。戏剧就像一团迷雾，就这样笼罩了一颗幼小的心灵。于是梦开始了，故事开始了，人生也就开始了。

　　因为父母，我得以在剧院长大，直到今天。这是我的幸运，让我从小就亲近艺术。所以在某种意义上，剧院就是我的人生。几十年过去，这长长的历史所抵达的，是一个金色的驿站。被剧院这辆艺术的战车承载着，我们终于看到了一片迷人的金色，那是剧院风风雨雨之后的辉煌。

　　剧院是我的摇篮，所以谈到剧院，我会有无尽的话语，甚至就像是在谈论着我自己。因为从我记事的那一天起，剧院就已经是我成长中的一部分了。那是不能分割的一种生命的联系，那是我的天地和阳光。

那时候我们居住的，是剧院的宿舍；而我们听到看到的，也是剧院那种地方才会有的声音和景象。就是我儿时的朋友，也全都是剧院演职人员的孩子。于是不论是我们的环境，还是我们的语言，甚至我们所置身的空气中，都弥漫着剧院那独有的艺术的气息。那无处不在的，浸透骨髓的。而我们最喜欢去玩的地方，也是在

小时候，和妈妈在剧院。我就是在这里长大的。

大人们休息之后才会空下来的那诱惑着我们的排演场。记得吗，我们是怎样在布景中穿来穿去? 记得吗，我们又是怎样鹦鹉学舌地在舞台上表演? 我们编着故事，说着台词，做着关于戏剧的梦想。可我们这些剧院的孩子们，又有几个后来真的留在了舞台上? 但是我们却真的怀念那个玩着"演戏"的纯真年代，只是童年不再。就这样我们在剧院长大，就这样我们躺在剧院的摇篮中，在荡来荡去中开始我们的人生。

剧院之于我还是一首永远的田园的歌。那是所有与剧院共同呼吸的人都记忆犹新的。那时候剧院的院子似乎宽阔无边，那么多的松柏、藤萝和葡萄，草地甚至菜地，甚至猪圈和鹅场，还有很多很多的白鸽。是啊，记得吗?唯有用诗一样的语言才可以描述剧院往日那田园般的景象。而此刻当我这样写着的时候，那田园景象竟然仿佛还在眼前。那种因为遥远而切近的亲近。是的，我们就是被这田园一般的环境哺育的，所以当年深日久田园痛失的时刻，当回首往事，自然就不禁惋惜在心的深处。记得那时候剧院坐落在市郊。市郊到处是水塘。而剧院好像就建在了水塘中，水塘中的那座耸起的艺术城堡。可惜当今天的人们开始呼吁环保和绿色，剧院的田园却已经一去不返。代之而起的是林立的高楼，灰色的墙体，还有冰冷的水泥路面。于是怀旧。不过幸好我们曾真的看到那田园般的剧院，也曾真的经历那牧歌般的感觉。所以不再惆怅，因为有风景的剧院景象已经镌刻在我们的心中，让我们终生不忘。

然后是戏剧。戏剧是剧院的魂魄。舞台和人生的。也曾是我们所目睹的，那长歌当哭，雨雨风风。我一直认为戏剧是所有艺术门类中最高级的那一种。从古希腊悲剧，到不朽的莎士比亚。永远的令人崇敬。于是写作中从不敢轻易涉足，怕毁了艺术殿堂中那庄严的辉煌。而因为戏剧，必得冲突。有冲突才有戏剧，所以冲突又是戏剧的魂魄。于是目睹冲突，台上台下;当然也是在分分合合的冲突中，剧院走到今天。

因为剧院，让我们有幸成为剧院最长久也是最忠实的观众。漫长的几十年。从连排，到彩排，又到正式的演出。不知道曾有过多少次坐在剧院的舞台下。我喜欢那种坐在台下黑暗中的感觉，屏神静气，兴奋而又紧张，我们等待着。然后大幕开启，灯

长风落尽，满目
飘零。

光明暗,布景翻转,还有那些充满了激情的熟悉的表演者……

　　无论剧院在岁月中怎样变迁，不变的是剧院的魂魄，是休戚与共的那一份永恒的牵念。

　　那是个我们心中最美丽的地方，是因为遥远而切近的一片真诚的记忆。

让绿色凝固

我不熟悉那位名叫卡特林的画家。他一定非常有名。于是他的画才会出现在上海人民美术出版社精美的台历上。朋友把印有卡特林的台历寄过来,我便立刻将画面定格于2月。

2月是浓郁的绿。

卡特林绘画的风格是那种所谓的重彩。非常浓烈的色彩,就那样一团团一片片的,布满了整个画面,让人喘不过气来。封面的那种凡·高曾不懈追求的金黄,被卡特林无限制地夸张着。而2月也是一幅疯狂的作品,那浓烈的绿色叠床架屋、铺天盖地,甚至绿色中间的那星星点点的蓝色,也是蛮横无理的。我猜想卡特林的意思可能就是强调地告诉我们:这就是春天。

为什么2月就给了我们如此迎面而来的绿?而2月对于我们这座北方的城市来说,还仅仅是寒冷的早春。但是眼前的卡特林的画面就好像是某种暗示。果然,暖冬还没有结束,春便匆匆前来,带来了漫山遍野的温暖的气息。

于是让绿色的卡特林停留在那里。因为他那种春天的绿色实在是太迷人了。那种让人不愿将眼睛离开的舒服的色彩。那种新绿。这时候才想起,其实很小的时候老师就曾经提醒过我们,为了保护眼睛,你们一定要经常看窗外的绿色。

依照以往的习惯,我将日历凝固在卡特林绿色的2月上。我喜欢让家中所有的挂历或台历一整年都停留在一幅或两幅我特别热爱的画面上。我不愿意跟着出版者的导向走。我有我自己的审美和选择,我希望能永远看到的,是那些对我的视觉有诱惑力或是给我的心灵以感动的画面。

我不知道我是不是真的喜欢四季中的春天。通常我觉得我可能更热衷于那种棕黄的暖色调的9月风景。也许是卡特林的绿色太让人感动了,甚至带来了一种我从未经历过的欢乐感觉。让我即使呆在家中,也仿佛能闻到窗外春天的气味。

　　于是我骑上自行车来到大街上。果然，蓦然的一种温暖的气体便如行云流水般向我涌来。那种似曾相识的感觉。因为一年一度的 2 月。难以名状，更难以描述的，那是记忆中的某种感动，是我曾经无数次经历过的，年年春季，如水的温情。于是会立刻想到小时候，记得大凡感受到这种游丝一般的气息，我便总是渴望着能尽快穿上裙子。对女孩子来说，好像裙子就是春天的象征。

　　不知道这种对于春天的感觉对我来说意味了什么。也许什么也没有，只是让我去亲近，去感觉，去享受。享受每一个季节所给予我们的每一个瞬间。于是想到四季是怎样的慷慨，它就是那样永不停歇地轮回着，无私地奉献着，让我们的身体和心灵被抚慰，又被滋养。所以记起来那句古话"莫负春光"。既是说不要辜负了大自然的美意，可能还有深刻的内涵，但是我好像更喜欢它浅表的意义。

　　为此我们要追赶春天的脚步。"莫负春光"是因为春天确实短暂。尤其是在我们这样的北方城市，春天更是稍纵即逝。常在不经意之间，便已是夏日炎炎。不过幸好还有卡特林的画来补偿。它就在我的桌前，永远的 2 月，让绿色永恒。

投资未来

1999 年最重要的消费是，送女儿到美国去读一年的书。那是 AFS 的一个关于和平、友谊和教育交流的项目。这个出国留学的机会是女儿以她优异的英语成绩为自己争取到的。这个机会对她来说很重要。对她重要对我当然就更重要。所以我愿意花钱为女儿整理行装。想不起生活中还有什么更重要的消费。只为了孩子能受到最好的教育。其实，这早已经成为了许多的家庭许多的父母甚至许多的祖父母的共识。成为了他们生活中唯一的愿望和唯一奋斗的目标。这便是一种家庭的理想。这理想无疑是美好的。

美好的理想来自对未来的认知。是因为我们就置身在这个日新月异的时代中，我们每时每刻都感觉到了知识的更新所带给人们的危机。包括我们的孩子。我们怕他们在未来的生活中无法自立，更不要说能够成为社会的中坚。我们深知未来的世纪最需要的就是人才，还有这些人才所拥有的那宝贵的知识。知识同时也是未来一代安身立命的本事。所以我们作为父母，谁又不希望自己的孩子能在明天成为对社会有用的人呢？

这就是女儿的大学，我们所投资的未来。

2003 年夏天，女儿又在巴黎开始了她艺术史课程的学习。

　　这是随着女儿的一天天长大、一天天拥有着不断升高的学历而自然而然形成的一种消费的观念。那是一种很切肤的消费的愿望。是连着身与心的，是出自一种本能的爱。那爱是超越一切的，所以自然也就超越了我自己对物质的欲望和追求。比如说我喜欢服装，喜欢化妆品。而这些比起为女儿未来所受教育的投资来说，已显得无足轻重。想一想，这一年，我确实很少再为自己买什么。似乎一切都已变得不再重要，心里想的，只是女儿能在异国他乡生活得好，能学到更多的有利于她的成长和未来的知识。是因为爱。爱会使人变得无私。这就是为什么很多的父母会节衣缩食，将家庭生活中重大的消费和投资都用于孩子。他们是为着自己的孩子，但同时也是为了整个社会，为了发展着的未来。只有所有的孩子都成为了知识的人，才能够构成知识的社会，知识的明天。

　　所有的父母，我们愿意这样。投资于自己的孩子，也便是投资于整个社会的未来。

品牌的时代

　　仅仅在两三年之前，我对名牌这个词汇还没有什么概念。无论是起居的用品，还是四季的服装，只求与自己的需要或者经济的能力相匹配。但知道家用的电器，在以往的那些年里，通常是日本原产的最好。比如电冰箱、电视机或者照相机。家中也曾有过这类的进口货。仅仅是为了追求产品的质量，并不知道"松下"、"日立"或者"尼康"是世界的名牌。

　　于是没有名牌意识的日子过得懵懵懂懂。却不觉得。

　　真正引起我对品牌注意的，是我的女儿。不知道是从什么时候开始，也不知道是从哪里，女儿好像突然了悟了她们这个年纪的孩子所追求的那些极为时尚的名牌。当然是从运动服装开始的。什么"阿迪达斯"（他们简称为"阿迪"），什么"锐步"，什么"耐克"（他们又称"钩子"）、李宁、邓亚萍；接下来是休闲系列，是"Lee"，是"Guess"，是"Levis"，是"Etam"，等等等等。然后还有书包的名牌，文具的名牌，进口手表的名牌，随身听的名牌，甚至冰激凌的名牌，不一而足。女儿们便是这样不停地追呀追呀，又不停地在我们耳边说呀说呀，强化着我们对她们感兴趣的那些品牌的概念。随后再走进那些近年来兴起的豪华的同样是品牌的大型百货商店，你就会发现那些你已经耳熟能详的各类品牌的醒目标识其实早就悬挂在那里了，并如风般迎面向你而来，灌满了你的心和你的眼。于是你不得不记下那些牌子，不得不承认一个品牌的时代就这样不动声色地到来了。慢慢的，除了孩子们感兴趣的那些名牌，我们自己所需要的各类"牌子"也悄悄渗透进了我们的思维和生活。特别是那些为了女人的化妆品，比如"CD"、"LANCOME"、"玉兰油"或者"小护士"。再就是服装的品牌。男人的和女人的。还有鞋。还有"蓝吉力"剃须刀。这是个怎样的时代。品牌侵扰着我们的每一寸生活。

　　而这似乎并不是品牌的过失。因为有人群与之相辅相成。

品牌的建立总是伴随着人群对品牌的追求。这几乎成为一种年轻人的时尚。而我们这些中年人甚至老年人，又何尝不是生活在各类品牌的包围中呢？那些我们最普通的生活中必不可少的用品。那些我们喜欢的牌子的食品。那些我们购物时喜欢去的商场或超市。那家我们出门时喜欢乘坐的航空公司。那家我们通讯时喜欢使用的通讯公司的网络。还有，我们喜欢看哪一位导演的电影，哪一个演员的演出。喜爱听哪一个歌手的歌唱。喜欢看哪一家俱乐部的足球，喜欢追逐哪一项运动的哪个体育的明星。甚而，我们喜欢读哪一位作家的作品，喜欢买哪一家出版社的书……

慢慢的这都成了我们的一种习惯。一种对于品牌的追求。这其实也是物质的繁荣所带给人们的一种观念的变革。人们可以选择。他们自己最喜爱的。

品牌便这样被人们追求着。并在这种追求中不断发扬光大。要形成品牌绝非易事，而要毁于一旦却轻而易举。完美的品牌就在于完美的质量。质量才是第一性的。有了质量才会产生信誉。当然这都是商家的事。老百姓选择品牌是因为他们的信任。通常名牌的价格都是昂贵的。但是当人们确实感受到了品牌的质量所带给他们的满足感后，他们或许对昂贵的价格就忽略不计了，或许是认为物有所值吧。

是现代生活中物质的极大丰富使"精品"成为一种战略。这一战略无疑导致了厂家激烈而残酷的竞争。适者生存。没有办法。而这一战略所带给

从古罗马英雄雕像的身后望去，在时间隧道的另一端，是浮华的现代生活。

老百姓的，则是他们的选择度越来越高，他们生活的质量也随之越来越好。老百姓怎么会不伸出双臂，热烈而真心地欢迎这个品牌的时代呢？

品牌的时代固然很好，但盲目追求的负面效应也是存在的。特别是一些孩子对名牌近乎疯狂的追逐。甚至是超越了自身能力的。是莫名其妙的。是虚妄的。这当然需要引导。还需要看到的另一点是，有时候名牌还会导致造假。因为不法商人看到了名牌的利益。于是他们利欲熏心，让假冒伪劣的"名牌"满目皆是。这种恶劣的行为殃及到社会生活的几乎每一个角落，甚至延伸至国际。从物质到精神，到处都有伪名牌在泛滥。让真正的名牌蒙羞受辱。幸好有王海等辈出来英勇打假。又有不断健全的法律置现实于不断的调整中。总之，品牌时代的到来是社会的一个极大的进步，也是社会变革中的一个必然的阶段。

无论如何，我们正在经历着一个品牌的时代。不知道哪一天，当品牌的浪潮过去，当追逐品牌的年轻人伴随着岁月一天天成熟，不知道品牌本身又会是一幅怎样的景象。想品牌一定也会像人类追逐它那样追逐着人类的脚步。坚守着。那块与人们的生活息息相通的永远不倒的牌子。

女孩和狗

　　家门前的人行道刚刚被重铺过。红色的地砖。在秋季。显得很漂亮。平整而洁净。于是每每走在上边，都会有一种好心情。

　　然而大概是路太平整也太清洁了，走在路上便时而能清晰地看到几处狗的粪便。不那么厌恶。狗毕竟是我和女儿共同喜欢的动物。但总之还是觉得那粪便破坏了人行道的美。因而无论是怎样宠爱那狗，仍是不能原谅它的随地大小便了。

　　其实过错不在狗，而在于狗的主人。傍晚常见有狗的主人带着它们在人行道上散步，想那就是为什么漂亮的人行道被污染的缘故。那宠物狗在黄昏美丽的风景中汪汪叫着，时走时停，那形态可爱至极，以至于我和女儿在遭遇它们的时候都会情不自禁地停下来，对它们说几句赞美的话。可是一想到那讨厌的粪便也被随意遗留在了美丽清洁的街道上，就觉得它们的可爱也不那么完美了。

　　于是和女儿说起在纽约时见到的那个女孩和小狗。那是我

女儿在这张照片的背后写道，日落时，在海边和莫莉（美国家中的牧羊犬）一起玩飞碟。

女孩和狗

279

至今不忘的一幅感人的景象，就像是一幅画，被镶嵌在纽约有点迷蒙的寒冷中。也是秋季。落着淅淅沥沥的秋雨。摩天大楼让纽约的街道显得异常狭窄。那天我站在劳埃德饭店的门外等一个朋友。因为饭店前的那条街上不能停车，所以我早早就下来等在那里。然后就看到了那个非常漂亮的女孩走来。那种典型的纽约女孩，穿着很秋天色彩的衣服。她缓缓走着。走到近前才看见她的脚下是一只很小的和她寸步不离的小狗。那是一种非常美的感觉。动人的。女孩和狗。可是当她和狗从我身边走过时，那只顺从的小狗突然不肯前进了，不论那个女孩怎样引导它，甚至蹲下来对它说着什么，它就是不肯和她继续往前走。它不停地在原地打着转转，让美丽的女孩束手无策。这样僵持了好一会儿，女孩仿佛了然了小狗的困扰，便不再要求它服从她。紧接着那小狗就非常聪明地为自己找到了一个角落，把它的粪便排泄了出来。然后便离开，如释重负般围着女孩欢蹦乱跳了起来。尽管那粪便很隐秘，但女孩还是在没有任何人监督的情况下，从口袋里掏出纸来（这大概是美国所有养宠物者必备的物品），并用纸把她那只宝贝小狗的粪便捏了起来，扔进了路边的垃圾箱。女孩就是在抓起粪便的那个瞬间也是完美的。然后她和小狗就相伴着继续往前走了。消失在纽约迷蒙的小雨中。没有在人行道上留下一丝污染的痕迹。

后来便淡忘了纽约的那个女孩和小狗。如果不是看到这赫然的宠物的污迹，我也许不会想起那个纽约的清晨。于是把这个女孩与狗的故事讲给女儿，而女儿刚刚从美国回来，她对此自然是感同身受，更何况她在美国的家中就养着一只可爱的金色牧羊犬，而她又要时常带它去散步……女儿说随着美国人越来越喜欢宠物，便有了许多既方便宠物又保护环境的措施出台。比如说在一些宠物们经常出没的街道上或花园里，会到处置放着一些垃圾袋，以便人们能随时、及时地将宠物的粪便清除，保持环境的清新和景色的宜人……

所以，当饲养宠物已经成为了当今人们的一种时尚时，对于消除宠物对环境的污染也应该同时成为一种责任。想想那个女孩和狗是一副怎样动人的景象。就像是镂刻在秋景中的一幅美丽的浮雕，让人不忘。

平凡日月

　　有编辑朋友打来电话，说一定要我为新的世纪说点什么。说 2000 年到 2001 年的那个转换，才是真正地进入了新的世纪。于是想 1999 年在千年与世纪之交写过的那两篇文章可能"冒"了，而且曾经是那样地满怀着激情。《百年不朽》和《千年的那个夜与昼》。单单是看看这两个题目，就足以证明我当时的状态。以至于今天回想起那个全世界都很当回事的伟大时刻，还依稀如昨日般心潮起伏。

　　然而时至今日激情不再。那么激情不再之后的日子又会是怎样的呢？当然一个人不能永远处在那种亢奋的状态中，不能让每一根神经每分每秒都绷得紧紧的。其实我们在岁月的流转中所度过的大部分时光都是平凡的日子。因平凡而平稳，甚或平淡。还其实当一个人越是亢奋热闹的时候，他可能也就越是怀念那种平常的日子。

　　所以当 2001 年来临的时候，我就真的没有什么特别的感

夏季阳台上散乱的鲜花。需要我每日浇水，悉心照料。

觉了。我觉得 2001 年不过就是 2001 年，和我们长此以来平平常常度过的每一年没有什么两样。我这样看待生活是因为我此时的心态，是那种如水般的宁静与平缓，而且我也非常喜欢我此时的这种平和的心态。所谓的灿烂之后归于平淡。我喜欢这样的一种平凡日月，喜欢在这样的日月中去完成一件件我想做该做的事情。

窗外依旧是那条熟悉的小街。街两旁也依旧是那几棵又长高了许多的树。那树总是在秋末到来的时候就早早将叶落尽。让人不得不些许地感伤和悲凉。然而就是冬日里裸露的枝干，对我来说也是最美的。因为它们总是不分昼夜地挺立在那里，

无聊时便透过窗，看小区头顶的蓝天白云。

悬挂着四季的太阳和月亮。就像我们一如既往的生活。

一个清晨下楼送女儿去上学。偶然地抬起头便骤然看见对面的红砖楼房上铺满了冬日里灿烂的阳光。阳光下那斑驳的如鹿角一般伸展着的树的枯枝，在风中摇曳着，便顿时的好心情。也便顿时心中充满了感动。然后便涌动出一种想写点什么的愿望。

其实这就是那种如常的生活。你看到了什么，被什么所感动，然后便把它们记录下来，告诉想听你说的那些人。这就是我在 2001 年所要做的。写书并且读书。我对自己不再有什么更高的要求，只想把平常的日子过得充分。当然，有一点是不会改变的，那就是，我依然会像从前那样，睁大眼睛，去寻找平凡日月中的那平凡的美和诗意。

所以在新的世纪中我不会有什么非凡之举。但是我想我可能依然会很忙，因为我们所经历的这个时代本身就是匆忙的，更何况随着新世纪的到来，光纤定会将我们生存的节奏继续提速。我们的日子便被如此推动着，在 2001 年的钟声响起时，开始了那个新的旅程。我热爱这个新的开始。并期冀着生活中新的美和新的诗意。

平凡日月

为伊夫·圣洛朗的离去

伊夫为什么弃我们而去？

在他带给了女人四十年的美丽之后。

伊夫·圣洛朗曾经说：在我看来，女人的身体本身就是最美丽的衣裳，除此之外，能够与这份美丽相匹配的，便是她们所爱的情人的臂膀。如果她们当中有些人还没有得到这份幸福，那么就让她们来找我吧！

然而我们今天还能到哪里去找伊夫？

伊夫在时装界整整做了四十年。在四十年的辉煌时刻，他戛然而止。这需要怎样的智慧和勇气，向那个他做国王的王国告别。伊夫让他的服饰经典成了历史。伊夫让他的服装理念成了永恒。从此，那个由 S 连缀着 Y 和 L 的我们所熟悉的特别的商标偃旗息鼓。伊夫走了。是他自己选择了谢幕。他的谢幕是令人崇敬并怀念的。

那是伊夫·圣洛朗的四十年。也是世界时装历史的四十年。

记得在电视新闻中看到伊夫的告别晚会。伊夫的辞别是那样的凄婉。在他的身边，是那么美丽的女人和那么优雅的服饰。伊夫依依惜别的深情。他终于要离开他为之服务了四十年的那个性别的群体了。是他英勇地改变了她们的生活。

伊夫的告别令我悲伤。就像是一个你已经习惯的生活中有他的老朋友突然不做你的朋友了。你会觉得你的生活就那么无情地被抽走了一根闪光的支柱。就像几年前，听到范思哲突然被枪杀的消息。后来尽管还有范思哲的继承者们不断推出新的流行款式，但是总觉得没有了范思哲的范思哲帝国，便没有了灵魂。

伊夫在巅峰时刻毅然离去。于是人们可以不再看到伊夫的跌落，就像他的朋友说过的那样，在依然光彩照人的时刻离去，确实是一个好决定。从此伊夫永恒。

对伊夫有了很深的印象，始于20世纪80年代中期的一次展览。那时候我还不知道伊夫·圣洛朗是谁，就茫然去看了他在北京美术馆的时装展。那是极其偶然的，我走进了那个展厅。但偶然也是必然，那是上天引导我走进伊夫的殿堂，从此便不再离开。那是一个静悄悄的展览，那种参观时被震撼的感觉至今犹在。幽暗的展厅。宁静。模特是硬塑的。黑的白的。男人和女人。秃头。没有表情的。几束灯光打在穿着伊夫时装的模特上。伊夫便显现了。那么精美的制作。线条和色彩。不同的风格。典雅而凝重。一些绸带。一些彩色的纸片。我有点寂寞地走在展厅里。那时候来看伊夫的人并不多。甚至少到不如展台上的模特多。我在那个有着轻轻的舒缓音乐的大厅里流连忘返，是因为伊夫·圣洛朗太杰出了；是因为他让我看到了一个我从不曾见过甚至不敢想像的如梦如幻的世界。

伊夫让他的服饰沉湎于午夜般的感觉中。走出展厅，便是一片灿烂的午后阳光。

从此便记住了伊夫·圣洛朗这个名字。记住了那个法国的高贵而时尚的服装设计大师。

因为被震撼，便开始不懈地追踪伊夫的脚步。慢慢才知道对于服装来说，伊夫是一个近乎英雄的人物，甚至就是一个神

和女儿在巴黎左岸著名的"双偶咖啡馆"。圣洛朗也和许多艺术家一样，从左岸开始了他人生的辉煌，直至谢幕。

为伊夫·圣洛朗的离去

285

话。于是更加庆幸于当年的那次偶然的与伊夫·圣洛朗面对面。在他第一次走进中国的时候,就能够那么切近地看到他。而今回首,就是那次的展览距今也已经将近二十年了,岁月就是这么一天天地无声流走,而伊夫却成为了时尚主流中的主流。

随着时尚离我们越来越近,伊夫的消息也越来越多。无论是在电视节目中,还是在纷繁的杂志上,都能时常看到和听到伊夫名字,甚至商场里的那些伊夫品牌的专柜中。永远的伊夫·圣洛朗。永远的创造力。就像世界公认的那样,是伊夫将那些对典雅的追求和对时尚的引导最完美地结合了起来。是伊夫的服装理念改变了女性生活的轨道和追求。也是伊夫,缔造了那个永远不会让女人失望的时装的帝国。对渴望美丽和爱情的所有女人来说,他就是"太阳王"。

而今伊夫却弃我们而去。这是怎样的一种残酷。

伊夫就是这样的一个男人。中性的。抑郁的。对现实生活充满了羞涩和恐惧的,但却又拥有非凡的才华。他爱女人,以他独有的方式。他的劳作和灵感是为了女人能美丽;而他所肩负的神圣使命,却是让她们在美丽中拥有幸福。

不知道伊夫为什么要作出这个急流勇退的决定。更难以想像,在 2002 年 1 月 7 日这一天,他是怎样在巴黎的马尔索大街,关闭了他亲手建立的那家四十年的时装店。

有人说,是上天派他来爱我们。

而女人们无尽的感伤,将会从此起航。

一次未完成的谈话

开 始

我请来我的朋友。

在我的有阳光照耀的家中。

我已经越来越喜欢我的家了。那种咖啡色的很暖的色调。也很古老。

我对她说,她很美。在流泻的阳光下流泻的长发。她很年轻。使我想到了年轻时的我。我知道我们从此会有很多话要说,这里仅仅是开始。

她说,她了解我。读过我很多书。但是她不能确定她能不能通过书就了解了我,所以她希望和我交谈。

我们交谈。是为了彼此熟悉。在交谈中放松,从而拟定一个谈话的提纲。

她说,她首先想问的,是关于我作品中的那些意象。有点诗意的那一种。譬如教堂、钟声、大海或者舞蹈。

我说,有时候对我来说,写作就仿佛是一种复仇。我说,我会告诉你为什么写作会是复仇的。非常残酷的一种比喻。我说,我还会告诉你,什么是艺术,什么是艺术的生命。为什么艺术和艺术的生命是不能等同的,就仿佛我们这些制造艺术的平庸的人,不能像那些艺术的疯子一样惊心动魄地创造生命。

她说爱情。她说,她已经在我的书中读到过很多爱情。但是

文学就像是一片悬浮于天空的云。在光的照耀下,飞舞。就这样开始。那时候并不知道文学也是一种冒险。

她说,她真正想知道的,其实是我的爱的历史。那些真人真事。那些很深邃的,刻骨铭心的,以至于影响了我的生活和创作的。

我说,我们被局限。

是的,我们永远也不会拥有那种真正全知全能的视角,自然也就不会拥有人性的高度。所以我们每一个个体的哲学都是偏颇的,就像我们思维的各自不同的方式。譬如,我们将永远被限制在女性的某种直觉中,并且永远不可能真正了解男人的想法究竟是怎样的。便是这样的一种男人和女人的关系,深奥而繁复的,不能够穷尽。所以我们无奈。于是我们只能凭借着个体的经历和体验进行创作,并将这种积累着的经历和体验转化为一种写作中的经验。我便是依靠这种经验来写作的,尽管偏颇,但是在某种意义上,有时候也能以偏概全,让读者产生共鸣。关键是,我们必须承认我们只是个体。所以我们不能左右谁,更不能指望主宰谁。所以这是一种很悲哀的工作,因为我们的思维确实只属于我们自己。自己的深度和真实,以及自己所提升出来的智慧和灵性。

然后年轻的女人就开始参观我的家。她说,你好像一直很在乎颜色在你生活中的位置。你有什么特别喜欢的颜色吗?

我说,在我们的生活中,其实无非是四季的颜色。四季很慷慨,把各种色彩奉献给我们,让我们的生活因此而丰富。那些未被雕琢过的,天籁一般的。当然如果说真的喜欢,我想我可能更喜欢那种更凝重一些的色彩,譬如黑色。因为我服装的颜色首先是黑色。然后是那种温暖的棕黄,秋季和黄昏的色彩。很柔软的,有弹性的,置身其中你会有一种回旋的余地,不会碰壁。这就是色彩所带给我们的一种心灵的感觉。所以我喜欢在我的小说中描述色彩。我认为色彩是可以描述的,就像是音乐是可以描述的。艺术的形式总是可以互换的。有时候你会在色彩中读到诗歌,有时候你又会在音乐中听到色彩,并看到形象。总之,色彩本身就是诗。我一直是这样认为的,所以我总是对色彩情有独钟,因为它们也是生活的一个部分。

那么,她接着问,你所谓的艺术的人生又是什么呢?

我说,譬如,凡·高。譬如,毕加索。毕加索虽然没有死于非命,但是他的生命中有了太多的不寻常和太多的女人。生活的

开
始

289

有时候,我们会一道去看画展,毕加索的,达利的,凡·高的,还有罗丹的……

不寻常和艺术品的不寻常,结合起来便构成了艺术的人生。即是说这个艺术家除了创造了他的艺术,他的生命也是波澜起伏、惊心动魄的。但现实中很多的艺术家不是这样的。他们创造了艺术,他们的艺术使你震撼,但是去看他们日常的生活,却是那么平庸,那么委顿,那么无聊,甚至那么低劣。那么,你该相信谁?是他们完美的艺术还是他们平庸的生存?

那么,写作是一种复仇又是怎么回事?她问。她说这样的说法她还是第一次听说,所以她不能理解,甚至感到恐惧,是不是太耸人听闻了?你不是一直提倡完美吗?如此说,你的写作的历史就是复仇的历史了?

当然这是一种极而言之的说法。我说。最初写作的时候也许不是这样。小时候写那些老师命题的作文时,是不能将自己全部真实的想法写进文章的,但也不能说就没有怨恨的成分。因为我觉得我正在写的那些东西,其实都是我不愿写的。所以写的时候就难免有不愉快的成分加在其中。这样的一种不愉快的写作至今也还有,那都是一些不得不写的东西。总会如此,不能免俗,大概也是为了某种生存。所以现在写这类文章的时候,我甚至连生存都无比痛恨。为什么要生存就一定要去做那些我们所不喜欢做的事情呢?

　　她说，但那毕竟是很小的一部分，你不是一直在说你是喜欢写作的吗？

　　真实的情形是，哪怕是喜欢的写作，有时候因为太累，于是也满怀了怨恨。这种怨恨的情绪是唯有我自己能感觉得到的。非常令人沮丧。其实我一直有一种想法，那就是如果有一天我能不写作该多好！就呆在那儿，享受所有由别人创造的人类文明的成果。这是一种非常真实的想法，因为我累了。所以有时候我非常仇恨写作，但又不能不写作。我没有那种能够不劳而获的运气。我要自己耕种，才能收获。而且要勤奋耕作，才能丰衣足食。终日要像那些真正的农民一样，日出而作，日落而息，甚至日落也不能息，这是一种多么可怕的生存，永无宁日的。写作让我变得异化，变得像一架没有感情甚至没有趣味的机器。但是我没有勇气摆脱，也没有能力摆脱，因为写作确实是我唯一能做的事情，而且给了我很多，除了丰衣足食，还有蝇头小利。那也是我不能拒绝的，所以我会仇视我自己。

　　那么从什么时候起，你真的把写作当做了一种复仇？女孩说她确实不想持续这个话题了，再说到复仇的时候，她总是有一种非常不愉快的感觉。一种被亵渎了的无奈。

　　"文革"。是的，"文革"十年，写作成为了我唯一可以宣泄的工具。那时候我的处境很糟。我几乎被那个时代抛弃了。我被压抑着。活得很艰苦。内心的愤怒无以宣泄，才意外地发现文字是那么重要。可以将我无法说出来的东西写出来，那时的写作对我来说是一种真正的生命的方式。因为如果我不写，便会因痛苦而死。从十二岁到二十二岁，我就是伴随着写作在苦难中坚持下来的。我写过的日记有上百万字。各种各样的日记本。大大小小。薄薄厚厚。那时候写过之后，还要将所写的东西妥善保存。因为那样的写作很可能成为某种罪证，给我自己和我的家人带来更大的不幸。或者干脆写出来后就烧掉。那种写了就烧的过程。因为那时候对我来说，写作的全部目的就在于写。就在于书写中的宣泄。就在于复仇。在写中间，平衡一切。因为那时候我所记录下的，全都是对那个可怕年代的仇恨。譬如，白天我被不知从哪儿飞过来的石头砸伤了；譬如，今天我在窗外又看到了一条新的批判父亲的大标语，墨汁正顺着砖墙流下来；

开
始

291

譬如,父亲又被带走了,不能回来了;再譬如,母亲不得不把我和弟弟送回老家,离开的时候她哭了……

那时候,写作当然是一种复仇。向欺压、伤害我们的那个年代。当然是阿Q似的,因为我们无力改变世界。所以只能在独自的时候,用文字和心灵在纸上抱怨那种对我们不公平的生存状态。于是在这样写作之后,便会有了某种释然的感觉。觉得终于出了一口气,觉得有了呼吸的空间,可以喘息,可以透过气来,可以继续活下去,也可以和那种不愉快的生存暂时地和解了。

那么,你的那些关于爱情的写作呢?爱情是那么美好,难道也是为了复仇吗?

如果爱情真是那么美好,那我们安心享受爱情就是了,干吗还要去写那些所谓的爱情小说呢?是因为很多的时候爱情并不是那么美好的,在爱的同时,我们还是会经常地感受着痛苦,那种爱着,同时便痛苦着的情境。譬如,你认真去爱的那个人,却不能善待你,于是你只好将你的怨愤无奈地流露在你的作品中,向那些伤害了你的人宣战,向他们复仇。其实对我来说,能被写进作品中的爱,大都是我们在生活中得不到或者已经失去了的。那是非常深刻的一种痛苦。如果一个人终日在痛苦中,他能不愤恨吗?痛苦会使人发疯,特别是当你得不到你特别想要的那个人或是那一份感情的时候。你在煎熬中,任何的慰藉都无济于事,没有人能帮助你,更没有人来拯救你的心。那时候你该怎样解脱?于是写作成为了一种能够调节生命节奏的阀门。当你拧开那个阀门,让痛苦和已经转化为仇恨的水奔流直下。想一想,那将是怎样的一种痛快淋漓,怎样的以血还血?那些你爱的男人。他们是你的爱但同时又是你的恨。你会觉得你是这世间最最不幸的女人。而你的不幸又是谁带给你的呢?当然是你爱或者你不爱的男人。或者你爱他而他不能爱你,或者他爱你而你却不能爱他,或者你们刚好可以彼此相爱,但在性格追求以及人生态度上又有着很多的冲突。总之你想要的对方都不能给予,于是当日子久了,爱情就会变成一场瘟疫,并且被日甚一日的彼此的仇恨笼罩着。这时候你又能怎么办?而恰好你又能够写作,于是只好拿起笔来宣泄,将你的委屈,你的痛苦,你的怨气,你的不幸,你的愤怒,你的仇恨,一泻千里。这时候写作成了什么?当然是一种复仇。因为写作之后你所获得的,是一种真正的欢乐,生命的欢乐。就像排出了所有折磨着你、煎熬着你的毒素。

女孩悻悻离去。她觉得今天的谈话的结尾不好,让她感到绝望。

我的城市

接下来的一段谈话是关于城市的。然后我就说起了我出生并成长的这座城市。

我说，我是我的城市的产物。我一直是一个环境论者，城市对我的培养和塑造是非常重要的。我觉得在我的身上所体现的就是这座城市的文化。我是置身于我的城市的某一个层面某一种深度的一粒非常微小的尘埃。便是无数这样的尘埃构成了这座城市的土壤。

但是在一些人的心目中，好像天津话就代表了这座城市的特点，而天津话又常常被人们认为很俗气的。对此你是怎样看的？

天津话当然代表了这座城市的某种风貌，但不是全部。这是只有在天津真正生活过的人才会知道的。一些外地人误会了天津，以为天津只有天津话。那是因为他们不了解这座城市的精髓，也没有看到过这座城市中的那些有着百年历史的教堂、洋房，没有看见过解放路（曾经叫罗斯福路）两边的那些高大的欧式建筑，有些比上海外滩的还要辉煌。那些可以称作为雄伟的廊柱，那些世界上不同风格的浮雕。而这些也是天津的一部分，也是天津的经典。这些是纯粹的天津话所不能替代、也不能包含的。天津很大，被划分成不同的区域。有非常传统的四方四正的老城区，也有非常欧化的租界区。而租界区的一

小时候全家人最常去的地方。背景是上世纪二三十年代英国人的俱乐部。解放后变成了干部俱乐部。

些建筑，干脆就是百多年前外国人自己建造的。因为他们在此殖民，他们便把这里也当成了自己的家，他们要长久地在这里生活下去，这是他们掘金的地方，是他们的梦想的地方，也是他们的又一个故乡。于是他们带来了自己的建筑和自己的文化。几乎所有欧洲的国家都来到了这里，因为这里连接着大海,连接着他们真正的故乡。

同样的背景。古老的英国式路灯照亮了我的许多故事。

你对你这座城市的文化研究感兴趣吗?

我从没有做过专门的所谓研究。因为对我来说，这座城市的一部分文化是渗透在我的血液中的。我之所以要强调"一部分"，那是因为我所接受的影响，只是在我所生活的那个区域中。来自不同区域的人，他们身上的文化成分是不一样的。所以一方水土养一方人，哪怕那差异是很小的。

那么你的区域是怎样的?

首先我不是纯粹的天津人。我的父母是从部队文工团进城来到天津的。而他们所工作的单位——天津人民艺术剧院，因为是一个新组建的团体，于是团址便被选定在 20 世纪 50 年代时这座城市的边缘，很荒凉的一片地方。而我就是在这样的地方长大的。

不过我所出生的产院却是在这座城市的中心。而且这家产院的名称就叫做"中心妇产科医院"。这里一直是天津最大的妇产科医院，而我要说的不是这家医院是怎样的正宗，怎样的有着规模，我是想说这家医院的前身是一家教会的医院。而在这家医院的旁边，就伫立着那座 18 世纪由法国人修建的大教堂。这里延续了古老欧洲的教会体系，在教堂的附近总是伴随着教会的医院和学校。这个宗教群落的整体布局至今还在，尽管在这些建筑的旁边已经是现代化的高楼大厦林立。百年间有

这座位于海河北岸的古老建筑,看上去和欧洲的建筑简直几无二致。这就是我的城市,被这样的建筑所营造。

成千上万的婴儿从这家医院降生。尽管已经听不到那种教堂的钟声,但是如果你留意,你还是能从这些建筑中找到那种神圣、纯净的感觉。

接下来我便在那个几近郊外的环境中长大。说是郊外,是因为那里除了我们所居住的那些解放后由前苏联专家设计建造的新房子外,就非常空旷了。那种真正荒郊野地的味道。而另一个可以说明这里偏远的证据,便是我家房子对面的那片法国公墓。那座墓园就在我家的窗外,我每天站在窗前都可以看到。

在一般人看来墓地是一个令人恐惧的地方。但是小时候生活在墓地的旁边,却一点也不觉得这里有多可怕。相反,这座法国公墓反而成了我童年以至少年时代最重要的活动的场所,成了我生活中最为灿烂的一部分。记得小时候我们经常到那里去玩。穿过一条小河,穿过小河中央的那条土道,我们就能抵达那个到处是绿树掩映、绿草茵茵的被废弃了的墓园。那里也许恐怖,但对我们却总是充满了诱惑。总之,那里是一个和死亡连接最紧密、也是最神秘的地方。

这座墓地因为是专为那些死于中国的法国人修建的,所以整座墓地的风格非常欧化,繁复而雕琢。离法租界不太远,当然也不太近。但那里已经足以寄托法国游子对他们不幸客死他乡的亲人的哀思了。当年他们可能时常会在某个时辰，在教堂做过弥撒之后，他们便会驱车来到墓园，在此为他们亲人的亡灵祈祷。因为他们经常要来，把这里当做了他们与故去亲人接近的地方，甚至一个精神的场所，所以，他们才会把这里修建得如此漂亮典雅，就像是真正的花园。

因为是在这样一座墓园的旁边长大，我便对这里总是怀有一种浪漫的想像。我想这样的童年经历，一定也影响了我日后的创作，甚至行旅。记得那一次去美国，我就特别提出了想去看美国的各种各样的墓地。这连我的翻译仪方都觉得很吃惊，她说通常中国人来访问是忌讳去参观墓地的。结果在仪方的帮助下，我就看到了那些墓地：华盛顿的阿灵顿国家公墓；新奥尔良十分著名的浮在地面上的墓园；还有新墨西哥州的那些印第安人的坟墓。每一处不同的墓地都代表着不同的文化，给我不同的想像：生与死的，还有爱，以及灵魂。

如此我从不惧怕墓地，我甚至喜欢墓地，对那里的草木充满了一种梦幻一般的迷恋。我想那就是因为我是在墓地旁长大的。是墓地的文化养育了我。我太熟悉那样的一个所在了，所以我才一直把它当做我心灵中的一种永远的景象。

记得小时候我们将那片法国墓地叫做"小树林"。那是我们孩子的一种叫法，久而久之，便也约定俗成地成为了法国墓地的代称。那时候我们总是相约到"小树林"去玩儿。那里真的很迷人，有很多松树，郁郁葱葱。还有很多白色的石椅、法式的喷水池、破碎的雕像和东倒西歪的墓碑。那是荒园，没有人管理。墓地中有很多草本的植物，野花、狗尾巴草、三棱草，还有蟋蟀、蝴蝶和蜻蜓。那时候对我们来说，拥有了墓地，就等于是拥有了大自然。我们在那里一玩儿就是大半天，不吃饭也不回家。我们在墓地中自由自在地跑来跑去，好像每一寸土地都值得流连。家长们都不愿我们到"小树林"去玩儿，因为在他们的观念中，墓地总是不好的，他们不愿让我们和死亡那么接近。他们认为那样对我们的成长是不好的。

大人们永远也不会懂"小树林"对我们意味了什么。

后来就频频传来关于"小树林"的各种阴森恐怖的故事。但是现在想起来有一些是大人们故意编造出来吓唬小孩的。说有一个穿黑裙的女人，很美，但是有一天不知道是为了什么，她突然就疯了。疯了之后她便总是在法国公墓中游荡，在松树间走来走去,悄无声息的。她还喜欢坐在汉白玉的石椅上，在那里唱歌，或是自言自语。人们说她时常光顾法国公墓的过程就是她一天天变疯的过程。不知道她究竟受了怎样的打击和刺激，亦不知道在她难以承受的时候，法国公墓给了她怎样的安慰和诱惑。总之这里成了她唯一愿意来的地方，就像我们这些孩子。无论清晨还是黄昏。这里是她的避难所、避风港，不知道是不是也是她的乐园。

但是她最终还是被送进了附近的精神病院。

这便是我家旁边的又一处令人惊异的景观。那就是我们这座城市的精神病院竟然就建在法国公墓的旁边，也就是建在我家的旁边。可能也是因为这里远离市中心，通常这类医院都是要建在这种偏远而荒凉的地方的，让所有正常的人都能感觉到安全和安宁。

自从我有了记忆就有了比邻的那家精神病院。因为几乎是楼房挨着楼房，所以在深更半夜的时候，我们便会经常被精神病院里愤怒而绝望的喊叫声吵醒。那是真正的歇斯底里。紧接着伴随的便是一片狗的狂吠。

这是怎样的夜晚。我们不怕法国公墓中那些蓝血白骨的游魂，却对精神病院里的狗叫始终深怀恐惧。记得有一次我们这群孩子不知道怎么惹怒了精神病院的狗，那群疯狗便突然地越过铁丝网向我们冲来。那些狗总共有十来条。每一条都高大强壮、凶恶至极，就像是福尔摩斯侦探小说中的那些可怕的猎犬。狗们吼叫着向我们扑来，仿佛大兵压境，我们真的被吓坏了。不知道是谁大叫了声"快跑"，我们便屁滚尿流地狂奔了起来。我们一边跑着一边发出绝望的喊叫。今天想起来那种嚎叫声一点也不亚于那些精神病人的那种狂吼。我们没命地向前跑着，背后是同样高声吼叫着的狗群，而且它们的速度远远超过我们，而且眼看着它们就要追上我们了……不知道精神病院的管理人员为什么要放开这群狗？更不知道这些狗为什么会那么愤怒？它们是不是因为很饥饿……总之它们疯狂地追着我们，决心把我们撕成碎片。那是我一生都不会忘记的场面。真正的恐惧和绝望。而且大人们一直在对我们说,不要去惹那些狗。被狗咬了就会变成疯子。狗是乱咬人的,它才不管你是不是一个好孩子。

后来那群狗果然追上了我们。狂欢着把我们一个个扑倒在地。接下来的景象令我们惊异,因为的确并没有发生大人们为我们描述的那种被撕咬的鲜血淋淋的场面。记得我摔倒在地后,一只狗咬破了我的裤脚,但是却没有继续攻击我,只是用舌头舔了舔我的腿。那种凉丝丝的感觉至今依稀。那一刻我真的以为我的死期就到了,我趴在地上,无望地等着被撕碎。想不到那条狗突然对我丧失了兴趣,它越过我后又继续向前追了,因为前边还有继续奔跑的目标……

在那场与狗的交战中,我们中竟没有一个人受伤。大人们说这简直是奇迹。

后来精神病院的铁丝网就变成了一堵砖墙。精神病院之所以下决心修建那堵砖墙,据说是因为一个过路的小孩确实被狗咬伤后得了狂犬病,从而又住进了精神病院。以后就再也看不见那些被绳索拴住的凶猛的狗了。但它们的叫声却始终不绝于耳。我一直不明白精神病院养那么多狗干什么?那些狗又是用来对付谁的呢?

“小树林”并没有因为穿黑裙的女人被送进精神病院,就影响了我们继续到那里去玩儿。但是后来确实发生了一个令人毛骨悚然的事件,从此“小树林”便成了危险之地。

有一天警方在“小树林”的某个角落,发现了一个死了的女孩。据说女孩子被杀之前还被强奸过。后来还被残忍地碎尸,将身体的残骸散落在法国公墓的各个角落,甚至被丢弃在我们每天要穿过的那条小河中。于是我们害怕了,特别是一些女孩子。尽管我们并没有真的见到过那个杀人的现场,也没有看到那些被肢解的碎尸,但是大人们说那是真的,进而他们命令我们再也不许到“小树林”去了。他们很强硬。他们让我们相信了,在法国公墓中是有坏人的,是有着杀人、吃人的魔鬼的。

后来,我们就真的不再到那里去玩儿了。我们为此而很忧伤。

再后来,那可怕的公墓被夷为平地,代之而起的,是几幢低矮的别墅。据说住进别墅的都是些参加过万里长征的老红军。那几座建筑一盖好便立刻被很高的红色砖墙保护了起来。那个院落俗称"将军楼"。就这样，从此就不再有我们心目中的那片"小树林"了。

那些法国人的亡灵一定都是不安分的。因为法国人实在是太浪漫了，加之离乡背井，那种格外的躁动和不安便可想而知。除了夜夜会发出那种思乡的哭泣，不知道那些法国的魂灵还会不会在午夜浪漫悲歌？

尽管法国公墓已经变得越来越恐怖，但是那"小树林"的不见还是让我们这些孩子怅然。那些砖墙从此就围住了那些绿树野草，也就等于是抢走了我们美丽的精神花园。

听你说到这些的时候是那么满怀深情，所以就更觉得这块有着文化背景的墓地的消失很可惜了。

物质的法国公墓是无奈地消失了，但是那影像却永远留在了我的眼睛里和我的心中。它们已经被完好地收藏在了我的记忆中，只要想看，我就能在记忆中搜索到它们，并带着一种怀旧的思绪去欣赏它。我想这就是我一开始对你说的，这座城市的一部分文化的痕迹已经深深被镌刻在了我的生命中，成为了我生命中不可分割的一部分。它们将永远伴随着我，并且永远也

海河东岸的意租界。这是正在修复的意大利建筑。

建筑也是历史的见证。

不会丢失。

这就是你对这座城市的文化读解？

肯定是非常片面的。但却是十分确切的，也是渗透我骨髓的一部分。这就是所谓的那种殖民的文化，租界的文化。这种城市文化非常特别。

我说，这个世纪很斑驳。特别是关于文化。这是个庞大而复杂且又难以穷尽的话题，我们难以把握。但有些关于文化的物质是能够看得见的，比如百年所积存的那些至今依然矗立的东方与西方的对话。那是我们能感觉得到的一种历史的风景，是一种积淀。百年千年。就像在地震的红光中消失的那座庞贝古城。那座标志着古罗马文明的城池从此深埋地下，直到有一天，它重新被发现被发掘，它便成为了文化。

文化便是这样被简单化物质化了。尤其是在我们今天的这座城市，百年来的历史遗迹可谓俯拾即是。随处可见的，是依然巍峨的教堂的尖顶，是颇具规模的意大利风情建筑群落。在我们至今穿行其间的五大道上，那英式的法式的德式的，那哥特的拜占庭的巴洛克的，还有中世纪的文艺复兴时期的或是维多利亚时代的种种风格迥异的街景。这些西方文化的象征，便这样随着西方殖民者的侵入出现在我们这片古老东方的土地上。物质的掠夺连同着文化的渗透，在抵抗中慢慢进入了我们的生活。

你是不是过分强调这种殖民文化了？

总要强调一些什么，因为这就是历史。你如果不去强调，也许说不定哪一天它们就会在我们心中消失。我这样强调并不是说这种西方文化就是好的。但至少是，在很早以前，我们这座城市就已经生活着很多外来的移民了。他们远离家园，在这里生老病死，并被埋葬在这里。这是我所看到并记录下的。正因为有了他们这些外国人的进入，才会有东西文化在这里交汇，在这里碰撞、冲突以及融合。除了上海，中国没有任何一座城市像天津这样包容着那么多国度的文化，而且这种包容的方式，也和上海明显有别。我们当然应当记录下这一段历史。

对于一座城市来说，历史的观点非常重要，因为唯有历史支撑的城市，才可能是厚重的。强调历史也是对一座城市文化

我的城市

玫瑰攀援在白房子上，还有灯。就像一部小说的开头。

品位的提升。并且历史也是可以利用的。国际上的很多城市就是利用历史来建立旅游业，进而发展、发达的。譬如古埃及文明。譬如古罗马、古希腊、古巴比伦……就是没有什么历史的美利坚合众国，他们也会把两百年前的南北战争说成是了不起的历史。而且，你只要是沿着密西西比河南下，就到处可以看到联军的指挥部，或是南方军队的要塞等等历史的遗迹。总之，所有的战争遗迹都被利用上了，人们对此也颇感兴趣。我们为什么不去借鉴呢？让我们的城市也闪烁出历史的光芒。

这就是你的城市背景。你真的那么爱她吗？

是的。爱。深爱。我感谢我的城市所给予我的那无尽的话题。感谢她给了我那么辉煌而又沉重的昔日岁月。我想便是这些让我也丰富了起来。这一点对于我的创作非常重要。

总之，我是这座城市的女儿。对于我，固守于此，便会由心底升起一种踏实的感觉。有了这一点就足够了。

短　语

　　年轻女人再来的时候有点心怀惴惴。她上来就说今天我们不谈不愉快的话题。谈一些更技术一些的方面好吗？比如你的短句子。她说她已经发现了在我的作品中，我总是喜欢使用那种短语。特别是对于那些句号的偏执。太强调了。当然客观的效果是，一望便知是你的作品，这是不是你在有意强化某种所谓的你自己的风格。

　　好吧，我说，风格是自然形成的，就像千百年来形成的那种自然的景观。任何人的风格都是他们生活态度的结果，概莫能外，在某种意义上这也是一种命定。

　　至于我，差不多一开始进入写作，我就开始使用这种短语了。当初，我或许是有意识的，因为有一个时期，我曾大量阅读那些外国先锋派作家的作品。就是在他们的作品中，我发现了一种非常适合于我的写作方式。而在此之前，我甚至觉得我是不能写作的，因为我总是写不好那种写实主义的小说。于是我迷恋那种现代派的写作方式，迷恋他们作品中那种很长的句子，或者很短的句子。

　　这种句子的方式显然影响了我。于是在我初期的作品中就非常鲜明地表现出了一种对形式感的追求。我一直认为形式是可以产生意义的，而句子的或长或短有时候也能决定作品的内容。譬如我的那部《河东寨》，那是一篇只有两万五千字的小说，没有什么故事，有的只是意绪的宣泄。所以读起来很令人困惑，像有很多的东西，又像什么也没有。在那部小说中我就大量使用了那种很长而又没有标点的句子；以及，很短而又句号接着句号的句子。譬如：

　　　　我站在崖的尽头看海浪前后涌动黄昏的时候海风突然吹起来带着呜呜的响声。海翻腾起来了海面变得阴暗崖的巢穴里飞出暗灰色的水鸟盘旋着在风里浪里凄惨地叫。我从小最怕听鬼的故事最怕一个人呆在一间大而空旷的屋子里可人们说崖顶上有鬼石头房子里有鬼连我的身上也附了鬼那还有什么可怕的……

你走了。风静了。海上升起一个明晃晃的月亮。月亮把黑色的海镶上一层银边。海面延伸着就像一片黑色的广场。没有一丝动荡。没有风声。浪也不再撞击崖石。海像一块陆地发出泥土的气息。悄悄的月光铺出一条碎银的小路。淡淡的雾从小路上升起又在空气中散开。

你看，这种长句和短句的并用，仅仅是为了造成某种阅读感觉上的差异。很不同的效果，长句子读下来让人觉得透不过气；而短句子则简单明了，一目了然。我便是由此开始了我对句子形态的探索。我对于形式一向十分在意，而且敏感。我觉得形式这种东西总是能带给我兴奋，甚至会改变我作品的整个流向。我不同意在写作中一切由内容来决定，形式随之自然天成。我觉得在写作的时候就是要讲究形式，因为形式也会在作品中产生出意想不到的效果。

于是这样写下去。但是我慢慢地发现，那种我所一直追求的长句子所带给读者的，是阅读中的越来越明显的迷惑，甚至成了某种障碍。于是我决定抛弃这种形式。但是我没有抛弃短句子。甚至在后来的作品中越来越多地使用短句子。原因之一，便是因为我喜欢句号。

句号是我在写作中使用最多的一种标点符号。当然也是我运用得最得心应手的。而我对于逗号的使用就不那么自信了，总是模棱两可，不够准确；惊叹号我则几乎不用。因为我觉得惊叹号确实没有太大的意义，生活中有多少值得惊叹的地方？我甚至觉得凡是喜欢大量使用惊叹号的，一定不是初学者，便是虚伪和矫情的人。

短句子并不是一种短语和句号的简单相加。不是的。短句子应当是一种思维的方式感受的习惯一种看待事物的观点和感觉生活的眼光。被称之为句子，按照一般的规范，通常是一定要有主语谓语的。譬如,她很低调。这里主谓语全都有了,甚至包括了程度副词。但我要说的是,有些短语不必规范。不规范的句子也是能够表情达意的,甚至更有表现力。我的这种想法显然和常规的汉语教学大相径庭。我不是要故意反对这种传统的语文基础教学。恰恰相反,我是要说,我如果不曾接受过规范的汉语教育,也就不会有今天的这种短句的方式。我的这种反规范的短句子是在基础教育之后才有的。我清楚地知道我要面对的究竟是什么,而我要以我的句子方式所表现的,又是什么。

> 当心力都已经疲惫。她的心给了谁?她呆在自己的房子里,却仿佛牢笼。没有人阻止她做什么。没有人阻止她去爱。她想喝一杯清茶,那种最好的。有一种说不出来的茶的香。这就是她现在的状态。有那么一点无奈。或者说正在失去着某种自由的精神。那是她最怕的。那即是说她失去了个性。一个没有个性的女人。不再喝咖啡。没有激情也不再渴望着夜晚的床。剩下的还有什么。一天一天的空旷。想着爱却又丧失了欲望。于是她潦倒。把在男人中纠缠当做一种游戏。无所谓真诚。表演着那种虚妄。那总是她最最痴迷的。她想要而又不能得到的。那所有的需求,被限制在她自己的男人对她的无比爱意中。

这就是我的一篇叫做《她的心给谁》的小说的开头。几乎都是短语。句号意味了什么?已经不需要规范。无论有没有主语谓语有没有定语或是宾语,已经都无足轻重。因为我在我的那些短句中,已经表达了我的意思,那种完整的思绪和感觉。那种确切而深刻的精神的状态。

当心力都已经疲惫——这让你知道了这个人的状态。

她的心给了谁——又让你知道了一个女人的困惑。

接下来每一句短语表现每一重含义。于是将这些短语串联起来,你便知道了这究竟是个怎样的女人;她此时此刻所处的,是一种什么样的情境;她的精神状态是怎样的;她的生存究竟出现了什么问题。还有她的形象,她的性格,以及她的思维,都已经被这些短语完成了。我想这就是我的方式。

短语

这种短语还有一种特别独特的功能，那就是对景物的描述。我们干吗还要费力对那些景物做那些那么冗长但却是模式的描述呢?仅仅是为了符合句子的规范?

> 太阳。红光。海浪。潮汐。沙滩。断崖。空地。远山。石屋。窗。窗中的眼睛。

这样的罗列，难道不能让读者感受到小说所设置的那个特定的环境吗?

这样的景物描述，最初来源于一些电影文学剧本的启示。当然一定要是那种非常文学性的电影剧本。譬如伯格曼的《野

这是凡尔赛宫镜廊的落地窗。在逆光中被分割着，又透露着外面花园的信息。看到这满含深意的景象便便拍摄了下来，以为这就是小说的景象。

草莓》，戈达尔的《芳名卡门》，格利耶的《去年在马利昂巴》，还有杜拉的《广岛之恋》、《长别离》以及《情人》。杜拉便是因为总是不断地去写让雷乃这些法国先锋导演拍摄的电影剧本，而使她的小说总是和电影很接近。因为她能够把电影剧本中的那些简洁的场景描述成功地运用到小说中来，所以她的几乎所有作品都是游离于电影和小说之间的。这是一种非常好的感觉。

便是这样，慢慢的，短语成为了我的一种有点固定的写作方法。常常不用刻意去想，那些短语就会非常自然地从心里流淌出来。甚至，这种方式已经成了我的一种思维的定势，一种世界观。就是说，我是在用那种短语的思维来看待和描述世界，这也许就又成为一种局限了。但是，我却暂时不想改变。因为这种语言的方式对我来说实在是太美妙了，那么得心应手，那么一以贯之，又是那么的美好和亲近。

年轻的女人听过后说，于是就形成了你的风格。

她还说，她也开始对短句产生了兴趣。

爱一次，或者，很多次

她问：无论谁，你认为一生只爱一次这样的说法真实吗？

一个很敏感的话题。无论对谁。

然后我回答。

那是因为我们的生命就是一条长长的路。我们要经历很多的男人才能走完这条人生的路。而且要经过很多男人才能让我们变得成熟而完美。

我是说，一个人一生可能只爱一次吗？

很多人穷其一生仅仅是为了追求真正的爱。激情使他们不断掀开生活的新篇章。总有最美好的在后面。而最美好的一旦得到便又不再美好了，甚至令人失望。于是那些有着进取心和生命力的人，便会永不停歇地追求下去，直到他们生命的停止。

我不知道是不是有人一生真的只爱过一次，但是我却知道当一个人体验着这种一生只爱一次的感觉时，就无异于落入了一个美丽的陷阱。那是一个看不见的牢笼，你被关闭其中，被囚禁并且被奴役，却以为身边都是爱。其实那仅仅是表现为爱的

小时候最常去的花园，今年的春天已布满郁金香花蕾。

一些绳索，精神的绳索。于是你要处处遵守只爱一次的规则。并且在这种残酷的规则中动转不能。我不相信有人会心甘情愿地一生被套牢在这样的规则中。如果真有这样的人，那他无疑就太可怜了。因为他看不见周围的虚伪，或者他看见了却不愿承认。那是他在欺骗自己。

就是说你不欣赏这样的态度？

尤其是那些有才华的人，那些艺术家，甚至政治家。如今政治家有外遇者被不断曝光。克林顿就不用说了，连法国前总统密特朗那样看上去十分严谨的男人，竟然也有着长期的情妇，甚至他们的女儿都已经很大了。于是有一种为政治家外遇辩解的观点应运而生，而且非常有意思。他们说有外遇的男人至少证明了他们的生命是有活力的，他们是有激情的。就在克林顿绯闻闹得惊天动地的时候，就有人站出来这样说，他们说他们也希望总统作为男人不要被女人的裙带所纠缠，但是他们又坚信，那些没有绯闻的总统肯定是无能的。尽管这种观点是一种辩解，但至少说明了情爱以及性爱是与一个人的生命状态紧密相关的。

这样推论下去，按照规则，僧侣就鲜有绯闻。当然那是因为有戒律和禁忌。而教会中确保这种规则实施无误的，便是素食。素食是对生命欲望的一种最大限度的控制，甚至是毁灭性的。吃肉的动物不仅会有旺盛的欲望，它们的攻击力也是频繁的，无与伦比的。动物尚且如此。素食当然也是对人性的一种抑制。于是，梵蒂冈就宁静而平和了。默默地占据着世界的一角。守护着宗教的教义。素食的僧侣们再没有能力去发动战争，大概也没有统治世界的雄心。他们最大的愿望就是用上帝的声音来控制人类的灵魂。在素食的这种潜移默化的腐蚀中，他们一天天委顿下去，不再有创造力，不再有激情，更不会有淫乱之念。只有静夜思。长长的夜。这样的生命状态事实上是一种守势。守，进而操守，这便是一种境界了。但这种境界中的"淫"也还是有的。意淫。这就是在教堂的墙上和房顶，那些总是让人想入非非的绘画。他们请来米开朗基罗或者伦勃朗或者罗丹，为他们雕塑那些或来自天堂或来自地狱的裸体的男人和女人。就是大圣大贤的基督耶稣，也是光着身子被钉在十字架上的。只遮掩着生殖器的那个部分，那是基督身上唯一没有被教民们看到的地方。他便是如此赤条条地引导着圣徒和教民，为整个人类以及所有的原罪去受难。

你是说，那些裸体的宗教的故事其实是一种变态的情欲？

因为被限制，所以才会变态，其实这就是雨果在《巴黎圣母院》中想要说明的。他是同情那个副主教的。那才是他创作的初衷。反对中世纪宗教的非人性，因为雨果所生存的是一个人文主义的时代。在禁忌中的男人，肯定是不正常的。因为那种禁忌违反了生命的本质。于是扭曲。于是变态。那个副主教真的很可怜，他已经被身体中的欲望引诱得喘不过气来了，而他所要面对的，又是个那么漂亮的吉普赛女孩。于是他只好将此归结为"宿命"。多么悲哀。没有身与心被撕裂成滴血碎片的体验，是写不出"宿命"这两个字的。这两个字是很残酷的。

就是说，抑或是将爱限制在"一生一次"也是非人性的，因为人类的感情应该是流动的，对吗？

是的，确实很多人都有过很多次爱。当然他们为什么要很多次去爱、很多次改变的原因各自不同。譬如杜拉。譬如波伏瓦。不过接下来我想要说的不是她们，她们我已经说得太多了，我要说的是一个比她们更早的并且爱过很多次，很多次被优秀的男人所爱的那个女人，我想你知道我要说的是谁了。

乔治·桑。

是的，乔治·桑。

只有她。年轻的女人说。最近我读了她和缪塞往来的情书，她大概便是那种永远不能在爱情中停住脚步的女人，她总是去爱。她离了爱便不能生存。但是她的爱又永远不能是专一的，她一定要不断更换爱情的对象，据说，就在她依旧和缪塞如胶似漆的时候，她便已经爱上了缪塞的医生——意大利人帕杰罗。

然后我说，其实对这个女人我一直并不欣赏。她喝酒，吸卷烟，穿男装，有时候还满口政治，一副女权主义的那种不修边幅的姿态。据说她也并不漂亮，还是有夫之妇，很不检点的生活。但是让我一直不明白的是，爱上这个女人的男人们为什么都是那么杰出的，青史留名的，譬如缪塞，譬如肖邦，据说还有梅里美。真是太不可思议了。她凭了什么？

　　所以我想这个女人一定是有着她的过人之处。她能在缺乏通常女性之美的情况下，依然能让男人为她而动心，而歇斯底里，这本身就是非常了不起的。我想她能爱那么多的男人，而且都是那么伟大的男人，那么她的那种爱的能力一定是极强的，她的生命力也一定是极为旺盛的。于是你不得不钦佩她，不得不承认她是个无比卓越的女人。而她还有更不同凡响的地方，那就是她在爱着他们的同时还能造就他们。那些在被她的爱抚养之前一直默默无闻的艺术青年们。她造就了缪塞，造就了肖邦，他们所有最好的作品都是因她而生而灭的。是因为生命中有了她，他们的激情和才华才能被如此调动。

　　是的，后来他们都成了比桑还要杰出的艺术家。

　　我读过桑的一些作品。它们确实不能够吸引我。所以在法国那个文学巨匠辈出的时代，桑并不是一流的作家。也许桑的著名，在某种意义上，更多的是因为她和那些一流艺术家的爱情，以及她身体内所积有的那永远也喷射不完的激情。她是那种典型的用生命制造艺术的女人。她不管别人怎样看她，依然我行我素。她是个因生命激情而出名的女人，这是需要付出代价的。

　　所以她也是值得崇敬的。

　　当然。桑就是这样的一个女人。拥有着无限的爱的欲望和能力。她就像是一张爱的温床，或是爱的摇篮，诱惑着那些有为的孩子们。她张开她的那母亲的，或是情人的，有时候又是妓女的、荡妇的臂膀，将那些年轻人拥抱在怀中。然后她给他们亲吻，给他们乳汁，让他们迷失在她的身体和感情中。于是他们爱她。疯狂的爱。因爱而苦痛而欢乐，又因苦痛和欢乐而写作。那些将会不朽的杰作。而且果然不朽。足见桑所给予他们的爱是怎样的深刻，怎样地有着力量和质量。那么桑又是什么？一个多种成分的混合体。她集老师、朋友、母亲、姐妹、情人、荡妇于一身。特别是荡妇的那个角色让被她丢弃的那些男人总是耿耿于怀，铭心刻骨。她总是在被男人深爱着的时候抽身而去，于是便给那些男人留下很多惘然。他们不愿意相信那个那么深爱着他们的女人，怎么转眼就会投进别人的怀抱。于是他们愤然离去。在离去之后伤心欲绝。他们不能接受这样无情的现实，于是他们愤而疾书，将他们所有的爱和仇恨宣泄出来，成为艺术的永恒。

他们的那些作品之所以不朽，有他们非凡的才华，但桑给予他们的那种爱的力量也在其中，这也是不能忽视、不能否认的。否则别的女人怎么就没有像桑那样用爱情孕育过那么多伟大的艺术家呢？

桑可能还是伯乐，因为她善于发现那些默默无闻而又才华横溢的毛头小伙。他们来到桑的床前时，都很年轻，甚至可以做桑的儿子。然而桑利用了他们崇尚她那种成熟女人的心理，将他们带进她的小屋，然后和他们上床。接下来她便开始影响他们，打造他们，用她的非凡的头脑和思想(桑是有思想的)。她先是给予他们身体，进而给予他们哺育。她把他们当做了那些嗷嗷待哺的婴儿，她在与他们相爱并做爱的过程中，看着他们一天天长大。然后她就开始折磨他们，他们不知道其实桑的折磨也是一种培养。她对他们的塑造和雕琢是无形的，她从不对他们说你该怎样怎样，但是她的种种爱的方式本身，就让他们知道了该怎样努力才能永远获得桑的欢心。

仅仅是爱就足够了。就足以铸造出一个艺术家了。但那必须是桑的爱。那苦苦甜甜，那镂骨铭心。在做爱的欢乐在分离的悲伤在咸涩的泪水在苦痛的心灵中，就足够了。桑施展着魔法。让丑小鸭变成白天鹅。这就是桑的能力。仅仅是用爱来启示，来启发。

桑便成为了这种可以爱很多次的那种人。而且很多次造就了伟人。她让她自己的爱的历程每一次都充满了光彩，她也让她爱过的那些男人每一次都不是一无所获。所以桑不是别人。她是个十分了不起的女性。她能够爱很多次，而每一次都是饱满的，有质量的，充满了波澜起伏、悲欢离合的，也是孕育着伟大和不朽的。

再说说缪塞。

是的，缪塞来了，走进了桑的生活。缪塞在浮雕中是那么忧郁而浪漫，而据说他在认识桑之前，是个恶习缠身的花花公子。他吸毒，酗酒，随意浪费他的才华，甚至将时光消磨在妓院里。但是他遇到了桑。那也是命定。他遇到了桑就疯狂地爱上了她,那么纯真而且那么强烈。生生死死的。整整三年。之后,就有了缪塞的《世纪儿的忏悔》。

还记得我在大学的图书馆里是怎样读着缪塞的这本书。后来当这本书重新出版的时候,我立刻将它买回了家。

有意思的是,不久前我看到一条消息,说一部叫做《世纪儿女》的电影已经于1999年由法国出品。导演是一位女性。她看上去有点先锋姿态的样子,但是却对桑和缪塞的古典爱情发生了兴趣。她说她历经三年去研究桑和缪塞的爱情,用了桑和缪塞相爱的同样时间。她说他们一个是激情饱满、天生傲骨的美妇人,一个是才华横溢、风流倜傥的美少年。她说她试图从男人、女人这两种立场去诠释他们的这段痛苦多于欢乐的爱情。她在拍摄影片时很投入,而她所选择的两位当红的影星比诺什和奇梅也很投入,仿佛他们就是19世纪的桑和缪塞。以至于他们的投入让他们不能不假戏真做。那是因为桑和缪塞百年之前的那段炽热的爱情太感染他们了。这份地老天荒的爱情不仅感染了他们的表演,同时也感染了他们的身体和灵魂。当缪塞忘情地吻着桑的时候,也就是奇梅在吻着心爱的比诺什。当他们上床,也就是他们在床上激情似火,肝肠寸断。以至于当银幕落下,他们的爱情还不能停止。于是比诺什只能暂时离开银幕,等待着她的婴儿的出生。对这样的一个结果,你知道那个法国女导演是怎样评价的吗?

她说了什么?

演好一场自己根本不相信,并且没有感觉的爱情戏,对于演员来说是根本不可能的。这就是桑的力量。

人性深处的探究

我们开始谈我的小说。

她问我：你自己最喜欢你的哪一部作品？

我说，《我们家族的女人》。很多年来我一直这样说，当然也是这样认为的。那是一个年代的产物。就像每一部作品都代表着你在某个特定时期的思考和情感一样。是不可复制的，甚至是不可修订的。它记录了你在那个时刻的心情。《我们家族的女人》，便是爱和宿命。是生命中、血液中的一种悲哀，而那一段美好又恰好发生在海边。海一直是我最最喜欢的地方。我觉得只有在海边才可能发生某种灵魂深处的故事。

还有呢？《朗园》、《武则天》、《高阳公主》、《上官婉儿》，你怎样看待这些小说？

都是我倾尽心力之作。无所谓喜欢或是不喜欢。其实我已经为那几部作品写过很多文字，来说明我在写作每一部作品时的心意了。但是我现在要说的是我的另一部长篇小说《天国的恋人》。应当说这在我的创作中是一部十分重要的作品。非常重要。那是唯有我自己才知道的。我之所以要谈论这部小说，是因为我在这部作品中有着我自己的关于人性的思考。那是被别人忽略了的。

是的，我对你的这部小说就没有什么印象。甚至不知道。

这部书写于1992年。这是我的第二部长篇小说。由作家出版社于1993年7月出版。先后印刷两次。有平装和精装两种版本。那是第一个让我十分满意的装帧设计。特别是封面。在蓝色的背景中镶嵌着一个非常优雅的吹着长笛的女人。很朦胧的。也很诗意。女人与长笛，一直是我非常喜欢的一种意象，也是我最最喜欢的两种事物。我不知道美术编辑为什么选择了以女人和长笛作为封面的主题。还有那种蓝色。为此我给那位素不相识的美术编辑写了一封信，感谢他对我的审美的理解。

这部书尽管有了如此令我感动的封面，但却还是留下了一个至今令我懊悔的遗憾。出版社在 1993 年的时候非常谨慎。为了确保我的书能出版，他们修改了这本书的名字。这当然是非常重要的，因为我一直很在意作品的名称。一部作品叫什么名字确实非常重要。而且我觉得很多年来我的作品的名字都不错，都是我用心推敲的结果。所以修改书名当然是很重要的事情。这对于一个作者来说，是极慎重的事情，但那时我还是妥协了，可能是因为我太想让这部小说问世的缘故吧。

原先小说是怎样定名的？

《天堂的罪人》。

《天堂的罪人》？当然被改作《天国的恋人》就确实是咫尺天涯了。天堂和天国好像还没有什么太大的差别，但是罪人和恋人就风马牛不相及了。

这多少显示出这部小说出版的时期，文坛对于词汇以及词汇所代表的意义的敏感的程度。天堂与宗教相关，是不合时宜的。而"罪人"这个字眼在书名中出现似乎也很洪水猛兽。只是这一改便完全消解了原书名中的那种批判的意义。我本来就是想表现罪恶的，那种人性中的罪恶。当然这部小说中也有爱情，但我写作这部小说确实不是为了写爱情。总之，改后的书名已经不能代表我的本意。

那么，是想通过爱情写罪恶吗？

那种罪恶甚至是看不到的。在心灵的深处。深处的某个角落。那是心灵在犯罪。通常心灵的罪恶是无法用法律衡量的。所以我想那或许就是那种所谓的原罪吧。原罪是与生俱来，深深栽根于人性之中的。有的时候我们能够感觉得到，但有的时候它们又是非常隐蔽的，甚至一生都不会彻底地表现出来。如此的一种罪恶，该由谁去处罚？

这就让我想到了《复活》，还有《罪与罚》。19 世纪的那些俄罗斯作家们所一直纠缠的所谓道德的问题，其实就是关于心灵的罪恶。那些心灵犯罪的人没有人去惩罚他们，甚至法律也无可奈何。但是如果是一个高尚的人，一个有道德的人，他们就会自己来惩罚自己。他们放逐自己，让自己受苦，并且在自己为自己造成的苦难中获得某种解脱和新生。这就是那种所谓的道德自我完善，如此他们便获得了精神的救赎。

但不是所有的人都如此自律的。也不是所有的人都有勇气面对并拯救自己罪恶的灵魂。那是一种境界。忏悔的境界。因自己的心灵之错而忏悔，而自责，而谴责惩罚自己。在我的这部作品中，一些知识分子就是这样做的。他们因为曾经的心灵过错而永远不能原谅自己。于是他们的一生都耿耿于怀。

记得有很长一段时间，我一直在思考着关于罪恶与崇高的问题。这是一个很精英的话题，因为在人群中，并不是很多人都会产生这种崇高感和罪恶感的。罪恶感是什么？一种智者的痛苦，思想者的痛苦。因为只有他们才能时时感觉到那种心灵的疾患。就仿佛宗教感。宗教感是一种非常高尚的感觉。一种灵魂的追逐。罪恶感同样会有一种崇高的感觉，那也是唯有能不断反思自己的人才能够体会得到的。他们总是念念不忘自己心灵的罪恶，那是因为他们太追求那种心灵的纯净和完美了，所以不能忍受自己心灵上的哪怕是一丝的瑕疵。他们永远处在一种不能原谅自己的苦恼中。永生永世地忏悔，并且永不停歇地企图救赎自己的灵魂，好像他们的生活中只有这一件事情值得他们去做。于是他们不断搜寻着内心的丑恶。他们从不把这种内心的罪恶推给任何人，也不嫁祸于任何的时代或是社会。他们知道心灵所犯下的罪恶当然就只能属于自己，当然就只能由他们自己来承担。承担便意味着接受惩罚。这是智者人性的一个很深的层面。这种罪恶感以至于也成为了他们这一类人的某种崇高的宗教。

这就是你对《天堂的罪人》的解释吗？

其实，天堂在某种意义上就是我们自己。我们内心的法庭。在这样的一个法庭上，如果我们能够真正地裸露灵魂，又有哪一个人不是罪人呢？

是19世纪俄罗斯文学中的那种道德自我完善影响了你？

不，应当说完全不是。但是我一直觉得俄罗斯的那一代文学巨匠们非常伟大，他们所营造的那种心灵的境界太深刻了，而且其实那就是他们自己的心灵状态，是托尔斯泰的，也是陀思妥耶夫斯基的。我认真读过他们的很多作品，这些作品之于我，已经成为了一种深厚的文化积淀。我觉得一个人的道德确实是需要不断完善的，当然这种完善更多的是要靠自己。靠自己思考和忏悔的能力。靠自己拯救自己信念。而后，你才会变得心灵平静。

那么，你的这部小说究竟写了什么？

很简单。但可能也很复杂。是一种要通过很多的行为和心理活动才能说明的一种概念。

简单说，就是想表现一场文化的灾难所带给人类的那种创伤。不要以为灾难过去，创伤也就能随之消逝。不是的，没有那么简单。那创伤将是永远的，波及未来的。就像身体上的一个疤痕，表面上愈合之后，那伤痛犹在。于是到了阴天下雨的时候，那曾经损伤过的地方就会隐隐作痛，永不消失的，痛着，伴随整个生命的过程。

灾难是各种各样的。当然首先是战争。譬如美国就曾有过很多次战争的永不愈合的伤疤，尤其是越战。于是反映越战所遗留问题的电影便应运而生，深刻地揭示了那场战争所带给士兵的创伤。那些人尽管还活着。尽管没有被战争剿灭生命，但却被战争掠走了灵魂……

青铜雕塑。那天，下着雨。

世界上最大的苦难之疤应当是第二次世界大战。全世界的人民在这场战争中都遭遇了苦难。于是智者们反思，战争的创伤是怎样造成的。希特勒当然是罪魁祸首，但是除了希特勒之外还能有别的什么值得反思的地方吗？于是越来越多的思想者把思想的触角伸向了人性的深处。

我要再度提起关于《夜间守门人》那部电影，因为那部电影确实深深地震撼了我。

我觉得那是对人性的一次极为深刻的反思，因为影片所描述的，是一个犹太女人为了生存如何去取悦于那个德国军官，那个自己民族的敌人。而在那种一无所有的状况下，她唯一可以利用的资本就是身体。于是她利用自己的身体，让她的敌人通过她的身体去迷恋她，从而让她在所有犹太人被送去焚化的时候，侥幸地活了下来。如此生命获得了维护，但道德却沦丧了。她为什么就不能"宁为玉碎，不肯瓦全"呢？她为什么偏要追求那种"好死不如赖活"的生命境界呢？于是人性获得了挑战。她活了下来，却是卑鄙的活，羞辱的活，毫无生命质量可言的活。

电影一开始便是那个犹太女人为德国军官跳舞。她因此而获得面包，进而获得生命，甚而又获得了德国军官的青睐。从此她和他睡觉。她被认定为罪恶。而这种罪恶无疑是她自己造成的。是她自己要取悦于那个德国军官，没有人逼着她这样做。尽管罪恶，但是她还是获得了她最最需要的东西，那就是生命。然而就在获得生命的同时，她还获得了另一样东西，那就是心灵的惩罚。从此她被罪恶的阴影所纠缠。无时无刻的。以至于战后当她无意间又遇到了那个曾经给予她生命的德国军官，当她从那个隐姓埋名为夜间守门人的德国军官那里，重新回忆起了那段令人羞辱的往日恋情的时候，她便再也不愿被那日日夜夜折磨着她的罪恶感所纠缠了。干脆就成为罪恶。成为罪恶的一部分。她可能唯有和那个让她感觉到罪恶的德国军官在一起时，才会感到轻松，因为只有她真正彻底地成了罪恶的一部分，她的心灵才不会再有负担。很多年来，她已经被那种罪恶感压得透不过气来。于是她重回罪恶。重回罪恶的那种心灵的状态。她觉得在罪恶中，她才能获得某种解脱，于是她重温旧梦，继续和那个纳粹睡觉，仿佛一切又回到了战时，回到了那个集中营。她重新穿上了那些破烂的衣服，重新被剪掉了头发……

他们做爱。然后逃亡。他们最后的命运当然是凄惨的。在太阳就要升起的黎明时分双双被击毙。他们是那么优雅地先后倒下。在桥上。死亡的每一个细节。那组镜头是用高速摄影技术拍摄的，所以他们死得很缓慢，甚至很优美。

这是我所看到的关于战争创伤的一部最深刻的影片。除此之外，还有《苏菲的选择》。只是被改编的电影远不如小说那么令人震撼。结局也是死亡，因为罪恶感已经不能让苏菲正常地生活了。苏菲是波兰人，是集中营的幸存者。而苏菲之所以幸存，也是因为她取悦了纳粹的高级将领。而她之所以取悦，是为了自己，但更是为了她的两个同在集中营的孩子。她是为了孩子而把身体给了德国军官的。她表白她的家族是憎恨犹太人的，她的父亲甚至写过一本关于反犹太人的小册子。她还想方设法引起那个握着她儿子性命的德国人的注意。她甚至打扮自己。甚至勾引。甚至跪下。甚至去舔德国军官的靴子……为了什么？

苏菲已经没有尊严，更没有人格。无论做什么，也无论怎么做，只要放了她的儿子，只要让她的儿子活着，她是什么都肯做的。但最终她的儿子还是死了，而苏菲活着，活在羞辱和罪恶中，活在满心的伤痛中。那是永远也不能弥合的痛。她本来是应当和战争一道结束并毁灭的。她本来是应当随了她的儿女而去，随了毒气室和焚尸炉的缕缕青烟而去的。但是她没有。她活了下来。于是便是更深的苦难，是活着不如死去地活着，是永远的噩梦。永远的噩梦和永远不能原谅自己。时时刻刻被纠缠着，那是苏菲伤痕累累的心。苏菲的心最终不堪重负。苏菲还是死于非命，和一个精神分裂的男人一道服毒自杀，这是她唯一的选择了。其间她也曾尝试着开始一种新生活，和一个单纯的并且深爱着她的年轻男人一起生活。但是那场可怕的战争已经将她扭曲。她已经没有能力和一个正常的男人过正常的生活了。她是幸存者，但是她更不幸。活下来让心灵的上帝惩罚自己，其实那就是一场可怕的灾难之后的一种更为绵长的创伤。在创伤中经历心灵的苦难和折磨，直到有一天上帝终于开恩，将苏菲毁灭。在某种意义上，死亡才是苏菲的大幸。

像这种在人性的深处反思二战的，还有杜拉的《长别离》以及《广岛之恋》。《广岛之恋》在电影界非常有名，但是真的看过之后，却让我非常失望。远不如杜拉的剧本那么动人心魄。

不久前我还看到过一部叫做《大潮》的电视剧，也很令我震动，也是关于战争创伤的。一个曾为盖世太保做过事的法国人。他是法奸,曾出卖过同胞。其实他这样做的目的,无非是希望在战争年代能让自己的孩子们生活得好一些。战后,还是为了孩子们,他隐姓埋名,过着很低调很隐忍的生活。他知道自己是有罪的,所以他没有一天不是在恐惧和折磨中度过。他一直小心翼翼地隐藏着罪恶,而且他也隐藏得很成功。但是终于有一天他被指认。他被指认的时候已经风烛残年。其实他已经无所畏惧。因为在战后他已经成功地活过了差不多五十年。然而在即将暴露的那一刻,他却还是战战兢兢。因为他的罪恶所带来的,已经不单单是对他一个人的惩罚,而是会牵连到他的儿女,甚至孙女。他将在社会上被人唾弃,在家中再也没有人爱他并且相信他。他的孩子们甚至不愿意承认,就是因为有了父亲的保护,他们才得以在成长的时候远离了死亡的威胁。这样的父亲有恩于他们同时也有害于他们。但这是不能被原谅的,哪怕家人。

当然这样的不原谅也是有理由的,因为孩子们确实因父亲的罪恶而被今天的社会所鄙视。这是另一重意义上的创伤,更深刻也更疼痛。以自己的罪恶,在一个美妙的轮回之后,还是殃及了自己的亲人。因为无论如何,罪恶永远是罪恶。不承认这样的创伤是不现实的。你可以说犯罪的那个人不是我,是我的父亲或者祖父。但是你的父亲或是祖父如果真是一个罪人,那么谁又愿意和罪人的后代做朋友呢?如此恶性循环着。罪犯的儿女所经历的竟然是和犹太人一样的悲剧。他们遗传着罪犯的基因,他们的血管里流淌着的是法奸的血。这就像是犹太人被认为是亚利安人仇恨的种族,而这个种族是永远不可能改变的。

就是这些促使你去写《天堂的罪人》?

是促使我去思考。总之这一直是我十分感兴趣的话题。

我一直觉得我们所经历的“文革”和第二次世界大战有很多相似的地方。“十年文革”可谓是一场大灾难了,尽管是所谓文化的灾难,但也确实有很多人为此而失去了生命。我们这个国家的每一个人都置身其中,扮演着各自不同的角色。或者风光无限,或者苦海无边。我想这一切苦难的发生,这所有对人性的践踏,难道仅仅归结为某些人的罪恶就能了结吗?那么我们呢?我们每一个人。我们在那场政治浩劫中所扮演的,又是怎样

"文革"时期的红卫兵

的角色呢？我们追随着那场对人性的摧毁的运动，难道我们就没有罪恶吗？我们为什么就不能反省我们自己的内心，看看在那颗心的深处是不是也藏着一些肮脏丑恶的、伤残人性的东西。

我一直觉得，其实每个人的心里都有恶。我们的心是由一些非常复杂的成分组成的。因此在不同的情况下，我们会成为不同的人。有时候一个很小的事件就能改变我们整个的一生。所以我一直是环境论者，我认为是一个人所处的环境在决定着一个人的善恶。如果你所处的刚好是一个和平安宁的环境，那么你只需调用你的善意好好维护便是。但是倘若你所处的是一个险恶的环境，譬如"文革"，那么单单是善意显然就不够了。因为你要面对武斗、批斗、大字报和大批判。当面对这险恶的一切的时候，甚至有着生命的危险的时候，你又用什么来保护自己呢？于是你便不得不调动内心的那一份恶，以恶避恶，以恶治恶。"文革"中很多人就是如此的，是环境逼迫他们成为了恶人。

而当你向你本不想苟同的势力卑躬屈膝时，你或许仅仅是为了生存。因为你是一个人，对于一个人来说生命当然是最最重要的，没有了生命，你就不再是一个人了。而当你的生命都受到了威胁的时候，你当然要想方设法来保护自己。哪怕那手段是很恶劣、很卑下的。不过，一切以生存为动机的行为应当都是可以原谅的，因为求生是人类最原始也是最起码的本能。这时候你对于生存的要求已经退到了最底线，只要活着。而一旦连活着都已经没有了保障的时候，你又会怎样呢？于是为了保全自己，你不惜牺牲人格，甚至不惜出卖自己的亲人，更不要说朋友。你背叛了人类的良知，而且你知道这个背叛是人性中最最丑恶的东西。

"文革"中我就见到过很多这种出卖别人的人。我愿意将这一切当做是环境所致，是出于无奈。但是很多的人就是在这样的背叛中死了。被杀或者自杀。因为他们不能忍受这种来自亲人或朋友的出卖，不能忍受这种人性的泯灭。在分析那些"文革"中自杀的案例中，我们惊人地发现，促使他们最后作出自杀选择的，往往来自家庭。家庭的拒绝。那些人被揪出来后，他们最后的退处是什么？那就是他们的家。家人温暖的怀抱。组织可以不要他，社会也可以抛弃他。这一切他似乎还都可以接受，但是，一旦连家都不要他了，连亲人都不要他了，他便不再有退路。"文化大革命"初期，很多人便是这样选择了死亡。我就曾经看到过妻子站出来揭发丈夫，子女跳到台上唾弃他们的老子。他们写大字报。在批斗会上发言。或者不许他们的亲人回家。这就足以让那些原本脆弱的人走上绝路了。在如此残酷的环境下，看亲人间的这种相互残杀，又怎能不痛惜人性的丑陋？

这种丑陋可能就是所谓的原罪。深藏于我们的内心。上帝也许就是为了害怕人类将原罪泄露，于是便要求人类不断地忏悔，在忏悔中让罪恶远离。

于是你痴迷于原罪？

那是我亲历的。我觉得这场苦难所带给我的，更多的是关于人性的思考。

你在"文革"中很不幸吗？

整整十年，我经历了很深的痛苦。那时我的一切的痛苦都来源于我的父亲。因为父亲从"文革"一开始，便被打成"反动学术权威"，还有各种各样可怕的反革命头衔。他被首先揪出来。被批斗抄家，关进"牛棚"。但我爱我的父亲。因为爱而对那个时代十分抵触，也因为爱而非常痛苦，因为如果不是父亲，我就不会被那个时代抛弃。

那时候我只有十二岁。十二岁本来应该有一个金色的少年。而我的少年本来就是金色的，那也是父亲为我精心营造的一种真正的幸福。是可怕的环境改变了这一切。改变了父亲所给予我的幸福。而时代的变化是我们所不能左右、更不能选择的，于是整整十年，我从金色的浪尖跌入黑色的谷底。从此苦难来临，是苦难让我变得沉重，进而改变了我的生活。

十年来我所记住的，没有欢乐和阳光。我们每一天都提心吊胆，不知道会有什么更大的灾难降临。造反派三番五次地来抄家。记得一次正在抄家的时候，我从学校回来，邻居的阿姨便赶紧把我接到了她家，为的是不要让我看到那残忍的场面。门前窗外也全是贴满了批判父亲的大字报和大标语。旧的被风吹走，又会贴上来新的。未干的墨汁。潮湿的浆糊。而且那些大字报始终追逐着我。从小学到中学。总之我走到哪儿，那些大字报就会跟我到哪儿。就像二战中的那些犹太人，胸前永远缀着那颗黄色的星星，提醒他是一个犹太人。那便是死亡的标签，永远也无法逃脱的。而那些大字报就像是那些黄色的星星，标示着我的身份，以及我不幸的处境。于是学校的同学不理睬我，邻居的孩子还会向我和弟弟的身上投掷石头……

我们便是在如此恶劣的环境中成长的。我不能说我的心中就没有仇恨。父亲长时间被关在"牛棚"。母亲的压抑和她无望的眼泪。这一切都是我所亲历的。在如此恶劣的环境中，我这个仅有十二岁的孩子又能怎样？偶尔我能看见父亲，却不允许和他讲话。父亲一定也看见了我，但是作为"敌人"的他，当然更不能流露他爱我们的情感。我们见面的时候只能如素不相识的路人一般。

那是不堪回首的一段往事，对我来说，也是一场旷日持久的苦难。没有欢乐，更谈何幸福。我被恶劣的环境压迫着，甚至对自己的亲人都不能表现出正常的感情来。于是我被扭曲了。从此表现感情的方式也变得复杂而游移，甚至不自信。那时候我才第一次真正体会到，原来人的内心是那么繁复，那么多面，斑斑驳驳的，或者总是充满了怀疑的。我因此而很沮丧，也很茫然,不相信还会有前途和希望。

我便是从那时起就体验了这种斑驳的感觉。后来这甚至成了我的一种生命的方式。我变得不再简单,不再纯真。因为我经历了苦难,那苦难铭心刻骨,难以忘怀。

我还在苦难中看到了各色人等的各色表演。在一个无比残酷的舞台上,那么精彩的淋漓尽致的表演。所以我才萌生了要写《天堂的罪人》的念头。这念头一度强烈极了。我就是想拉出那些人的灵魂给人们看。让人们知道在那样的情境下,犯罪,伤害他人,甚至逼人致死,是多么的轻易。

是"文革"的苦难给了你创作的激情?

不是激情,我对此从来就没有过激情,只是在这种苦难中的成长给了我某种思考,或是给了我某种创作的可能性。其实我一直在回忆,回忆我自己在那十年中的所思所想。想我的失去自由的艺术家的父亲,想我的无奈但又必须生存下去的家人,也想那些造反派,想他们的所作所为和他们所作所为背后的动机,以及人性的善恶。

大概就是从那时开始,我发现长久以来我们对这一类灾难题材的把握是那么的浅薄,那么不尽人意,那么的没有人性的深度。任何的灾难包括"文革"远不是那么黑白分明的,而人们在灾难中的感情也绝不是那么单纯的。

也就是从那时起,我发现我们所遭遇的这场政治灾难,和第二次世界大战所带给人类的灾难确实非常相似。这就是我为什么会对《夜间守门人》、《苏菲的选择》、《广岛之恋》这一类题材的作品感兴趣的缘故。苦难的创伤不是苦难结束就可以痊愈的。因为那是个很深的已经改变了一切的一个永久的疤痕。我也是从世界对二战的反思中找到了我们对"文革"反思的切入点。那是关乎人性层面的。要一直挖掘到很深很深的地方,让那些隐匿于心底的善与恶曝光。

在写作《天堂的罪人》的时候,我最想问的问题就是,我们是怎样成长的?为什么我们变得不再单纯了?我们遇到了什么?是什么改变了我们的一生?一个在人性的阴影中成熟起来的孩子会是怎样的?他还会有理想吗?他所确立的世界观和人生的态度又是怎样的?在那一段成长的苦难中他最想得到的是什么？还有，长大以后，他会忘记过去吗？而过去的那一切在他的灵魂中所投上的阴影是不是已经被灿烂的阳光所代替？

如你所说，《天堂的罪人》包含了很多人性的成分。包括你对人们内心的审视。你好像认为"文革"就是第二次世界大战的翻版，但是毕竟"文革"不同于战争。战争的灾难性更大，死伤的人也更多，而且主要是体现在身体的摧残上。而"文革"对人的戕害，更多地是表现在精神上，是对文化的毁灭以及对人性的践踏。

表面上也许是这样，但是我觉得，恰恰是这种对于灵魂的戕害才更为可怕，并且后患无穷。想想看，"文革"中被抛弃的那些人，在心理上和行为上与那些犹太人又有什么不同呢？德国纳粹的"种族灭绝论"和造反派的"老子反动儿混蛋"的"血统论"如出一辙，尽管后来提出了所谓"可以教育好的子女"的概念，但是那些被抛弃在革命洪流以外的孩子们的处境，又有哪些实际的改变呢？没有。他们仍旧上不了大学。不能分配工作，是被特殊监管的对象，不能做任何想做的事情，甚至没有自由。他们所身负的是那些父辈的"罪恶"。那"罪恶"是流淌在他们的血液中，是深入骨髓的，所以是根本不可能改变的。于是你的身份就决定了你的生存的状态，无论你做怎样的努力，都将毫无意义。这就是命中注定。只要你的血管里流动的是"敌人"的血，就足够了。足够将你打入十八层地狱，再踏上千万只脚了。永远被围追阻截，永远要四处躲藏。我记得我的母亲为了我们的尽可能少地受到伤害，她在十年中所尽力去做的唯有一件事，那就是想方设法地把我和弟弟送到别的亲戚家，或者乡下祖母的身边，让我们远离苦难。这是我切肤的经历。永远在逃难中。在逃难中流浪。

这样的经历，与二战中那些犹太人的经历颇有相似之处。特别是1994年我受美国政府之邀，赴美参加"国际访问者计划"的时候，在华盛顿，我特别要求去参观了那座刚刚落成不久的"大屠杀纪念馆"。当我看到犹太人胸前缀着的那些黄色星星时，当我听到录音中传送的那些捣毁犹太人商店的喊声时，当我看到他们被遣送到集中营，被种族的阴影追逐时，那种在劫难逃的感觉，那种生存的深层恐惧。知道当我看到那一切后是怎样的感觉吗？太可怕了，在那个黑暗的展览中，我仿佛看到了我自己。怎样的似曾相识。记得当时我就对我的翻译说，那个被追杀的犹太小孩简直就是我。我怎么会在他的身上看到了我自己呢？太相像了。在我十二岁的时候，也是背着那颗看不见的星星被永无休止的恐惧分分秒秒地追逐着。我也是从一种原本幸福的生活中被一步步地逼上了绝境。我家的房子也是一天天地变得狭小，最后全家人挤在一间很小的房间里，等待着灾难来临……

是的，是我要求参观"大屠杀纪念馆"的，但是在我看着展览的时候，却只想尽快离开。逃离那种令人压抑的恐惧和悲伤。那种旧"梦"重温的感觉实在是太残酷了。我仿佛又回到了我所经历的那可怕的十年，回到了那个阴云密布的、看不见一丝阳光的成长期。后来我的很多作品都离不开这样的主题。那之于我将是一个永恒的情结。

你在参观"大屠杀纪念馆"的时候，是不是已经写完了《天堂的罪人》？

是的，就是因为我写了这部小说，我才特意要求参观那座纪念馆的。我清楚地记得那是我们即将离开华盛顿飞赴纽约的清晨。我们起得很早，排着队走进了那座展览馆。没有光。透不过气。被展览中的恐怖气氛以及黑暗的色调所压抑，所窒息。在展厅里走来走去的那种感觉就仿佛到了世界的末日。后来走出展览大厅，才发现原来华盛顿秋天的阳光是那么灿烂。原来我们所经历的，仅仅是一个上午的黑色梦魇。而在"文革"当中，我们是不会有这种柳暗花明的感觉的，因为我们根本就不知道还会有未来。

那么那个展览对你有什么启发？

更多的是印证。如果说启发，倒是有一天我在新奥尔良与南方笔会中心的女作家们座谈时，在她们的谈话中获得了一种对自己的新的认识。

为了相互了解，我们谈各自的经历。我谈了我的少年，以及成长的经历。她们每一个人都睁大眼睛认真地听着并看着我。她们中的一位女作家甚至哭了。她们说，她们从没有过我那样

湖水和树林所营
造的无尽诗意。

的经历。她们还说，我的经历令她们震惊。而她们对我的评价
是，你真是太勇敢了。

勇敢？

几乎是第一次，我听到别人用"勇敢"这样的词汇来评价
我。我不敢说，我在那个对我来说充满了苦难的年代中是勇敢
的。我只是苦熬而已。有着某种承受力而已。但也许能够坚持
下来本身就是一种勇敢，只是我身在其中不觉得罢了。

那一次谈话印象很深。也就是在谈着那些苦难的时候，我
才第一次意识到，我的苦难就是我的财富。

是的，经历过苦难和没有经历过苦难是不一样的。苦难让
我思考很多。也是苦难让我进入了人性的深处。

这样说来，我倒是很想读一读你自己非常看重的这部书
了。在哪里可以买到？

已经买不到了。所以我很希望我的这部书能再版，而企盼
再版的一个十分强烈的愿望，就是能恢复我这部小说的原先的
名字《天堂的罪人》。我至今觉得这是一部有着一定思想含量的
作品，在对人性的探讨上，也达到了一定的深度。

如果能够再版，你还会作修改吗？

不会。我认为每个时期的作品都代表了那个时期的思考。
哪怕是同一个故事，不同的时期写出来都会不同，甚至截然相

反。所以所谓的修订是没有意义的。只有保持原貌，才能体现出你当时的追求和思考，也才会有某种历史的感觉在其中。你不能否定原先的那个你。因为那个你就是以当时的状态存在的。那是不可随意修正的。

图书在版编目(CIP)数据

遥远而切近的记忆/赵玫著.—上海：学林出版社，
2005.5

(新视觉书坊/肖关鸿,曹维劲主编)

ISBN 7-80668-894-3

Ⅰ.遥... Ⅱ.赵... Ⅲ.散文-作品集-中国-当
代 Ⅳ.I267

中国版本图书馆 CIP 数据核字(2005)第 018401 号

遥远而切近的记忆

作 者	——	赵 玫
责任编辑	——	乐惟清
封面设计	——	周剑峰
出 版	——	上海世纪出版集团
		学林出版社(上海钦州南路81号)
		电话：64515005 传真：64515005
发 行	——	新华书店上海发行所
		学林图书发行部(钦州南路81号1楼)
		电话：64515012 传真：64844088
照 排	——	南京展望文化发展有限公司
印 刷	——	上海长阳印刷厂
开 本	——	640×965 1/16
印 张	——	21
字 数	——	29 万
版 次	——	2005 年 5 月第 1 版
		2005 年 5 月第 1 次印刷
印 数	——	8 000 册
书 号	——	ISBN 7-80668-894-3/I·240
定 价	——	28.00 元